EL PRECIO DE SUS ALMAS

EL PRECIO

DE SUS ALMAS

Cuando la razón es más fuerte que el deber

Manuel S. Pérez

ÍNDICE

DEDICATORIA

Dedico este libro a toda mi familia.

Especialmente a Anais, mi mujer, mi compañera, por afrontar con valentía el duro día a día pese a su enfermedad autoinmune, demostrando ser todo un ejemplo de fortaleza. Con ella compartí aquel viaje que desembocó en la historia que llena estas páginas. A mis hijos, a los que quiero con locura y han tenido que sufrir en ocasiones la falta de atención por mi parte durante el tiempo que ha durado esta aventura literaria. A mis padres, Pilar y Manuel, que han sido un ejemplo para mí de humildad e integridad.

En memoria de Manuel, mi padre…

"Solo los locos desprovistos de humanidad son capaces de comerciar con las almas de inocentes."

CAPÍTULO I

Heinrich Schültz

Los días son cada vez más sombríos para las personas que abarrotan los barracones situados en el interior de esos muros. Numerosas vidas que recorren un camino de sufrimiento hacia un final triste y cruel. «¿Cómo hemos podido llegar a esto?», me pregunto al tiempo que apoyo con fuerza mis manos en uno de los lavabos del baño de oficiales, y miro en el espejo a alguien que ya apenas conozco y que, sin embargo, tiene mi rostro. Un rostro en cuyo reflejo se perciben signos de derrota y desánimo. Y en esos instantes en los que solo veo imágenes que siembran de oscuridad mis pensamientos, mi mente me lleva atrás en el tiempo como vía de escape para intentar paliar las consecuencias de este nefasto presente que vivimos. Me lleva justo hasta el día del decimoctavo cumpleaños de mi hermano pequeño Jürgen, hace apenas un año. Un día lluvioso de noviembre de 1943 en el que la hoja caduca de los árboles caía, al igual que el ánimo de todos los alemanes tras conocer lo ocurrido en el conflicto del este. La noticia sobre la rendición del sexto ejército en Stalingrado varios meses antes supuso un mazazo importante para el país. El invierno cruel en tierras soviéticas y el hambre provocaron que el mariscal de campo desoyera las órdenes impuestas y cediera su posición. Lo que para todo el pueblo fue un amargo revés, no parecía afectar al Führer, como así lo demostraba en sus multitudinarios discursos. Para él no fue más que un pequeño bache en el camino. Su ego no le permitía ver la derrota y, en ningún caso, la rendición llegaría a ser una opción, aunque el enemigo saliera reforzado tras conseguir aquella gran victoria. De hecho, en ese tiempo todo hacía presagiar un inminente regreso.

Me llamo Heinrich Schültz y soy el mediano de tres hermanos. Tengo 27 años y, tras una larga estancia en la academia militar prusiana —en Berlín—, salí con la graduación de teniente a la espera de recibir noticias sobre el lugar al que iría destinado. Hasta que ello sucediera, aproveché un permiso de una semana para ir a casa de mis padres en Potsdam, una ciudad situada al suroeste de la capital del Reich.

Durante mi estancia en la academia dediqué todos mis esfuerzos a aprender estrategia militar y a mantener mi cuerpo en forma para el día en que entrara en combate. Antes de comenzar la formación pesaba 78 kilogramos, una buena cifra teniendo en cuenta que mi estatura es de 1,84. Al salir pesaba cinco kilogramos más; un aumento de peso que conseguí a fuerza de practicar deporte casi todos los días.

Al llegar a Potsdam, comprobé gratamente que la ciudad permanecía intacta. Por suerte, los bombardeos que sufrimos en Berlín unos días antes por parte de la Royal Air Force —RAF— no tuvieron continuidad en mi ciudad natal.

Nada más bajar del autobús que me trajo desde la capital, vi a mi madre —Anita—, abrigada con un chaquetón negro, y a mi padre —Jürgen— con un abrigo y sombrero del mismo color. Al verme, fueron a mi encuentro rápidamente y me regalaron un gran abrazo.

—¡Heinrich, hijo! —dijo mi madre en voz alta, dibujando en su rostro una amplia sonrisa—. ¡Qué alegría!, ¡qué cambiado estás! —exclamó.

Mi padre, después de aquel abrazo cariñoso, puso las manos en mis hombros y me miró fijamente a los ojos.

—Hijo, estoy muy orgulloso de ti —confesó.

—Estás hecho un hombre, y fíjate qué galones luces —dijo.

Mis padres regentan una tintorería en Potsdam desde hace algo más de veinte años. Todos los trajes y vestidos de la zona pasaban por sus manos y salían de allí como nuevos. Debido a su trabajo, mi padre no podía dejar de observar mi atuendo de oficial de Infantería. Seguro que verme así vestido provocaba que en su interior estuviera pensando en cómo conseguiría que su hijo fuese el oficial con el traje más pulcro de toda Alemania.

Una vez acabadas las muestras de cariño, decidimos ir a casa caminando por las calles de la ciudad. El cielo estaba cubierto de nubes grises, pero la lluvia, elemento fiel e inseparable en gran parte del trayecto hacia allí, cesó durante unos minutos y nos permitió disfrutar del paseo.

El autobús que me trajo a Potsdam paró en Am Kanal con la calle Berliner; desde ese punto hasta el lugar al que nos dirigíamos había mucho tiempo para caminar y charlar, y eso fue lo que hicimos. Al tiempo que cubríamos la distancia, mis padres me informaban sobre mi hermano Friedrich, el mayor de los tres, cuyo paradero era incierto. Las últimas noticias sobre él se recibieron por carta y en el texto daba a entender que le trasladaban, pero no decía cuándo, ni dónde. Mi hermano Friedrich fue llamado a filas al comenzar la guerra en 1939 y pasó varios meses recibiendo instrucción para luego participar en la invasión de Dinamarca en lo que fue la operación Weserübung en abril de 1940. Él formaba parte de la 170.ª División de Infantería de la Wehrmacht. En aquella ofensiva tuvo la ocasión de ver en acción a dos compañías *panzer* allí destinadas, lo que provocó en él un interés total por los carros de combate. Ese interés le llevó a solicitar un traslado a sus superiores con el objetivo de aprender a manejar carros ligeros y carros pesados. Un año después, ya formaba parte de la 2.ª división Panzer que fue enviada al frente de Moscú y que llegó a estar en los suburbios de la capital soviética, incluso avistando las cúpulas del Kremlin. Mi hermano, en sus cartas, contaba que la contraofensiva de los rusos fue muy agresiva, por esa razón, gran parte de los carros que formaban las divisiones *panzer* recibieron la orden de retirarse y, por supuesto, mi hermano estaba entre ellos.

En la carta dirigida a mis padres indicaba que estuvo en Amiens, una ciudad al norte de Francia, esperando órdenes. Naturalmente, esa información la dio varios días después de haber estado allí. Yo siempre creí que mi hermano sabía algo más sobre el lugar al que iría en esos momentos, pero no podía comunicárselo a mis padres por carta. Mientras escuchaba la información que relataban acerca de lo que vivió en el frente, pensaba en la manera de poder contactar con él para hacer saber a mis padres que se encontraba a salvo, pero de eso me encargaría más adelante.

Ya estábamos llegando al barrio de Nowawes, cerca del parque Babelsberg, a pocos minutos de casa. Entretanto, mis padres seguían poniéndome al día de todo. Por supuesto, hubo tiempo para hablar de lo sucedido en tierras rusas, y de las bajas cercanas. Por suerte, no falleció ningún familiar directo, aunque sí algún conocido. Mi padre tenía una idea muy clara acerca de las consecuencias que acarrearía el desastre en Stalingrado, y era muy pesimista al respecto. Me explicó su teoría acerca de lo que ocurriría después de semejante *derrota*. Hubo un momento en el que comenzamos una ligera discusión ya que, recién salido de la academia, no podía compartir con mi padre sus ideas derrotistas. Yo era un oficial del ejército del Führer, no había lugar a dudas y pesimismos, y así se lo hice saber. Él, a regañadientes, dio su brazo a torcer y me dedicó una leve sonrisa, señal inequívoca de que la polémica había acabado. En ese instante, oí una voz conocida que provenía del otro lado de la calle…

—¡Eh, Heinrich, Heinrich! ¿Qué tal hermano?

Era Jürgen, mi hermano pequeño, que venía hacia mí a toda velocidad.

Se le veía muy contento, no en vano, además de ser su cumpleaños, su hermano —yo—, al que hacía tiempo que no veía, volvía a casa para quedarse unos días.

—¡Cuánto tiempo sin verte, Heinrich!, ¡qué bien te sienta ese uniforme! —exclamó Jürgen mientras abría ampliamente los brazos.

Después de un caluroso abrazo entre hermanos, reanudamos la marcha. Al tiempo que caminábamos, Jürgen me contaba cosas sobre el barrio y lo que tenía pensado hacer cuando tuviera mi edad. Su pasión era la interpretación. Ya de pequeño se le veía recitando frases célebres que recogía en las obras de Shakespeare, antes, claro está, de que se instaurase el adoctrinamiento acorde a los ideales nacionalsocialistas. También se sentía muy atraído por la poesía y el teatro.

Es asombroso cuánto puede desarrollarse un chico de su edad en apenas ocho meses. Parecía un poco más alto que cuando me fui, incluso me sobrepasaba unos centímetros; estaba más delgado, y se le podía intuir algo de vello rubio en la cara. Dejando a un lado su aspecto físico, lo notaba distinto en el trato. Mi hermano siempre había sido muy alegre y efusivo, sin embargo, algo parecía haber cambiado en él. La manera de mirarme y hablarme era diferente. Enseguida entendí que aquel cambio obedecía a que se estaba convirtiendo en un hombre y sus necesidades e inquietudes habían pasado a ser otras.

Aquel paseo junto a mis padres y mi hermano estaba resultando muy placentero, tanto que no me había percatado de que ya casi habíamos llegado a casa. En ese instante, mi madre decidió ir a comprar pan a la panadería de Hans, un compatriota que llevaba la ideología del actual gobierno al extremo.

—¡Pero si es la familia Schültz casi al completo! —exclamó Hans con rictus serio y mandil impoluto, instantes después de haber entrado todos en la panadería.

Desde que tengo uso de razón he recordado a Hans con el mandil limpio, a pesar de que al ser panadero era difícil que no se ensuciara, sin embargo, así era. También le recuerdo con su tan poblado bigote, que le tapaba toda la boca.

—Señora Schültz, si me lo permite, y espero que a su marido no le moleste, está usted cada día más bella —dijo Hans galante y respetuoso.

Mi padre esbozó una leve sonrisa al tiempo que asentía con la cabeza. Mi madre, por su parte, le dio las gracias por el cumplido y le pidió dos hogazas de pan de cereales.

—Veo que tenemos un oficial en la familia. Espero que te hayan enseñado bien en la academia a atrapar y aniquilar a esos malditos judíos. Cada día que pasa hay más, son como las cucarachas —sentenció a la vez que le servía a mi madre las hogazas de pan.

Hans rondaba los sesenta años y era viudo hacía dos. Su mujer murió a causa de una larga enfermedad que comenzó con una infección pulmonar. Aquel fatal desenlace supuso en él una pérdida total de empatía, y acentuó, más si cabe, ese agrio carácter que mostraba a diario.

Decidí hacer oídos sordos sobre el último comentario de Hans, por respeto a su persona. Tan solo sonreí y negué con la cabeza. Sin embargo, no quedó muy conforme con mi reacción, y antes de que saliéramos de la panadería, no quiso perder la ocasión de dirigir a mi hermano unas palabras.

—¿Has visto a tu hermano?, toma ejemplo de él, que te veo algo perdido. Espero que te llamen pronto a filas y hagan de ti un hombre —concluyó.

Mi madre, al oír aquel comentario referido a su hijo, se giró hacia Hans con el ceño fruncido e hizo ademán de contestarle, no de muy buenas maneras, intuía. Sin embargo, adelantándome a una más que probable reacción por su parte, me giré hacia él y le pregunté si tenía *berliner pfannkuchen*, a lo cual, él respondió:

—Por supuesto, y son los mejores de la región.

El *berliner pfannkuchen* es una especie de bollo o buñuelo redondo relleno de mermelada y cubierto de azúcar glas, y sí, los *berliner* de Hans eran los mejores de la región. En este caso, ese *pfannkuchen*, aparte de ser un dulce delicioso, sirvió como excusa para evitar una discusión con palabras malsonantes. Segundos después, sin dar más importancia a lo ocurrido, salimos de la panadería para dirigirnos a casa.

CAPÍTULO II

Mis padres establecieron su residencia en la primera planta de un edificio situado en el barrio de Nowawes, cerca del parque Babelsberg y del río Havel. La puerta de entrada al edificio era muy gruesa, de madera y forja. Nada más entrar por ella, pude notar ese olor a cerrado y a edificio antiguo. Un olor característico y a la vez familiar que me hacía sentir que ya había llegado a casa. Subiendo la escalera por esos peldaños enmoquetados, mi padre se dirigió a mí para decirme que mi habitación estaba preparada para alojarme el tiempo que hiciera falta.

Al llegar al primer piso, apoyé mi mano en la barandilla de forja y giré a la izquierda, que era donde estaba la puerta de casa. Nada más entrar vi aquel largo pasillo de paredes empapeladas con estampado en gris perla estilo barroco, que desembocaba en ese baño totalmente cubierto por azulejos blancos. A unos tres metros avanzando desde la entrada, a mano izquierda, se hallaba el salón, en el cual se encontraba la mesa principal de madera. Sobre ella, varios candelabros y el reloj carillón de sobremesa del siglo XIX, herencia de mis abuelos paternos. En la zona izquierda de esa misma estancia, a un metro aproximadamente de la mesa, se ubicaba nuestro mueble de cedro con vitrina. En su interior permanecía expuesta toda la vajilla de mi abuela materna. En el centro, el amplio sillón de terciopelo rojo y, cercano a él, un sofá haciendo juego donde se sentaba mi padre para escuchar nuestra radio capilla, colocada encima de una mesa camilla y pegada a una de las tres balconeras del salón. Por último, cerca de la mesa camilla, una estufa de carbón que desprendía el calor suficiente para caldear toda la habitación. Recuerdo con cariño los meses de invierno cuando todos estábamos en el salón cerca de la estufa, mi madre haciendo arreglos a sus vestidos y mi padre pegado a la radio, escuchando, mientras mi hermano Friedrich y yo jugábamos a ser soldados. Siempre recordaré aquellas regañinas de mi padre a los dos por estar correteando y no dejarle oír lo que se decía en esa radio.

Llegué a mi habitación y dejé el equipaje encima de la cama. Miré alrededor mío y vi la cómoda; recordaba que en ella, además de ropa, guardaba con cariño mi colección de soldados de plomo. Con cierta curiosidad, abrí uno de los cajones y descubrí con sorpresa que estaban allí. Era como si no hubieran pasado los años. Verlos, tocarlos, me hizo viajar atrás en el tiempo a una época en la que no estábamos en guerra, sin preocupaciones y en la que jugar era lo único y más importante para mí.

Después de aquel viaje fugaz a mi infancia, dejé la guerrera doblada en una silla y me dispuse a echarme en la cama en busca de unos minutos de descanso. Fue entonces cuando noté que un aroma familiar había penetrado en la habitación. Atrapado por aquel olor delicioso a comida, salí al pasillo en dirección a la cocina para descubrir el manjar que había preparado mi madre, sin embargo, vi algo conocido de camino que hizo que detuviera mis pasos. A dos metros de la puerta, yendo hacia la entrada, se hallaba un cuadro colgado en el lado izquierdo de la pared, en el cual se recreaba una batalla naval del siglo XVIII. Ese cuadro estaba allí desde que tengo recuerdos. Lo estuve contemplando durante unos minutos, quizá ese fue el único momento en mi vida que lo hice, parece mentira que, estando colgado tantos años en esa pared, no pude perder un par de minutos de mi tiempo en disfrutar de aquella obra.

—Es hermoso, ¿verdad? —dijo mi padre, al tiempo que posaba la mano en mi hombro.

—Mira atentamente los detalles del oleaje, las velas, las banderas, la posición de los tripulantes. Es evidente que el autor buscaba plasmar la perfección en el lienzo, sin embargo, si te das cuenta, arriba a la izquierda se puede observar un detalle que parece que el artista ha dejado adrede o ha pasado por alto. Mira las nubes, si pones atención verás que hay una gaviota. Esa gaviota no tiene pico —explicó, señalando el lugar exacto donde estaba aquel pájaro. Era cierto, la pequeña gaviota no tenía pico, y cuando aparté la vista del cuadro, mi padre me miró y me dijo:

—Esa gaviota es la prueba de que el ser humano comete errores que demuestran que no es infalible. Ya lo has visto, todos los detalles del cuadro están cuidados al milímetro, excepto ese pájaro al que ahora no quitamos ojo. En este caso, parece que el pintor decidió dejar esa imperfección adrede, o no. No lo sé.

Aquellas palabras me hicieron pensar. Era realmente extraño que el pintor pasara por alto ese detalle, por muy pequeño que fuera. Tal vez mi padre tenía parte de razón al decir que dejó la gaviota inacabada intencionadamente, pero yo no lo veía claro e iba más allá. Tenía la certeza de que la reflexión que hizo en alto llevaba un mensaje subyacente. Entonces, pensé en la discusión que mantuvimos sobre lo ocurrido en

Stalingrado minutos antes y enseguida entendí que eso podía tener relación. El plan perfecto de dominación diseñado por el Gobierno, y Stalingrado como gaviota del cuadro. «¿Es posible que esa parábola de la gaviota describa el presente de nuestra nación?», me preguntaba intrigado.

—Vamos, Heinrich. La cena está en la mesa —dijo Jürgen mientras me empujaba hacia la cocina. Nada más entrar, vi a mi madre quitando del fuego la olla donde había cocinado su delicioso estofado de carne.

—Ven, hijo, siéntate aquí —dijo señalando una silla de la cocina, a la vez que cogía un cucharón para servir su guiso—. A saber lo que has comido en esos sitios militares.

Mi madre iba sirviendo el estofado en los platos, entretanto, mi padre me contaba cómo estaba funcionando la tintorería. Por supuesto, aprovechó para preguntarme dónde tenía la guerrera, eso significaba que en el momento en que perdiese de vista mi uniforme, se lo llevaría a la tintorería y lo dejaría como nuevo.

Cada cucharada del estofado, acompañada con el pan de cereales de Hans, me sabía a gloria. Para mí, era digna de cualquier restaurante de postín que hubiera en la región. Mi padre, para la ocasión, abrió un vino francés que tenía en la despensa de la cocina. Sin duda, fue el acompañamiento perfecto para el estofado.

Terminamos de cenar e hice ademán de recoger la mesa, pero mi madre me obligó a ir al salón; ella ya había dispuesto que fuera mi hermano el encargado de hacerlo. Llegué al salón y vi a mi padre asomado al balcón central desde donde se podía ver gran parte del parque Babelsberg. Al notar mi presencia se giró.

—Las sirenas por ataque aéreo han sonado tres veces ya. Afortunadamente, Potsdam no sufrió daños —dijo con voz cansada—. Lo mismo hoy suenan de nuevo, estos días han sido duros, estamos a pocos kilómetros de Berlín y podemos sentir todo lo que sucede allí. Ingleses y americanos ya han arrojado gran cantidad de bombas y no sé si harán lo mismo por aquí —continuó diciendo muy preocupado.

En esta ocasión puse yo la mano en su hombro y le dije que yo pude sentir los bombardeos sobre mi cabeza en los refugios y le indiqué que Potsdam no parecía ser un objetivo clave de los aliados y que, por lo tanto, no tenía que preocuparse. Mi padre sonrió y volvió a girarse para mirar al parque.

—Eso espero hijo, aquí está nuestra casa. Nuestra vida —dijo. Y después, se produjo un silencio durante varios segundos que él rompió para preguntarme, con media sonrisa en el rostro, si me apetecía tomar una copa.

—Claro —contesté justo en el instante en el que mi hermano Jürgen se reunía con nosotros en el salón, después de acabar en la cocina. Mi padre, al verlo llegar, le dijo:

—Jürgen, ya tienes 18 años, creo que ya es hora de que empieces a ser un hombre. Toma, bebe. —Y con el brazo extendido, le ofreció una copa de coñac.

Jürgen le miró y luego a mí, después observó la copa y dio un sorbo. Por la cara que puso y la tos que le entró, era evidente que mi hermano no había probado nunca aquel brebaje. Mi padre, al ver la reacción de mi hermano, soltó una carcajada que pudo oírse en la otra punta de la ciudad.

—Con el tiempo te acostumbrarás al sabor y te terminará gustando —dijo mi padre, mientras echaba un poco más de coñac en el vaso de Jürgen.

Sabíamos que eran tiempos difíciles, y la incertidumbre era latente al no saber el paradero de Friedrich. También por los posibles bombardeos que pudiera sufrir nuestra ciudad. Esas dos circunstancias ocupaban todos nuestros pensamientos. El optimismo con el que se afrontó el comienzo de la guerra ya no era el mismo tras lo sucedido en Rusia; por eso, cualquier momento que nos hiciera evadirnos de esas preocupaciones y nos provocara una sonrisa o carcajada era bienvenido, y eso mi padre lo intentaba generar con frecuencia. Al oír las risas, mi madre apareció en el salón.

—¿Y este jaleo? Qué estaréis tramando… —dijo ella.

Mi padre le explicó la anécdota del coñac a mi madre, y esta reaccionó dirigiéndole una reprimenda por darle alcohol a su niño. Seguidamente, le quitó el vaso de coñac a Jürgen y le dijo que, si no le gustaba, no tenía por qué beberlo.

Los cuatro estuvimos escuchando la radio y comentando durante las siguientes dos horas lo que en ella se decía. Justo después de que mi hermano y mi madre se fueron a dormir, mi padre se levantó del sillón y vino hacia mí.

—Creo que esta noche vamos a dormir sin explosiones de fondo. Será mejor que lo aprovechemos, no sé cuántos días durará la calma —dijo antes de marcharnos a descansar; aunque la preocupación fuese más fuerte que el sueño.

Pasaron dos días sin alertas por posibles bombardeos. Parecía que por fin llegaba la calma, no obstante, el sonido de cualquier avión que pasaba, aunque fuera de los nuestros, provocaba que se estremecieran nuestros corazones.

Ya quedaban pocos días para saber mi destino, y tenía que estar preparado para ello, y con esa intención salía todas las mañanas a correr diez kilómetros y hacía ejercicios en el parque antes de ir a comprar pan a casa de Hans. En el trayecto entre el parque y la panadería, ya casi acabando la rutina aeróbica, oí una voz femenina de fondo.

—¡Heinrich! ¿Eres tú?

Paré de correr y miré hacia atrás. Aquella voz era la de una chica de unos veintitrés años, delgada y con el pelo largo y rubio recogido con una coleta. Llevaba un traje de chaqueta plano color burdeos que le cubría las rodillas, y su cara me resultaba familiar, pero no lograba recordar de quién se trataba.

—Heinrich, por la cara que estás poniendo, no te acuerdas de mí, ¿verdad? —preguntó. No supe qué decir, confirmando así mi mala memoria—. Soy Martina, la hija de Hans, el panadero —dijo esbozando una leve sonrisa.

Cuando supe quién era, le pedí disculpas por mi laguna mental y aproveché para decirle que estaba muy cambiada. Ella contestó diciendo lo mismo, y que se había enterado por su padre de mi estancia en la academia militar en Berlín.

—¿Has estado mucho tiempo en la academia? —preguntó con cierto interés.

—He estado cerca de tres años, pero, durante ese tiempo, he disfrutado de algún permiso para ver a mis padres —respondí.

Ella me miró y preguntó si ahora estaba de permiso, mi respuesta fue afirmativa, indicándole que estaría toda la semana.

—Entonces, te tendremos unos días más por aquí. Pues… nos vemos luego, o mañana —dijo Martina al tiempo que se daba la vuelta y se dirigía al parque.

No me dio tiempo a preguntar nada sobre ella, la conversación se centró solo en mí y duró unos pocos segundos, lo suficiente para enfriarme al estar parado y sudado por el esfuerzo físico. Antes de reanudar la marcha, me permití un corto espacio de tiempo para pensar a la vez que veía como se alejaba. Recordé que el siguiente lugar al que tenía que ir era la panadería de su padre e hice ademán de llamar su atención para ir juntos y así saber algo sobre ella, pero ya estaba demasiado lejos y la dirección que había tomado no era la que yo iba a seguir. Finalmente, en un último esfuerzo después de acabar mi entrenamiento, llegué a la panadería de Hans.

—¡Pero si es el nuevo oficial del barrio! Qué, ¿con ganas de ir al frente a castigar a nuestros enemigos? —preguntó Hans nada más verme. Sonreí y, obviando sus comentarios, le pedí dos hogazas de pan de cereales.

—Aquí los tienes muchacho, recién hechos —dijo Hans al tiempo que me entregaba el pan.

Pagué y me dispuse a salir de la tienda, pero en un arrebato de curiosidad, pregunté a Hans si contaba con ayuda en su negocio o en su casa; la reciente muerte de su mujer también se notaría en el negocio. Él, frunciendo el ceño, contestó a regañadientes.

—Varios días a la semana viene mi hija Martina a echarme una mano en la panadería y también en casa —contestó.

No llegué a escuchar ningún gruñido. No obstante, por la manera de contestar de Hans, parecía no hacerle mucha gracia hablar de su vida privada. Era tal la rabia acumulada por la muerte de su mujer que le impedía dirigir a cualquier semejante una palabra amable o alguna muestra de afecto. La amargura y el rencor reinaban en su interior, sin notarse en él un ligero atisbo de amabilidad. Viendo a Hans, era difícil creer que Martina fuese su hija, ella era lo opuesto a él, estaba llena de vida e irradiaba simpatía. Después de un pequeño silencio incómodo, me dirigí a él para decirle que me alegraba de que tuviese a alguien que le echara una mano. Segundos después, di media vuelta y salí de la panadería despidiéndome de Hans.

—¡Adiós, teniente! —concluyó él.

Llegué a casa y allí estaba mi madre, muy bien vestida y peinada, como siempre. Terminaba de recoger la cocina y se disponía a guardar el pan que le di.

—Hijo, no he tenido la oportunidad de hablar contigo a solas, este parece ser un buen momento. Siéntate, por favor —me dijo con rictus serio a la vez que ella también se sentaba. Por supuesto, cogí una de las sillas de la cocina, me senté y miré a mi madre con preocupación al no saber qué le afligía. —Heinrich, tengo mucho miedo, aunque parezca que demuestro entereza, no puedo dejar de pensar en el bienestar de tu hermano Friedrich. Esa es mi principal preocupación, pero también he de decirte que las noches de los bombardeos en Berlín que hemos vivido en el refugio, han sido muy duras. Duras por pensar que al salir de allí no estuviera nuestra casa, la tintorería, que todo lo que conocemos se hubiera acabado. Y me preocupas tú. En horas o días, recibirás la noticia de tu destino, y el hecho de pensar que tú también puedas acabar luchando lejos de aquí, me… me está quitando la vida —me confesó entre sollozos.

Al oír sus palabras llenas de preocupación y sufrimiento, me levanté, cogí un pañuelo y le dirigí una leve sonrisa mientras me acercaba a ella. Le dije que no se preocupara, que sabía cuidar de mí mismo y, a la vez que le secaba las lágrimas, continué diciendo que había tenido una preparación impecable en la academia militar. Mi madre, al oírme decir aquello, pareció quedarse un poco más tranquila, aun así, me cogió de la mano y me dijo:

—Sé que sabes cuidar muy bien de ti, pero quiero que me prometas que tendrás cuidado estés donde estés.

Ante esas palabras solo pude prometerle que lo haría.

CAPÍTULO III

Gabriel Schönberg

Miro alrededor mío y veo tristeza, desánimo, resignación y miedo en los rostros que mis ojos encuentran dentro de este barracón en el que estamos recluidos. Un barracón repleto de personas desnutridas, enfermas y que, como yo, permanecen cruelmente hacinadas entre sus húmedas paredes convertidas en testigos cercanos de la desdicha humana. Cierro los ojos intentando sacar mi mente de ese abismo de cruel realidad en el cual está sumergida y logro ver algunos rostros familiares que me arrancan una leve sonrisa.

Lo intento, pero no consigo dormir; una circunstancia que suele repetirse demasiadas noches, ya que es difícil encontrar acomodo en una litera compartida por dos e incluso por tres personas. Es entonces cuando pienso en mi vida como una historia que poder contar. En el tiempo en el que era Gabriel Schönberg y no lo que soy ahora: un maldito número que es nombrado con desprecio en incontables ocasiones a lo largo del día. Pienso en una historia que comenzaría así:

Me llamo Gabriel Schönberg y, al igual que mis padres y mi hermano, soy natural de Dresde. Nuestro hogar estaba, concretamente, en la calle Augsburger, en el barrio de Blasewit. Allí viví con mis padres veinticuatro años hasta que decidí emanciparme al terminar mis estudios de Matemáticas en la universidad técnica de Dresde. Soy un alemán atípico, ni soy rubio, ni alto; y de joven no era muy disciplinado haciendo deporte, quizá un poco de bicicleta, aunque solo para desplazarme de un sitio a otro, no como una rutina deportiva. Aun así, sin ser el modelo de alemán al que se refería nuestro Führer, amo a mi país como el que más. Siempre he sido delgado, tengo el pelo moreno y los ojos verdes. Era muy activo, sin ser deportista me gustaba mucho jugar al fútbol, pero sin entrenamientos ni esa disciplina que implica pertenecer a un equipo de fútbol, simplemente nos juntábamos en el barrio unos cuantos chicos y lo practicábamos. Me considero una persona constante a la hora de desempeñar cualquier labor; académicamente hablando, no me costaba estudiar, siempre he sido aplicado en este sentido, no era ningún genio, simplemente, las matemáticas eran mi pasión.

Mi padre se llama Johann y era veterinario, mi madre se llama Erika y, aparte de dedicarse a cuidar de mi hermano Helmut y de mí, era ama de casa y también ejercía de recepcionista y administrativa en la clínica veterinaria propiedad de la familia. Siempre fue una mujer muy activa. Ella, según pude ver en fotos y lo que recuerdo de pequeño, siempre fue delgada y no muy alta, con el pelo castaño y unos preciosos ojos verdes que adornaban su hermoso rostro. Mi padre llegaba al 1,74 y se le notaba un leve sobrepeso, tenía los ojos verdes y el pelo canoso. También le recuerdo con un fino bigote acompañado de un impecable afeitado y, por supuesto, nunca podía faltarle aquella pipa con la que fumaba a todas horas.

Mi hermano Helmut, desde muy joven, tuvo las cosas muy claras. Creativo y emprendedor, labró su futuro a fuerza de duro trabajo y estudios científicos realizados a lo largo de su formación académica. Después de acabar su carrera en nuestra Dresde natal, optó por salir del país para seguir con sus investigaciones, y su destino fue Estados Unidos. Helmut me inspiró y fue un referente para mí a la hora de abordar la carrera que estudiaba. Me contagió la pasión que él demostraba en su trabajo. Aparte de ser seis años mayor que yo, era un poco más alto y también era más fuerte físicamente, con pelo castaño y ojos verdes. Sin embargo, su principal virtud era el intelecto. Para mí era el mejor hermano que podía tener y la persona más inteligente que conocía.

Meses después de graduarme estaba trabajando en una fábrica de carrocerías llamada Gläser, a la espera de encontrar un trabajo relacionado con la enseñanza. En ese tiempo, compartía piso con tres trabajadores de la fábrica, Arnold, Bastian y Hermann. La relación con mis tres compañeros era cordial, durante esa etapa en la que estuve viviendo con ellos no tuve ningún problema. En la convivencia, todos nos encargábamos de hacer las tareas por igual y aportábamos la misma cantidad de dinero al mes para sufragar los gastos de comida e imponderables que pudieran surgir en el día a día. Arnold, era el más veterano de los cuatro en la fábrica, tenía 29 años y llevaba seis trabajando en Gläser. Su carácter era muy fuerte, serio y más bien reservado, aunque ello no afectaba en nuestra convivencia, con nosotros era muy correcto. No era muy alto, era de complexión fuerte y tenía el pelo rubio. Recuerdo que, por aquel entonces, tenía una novia de origen polaco; esto lo supimos gracias a que coincidí con los dos paseando por las calles de Dresde y, al presentármela, pude oír el acento que tenía al hablar. Él no hablaba de ella, no sabíamos nada de sus proyectos o sus inquietudes, ni siquiera cuando alguna vez salíamos a tomar una cerveza después del trabajo. Cuando sí se mostraba visceral era al escuchar los partidos de fútbol de nuestro equipo preferido, el Dinamo.

Bastian llevaba algo más de tres años en la fábrica, era el más alto y fuerte de los cuatro. Medía 1,90, era rubio y contaba con 26 años. Durante el tiempo que compartimos piso, fue un gran amigo, podías contar con él para lo que fuera, siempre te ayudaba, sea en la fábrica o fuera de ella. En varias conversaciones que mantuvimos con él, nos comentó que le gustaría ser policía y no se podía decir que no estuviera preparado para serlo, aunque todavía no se había animado a presentar su solicitud, en ese momento era feliz en Gläser.

Hermann era el benjamín de los cuatro, tenía 22 años, de estatura media, pelo rubio y complexión normal para un chico de su edad. Él era el que cocinaba más a menudo y ninguno de nosotros ponía ningún reparo, al contrario, nos gustaba cómo lo hacía. Hermann llevaba trabajando en Gläser dos años, y llegó allí gracias a ciertas desavenencias que mantuvo con su padre, el cual regentaba una pastelería en la parte norte de Dresde. Su padre quería que él le ayudase en el negocio, pero sus intenciones eran otras, no quería ser pastelero. Como las diferencias eran insalvables, Hermann decidió irse de casa y buscar un trabajo.

Una vez transcurridos unos ocho meses, conseguí un puesto en un colegio al norte de Dresde para dar clases de

Matemáticas y otras asignaturas a jóvenes de entre diez y doce años. Pese a ello, seguía viviendo con mis excompañeros de trabajo, aunque solo durante un tiempo. Mi intención era poder seguir estudiando para, posteriormente, dar clases de matemáticas en la universidad. Con mi ingreso en el colegio, parecía que todo empezaba a tomar forma en mi vida profesional, y eso permitía que lo abordara con gran ímpetu y satisfacción. Dos años más tarde, en junio de 1932, ocurrió algo que cambiaría mi vida por completo: conocí a la que hoy en día es mi mujer y madre de mis hijos. Dos años después, nos casamos y nos establecimos en una vivienda de alquiler a ciento cincuenta metros del colegio en el que continuaba trabajando, pero a partir de ese año empecé a dar clase a chicos del último curso de enseñanza primaria. Dos años más tarde, en febrero de 1936, tendríamos a Karl y, cinco años después, en abril de 1941, tuvimos a Gabriella.

Antes de tener a Karl, en julio de 1935, gracias a mi buen hacer en el colegio y mi experiencia adquirida en él, conseguí una entrevista con el director de un instituto de enseñanza superior situado en un barrio de Berlín. La entrevista fue bien y me ofreció el puesto de profesor de matemáticas que había vacante por la retirada prematura de mi antecesor debido a problemas de salud. Obviamente, antes de dar una respuesta, le pedí al director que me permitiera dos días para hablarlo con mi esposa. La oferta significaba un aumento razonable en mi salario que nos permitiría afrontar la llegada de nuestro hijo con solvencia. Además, podíamos plantearnos la posibilidad de comprar una vivienda a las afueras de la capital y dejar de pagar un alquiler como estábamos haciendo en ese tiempo. El único problema que existía ante una más que posible respuesta afirmativa, como más adelante sucedería, era la distancia, el dejar relativamente lejos nuestra ciudad y a nuestros seres queridos.

La decisión estaba tomada, la necesidad de prosperar hizo que aceptara la oferta, por supuesto, con el beneplácito de mi mujer, tras sopesar los pros y los contras que nos surgieron durante el período de reflexión. Los dos entendimos que iba a ser duro separarnos de nuestras respectivas familias, no obstante, acordamos que era un paso adelante y que la distancia tampoco era insalvable. Finalmente, un par de semanas después de aceptar, ya habíamos cerrado un acuerdo de alquiler por un mes prorrogable por una vivienda eventual situada en el barrio de Friedrichsberg, al este de Berlín, pero antes, hablamos con los dueños de la vivienda de Dresde para, de mutuo acuerdo, dejar finalizado el contrato de alquiler. Lo siguiente en la lista era despedirnos de nuestras familias, y eso fue lo más duro, pero había que afrontarlo y así lo hicimos. Muchas lágrimas se derramaron aquel día, pero el proyecto común en el que estábamos embarcados bien valía los momentos de llanto y la distancia. Una vez superado el trance de la despedida, decidimos que debíamos comenzar una búsqueda exhaustiva de vivienda para adquirirla en propiedad y poder oficializar nuestra dirección en Berlín. Pasaron unas semanas, y dado que el instituto estaba situado en la parte norte de Berlín, estuvimos buscando en esa zona.

CAPÍTULO IV

En mayo de 1940, Antes de entrar en la academia militar, fui destinado a una de las divisiones del ejército B, cuya misión principal era invadir los Países Bajos, pero este era uno de los objetivos de esos días, otras divisiones de infantería y mecanizadas se encargarían de la invasión de Bélgica y Francia en lo que se llamó la Batalla de Francia. El ejército B estaba comandado por Fedor Von Bock, a quien, gracias a la exitosa invasión en Holanda, el Führer decidió ascender a mariscal de campo. Nuestra división era una de las veintiocho que tomaron parte avanzando desde el norte para destruir al ejército holandés. La ofensiva no duró mucho tiempo, ya que avanzamos muy rápido y pudimos tomar posiciones sin demasiada resistencia en general, sin embargo, particularmente para nosotros, tuvo consecuencias nefastas. Lo siguiente fue asegurar el canal Alberto y finalmente resistir los ataques del ejército aliado, pero en esas incursiones ya no tomé parte.

Durante este tiempo comprendido entre la incorporación a filas y el ingreso en la academia militar, pude compartir mi corta experiencia bélica con muchos compañeros, pero principalmente con Lars y Rolf, que fueron algo más que camaradas de armas, fueron amigos, casi hermanos. Lars era igual de alto que yo, un año más joven y le atraían mucho las carreras de fondo. Tenía muy buenas marcas en 10 000 metros y media maratón. Él fue el culpable de mi afición por las carreras de resistencia. No fue solo un compañero de ejercicios, también fue un apoyo en la instrucción y psicológico. Al contrario que yo, Lars era moreno y mucho más delgado, aunque esto no significaba que fuese débil, en el cuerpo a cuerpo era muy hábil, como me pudo demostrar en los entrenamientos diarios. Rolf, sin embargo, era unos centímetros más bajo pero fornido y dos años mayor que yo, no era tan ágil; sin embargo, sí era más contundente en sus acciones y cumplidor en cualquier tarea que se le encomendaba. Era un hombre pegado a un cigarrillo, todo descanso iba acompañado de su inseparable socio humeante. Creo que la marca que fumaba era Sorti o Sorte.

La instrucción fue muy dura, se extendió algo más de cuatro meses, fue muy largo e intenso ese período debido a la situación. Todo estaba centrado en la misión que cumpliríamos meses después en tierras holandesas, por lo tanto, debíamos estar muy preparados. En ese tiempo, Lars, Rolf y yo compartimos muchas confidencias y pensamientos. Éramos inseparables, corríamos juntos, comíamos juntos, y cuando teníamos unas horas libres, las pasábamos juntos. Durante ese periodo de descanso, hablábamos del futuro de cada uno. Con poco más de veinte años, nos veíamos los reyes de Europa, como así promulgaba nuestro Führer en cada una de sus intervenciones. Tres días antes de ser movilizados, tuvimos unas horas libres que empleamos en distraernos tomando unas cervezas en una pequeña ciudad cercana a Mönchengladbach llamada Viersen. Aquella ciudad estaba a unos veinte kilómetros de la frontera con los Países Bajos y, dada su proximidad, Viersen, a simple vista parecía verse influenciada, arquitectónicamente hablando, por ese país. Como el tiempo libre que teníamos era exiguo, nada más parar el camión que nos acercó a la ciudad, bajamos y, teniendo en cuenta la hora de recogida, nos aproximamos a la primera cervecería que vimos en la zona. Teníamos cuatro horas antes de que el camión llegara al punto de recogida, y si no estabas en el sitio a la hora indicada, tenías que desplazarte andando hasta el campamento, que estaba a cinco kilómetros. Nos llevaríamos una buena reprimenda y el consecuente arresto. Ya en la cervecería, teniendo a la vista desde la barra el punto de recogida, pedimos unas jarras de cerveza Düssel, típica de la región. Siendo de malta, no llegaba a ser una cerveza negra, era más un color cobrizo, y el sabor era un poco más intenso. En tres horas y media cayeron cuatro jarras de medio litro por cabeza y, en ese rato, surgieron conversaciones de todo tipo tales como el fútbol, mujeres y los planes que teníamos para después de la guerra. Lars nos confesó que, cuando acabase la guerra, intentaría ser atleta profesional de medio fondo. Nos comentó todos los detalles de lo que tendría que hacer, como las horas de entrenamiento, las dietas que seguiría, todo lo explicaba con tal pasión que hubo momentos en los que parecía emocionarse al contarlo, y eso generaba en nosotros cierta envidia sana al ver tan claras sus metas. Rolf nos contó que al final de la guerra le gustaría conocer a una buena mujer y formar una familia numerosa. Yo, simplemente, quería acabar mis estudios de Odontología para poder ejercer en Potsdam o en Berlín. Hablamos de muchas cosas menos de la que, en realidad, tenía importancia y por la que estábamos en aquel campamento, la misión en tierras holandesas. Por motivos de seguridad, nuestros superiores no nos informaron sobre los detalles antes de darnos las horas de permiso. Obviamente, lo hicieron para evitar posibles filtraciones que provocaran que nuestro enemigo supiera de nuestras intenciones.

Todo estaba milimétricamente calculado. El control total que quería ejercer el Führer sobre Europa, parecía ser estudiado al más mínimo detalle, y ello se veía reflejado en la preparación, desde lo más bajo hasta lo más alto de todos los estamentos del régimen, militar y social. Un día antes de la ofensiva en territorio holandés, ya sabiendo los detalles de la misión, el brigadier de nuestra división, el general Erik-Oskar Hansen, se dirigió a nosotros para aleccionarnos y recordarnos la importancia de nuestro trabajo en el campo de batalla para el devenir de la misión. Finalmente, nos deseó suerte y acabó con un «¡Salve, Hitler!». Después de escuchar tan ferviente discurso, la motivación de la tropa estaba por las nubes. Todos sabíamos al milímetro lo que teníamos que hacer y por dónde teníamos que avanzar, no había lugar a errores.

El día de la invasión, la coordinación fue casi impecable, sin embargo, lo cruel de la guerra es que cualquier fallo significa una o varias bajas en forma de muertos o heridos y eso fue lo que sucedió. Poco antes de llegar al punto de partida de la misión, el capitán de nuestra compañía se dirigió a nosotros y nos indicó que comenzásemos a distribuirnos según las órdenes. De esta manera, nos separamos en diecisiete pelotones de seis personas cada uno. Lo recuerdo perfectamente. Cada pelotón estaba formado por un sargento o cabo, que iba equipado con un subfusil MP-40 y seis cargadores metidos en las fundas colgadas del cinturón sujeto por las trinchas, y una granada de mano; tres soldados de escolta, equipados con un fusil de asalto

MauserKar 98k con seis cargadores y dos granadas de mano; un soldado con un fusil de asalto MauserKar 98k a la espalda y una ametralladora MG-34 —arma que llevaban cinco de los diecisiete pelotones—, sus seis cargadores para el fusil y una granada de mano. Por último, un soldado equipado igual que los tres escoltas que además llevaba la munición de la MG-34. Cada uno de los diecisiete pelotones cubría un sector determinado y ese sector venía marcado en el mapa que poseía el cabeza de pelotón, el sargento o el cabo que nos guiaba a nuestro destino. El nuestro cubría el sector 13-B, el pelotón en el que estaba Rolf cubría el 11-C, y el de Lars cubría el 13-A.

Durante el camino hacia nuestro sector, pude observar las caras de mis compañeros, y en ellas se notaba el miedo y la incertidumbre al saber que esos podían ser sus últimos momentos de vida, pero también suponía un aumento de adrenalina que desembocaba en una euforia contenida que nos ayudaba a seguir avanzando. Sin embargo, la duda que me rondaba la cabeza era si iba a ser capaz de preparar mi fusil, apuntar y disparar a otro ser humano. En las prácticas de tiro, a todos nos provocaba una sensación de excitación tener un arma en las manos y poder hacer blanco en una diana u objeto inmóvil, pero en este caso era un semejante, una persona que se convierte en el objetivo del disparo y, si es certero, podías arrebatarle la vida. Por unos segundos temblé al pensarlo, no obstante, no había lugar a dudas, y lo que predominaba era el instinto de supervivencia.

Llevábamos ya cerca de dos horas de camino y nos acercábamos al sector que teníamos que cubrir. De pronto, a dos kilómetros de llegar a nuestro objetivo, varias explosiones provocadas por fuego de mortero hicieron que nos separásemos de inmediato. Mi primera reacción fue buscar a Lars, que estaba junto a nuestro pelotón antes del comienzo del fuego, pero las ametralladoras enemigas nos mantenían a raya y me imposibilitaban localizar su posición exacta. A Rolf le tenía a la vista, ya que portaba la MG 34. Pude seguir con la mirada el perfecto y rápido montaje de esta mientras seguía preocupado por Lars. El fuego de mortero se intensificaba y por unos minutos me embargó la preocupación, aunque enseguida se hicieron notar nuestras ametralladoras. Entretanto, nosotros avanzábamos reptando al tiempo que las balas silbaban sobre nuestras cabezas. Una de las veces que eché la vista atrás, pude ver a Lars, que me hacía un gesto manual y giraba la cabeza; significaba que había que dar cobertura a Rolf porque una de las ametralladoras había caído. Me reuní con Lars y me dio a entender que esta era una zona que había que defender como fuera. Si no se controlaba, era demasiado terreno sin cubrir por nuestro fuego y sería un punto muy vulnerable para nosotros. Rápidamente, Lars retrocedió para pedir una ametralladora mientras nosotros le cubríamos. Al oeste, a unos treinta metros, pude ver la ametralladora de Rolf que, además de cubrir su sector, nos ayudaba con el nuestro. Diez minutos después oí la voz de Lars a lo lejos, venía con un soldado que le llevaba la munición de la MG y al que estaba dando indicaciones. De repente, a unos veinte metros detrás de nosotros, hizo explosión un proyectil de mortero muy cerca de la posición de Lars, que levantó una gran polvareda en su zona. Segundos después, otra explosión en el mismo lugar. Mi preocupación creció cuando al dispersarse el humo levantado por los estallidos, no conseguí localizar a Lars ni al soldado que cargaba con la munición. Me temí lo peor, la situación parecía límite, pero el fuego de mortero era menos intenso y eso me permitió retroceder hasta el lugar en el que se produjeron las explosiones. Cuando llegué, todavía quedaban humo y polvo flotando en el aire, pero un golpe de viento hizo que todo se despejara y pude contemplar lo que había alrededor mí y, lo que vi me encogió el corazón. Un cuerpo despedazado yacía en el suelo y yo permanecía ante él horrorizado. La cara la tenía destrozada, pero lo que más me hizo estremecer, fue que todavía se movía. No sabía qué hacer, me arrodillé y acerqué el oído a lo que parecía ser su boca para intentar entender lo que quería decir con un hilo de voz que se apagaba lentamente. «¿Es Lars?», pensé. Lamentablemente, estaba perdido, los daños en su cuerpo eran muy serios e irreversibles y solo pude ser testigo de su último aliento. Cubierto de sangre y de restos de un compañero sin rostro, me mantuve atento a lo que pudiera decir antes de morir; sin embargo, las fuerzas solo le permitían susurrar palabras sin sentido. En ese preciso instante, oí una voz a unos metros de distancia que, a duras penas, me nombró. Tal vez fueron los nervios los que no me permitieron ver un importante detalle que pasé por alto. La munición de la MG estaba a pocos centímetros del cuerpo que estaba ante mí. Ver la lata con la munición y escuchar aquella voz decir mi nombre con dificultad significaban que el cuerpo que tenía delante, ya inerte, no era el de Lars, y esa circunstancia, en parte, me reconfortaba.

El fuego de mortero cesó, lo que me permitió buscar de manera más exhaustiva a mi amigo. Recorrí unos metros en los que apenas podía ver por el humo que había en la zona. Avancé un poco más en dirección a la voz que continuaba diciendo mi nombre. En ese instante, pisé algo que me hizo trastabillar. Miré al suelo y descubrí con horror que el objeto que me hizo tropezar fue una pierna seccionada a la altura de la rodilla. Enseguida, me temí lo peor.

—¡Heinrich, necesito que vengas! —exclamó mi amigo aferrado a la ametralladora y sangrando abundantemente por la rodilla de la pierna izquierda, que fue violentamente arrancada.

Rápidamente, me acerqué y utilicé mi cinturón para hacerle un torniquete, entretanto, él me decía que estaba bien y que tenía que hacer llegar cuanto antes a la posición avanzada la ametralladora y su munición. Haciendo un gesto a mis compañeros, pedí a uno de ellos que se acercara para que llevase la ametralladora a la posición; después, le dije a Lars que apretase el cinturón que hacía de torniquete y cargué con él para sacarlo de la zona de conflicto. Hubo un momento, según íbamos retrocediendo, en el que Lars me miró.

—¡Mi pierna, Heinrich!, ¿dónde está mi pierna?, ¡Dios mío! —gritó entre sollozos.

Aquellas desgarradoras palabras, junto con la idea de saber que mi amigo no volvería a ser el mismo, me llenaban de dolor.

La ametralladora se montó y, por ende, la posición fue cubierta. Conseguí llevar a Lars a la zona donde estaban los sanitarios e inmediatamente los médicos se encargaron de él. En ese mismo instante me di cuenta de que ese día quedaría marcado a fuego en mi corazón. A pesar de lo vivido en la contienda y la desgraciada circunstancia de Lars, uno de los oficiales que vio lo sucedido, me propuso para ir a la academia militar de Prusia en Berlín y poder hacer la carrera de oficial. Mi primera reacción fue negativa, no podía dejar a Lars en ese estado y debía estar con él. Unas horas más tarde, tras un relevo en la posición de las ametralladoras, Rolf se desplazó al hospital de campaña para reunirse con Lars y conmigo. Lars parecía estar dormido debido a la sedación, y eso permitió que Rolf y yo mantuviésemos una conversación acerca del estado de Lars y de las posibles repercusiones que acarreaba su situación. También le hice saber mi posible marcha a la academia, y él reaccionó de manera positiva. Charlar con él me ayudo a decidirme y a estar tranquilo por Lars, ya que Rolf me prometió que cuidaría de él. Unos minutos más tarde, Lars despertó con ciertos gestos de dolor, pero al vernos allí junto a él, nos dedicó una sonrisa y nos preguntó si estábamos bien, le contestamos afirmativamente, y le dijimos que la misión fue un éxito y las posiciones estaban cubiertas. Entonces, le preguntamos cómo se encontraba, y nos respondió que estaba algo mareado y con dolores por todo el cuerpo. Tuvimos que preguntarle si recordaba lo ocurrido para ver si era consciente de su situación, y nos contestó que sabía lo sucedido y la pérdida de su pierna izquierda. Al decírnoslo, giró la cabeza hacia la izquierda para evitar que viésemos sus ojos cubiertos de lágrimas. No sabíamos qué decirle, era una situación terrible, no podíamos evitar ponernos en su lugar y pensar que todos sus sueños se habían esfumado como aquella polvareda provocada por el fuego de mortero.

Al día siguiente, hablé con mi oficial y decidí que aceptaría ir a la academia. Pensándolo fríamente, tenía la certeza de que Rolf y los médicos cuidarían bien de Lars, al menos eso era lo que quería creer. Además, ir a la academia significaba estar cerca de mis padres, lo que me permitiría ir a visitarlos de vez en cuando. Todo eso parecía reconfortarme, sin embargo, la realidad era que no podía dejar de pensar lo sucedido en aquel bosque. La vida, en ocasiones, puede llegar a ser muy cruel, y el caso más claro era Lars, un chico joven, cuya ilusión queda truncada en cuestión de segundos porque el destino establece que tenía que estar en la trayectoria de ese proyectil de mortero; y todos los planes de futuro que esperaba poder hacer realidad, se quedan en nada. Mientras, yo, que apreté el gatillo poco más de siete veces durante la incursión y que no demostré ni la mitad de valor que mi compañero injustamente impedido, que lo único que hice fue llevar a mi amigo a salvo cuando ya había cesado el fuego, soy propuesto para ingresar en la academia militar y ascender a oficial. Por todos esos factores no me sentía merecedor de aquel premio, aunque debía ir, por Rolf, por Lars, para demostrarles que llegaría a ser un buen oficial, y por mis padres, que tendrían fuera del frente durante un tiempo a su hijo mediano, y eso les supondría una preocupación menos y una alegría más.

Llegó el día de partir hacia Berlín, ya lo tenía todo preparado. En un par de horas vendrían a buscarme y dejaría aquel país en el que estuve apenas tres o cuatro días, pero antes, me acerqué al hospital de campaña improvisado para despedirme de Lars.

—Hola, Heinrich, por lo que veo, ya estás preparado para partir a Berlín —me dijo con semblante cansado.

Le miré y asentí. Le pregunté cómo se encontraba, me explicó que seguía con dolores y que un médico le había comentado que veía necesario su traslado al hospital militar de Kaiserswerth en Düsseldorf para tratar concienzudamente su problema y recurrir a la cirugía para la zona dañada.

—Heinrich, los dos días que llevo aquí postrado me han servido para pensar en mi actual situación, pero no me han valido para asumirlo. Para una persona como yo que ama el deporte y en especial el atletismo, afrontar esto es muy difícil, no sé si podré… ¿Qué voy a hacer? —dijo Lars a la vez que una lágrima le recorría el pómulo derecho.

Sus palabras mostraban un derrumbe anímico total, por eso intenté animarle diciendo que él siempre había sido muy fuerte y tenaz, que esta era una situación difícil, pero que él contaba con la fuerza necesaria para superarla. En ese momento apareció por allí Rolf y, poniéndome la mano en el hombro izquierdo, me dijo:

—¿Te pensabas marchar sin despedirte?

Sonreí.

—Por supuesto que no —le contesté a la par que le daba un fuerte abrazo, bajo la atenta mirada de Lars.

Finalmente, me dirigí a los dos diciendo que volveríamos a vernos, y que esperaba que tuviesen mucha suerte hasta entonces.

CAPÍTULO V

En marzo de 1937, contaba con 33 años y hacía unos seis meses que vivíamos Anna, Karl y yo en uno de los distritos de Berlín, concretamente en Pankow, en la calle Schivelbeiner, para ser más exactos. Anna, mi esposa, es una mujer morena de mi estatura, aproximadamente, que por aquel entonces tenía 31 años. Su familia era muy humilde. Su padre trabajaba de barrendero cubriendo varias zonas de la ciudad. Doblaba turnos porque, con su sueldo, debía mantener a toda la familia, y esta circunstancia conllevaba que ella apenas pudiera verlo al cabo del día. Durante algunos años hubo ingresos extra debido a que sus hermanos aportaban una cuantía mínima de su salario mientras vivían allí, aunque fue un período corto, ya que pronto se fueron de casa para comenzar una nueva vida con sus respectivas parejas. Anna era la pequeña de cuatro hermanos, dos hermanos y una hermana. No tenía estudios superiores. Desde muy pequeña ayudaba a su madre en las labores del hogar y también a coser, ya que su madre se dedicaba a arreglar todo tipo de prendas que le llegaban de gente del barrio, que se las traía a cambio de una pequeña cantidad de dinero, dependiendo del arreglo de la prenda y de su calidad.

Todo era idílico, mi trabajo me llenaba, veía crecer sano a mi hijo y mi mujer era feliz, sin embargo, esa vida que habíamos creado y que parecía perfecta, pendía de un hilo. Mi hijo Karl ya casi tenía dos años, y nuestra vida empezaba a estar afianzada en Pankow, durante ese tiempo que pasó desde que llegamos a Berlín, hasta esos días, pude recibir noticias mediante cartas, telegramas de mis padres, de mi hermano; y en alguna ocasión fuimos a Dresde a visitar a nuestros familiares y amigos. Pero un día de diciembre de ese año, estando en la mesa del comedor a punto de almorzar, oímos llamar a la puerta de entrada de nuestra vivienda. Miré a Anna intentando adivinar quién podía ser y me aproximé a la puerta. Cuando abrí, me llevé una sorpresa mayúscula. Era Bastian, uno de mis excompañeros de piso durante mi etapa como trabajador de Gläser y de aquel colegio de primaria en Dresde.

—Hola, Gabriel —dijo Bastian esbozando una leve sonrisa que, al instante, borró de su rostro.

Me aproximé a él, le di un abrazo, le dije lo feliz que me sentía al verlo. De inmediato, me separó de sí con el brazo izquierdo y me dijo en tono muy serio que teníamos que hablar sobre algo muy importante. Bastian era muy amigo mío, incluso le propuse que fuese el padrino de mi hijo Karl, sin embargo, él creyó conveniente que fuese un miembro de mi familia o de la familia de Anna quién debía desempeñar ese papel. Le insistí, pero fue inútil, su decisión estaba tomada, aunque me comentó que, si algo ocurría, no le faltaría nada a mi hijo. Le pedí que me acompañase a verlo, aprovechando que estaba en su habitación, durmiendo. Abrí la puerta.

—Ahí está —le dije. Y, al ver a Karl en la cama, Bastian sonrió durante unos segundos. Seguidamente, me miró y me dijo que fuésemos al salón, ya que tenía que contarme algo muy importante. Ya en el salón, le pedí que tomase asiento mientras mi mujer iba a preparar café.

—Gabriel, sabes que cuando fuimos compañeros de piso os dije en más de una ocasión que mi ilusión era ser policía, ¿lo recuerdas? —preguntó mirándome fijamente. Yo asentí con la cabeza. En ese momento, llegó Anna con dos tazas de café y Bastian se lo agradeció—. Lo conseguí, pasé todas las pruebas necesarias, ¿Sabes lo que significa eso? —me preguntó mientras sus ojos seguían clavados en los míos. Estaba totalmente intrigado, por eso le contesté que no sabía a qué se refería—. Gabriel, soy un agente de la Gestapo.

No supe reaccionar ante semejante confesión. Me alegraba por él porque logró conseguir lo que deseaba desde hacía tiempo, pero hubo varios aspectos de la visita que me confundían, como que estuviera tan serio y que viniera desde Dresde tan solo para hablar conmigo.

—Tú sabes que, desde las últimas elecciones de hace casi cuatro años, el modo de gobierno ha cambiado en este país y el partido que está en el poder, el Nacionalsocialista, se ha consolidado. El Führer está dictando unas normas muy estrictas que nosotros, las fuerzas de seguridad, debemos hacer que se cumplan. Dicho esto, quiero que entiendas que esta visita es un favor que te hago muy especial, por la amistad que nos ha unido..., hasta hoy —sentenció Bastian.

Lo siguiente que hizo fue coger la taza de café, dio un sorbo, se dirigió a mi esposa para felicitarla por el sabor de aquel brebaje y respiró hondo. Yo ya no podía más con la intriga, miraba a Bastian y veía que él estaba muy tranquilo y a la vez muy serio. Me dirigí a él y, cogiéndolo del brazo, le pregunté qué estaba pasando. Él hizo un amago de retirar el brazo, me volvió a mirar y me dijo:

—Hace tres días, estando en el cuartel de la Gestapo, en Dresde, pude oír algo que pronto va a suceder. Quiero que antes de contártelo entiendas que, si se supiera lo que estoy haciendo me metería en scrios problemas.

Con esas palabras, la intriga acabó, aunque creció en mí la preocupación. ¿Qué había hecho para que Bastian recorriese casi doscientos kilómetros y se la jugara por ello? Me preguntaba si mi familia estaría en peligro.

—Gabriel, deja de fingir que no sabes nada. He investigado a raíz de la filtración dentro del cuartel y he podido ver algo que afecta a tu padre, y por eso estoy aquí —confesó Bastian.

Yo no podía entender en qué estaba involucrado mi padre para que Bastian se dirigiera a mí en esos términos, pero pensé un instante y eso me permitió ver más allá de cualquier razón que situara a mi padre fuera de la ley. Sí, por fin lo entendí sin que Bastian me lo contara. El delito que mi padre cometió, o el mal que portaba y por el que iba a ser castigado con fuerza por el partido gobernante era ser judío.

Mi padre nació y creció en Dresde. Por parte de su madre, su ascendencia era judía y no mantuvo en secreto el hecho de serlo, aunque tampoco fue un tema principal de conversación, para él carecía de importancia. Tal fue así que no contrajo matrimonio con una mujer judía; es más, su enlace matrimonial fue mediante una ceremonia cristiana. Para mi padre, su condición espiritual no era algo importante y así lo demostró durante toda su vida.

—Tu padre es judío, y ese es el motivo por el cual estoy aquí. Hace un par de días, en el cuartel de la Gestapo en Dresde, me encontraba en los vestuarios del gimnasio dispuesto a comenzar con mis ejercicios diarios cuando escuché una conversación que mantenían dos de mis compañeros. El contenido de esa conversación se centraba en una inminente reunión que se celebraría en un local muy conocido de la ciudad. Según pude oír, esa reunión está organizada por el GAU, uno de los subniveles en la organización del Partido Nacionalsocialista, y esperan tener un gran poder de convocatoria de la población con una amplia afluencia de personas afines al partido que actualmente ostenta el poder. Te preguntarás qué tiene que ver esto con tu padre, pues bien, el motivo principal de la reunión es dar a entender al pueblo la imperiosa necesidad que tiene la sociedad de librarse de los judíos. Teniendo en cuenta el apoyo general que tiene el gobierno, el mensaje puede calar en los presentes a la reunión y esto puede desembocar en una inmediata persecución a todo judío de Dresde. Dicho esto, tienes que entender que mi visita es una advertencia de lo que puede suceder dentro de muy poco. Nos ha unido una gran amistad y por eso he querido avisarte. Creo que ya no hay nada más que decir. Te aconsejo que avises a tus padres para que salgan de Dresde y vendan sus propiedades lo antes posible, porque las cosas se van a poner muy difíciles —dijo Bastian con semblante serio.

Segundos después, apuró el café, se levantó y se dirigió a la salida, pero antes de abrir la puerta, se acercó a Anna y, a la vez que le cogía de las manos, dijo que se alegraba de verla y le pidió que cuidase de Karl. Con el gesto a Anna, la visita llegaba a su fin, pero antes de irse, me miró a los ojos y me dijo que probablemente era la última vez que nos veríamos, pero que, si eso no se cumplía, el día que estuviésemos frente a frente, se olvidaría de que una vez fui su amigo. No podía creer que las últimas palabras que iba a escuchar de Bastian fuesen para amenazarme, aunque en mi interior tenía la sensación de que lo decía por mi seguridad y la de los míos. Entendía que quería que mi familia y yo nos mantuviésemos lejos de Dresde para evitar problemas. Finalmente, cuando pensaba que ya me había dicho todo, se dio la vuelta antes de salir y me dijo que le diera un beso de su parte a Karl y me ofreció su mano como despedida. Me deseó buena suerte y un «Cuida de tú familia» muy sincero, que me produjo un nudo en la garganta por la emoción.

Se cerró la puerta detrás de Bastian y eso significó el fin de una muy buena relación de amistad. Desgraciadamente, ya no disponía de tiempo para pensar en eso, tenía que avisar a mis padres enseguida, desplazarme a Dresde y explicarles todo lo que me había dicho Bastian. Debían dejar la ciudad urgentemente.

CAPÍTULO VI

E l paso por la academia militar me marcó de por vida. La disciplina adquirida durante el transcurso formativo en aquellas dependencias me hizo ser más frío en la toma de decisiones y, por el cargo que iba a desempeñar, debía ser más duro e inflexible en según qué situaciones. La influencia del Partido Nacionalsocialista era arrolladora; todos los que formábamos parte de aquel programa estábamos escogidos concienzudamente y entrenados con el fin de llevar a los nuestros a la victoria final. El entrenamiento, en ocasiones, era muy duro, pero también era necesario. En un país como este, en ese tiempo, la preparación y la motivación que recibíamos eran proporcionales a la ambición del Führer.

Pasaron dos meses después del ingreso en la academia y ya tenía establecida una rutina. Los días durante la estancia fueron muy parecidos y los programas de adiestramiento estaban minuciosamente estudiados. El objetivo primordial de aquel aleccionamiento era asentar la idea de que todo lo que se hacía era en favor de las creencias del partido y la premisa fundamental: ser el fuerte en la carrera de fondo en la que se había convertido la guerra. Todos los días, aparte del entrenamiento físico y táctico, siempre había lugar para la concienciación social, que básicamente era un bombardeo continuo de lo esencial del partido gobernante y lo importante que era la supremacía de la raza aria.

El tiempo pasó deprisa, mi formación acabó y los evaluadores decidieron que era apto para ser oficial y, por consiguiente, ser destinado al frente.

Ya habían pasado cuatro días desde que salí de la academia y seguía sin recibir noticias sobre mi destino, algo que para mi familia significaba un día más juntos. Era evidente que estaban felices al tenerme con ellos, y yo, por supuesto, también lo estaba. Mi estancia allí era muy placentera, pero, a pesar de ello, debía continuar con mi entrenamiento. Tenía que estar preparado, el futuro de cualquier misión que me encomendasen y el de mis soldados dependían de ello, por esa razón, todos los días trataba de continuar con mis ejercicios, siempre con el parque Babelsberg como marco incomparable en el que hacía mi tabla de rutinas físicas. Salir a ejercitarme esos días era muy duro, y no por el esfuerzo aeróbico diario, sino por la gente que encontraba en mi camino mientras corría. Sus ojos se clavaban en mí. Eran personas que tenían nietos, sobrinos o hijos luchando en el frente, y verme les provocaba cierto recelo, una emoción justificada por no ser sus seres queridos los que ocupaban mi lugar y poder disfrutar de ellos como mi familia disfrutaba de mí durante esos días.

Aquel día, como de costumbre, acabé mi entrenamiento y me dirigí a casa de mis padres. Apenas había amanecido y empezaba a pagar el esfuerzo realizado. Me paré durante un par de minutos para estirar, cuando noté un toque sutil en la espalda que provocó mi atención máxima. Al darme la vuelta pude ver el rostro joven de Martina, en el cual se dibujaba una pícara sonrisa.

—Buenos días, Heinrich, eres muy madrugador —dijo al tiempo que apartaba un mechón de pelo que ocultaba sus preciosos ojos verdes.

No pude evitar fijarme en el atuendo que llevaba, compuesto por una falda gris que le llegaba muy por debajo de las rodillas, chaqueta a juego y una camisa blanca que pude intuir por el cuello que sobresalía. Aparte, parecía llevar un mandil blanco con el que jugueteaba todo el rato con ambas manos. A pesar de llevar un modelo tan recatado, Martina parecía lucir una esbelta figura.

—¿Haces esto todos los días? —preguntó. Debido a mi intensa respiración, pasaron unos segundos antes de que pudiera reaccionar—.

¡Vaya!, o te has quedado sin habla, o no pareces tener mucha conversación —insinuó con un ligero movimiento de cabeza y un leve guiño en sus ojos. Parecía defraudada por mi nula reacción, aun así, no borraba de su cara aquella sonrisa—.

¡Bueno!, como veo que no quieres hablar conmigo… —dijo haciendo ademán de marcharse.

Antes de que pudiera hacer cualquier otro gesto, extendí la mano con intención de evitar que se fuera, y lo conseguí. Ahora con sus ojos clavados en los míos, esperaba con expectación cualquier palabra que saliera de mi boca. Cuando mi cerebro pudo liberarse del bloqueo momentáneo, le comenté que lo de madrugar era un hábito adquirido en la academia militar y que era muy importante mantener un buen estado físico para abordar cualquier tipo de enfrentamiento en combate. Ella, al oír mi voz uniendo palabras con aparente sentido, dibujó en su cara cierta satisfacción e incluso alivio, pero parecía esperar algo más de mí, no se conformaba con la seguridad que demostraba al explicar el porqué de mis ejercicios diarios. Me di cuenta de esa circunstancia y quise salir al paso animando a Martina a que al día siguiente se despertara temprano y quisiera compartir conmigo una mañana de carrera continua. Ante tal invitación, su gesto fue una mezcla entre pereza y desidia. Durante un par de segundos cerró los ojos, bajó la cabeza en un claro gesto de negación y me dijo que cambiaba unos kilómetros de carrera por un café caliente a una hora razonable. Era evidente que su oferta era mucho más atractiva, a la par que irrechazable. Acepté la propuesta de desayuno con ella y establecimos ese mismo lugar y hora como punto de encuentro del día siguiente. Una vez concretada lo que parecía ser una cita, Martina se despidió con un *hasta mañana* y se alejó calle abajo en dirección a la panadería de su padre. Estuve unos segundos observando cómo se marchaba a la vez que terminaba de estirar.

A la mañana siguiente, me levanté más temprano que otros días para no dejar mi entrenamiento. La oscuridad seguía predominando en el cielo de Potsdam cuando empecé a correr, no obstante, los pájaros ya empezaban a dejarse notar gracias a sus cantos madrugadores. El tiempo se acababa, tal vez quedaban horas para saber mi destino, pero yo lo tenía asumido y así se lo expliqué a mis padres y a mi hermano. Tal fue así que en mi habitación siempre estaba la maleta preparada para partir cuando fuese el momento. Esa mañana era distinta, en dos horas me reuniría con Martina y eso me motivaba para completar mis ejercicios con mayor rapidez y destreza. Cuando acabé de estirar, me dirigí a casa para asearme y ponerme el traje de oficial, ya que el resto de mi ropa estaba guardada en la maleta.

Era la hora y allí me encontraba, un oficial del ejército alemán con su uniforme reglamentario esperando a la hija del panadero del barrio. Pasaron diez minutos y aún no había llegado. La impuntualidad es impropia de un soldado, y eso empezó a ponerme nervioso. Estuve durante unos minutos caminando de lado a lado de la acera mirando el reloj constantemente, hasta que en uno de los giros pude ver al final de la calle una silueta de mujer con un atuendo familiar. Por la manera de vestir y de andar parecía Martina, aunque no estuve seguro hasta que hubo avanzado unos metros más. Llevaba un tipo de falda similar a las que lució en días anteriores, esta vez escogió el color burdeos con una chaqueta que hacía juego y una camisa blanca, al igual que en nuestro último encuentro. Aparte de la vestimenta, pude ver que llevaba carmín del color de su chaqueta, algo de colorete y un peinado que se salía del recogido habitual.

—¡Disculpe! —dijo Martina acercándose a mí con paso firme y decidido—. He quedado en este mismo lugar con un hombre que suele practicar deporte muy temprano, ¿le ha visto usted? —preguntó Martina intentando hacer más interesante el encuentro entre ambos y, al tiempo que lanzaba la pregunta, jugueteaba con un mechón de su pelo. No hubo respuesta por mi parte, simplemente sonreí y miré hacia el suelo insinuando un gesto de resignación—. ¡Ah, si eres tú, no te había conocido con ese uniforme de general! —exclamó ella equivocando adrede mi graduación militar.

Queriendo aportar un poco de cordura a la conversación, le expliqué que era teniente y que si fuera general debería tener en torno a los cincuenta y cinco años aproximadamente, y todavía era muy joven. Ella, al oír mi respuesta, sonrió, y lo siguiente que hizo fue coger mi brazo con la intención de comenzar a pasear.

—Bueno, Heinrich, ¿dónde vamos a tomar ese café? —preguntó mientras me miraba con suma expectación.

Le dije que, a unos veinte metros, cercana a la calle por la que estábamos paseando, había una cafetería en la que servían un café excelente. Ella, asintiendo con la cabeza, mostró estar conforme con mi elección y fuimos hacia allí.

La luz del día ya cubría la ciudad y. aunque las nubes predominaban en el cielo, algunos rayos del sol se dejaban notar a través del ventanal de la cafetería. El aroma a café recién hecho y la compañía de la siempre jovial Martina, hacían de ese momento algo inolvidable.

Estuvimos hablando, entre otras cosas, de nuestra infancia y surgieron algunas anécdotas de aquella época que guardamos con cariño en nuestro recuerdo. En los tiempos que vivíamos, en plena guerra, era agradable poder volver a disfrutar de los momentos alegres del pasado, aunque en algunos casos no lo fueran. Ver a Martina mostrar tanta pasión al relatar sus vivencias era maravilloso, se le iluminaban los ojos y desprendía tal entusiasmo que su alegría me embargaba por completo. El único instante en el que se borró la sonrisa de su rostro fue cuando hablamos de la enfermedad de su madre, de lo duro que fue para ella verla sufrir tanto y cómo ese dolor despertó en su padre un odio permanente.

—La tengo muy presente en mis pensamientos —confesó ella, y, durante unos segundos, la tristeza se pudo ver en su rostro, una tristeza profunda acompañada por unas lágrimas que recorrían sus mejillas y que hicieron que se encogiera mi corazón.

—Pero ya está, se acabó su dolor —dijo entre sollozos y queriendo zanjar aquel triste recuerdo con una leve sonrisa.

Esa reacción provocó en mí un profundo sentimiento de culpa al ver que Martina abandonaba su cuasi perpetua jovialidad. No me perdonaba que hubiese llorado por haber llevado la conversación a un tema tan personal y de infausto recuerdo para ella. Por esa razón, vi necesario cambiar de conversación y así evitar que siguiera estando triste.

—Ayer vi que llevabas en la mano un mandil; ¿lo utilizas para ayudar a tú padre en la panadería? —pregunté.

—Sí, has acertado, pareces ser un buen detective —respondió al tiempo que terminaba de secarse las lágrimas.

—¿Ves esos bollos? —preguntó a la vez que señalaba con la mirada unos *berliner pfannkuchen* que había en un plato tapado por un cubre tartas de cristal. Yo asentí con la cabeza.

—Esos los he hecho yo —dijo con cara de satisfacción. Me sentí obligado a preguntarle si no era su padre el que los hacía.

—Mi padre hace todo tipo de pan y bollería, pero la receta de los *pfannkuchen* era de mi abuela materna; ella enseñó a mi madre y mi madre me enseñó a mí. Me levanto muy temprano para hacerlos, no eres tú el único madrugador de la ciudad. ¿Los has probado? —preguntó luciendo su sonrisa más jovial.

No me lo podía creer. «¡Estos deliciosos bollos los hace ella!», exclamé en mi interior. Yo, que siempre había dicho que esos *pfannkuchen* eran los mejores de la región y siempre atribuí el mérito de hacerlos a Hans. Fue una sorpresa muy grata saber que los hacía su hija. Ante la pregunta de Martina solo pude decir que sería un placer probar los bollos que había elaborado siguiendo la receta de su abuela. Al probarlos, pude notar el sabor que siempre dejaba en el paladar, con ese toque familiar y tan especial. En definitiva, una dulce delicia hecha con el máximo cariño.

—Bueno, Heinrich, me ha encantado conversar contigo. Buen café, mejor compañía y, aunque esté mal que yo lo diga, buenos bollos. Ahora tengo que volver a la panadería —dijo en el mismo instante que se levantaba.

Apresuradamente, me puse en pie y, situándome a su lado, me ofrecí a acompañarla; sin embargo, ella contestó que no hacía falta, la panadería estaba muy cerca y no era conveniente aparecer conmigo por allí. En ese momento entendí que lo decía por su padre y por eso no insistí, pero antes de mi más que probable partida al frente, tenía la necesidad de ver una vez más a Martina, y no quería marcharme sin que aceptara cenar conmigo al día siguiente. Miró hacia la puerta y después calle arriba, de esa manera se dio tiempo para pensar en mi invitación hasta que, finalmente, con una ligera sonrisa, respondió afirmativamente. Luego, despidiéndose de mí, abrió la puerta de la cafetería y se fue en dirección a la panadería de su padre.

Al salir de la cafetería, dirigí la mirada calle arriba con la intención de verla una vez más. «¿Qué me está pasando?», me decía a mí mismo. Acababa de marcharse y ya estaba deseando reunirme nuevamente con ella. «¿Habrá sido por el agradable rato que hemos pasado tomando café y charlando?», me preguntaba al tiempo que veía como Martina, cruzando la calle, salía de mi campo de visión. Todas esas preguntas y el hecho de que fuera tan atractiva y simpática eran la causa de que mis piernas temblaran y el bombeo de mi corazón fuera tan fuerte. Estaba claro, el conjunto de emociones y la ansiedad que experimentaba al no tenerla cerca eran síntomas inequívocos de un sentimiento fuerte que crecía en mí, y eso me abrumaba, aunque no me disgustaba. Horas después del café con Martina, en mi retina permanecía su silueta alejándose de la cafetería. Mi mente estaba prácticamente acaparada por pensamientos dedicados a ella, no obstante, tenía que poner los pies en el suelo y pensar que, en cuestión de horas o días, partiría hacia un destino lejos de allí.

Ya estaba anocheciendo en Potsdam, el cielo estaba encapotado y una lluvia molesta caía por las calles de la ciudad, y esa circunstancia nos permitió que disfrutáramos de una charla distendida mientras mi madre terminaba de hacer la cena. Desde hacía tiempo, intentaba evitar temas relacionados con la política, ya que los pensamientos de mi padre hacia el gobierno del Führer habían cambiado y lo que para él era, en un principio, un líder sólido gobernando un país con cierta disciplina, orden y coherencia, ahora era un demente con delirios de grandeza que llevaría a su pueblo a la ruina y al ostracismo. Esas eran reflexiones en alto que hacía mi padre, y para mí eran totalmente legítimas, pero yo era un oficial de las SS, por lo que pronunciarme a favor de sus palabras me traería muchos problemas, por lo tanto, me quedaba callado y asentía con la cabeza, y de vez en cuando intentaba cambiar de conversación.

—¡La cena está lista! —dijo mi madre en voz alta desde la cocina, coincidiendo con la entrada de mi hermano en el salón.

Mi padre se levantó del sillón mirando a Jürgen y yo me dispuse a hacer lo mismo cuando, en ese preciso instante, se pudo oír en todos los hogares de Potsdam un sonido muy familiar en las últimas fechas. Un sonido característico que hacía aflorar la histeria y que llevaba a todos los ciudadanos a ponerse a cubierto. Las sirenas de la ciudad sonaban con fuerza y hacían presagiar una nueva incursión de la Royal Air Force en Berlín. Tres segundos después de oírse la primera sirena, un preocupante estruendo que venía de la cocina nos sobresaltó un poco más si cabía. Mi madre, al oír las sirenas, había dejado caer los platos que portaba y se dirigió al salón apresuradamente.

—¡Rápido, al refugio! —exclamó mi padre en voz alta. Y todos fuimos a la puerta con urgencia.

Quizá la situación no era tan crítica, teniendo en cuenta los anteriores ataques de la RAF. La ciudad no se vio afectada por las bombas, pero no dejamos nada al azar y marchamos igualmente.

Mi familia ya estaba a salvo en el interior del refugio y yo me mantuve en la entrada durante unos minutos para controlar que no había gente por las calles. Esperé un poco, viendo como los gritos cesaban y la calle quedaba desierta. Esto dio paso a un silencio relativo, únicamente perturbado por el sonido de la lluvia cayendo sobre la ciudad como un murmullo constante, preludio de lo que sucedería segundos después: el rumor lejano de los bombarderos surcando los cielos con un único objetivo: Berlín. Minutos después, pudimos sentir los estallidos atronadores a decenas de kilómetros de Potsdam. Una vez más, Berlín estaba siendo sacudida por la RAF con toneladas de bombas. Mi mente dejó de pensar en mis más allegados y en el inevitable bombardeo que estaba sufriendo la capital, y toda mi preocupación estaba centrada en Martina: «¿Estará a salvo?», me preguntaba a mí mismo. Ninguna bomba cayó en la ciudad desde que empezó la guerra, sin embargo, la necesidad de saber de ella y mi afán de protección hizo que comenzara su búsqueda por todos los refugios cercanos.

El tiempo parecía pasar muy lento, pero en realidad, Berlín llevaba más de tres horas asediada por la RAF, y lo sabíamos por los ecos de las bombas que explotaban a kilómetros de distancia, sembrando la destrucción en el corazón del Tercer Reich. En ese período de refugio en nuestra ciudad, dediqué todo mi esfuerzo a localizar a Martina. Busqué con suma dedicación en todos los refugios cercanos, aunque siempre sin éxito. «¿Dónde se encuentra? —me preguntaba—. No está en ningún refugio, ¿por qué?», pensaba a la par que acrecentaba mi nerviosismo. Pero, en ese mismo instante, sonaron de nuevo las sirenas de aviso en toda la ciudad, en este caso para anunciar el final del bombardeo. Esto provocó que los ciudadanos empezaran a salir tímidamente de los refugios en dirección a sus casas. El peligro había pasado, aunque en mi interior podía notar un atisbo de preocupación por Martina. No sabía si durante este período de tiempo se encontraba en la ciudad y eso me originaba cierta inquietud. Ella me dejó claro que, por el momento, no quería que su padre la viese acompañada y eso me parecía respetable, sin embargo, necesitaba saber si estaba bien. Por esa razón, acompañé a mis padres y a mi hermano y después me dirigí a casa de Martina para cerciorarme de su bienestar. Unos minutos más tarde, estaba parado frente a su casa con la intención de subir, hasta que alcé la mirada y vi luz en el interior de su vivienda. Entonces, desde la calle pude ver fugazmente la silueta de Martina caminando por el salón y eso provocó que cesara en mí el nerviosismo, dando paso a un estado de alivio pleno. Ella, aparentemente, estaba bien, y eso me proporcionaba mucha tranquilidad, aunque no lograba entender por qué no estaba en ningún refugio. Esperaba que esa pregunta quedara contestada al día siguiente durante la cena. Finalmente, al ver que todo parecía estar en orden, respiré hondo y me fui a casa a descansar. Fue un día de muchas sensaciones acumuladas.

Amanecía un día más en Potsdam, esta vez con una niebla espesa que se adueñaba de las calles de la ciudad. Tuve muy presente lo sucedido la noche anterior, pero abordaba el día con ganas e ilusión, de hecho, se notó en mi entrenamiento. Corrí más deprisa e hice el doble de ejercicios de lo habitual. Mi cuerpo derrochaba adrenalina y mi mente estaba desbordada con tantas emociones, aun haciendo más ejercicio no notaba fatiga ni cansancio, parecía estar más en forma que nunca. Cuando acabé, me dirigí a casa con la intención de descansar un poco, ducharme y tomar un café y algo sólido que echarme a la boca. Durante el camino pude notar que la niebla se iba disipando y las calles ya eran totalmente visibles. El día se estaba aclarando y lo mejor parecía estar por llegar. Una hora después, me hallaba en casa de mis padres ya adecentado y dispuesto a tomarme un café acompañado de mi madre, momento que aproveché para intentar averiguar, de manera sutil, si logró saber algo sobre el paradero de Hans durante el bombardeo.

—Por el barrio dicen que ha permanecido en su casa en todas las ocasiones en las que ha habido ataques sobre Berlín. Por lo visto, ha comentado varias veces en la panadería que hacía falta algo más que unos cuantos avioncitos comunistas para sacarle de su casa. Esas fueron palabras textuales —dijo mi madre intentando imitar la voz de Hans, con cierta gracia, he de decir—. Ya sabes que Hans es algo testarudo —comentó mientras yo asentía con la cabeza.

No podía perder la ocasión para preguntarle si su hija también permanecía junto a él durante los bombardeos.

—Su hija también ha estado con él en casa los días de alarma de bombardeo, es muy valiente, no ha querido dejar a su padre solo —aseveró mi madre.

Saber que Martina permanecía al lado de su padre sin tener en cuenta el peligro que corría, suponía un gesto muy valiente e inconsciente a la vez. Ella estaba siendo arrastrada por la terquedad de su padre y yo sentía rabia al verla expuesta a un riesgo innecesario, una vez que sonaran las sirenas de aviso por un incipiente ataque perpetrado por el bando aliado.

Mi madre me miró y recogió mi taza de café vacía. En ese momento se oyeron unos golpes fuertes en la puerta de entrada. Pronto me apresuré a averiguar quién estaba al otro lado de la puerta.

—Tengo un telegrama urgente para el teniente Heinrich Schültz —comentó en alto.

Al oír aquello, abrí con ansia la puerta y, mirando a los ojos del portador del mensaje, extendí la mano para recibir el telegrama. Por fin iba a saber mi destino, pero antes de hacerlo, miré a mi madre y le dirigí una sonrisa tranquilizadora. Ella, me sonrió tímidamente y, con resignación, volvió a la cocina y se sentó en una silla. Di las gracias al hombre que me dio el telegrama y después lo leí. En él se indicaba que debía incorporarme inmediatamente después de recibir la orden. Pero… ¿era cierto lo que ponía en el telegrama sobre mi nueva ocupación? Me quedé estupefacto, no tenía sentido.

CAPÍTULO VII

El tiempo apremiaba y necesitaba hacer saber a mis padres lo que podía suceder tras la reunión y el peligro que corrían si se quedaban en la ciudad, pero esa información solo la podía dar en persona. Entendí el desplazamiento de Bastian desde Dresde a Berlín para informarme ya que, utilizar el telegrama o el servicio postal era demasiado peligroso para él. Si se descubrían indicios de que había ayudado a enemigos potenciales declarados por el gobierno nacionalsocialista, le acarrearía muchos problemas, no llegaba a ser traición, aunque se convertiría en un enemigo y le hubiesen tratado como tal. En Polonia, años más tarde, ese delito se castigaba con la muerte. Hablé con Anna para decirle que tenía que desplazarme urgentemente a Dresde para hablar con mis padres. Ella estaba muy nerviosa, no entendía la urgencia porque no estuvo presente en la conversación que mantuvimos Bastian y yo. Sus preguntas se sucedían, pero le dije que le desvelaría todo a mi vuelta. Había dos razones por las cuales no le conté lo que estaba ocurriendo. La primera porque debía partir cuanto antes a Dresde, no había tiempo de dar explicaciones. La segunda razón era que no quería preocuparla en exceso, si lo hacía le traería quebraderos de cabeza innecesarios. Para que estuviera tranquila, le dije que eran problemas burocráticos que necesitaba solucionar con mi familia en Dresde y que, a la vuelta, se lo explicaba todo.

Salí como un rayo hacia la estación de Ost. Compré un billete para el siguiente tren con destino a Dresde sin tener en cuenta la hora. El tren partiría de la estación cuatro horas más tarde y el viaje duraría algo más de tres horas, tiempo que emplearía en pensar en cómo sacar a mis padres de la ciudad. Para ellos, Dresde era su vida, sus amistades y su negocio estaban allí. Renunciar a eso iba a ser un trauma para ellos, sin embargo, era necesario. No sabía qué iba a suceder, pero no podía garantizar que su vida no corriera peligro. Mi mente no dejaba de pensar la mejor solución posible para sacar a mis padres de su hogar, tenía mucho tiempo para intentar diseñar un plan para garantizar su salida.

Por los altavoces de la estación anunciaban la salida del tren que debía coger hacia Dresde. Miré hacia el andén y subí con cierta premura al tercer vagón. Ya en mi asiento, miraba a través de la ventana como se despedía un hombre de su familia. Justo en ese instante, empecé a dar vueltas a una idea que me rondaba por la cabeza. Varios minutos después ya tenía clara una cosa: la mejor solución para mis padres era sacarlos del país y, para ello, había que dejar cerrados varios asuntos tales como la casa, el negocio y, hasta que llegase el momento difícil en la ciudad, teníamos tiempo para poder obtener un beneficio sobre esos inmuebles, aunque lo primero era intentar dejar cerrado el lugar en el que se establecerían mis padres.

Al llegar a la estación central de Dresde Haupt, salí del tren y recorrí el andén bajo los numerosos arcos de acero que formaban el esqueleto metálico de la nave en la que me encontraba, hasta llegar al vestíbulo principal. Minutos después cruzaba el parque Großer en dirección al barrio de Blasewit, mientras ultimaba los detalles del plan que llevaría a mis padres a algún lugar seguro. Cuando llegué, respiré hondo y llamé a la puerta. Después de unos segundos esperando, nadie abrió, no estaban en casa y, a juzgar por la hora que era, podían estar dando un paseo o cenando. Decidí ir a la clínica veterinaria con urgencia por si todavía seguían allí. Al llegar, parecía no haber nadie, no se veía luz en el interior, aun así, llamé. Segundos después, se abrió la puerta y vi a mi madre con un abrigo puesto.

—¡Hola, Gabriel, hijo! —exclamó sorprendida y después dibujando una gran sonrisa en su rostro. Me acerqué, la besé en la mejilla y le pregunté por mi padre.

—Está dentro. ¿Cómo no has avisado?, ¿dónde están Anna y Karl?, ¿ha pasado algo? —preguntó.

Le dije que estábamos todos bien, que no pude avisar y que necesitaba hablar con ellos enseguida. El rictus de mi madre cambió y ahora tenía un semblante serio. Mis palabras sembraron en ella preocupación y desconcierto. Al ver a mi madre tan afectada, la rodeé con el brazo derecho y le dije que entrara a la clínica. Una vez dentro, cerré la puerta con la llave que estaba puesta, me asomé por la ventana, eché las cortinas de la cristalera para hacer imposible la visión desde fuera y fui a buscar a mi padre.

—¡Gabriel, qué alegría verte! ¿Qué haces aquí? ¿Por qué no están contigo Anna y Karl? —preguntaba mi padre algo extrañado.

Con gesto serio, le contesté que ellos estaban bien, y que había venido solo porque les tenía que decir algo que era de extrema importancia. Los conduje hacia la habitación en la que mi padre trataba a los animales e hice que se sentaran y que atendieran sin interrumpirme. Les hablé de Bastian, casi no recordaban quién era. Les dije que ahora era de la Gestapo y que había venido a verme para hablarme de lo que escuchó sobre aquella reunión

La cara de mis padres era de estupefacción, y eso que todavía no sabían la gravedad del asunto. Fue distinto cuando les expliqué lo realmente importante, la más que probable persecución a los ciudadanos judíos y el peligro real que corrían si se quedaban en Dresde. Mi padre se echó las manos a la cara y mi madre no podía dejar de repetir la misma frase: «¿Qué vamos a hacer?». Para tranquilizarlos un poco, dije que había tenido la ocasión de pensar en algo desde que Bastian cerró la puerta de mi casa en Berlín, hasta que llegué a la estación de Dresde. La idea principal era dejar la ciudad y la más que probable salida del país, aunque todo lo teníamos que hacer con sumo cuidado y en el más absoluto secreto.

—Pero y… ¿dónde vamos a vivir? —preguntó mi madre con voz temblorosa.

Verla así me partía el alma. Cogí su mano, fijé los ojos en los suyos y vi que por fin se llegaba a tranquilizar. Después, miré a mi padre y le dije que debían ir a Estados Unidos.

—¿Cómo vamos a llegar hasta allí? Además, no hablamos su idioma, ¿de qué vamos a vivir? —preguntó con preocupación.

Eran lógicas sus preocupaciones, sin embargo, no parecían haber entendido la gravedad del asunto. Su vida era la prioridad y, para ello, debían ponerse a salvo de todo; lo que viniese después formaba parte de otro problema menor.

Necesitaba que mis padres no tuvieran ninguna duda al respecto; por eso les expliqué que debían seguir mis indicaciones a rajatabla para que no hubiese ningún problema. El plan era el siguiente: en primer lugar y como prioridad absoluta, necesitábamos encontrar una salida segura de Alemania. Polonia y Austria eran la principal alternativa al ser los países más cercanos. En segundo lugar, había que dar salida a los inmuebles, tanto la casa de mis padres como la clínica. Para conseguirlo, teníamos poco más de un mes para intentar sacar algún beneficio por esas ventas. En tercer lugar, averiguar un modo de avisar a mi hermano para que acogiera a mis padres en Estados Unidos.

—Hijo, nuestro futuro está en tus manos y así lo aceptamos, ¿qué tenemos que hacer? —preguntó mi padre con resignación.

Les dije que, para empezar, tenían que ir a casa para recoger todas sus pertenencias. Después, debían reunir todo el dinero que tuvieran en casa. Ese dinero les vendría bien para desplazamientos y alojamientos eventuales. No sabíamos hasta dónde había llegado la filtración, ni si todos los estamentos gubernamentales sabían lo que iba a suceder. Posiblemente era muy pronto para saberlo, aunque quería creer que todavía no se sabía a nivel nacional y aposté por ello, la primera parte del plan comenzó en ese mismo instante.

Dejé a mis padres en su casa para que comenzaran la recogida de ropa y demás enseres, entretanto, les dije que debía marcharme a Berlín a solucionar unos asuntos, pero al día siguiente volvería antes de que salieran de Dresde, para acompañarlos y darles las indicaciones oportunas.

—Gabriel, muchas gracias por todo lo que estás haciendo —dijo mi madre entre sollozos al tiempo que me abrazaba.

Le dije que todo iba a salir bien, que no se preocupara porque contábamos con una ventaja de tiempo importante. Entonces, mi padre se acercó a mí, posó la mano derecha en mi hombro izquierdo y me dijo que me fuera tranquilo, que ellos permanecerían en casa o en la clínica. Mi madre me cogió las dos manos y antes de soltarlas las apretó una vez más mientras tensaba la mandíbula para retener una lágrima. No dije nada más. Dejé a mis padres en la clínica y fui inmediatamente hacia la estación central. Tenía que ir a Berlín para explicar con más calma a Anna todo lo que había sucedido y lo que iba a suceder. Después, tenía que avisar en el centro de enseñanza que necesitaba unos días libres para solucionar unos asuntos de urgencia que requerían mi presencia de manera inexorable.

El atardecer acababa, aunque no era una noche cerrada en Dresde. Quedaba algo de luz natural por las calles, y eso indicaba que todavía podían salir trenes de la estación central. Y así fue, pude comprar un billete para el último tren que partía hacia Berlín. En los altavoces de la estación anunciaron el tren que me llevaría a casa. Segundos después, subí al vagón de cola y me senté en uno de los asientos junto a la ventanilla. Pensé sobre la explicación que daría a Anna, el pretexto en el instituto y el siguiente paso que dar estando de vuelta en Dresde. Por fin, el tren empezó a moverse provocando que, liberase mi mente de todos los problemas. A través de la ventanilla fijé la vista en el andén, y en él solo quedaban personas que despedían a sus familiares o amigos, y estos saludaban efusivamente. El tren me alejaba rápidamente de los arcos de hierro que parecían flotar sobre el andén. Bajé la mirada y retomé las ideas que rondaban mi mente y que, por un momento, había dejado a un lado. Mi primer pensamiento fue para Anna. Necesitaba que supiera todo lo que estaba sucediendo, no podía dejarla al margen. En el centro de enseñanza no tendría problemas para faltar, solo iba a ausentarme un día, y lo justificaría argumentando que tenía un examen médico rutinario. Ese día me permitiría disponer de más tiempo, era viernes y tenía por delante el fin de semana para intentar garantizar la salida de mis padres del país. Que ellos salieran de Alemania se antojaba un problema, pero obtener beneficios por una hipotética venta de la casa y la clínica supondría un escollo importante, no sabíamos qué sucedería inmediatamente después del mitin y la reacción de los fanáticos que asistieran a aquella reunión.

Llegué a la estación de Ost y, casi sin parar el tren, puse el pie en el andén. Ligeramente trastabillado, me apresuré hacia la salida, ya era tarde y Anna debía estar preocupada. Podía imaginar el torrente de pensamientos que pasarían por su cabeza durante mi ausencia, aunque en un corto espacio de tiempo, sus dudas y temores quedarían despejados.

Salí de la estación con la intención de llegar lo antes posible a mi domicilio. La distancia que había hasta el barrio de Pankow era importante, por esa razón y por la hora intempestiva, necesitaba un taxi para llegar a casa. Unos minutos después me encontraba dentro de un Mercedes Benz 260D negro, un taxi relativamente nuevo, y así lo parecía, por el olor del habitáculo.

El interior del taxi era amplio y muy confortable, tanto, que por un instante cerré los ojos y llegué a un estado de profundo letargo. Un descanso que no conseguí disfrutar en el tren por lo incómodo de sus asientos. Fue el único lapso del día en el que pude mantener mi mente liberada de todo, sin embargo, como todo lo bueno, duró muy poco gracias a un inoportuno bache que ocupaba todo el carril por el que circulábamos y que no pudo evitar el taxista, pese a intentar una maniobra desesperada para salvarlo.

—Disculpe. No he podido evitar el bache —dijo mientras me miraba por el espejo retrovisor.

Pasar por el bache zarandeó el coche como la visita de Bastian zarandeó mi vida y la de mis padres. Cuando llegamos, todavía absorto en mis planes, abrí la puerta con cuidado para intentar no despertar a nadie, pero la preocupación era tan latente en Anna que, al oír la cerradura, acudió rápidamente a la entrada en busca de respuestas.

—Gabriel, ¿qué ha pasado?, ¿por qué te has ido tan apresuradamente? Y no me digas que ha sido un tema burocrático como me dijiste antes de irte. Dime, ¿qué ha sucedido realmente? —preguntaba Anna con cierto nerviosismo.

En primer lugar, intenté calmarla y le dije que le iba a explicar todo lo sucedido y lo que iba a suceder, además de desvelarle las confidencias de Bastian. Al escucharme, me percaté de que su nerviosismo cesaba levemente, aunque ella necesitaba que le demostrase mi confianza para despejar sus dudas.

—¿Tus padres están bien? —preguntó en un tono más sosegado.

—Sí... Después, cogiendo su mano, comencé a explicarle todo. En primer lugar, le hablé sobre la razón de la visita de Bastian, dando a entender que su gesto fue muy valiente. Al fin y al cabo, él miró por el bienestar de mis padres, temiendo incluso por su seguridad ante lo que pudiera ocurrir después de la reunión convocada por el GAU. Por la cara que puso Anna, parecía entender el gesto de Bastian, pero también se mostraba ansiosa por entenderlo todo y, por eso, su atención era máxima: no hubo una pregunta por su parte desde ese momento hasta que acabé de aclarar todo lo sucedido en ese día.

—Entonces, ¿mañana tienes que volver a Dresde? —preguntó Anna cuando acabé de contarle la crónica de lo sucedido.

Mi respuesta fue clara, debía garantizar la seguridad de mis padres hasta que estuvieran fuera del país, libres de cualquier peligro.

—Pero ¿cómo de peligrosa es la situación? —seguía preguntando Anna con mucho sentido.

Mi pensamiento era claro en ese momento, después de la reunión del GAU, permanecer en Dresde podía ser un problema siempre y cuando ese evento tuviera gran repercusión y ello pudiera originar persecuciones y disturbios. Mi mente no pensaba que fuera más allá de una manifestación con un seguimiento limitado por parte del pueblo, aunque no me podía arriesgar y debía asegurar que todo saliera bien poniéndome en la peor situación posible.

—No sé, Gabriel. ¿Y si pasa lo peor? ¿Crees que nosotros estaremos a salvo aquí? —me preguntó angustiada.

Intenté calmarla explicándole que no iba a ser para tanto, como mucho algún altercado en la región, pero nada más, la razón me llevaba a pensar que cualquier expulsión o sometimiento a los judíos, solo ocurría en la Biblia o en la Edad Media. Épocas en las que la vida de una persona valía muy poco y que quedaban lejos de un mundo civilizado como en el que vivíamos. Al menos eso era lo que yo creía. Aun así, le dije a Anna que estuviera tranquila porque tenía una para sacar a mis padres del país con destino a Estados Unidos, y nosotros, tras ver el resultado de la reunión, dispondríamos de un margen de tiempo suficiente para tomar la decisión adecuada. Ella lo entendió y quiso interesarse sobre el plan que había ideado para ellos. Yo le indiqué que no tenía todo cerrado y que debía pensar en cómo conseguir sacar beneficio por la venta de la clínica y la casa de mis padres, para eso tal vez tendría que ir en varias ocasiones a Dresde.

Una vez aclarado todo, Anna estaba más tranquila, al menos eso parecía decir su rostro. Me miró a los ojos, me abrazó con fuerza y me dijo que lo había pasado muy mal durante ese día.

—Todo va a salir bien, mi amor —le dije, a la vez que nos fundimos de nuevo en un cariñoso abrazo.

El día había sido largo para mí, para mis padres y para Anna, por eso entendía el estado de ansiedad que tuvo que sufrir, aunque finalmente supo el motivo que originaba mi apresurada marcha tras la inesperada visita de Bastian.

Los nervios cesaron, nos miramos, nos besamos y nuestras frentes se unieron en un gesto de amor.

Era tarde, y dormir se había convertido en una obligación para mí. Apenas seis horas más tarde debía ir al instituto para dar clase y justificar mi falta de asistencia para la mañana siguiente, pero antes preparé una mochila con ropa por si mi estancia en Dresde se alargaba. Varias horas más tarde, mi jornada de trabajo había acabado, y la reunión que mantuve con el director del centro terminó siendo como esperaba. Cuando salí del edificio, Anna y Karl aguardaban en la entrada, los saludé y propuse ir a comer algo antes de coger el tren hacia Dresde. Una vez acabado el almuerzo, nos dirigimos a la estación de Ost y, al entrar, Karl preguntó dónde íbamos, Anna y yo nos miramos unos segundos mientras él esperaba expectante una respuesta. Me arrodillé frente a mi hijo y le dije que debía ir a casa de los abuelos para ayudarlos con un problema importante que tenían en la clínica. Aquellas no fueron las palabras exactas, pero Karl lo entendió.

El sol se empezaba a ocultar en Dresde, era tarde y quería llegar cuanto antes a mi destino y reunirme con mis padres. Al igual que el día anterior, tuve que cubrir a pie la distancia que había entre la estación de Dresde y la casa de mis padres, y eso significaba atajar por el parque Große. Dirigí mis pasos al interior del parque por su parte oeste. Mientras lo hacía, reflexionaba sobre los acontecimientos que iban a suceder. No podía entender la vil persecución que, probablemente, se iba a realizar en mi ciudad natal a cargo de un sector afín al Partido Nacionalsocialista. El gobierno, de manera tendenciosa, quería inducir al pueblo mediante el GAU, a que despreciara a los judíos y que ellos fueran el brazo ejecutor de una maniobra política que acabaría con la amenaza palpable que supondría un futuro manejado por personas influyentes y altos cargos de origen hebreo, y ello frenara una expansión a nivel global de los valores alemanes. Yo, cuanto más lo pensaba, más convencido estaba de que, aunque iban a ser momentos duros, no iba a trascender ese maquiavélico plan. Me parecía demasiado grave para que fuese real. No tenía ninguna razón de ser, y así se lo hice saber a Anna, sin embargo, ella estaba preocupada por nuestro futuro, temía que los pogromos no solo fuesen en Dresde e imaginaba que podíamos correr cierto peligro. De todos modos, no podíamos permitirnos esperar a comprobar el éxito de convocatoria que pudiera tener la reunión del GAU y sus consecuencias, ante todo, debía garantizar la seguridad de mis padres.

—¡Hola, Gabriel!, ya pensábamos que hoy no venías —fueron las palabras de mi madre nada más abrirme la puerta de su casa.

—¿Qué tal están Karl y Anna? —preguntó con preocupación.

—Están bien —contesté.

—Hola, hijo. Como puedes ver, estamos preparados —dijo mi padre señalando el equipaje y viniendo hacia mí.

Sabía que el tiempo era importante, pero preferí que la partida fuese al día siguiente, quería que mis padres pudieran descansar un día más en su casa.

El insomnio de mi padre, provocado por la tensión de los acontecimientos, permitió que madrugásemos más de lo que pensamos en un principio. Era un momento importante, fueron muchos años vividos en su ciudad y su casa, pero dadas las circunstancias, no podían aferrarse a su vida en Dresde tal y como la conocían. Cogí su equipaje, dos maletas de cartón forradas de tela marrón ocre. Me disponía a salir cuando, al volver la cabeza, los vi a los dos mirando alrededor suyo al tiempo que se cogían de las manos con fuerza. Dejé las maletas en el suelo y fui hacia ellos. Las lágrimas brotaban por las mejillas de mi madre, era muy doloroso dejar todo aquello, sin embargo, al cerrar la puerta se convirtió en un punto y seguido.

CAPÍTULO VIII

P asé tres años preparándome en la academia con el objetivo de defender a mi país en el frente, una larga instrucción y un adiestramiento militar estricto y específico que, *a
priori*, no servía de mucho ya que, según las órdenes indicadas
en el telegrama, mi destino no estaba próximo a las trincheras,
ni delante del fuego enemigo. El alto mando creyó conveniente
que no estuviera en ningún punto de conflicto bélico. ¿Por qué
me dejaban fuera? Yo quería ayudar a mi país. No dejaba de
preguntármelo. No entendía aquella decisión, pero tenía que
acatarla.

Antes de coger mis cosas y dirigirme a la estación de autobuses más próxima, fui a la cocina e hice saber a mi madre que,
por el momento, no iría al frente. Ella, con un profundo sus-
piro, miró al techo y dijo: «Gracias, Dios mío». Se sintió la persona más aliviada del mundo, no en vano, su hijo permanecería
relativamente a salvo durante un tiempo. Minutos después, me
despedí de ella y cogí mi maleta, que llevaba preparada ya más
de tres días a la espera de mi inminente partida.

La despedida no fue tan emotiva, el lugar en el que iba a
prestar mis servicios estaba más cerca de lo que pensaba en un
principio, y ello me permitiría poder ver más a menudo a mi
familia. Mi padre y mi hermano Jürgen no se encontraban en
casa y me tenía que ir, no iba a tener la oportunidad de despedirme de ellos, no obstante, no me preocupaba demasiado, sabía que vendría con cierta frecuencia a Potsdam y lo

aprovecharía para explicar con calma a mi familia todos los detalles acerca del lugar al que iba.

En un primer momento, me planteé la posibilidad de acudir a la sede del Estado Mayor en Berlín para pedir que reconsideraran el mantenerme lejos del frente. Sin embargo, después de haberlo pensado fríamente, llegué a la conclusión de que pondría en tela de juicio la decisión de mis superiores y mi visita tendría más perjuicios que beneficios. No entendía el motivo, aun así, me dispuse a marchar hacia allí, pero antes debía hablar con Martina para decirle que no podíamos cenar juntos esa noche, y con esa premisa salí de casa de mis padres.

Mi intención era ir a la panadería de Hans para poder reunirme con Martina y explicarle el motivo por el cual no compartiríamos mesa y mantel horas más tarde. Unos minutos después, me encontraba en la entrada de la panadería ligeramente asomado a uno de sus ventanales, desde el cual pude verla despachando a una clienta. Ver su silueta con aquel mandil blanco, su rostro angelical y su pelo tan delicadamente recogido, me llenaba de vida y me hacía abstraerme de cualquiera de mis pensamientos y obligaciones. No quería que tuviese problemas con su padre por mi culpa, por ese motivo permanecía agazapado a la espera de que ella pudiera percatarse de mi presencia. Mientras vigilaba los movimientos de su padre, note la mirada de Martina clavada en mí, momento que aproveché para hacerle un gesto con la cabeza para que se reuniera conmigo. Durante unos segundos, estuve esperando en la esquina más próxima a que ella llegara, hasta que apareció, y con el parque Babelsberg de fondo, pude charlar durante unos minutos con ella y explicarle todo.

—¡Heinrich!, ¿qué haces aquí? —preguntó extrañada, a la vez que miraba fijamente mi equipaje.

Casi no me dio la oportunidad de decir nada—.

Te vas, o al menos eso parece —dijo con cierta resignación e inquietud.

No paraba de limpiar sus manos manchadas de harina con el mandil en un claro gesto de nerviosismo. Yo le expliqué que había recibido un telegrama con órdenes para mi incorporación inmediata y eso significaba que debíamos posponer nuestra cena.

—Pero… ¿dónde te mandan?, ¿al frente? —preguntaba con preocupación sin poder disimular una mirada intermitente a mi equipaje.

Intenté tranquilizarla diciéndole que, por el momento, no iba a luchar y que iba a estar más cerca de lo que pensaba. No quería que ella supiera el lugar en el que iba a pasar los próximos meses hasta que no fuese del todo oficial, por si hubiera cualquier cambio de planes en el último segundo. Mis respuestas evadían en todo momento el punto donde me hallaría, solo quería convencer a Martina de que no había peligro en el lugar al que me dirigía y parecía conseguirlo.

—Bueno, está claro que no quieres que sepa dónde vas. No te voy a insistir —dijo Martina, orgullosa y enfadada a la vez.

Con gesto de resignación, bajó la mirada y se dio la vuelta haciendo ademán de marcharse, pero, intuyendo su retirada, agarré su mano y la atraje hacia mí.

—No te vayas —le dije con los ojos clavados en los suyos.

Quería decirle lo que sentía por ella y, para ello, necesitaba que se sintiera bien. Intenté tranquilizarla diciéndole que no se preocupara, que no era importante el lugar en el que iba a estar y que creyera en mí. Por un instante, el silencio se adueñó de la situación y una mirada tímida de Martina me dio a entender que parecía darme un margen de confianza y eso era lo que necesitaba para sincerarme. Me situé aún más cerca de ella, y cogiendo sus brazos delicadamente con las manos, le confesé que durante esos días que estuve en Potsdam de permiso, me sentí, además de muy arropado por mi familia, feliz por haber compartido ratos buenos con ella. Una vez dicho eso, me armé de valor y las manos recorrieron sus brazos hasta los codos, de los codos a los antebrazos y de ahí a sus manos, y cuando llegué a ellas, miré al suelo y me tomé unos segundos para coger aire. Levanté la mirada mientras ella permanecía expectante, y cuando llegué a sus ojos, le dije lo siguiente:

—Durante los últimos tres años en la academia, solo he estado pendiente de mi entrenamiento y preparación militar, vivía y sentía para ello, pero desde hace cuatro días todo cambió. Tus ganas de vivir, tu alegría, siempre con una sonrisa para todos, me cautivó e hizo que aflorara en mí un sentimiento especial que no puedo describir con palabras.

Ella parecía estupefacta, no pestañeaba. Intuía que lo que ella se estaba imaginando tomaba forma a medida que yo hablaba y por eso no quería perder un ápice de atención.

—Martina, lo que te quiero decir es… que llevo varios días pensando exclusivamente en ti. Hay ratos al cabo del día que cobran sentido cuando estás cerca. Y cuando no estás, hay algo que me falta, es una sensación de ansiedad que me oprime el pecho. Ayer, durante el bombardeo, salí a buscarte porque no sabía dónde estabas, fui a todos los refugios cercanos y no te encontré. Fueron minutos de angustia. Cuando sonaron las sirenas que indicaban que había acabado el bombardeo, fui a tu casa para saber si estabas allí. Desde la calle, vi tu silueta dibujada a través de las cortinas del salón de tu casa. En ese momento, brotó en mí una sensación plena de alivio —le confesé.

Mis nervios fluían sin control, tenía las manos sudorosas y la mirada ya no permanecía fija en la suya. Ella parecía entregada a mi discurso y su silencio lo demostraba, por ese motivo, y porque mi mente y mi cuerpo necesitaban que ella fuera partícipe de mis sentimientos, no quise perder más tiempo.

—Martina, creo que me estoy enamorando de ti —le confesé finalmente, no sin antes haber hecho patentes mis nervios en forma de leve tartamudeo.

Ella se mantuvo callada durante unos segundos con la mirada perdida, y tales síntomas me hacían creer que sus sentimientos no eran recíprocos. Todo parecía empeorar cuando me soltó las manos y se dio la vuelta. Ese gesto no presagiaba nada bueno, aunque, por otro lado, quería pensar que fue porque intentaba asimilar mis palabras. Entonces, miró sus manos y se dio cuenta de que mi sudor las había impregnado por completo. Con delicadeza, las secó en su mandil y lentamente se dio la vuelta mirando al suelo permaneciendo así unos segundos y fijando sus ojos en mis botas militares. Después, cogió el mandil que llevaba sujeto a la cintura y limpió el sudor de mis manos.

—Heinrich —dijo—, bésame —me dirigió como un susurro mientras se aproximaba a mí.

Ver salir esa palabra de la boca de Martina me provocó una emoción indescriptible. El vello de mis brazos se erizó, y ver como ella se ponía de puntillas para acercar su cara a la mía, significaba la rúbrica a una declaración de amor en toda regla.

Pensé que se paraba el tiempo, yo me acercaba a ella y ella hacía lo propio. Nuestros labios estaban a unos centímetros de unirse, y esa fusión significaba el comienzo de algo importante.

—¡Martina!, ¡Martina! —nombraba alguien desde el otro lado de la calle. Una interrupción desafortunada. Era una voz fuerte y conocida que incomodó a Martina.

—Es mi padre —dijo ella mirándome a los ojos. Acto seguido, cogió la solapa de mi chaqueta con ambas manos y tiró de mí con fuerza hacia ella para ocultarnos—. Heinrich, me tengo que ir, no quiero tener problemas con mi padre, pero antes quiero que sepas que este momento ha sido muy especial para mí —confesó. Unas palabras sinceras acompañadas de un beso en la mejilla fueron el colofón de aquel acercamiento que no sabía cuándo se repetiría.

Oculto a la vuelta de una esquina, vi el encuentro de Martina con su padre y lo que parecía un reproche de él por no saber dónde se encontraba. La gesticulación de Hans aumentaba, por lo visto, que se marchara de la panadería sin dar explicaciones, era el motivo de su enfado, aunque ella parecía controlarle perfectamente. Siempre tuvo con su padre la paciencia suficiente y el temperamento justo para poder solventar cualquier situación que surgiera.

No fue la despedida que yo hubiera deseado, pero por lo menos me dio tiempo a expresar todo lo que sentía; y, por su reacción, mis palabras parecían haberle llegado al corazón, y con eso me conformaba, aunque no tuviera ese tiempo para rubricar el amor que yo le profesaba con un beso.

Me di varios minutos para pensar en lo sucedido, y el resultado fue positivo, apoyando mi espalda en la pared y mirando al cielo, una leve sonrisa apareció en mi rostro. La satisfacción me embargaba y una ilusión empezaba a nacer en mí, algo que en tiempos de guerra no solía predominar, y menos en esos momentos que vivíamos. Todos esos pensamientos fueron interrumpidos por varias gotas que cayeron en mi frente, circunstancia que aproveché para calarme el gorro y dirigirme a la parada de autobuses. Se había hecho tarde, y debía partir cuanto antes hacia la academia militar y ejercer de instructor durante unos meses, para después ir al lugar que indicaba el telegrama: el campo de concentración de Sachsenhausen.

CAPÍTULO IX

Mis padres lograron salir del país y pudieron contactar con mi hermano Helmut, que fue el encargado de proporcionar los documentos necesarios para que ellos acabaran entrando en Estados Unidos. Lo supe por un telegrama en clave que me envió mi hermano. En él, decía lo siguiente:

Gabriel, los trajes llegaron bien, aunque tardaron bastante en hacerlo. Estuvieron en consigna varios días en Liverpool. Hubo problemas de recepción en la aduana, aunque finalmente llegaron sin girones y de una pieza; la tela es de muy buena calidad. Por cierto, mi dirección ha cambiado, es la misma calle, pero ahora el número es el 521.

Evidentemente, Helmut, en el escrito, se refería a mis padres como los trajes y me indicaba que tuvieron que esperar en Liverpool a que todo estuviese en regla para poder entrar en Estados Unidos.

Sus vidas ya no corrían peligro, aunque todavía quedaba completar la otra parte importante del plan, hacerles llegar el dinero recaudado por la venta de sus inmuebles y solo quedaban diez días para que se celebrara la reunión del GAU.

La clínica ya estaba casi vendida, sin embargo, del apartamento no tenía noticias. Debía acelerar la venta, pero no me podía permitir faltar tan a menudo al trabajo, máxime cuando iba a disponer de dos días en un período muy corto de tiempo. Tampoco quería dejarme ver en Dresde con tanta asiduidad, por eso opté por contratar a una persona que se encargara, con la premisa indispensable de que pudiera vender la vivienda en un plazo inferior a cinco días, a cambio, se llevaría una jugosa comisión, siempre y cuando lo consiguiera en ese plazo. La persona que contraté para esa tarea era un hombre llamado Klaus y, por lo que pude investigar, contaba con muy buenas referencias por la zona en lo que se refería a las ventas. Klaus era la persona más demandada en Dresde. Cuatro días después, se concretó una oferta y eso significaba que había comenzado el plan para acabar con el problema del dinero, aunque el tiempo apremiaba y necesitaba que el pago por la vivienda fuera, en gran parte, en efectivo, y eso podía ser un problema. Aun así, se lo indiqué a Klaus para que se lo hiciera saber al comprador.

Una de las frases del telegrama decía: «… la tela es de muy buena calidad», eso significaba que mis padres consiguieron abrir una cuenta en el banco suizo que les indiqué. En un momento de su retirada a tierras americanas, irían a Basilea para abrir una cuenta con parte de los ahorros que contaban. El nombre del banco era el SBV —Schweizerischer Bankverein—. Tenía que ser un banco suizo para que mis padres pudieran recibir el dinero que se ingresara en la cuenta, fuera del país. Semanas antes, recibí un telegrama de mi hermano y en él se indicaban, en clave, los datos necesarios para poder hacer ingresos en esa cuenta.

Mis padres, el día antes de su salida de Dresde, se encargaron de dotarme con permisos para que pudiera negociar por mi cuenta sus bienes, para ello, me dejaron preparados los documentos de propiedad de la casa y del local en el que tenían la clínica, más un documento sellado por un notario de Dresde que me autorizaba a dar salida a sus inmuebles. Con la documentación pertinente y un acuerdo por la venta de la vivienda, lo siguiente era reunirme con Klaus y el comprador, aunque no en Dresde, no quería dejarme ver de nuevo por allí, mi intención era recoger el dinero e ir directamente a Suiza para ingresarlo en la cuenta que abrieron mis padres en el SBV, pero antes, para evitar cualquier desplazamiento en balde, necesitaba confirmar que el comprador llevaría el dinero en efectivo, y para estar seguro de ello, contacté con Klaus. El comprador no tenía todo el dinero en efectivo, solo disponía de tres cuartas partes. Dadas las circunstancias, era una gran cantidad de dinero en metálico, por lo tanto, decidí ponerme en marcha.

Leipzig, a unos ciento quince kilómetros al oeste de Dresde, fue la ciudad que elegí para reunirnos y cerrar definitivamente el acuerdo por la casa de mis progenitores. Días antes, me informé sobre colegios de notarios en la ciudad para que pudieran certificar lo que pacté con el comprador. Y tuve suerte, mediante una llamada telefónica contacté con un colegio de notarios de la ciudad y les expliqué todo lo concerniente al acuerdo por la vivienda, dejando claro en todo momento que, debido a un negocio que tenía en marcha, me urgía disponer de efectivo para acometer varios pagos que tenía pendientes. Mi interlocutor, probablemente un notario, aunque no se dio a conocer como tal, entendió mi premura y dijo que se encargarían de tener preparado un documento dando fe de la venta.

Ya contaba con todas las partes para rubricar el acuerdo y la ciudad en la que se iba a realizar, sin embargo, me faltaba decidir el lugar exacto. El colegio de Notarios estaba bastante apartado de la estación de tren y no quería perder mucho tiempo en los desplazamientos, por lo tanto, quise que se hiciera en una cafetería famosa de Leipzig, a unos doscientos metros al sur de la estación. Se llamaba Café Corso y estaba situada en la plaza de Augusto.

CAPÍTULO X

E l tren salía de la estación a las seis de la mañana con destino Leipzig. Ese día y el siguiente no iría al trabajo, pero no tenía claro que, aun disponiendo de dos días, pudiera completar todas las tareas que me había encomendado a mí mismo. Debía ingresar en un banco suizo el importe de la venta de la casa de mis padres que todavía no tenía, más un 45 % de la venta del local en el que tenían la clínica.

Salí de casa ataviado con un traje azul oscuro, gabardina y sombrero a juego, con aquel atuendo quería dar a entender a los que me rodeaban que era un hombre de negocios acostumbrado a moverse de acá para allá en busca de acuerdos sustancialmente beneficiosos. Y parecía surtir efecto, las miradas de la gente hacia mí eran de cierto respeto, por lo menos esa era la sensación que tenía, y eso llegaba a conseguirlo gracias al complemento que llevaba en la mano. Aparte de mi indumentaria, portaba un maletín de cuero negro muy distinguido. El maletín contenía los documentos de propiedad y el poder notarial que me permitía disponer del inmueble para su venta, además, dos sobres con dinero, uno con un porcentaje obtenido por la venta de la clínica y otro con la comisión de Klaus.

Llegué a la estación antes de lo previsto, aunque no me sirvió de nada, ya que pronto surgió el primer contratiempo, el tren iba a salir con un retraso de veinte minutos, un inconveniente inoportuno. Eché una ojeada a mi viejo reloj de bolsillo obtenido en la herencia de mi abuelo y asumí la pérdida de tiempo, era una situación que podía suceder y que ya tenía prevista. El tren tardó unas dos horas en llegar. Mientras esperaba, abrí el maletín y, con cuidado para que no me vieran, abrí los sobres con mucho cuidado y conté los billetes varias veces para estar seguro de las cantidades. Cuando acabé, leí una y otra vez el documento del inmueble, tanto que casi conseguí memorizarlo.

Eran las ocho y cuarto cuando bajé del tren. Finalmente, el retraso en la salida fue mínimo y ello me permitió disponer de un poco de tiempo para contemplar la estación central de Leipzig con detenimiento y poder disfrutar de aquella joya arquitectónica bautizada como la Catedral del Progreso. Caminaba sin prisas por el andén, a esas horas ya había una gran actividad en toda la estación, la gente iba y venía con prisas y no se paraban unos segundos para deleitar la vista con tal majestuoso edificio. Aquellos techos de los andenes formados por numerosos arcos de acero que, si los seguías en dirección al vestíbulo, desembocaban en una gran sala de espera rectangular de unos doscientos cincuenta metros de largo y unos amplios techos abovedados en los que se hallaban seis grupos de enormes tragaluces. Durante el paseo, aparté por completo de mi mente la razón que me llevó hasta allí y disfruté unos minutos de la maravilla de construcción en la que me encontraba. Sin embargo, debía seguir adelante e ir al Café Corso para sellar el traspaso de la vivienda. Los viajeros del tren de Dresde, que cruzaban la sala de espera desde los arcos de entrada a los andenes, guiaron mis pasos hacia uno de los vestíbulos de la estación, una gran sala con unos techos abovedados adornados y con unos enormes tragaluces en los que penetraba la claridad del día.

Dirigí la mirada al final de la sala y vi el frontal interior de la misma, en él se levantaban seis imponentes columnas de unos quince metros de altura que llegaban a unirse en su parte superior mediante unos arcos, y entre ellas, numerosos ventanales que dejaban penetrar la luz matinal. En la base de las columnas estaban las puertas de entrada y salida de la estación que, a esas horas, permanecían abiertas debido al ajetreo de viajeros que iban y venían.

Subí las escaleras que conducían a las puertas de acceso y salí del edificio, no sin antes alzar la vista y ver que, situado en la parte superior, entre la tercera y la cuarta columna, presidía el frontal un reloj de grandes proporciones. Aproveché para consultar en él la hora para comprobar que no llegaba tarde a la cita. Fuera, ya habiendo dado varios pasos, volví la vista atrás y pude presenciar los casi trescientos metros de fachada de la estación, con sus dos edificios centrales que hacían de vestíbulo a una distancia aproximada de cien metros de separación entre ambos. Aquella estación era, sin duda, un auténtico regalo para la vista.

Recorrí todo el paseo de la calle Goethe hasta llegar a la plaza de Augusto donde estaba nuestro lugar de encuentro — el Café Corso—, ubicado en una zona privilegiada de Leipzig en la plaza más grande de la ciudad. El edificio parecía ser de estilo colonial y estaba situado junto al teatro Neue, donde se realizaban todo tipo de representaciones teatrales, conciertos y espectáculos artísticos variados.

A pocos metros del edificio ya se notaba el aroma a café y bollos recién hechos, y al entrar, el olfato dio paso a otros sentidos. A la izquierda había un mostrador que ocupaba casi todo el largo del local, en él estaban expuestos todo tipo de productos de confitería, todos colocados minuciosamente en vitrinas que se hallaban en la parte baja del mostrador, y sobre él, muchos más dulces artesanos. Tartas, pasteles, bollos, bombones y demás manjares tenían cabida en aquella cafetería tan pulcra y distinguida. Detrás del mostrador, a espaldas de los dependientes, reposaban en las estanterías de un gigantesco mueble envases con harina, azúcar y levadura. Aquel mueble ocupaba todo el lateral izquierdo de la sala y, además de estar repleto de estanterías con suculentas delicias y pequeños jarrones, había dos vitrinas con dos grandes jarrones en su interior. Encima del mueble, en el centro de la pared, colgaba un mural en el que se recreaba una especie de reunión de mujeres vestidas de gala o un baile. Un toque de evidente distinción para el local, desde mi punto de vista.

Llegué varios minutos antes de lo acordado. Ninguno de los miembros de nuestro concilio lo había hecho todavía, por lo tanto, después de haber escudriñado a fondo la cafetería, me senté en uno de los numerosos sillones de nogal con reposabrazos curvados y pedí un café vienés a la vez que dejaba mi maletín en el suelo y el sombrero en la mesa.

No me había dado tiempo a dar el primer sorbo al café cuando se aproximó un hombre a la mesa.

—¿El señor Schönberg? —preguntó en tono calmado un hombre vestido con traje, pajarita y pequeñas gafas doradas y redondas. Con media sonrisa y sombrero en la mano izquierda, me ofrecía la mano derecha en señal de cordialidad. Yo asentí con la cabeza y estreché su mano——. Soy Bernard Holstein, notario colegiado. Hablamos por teléfono hace unos días —dijo a la par que yo le ofrecía uno de los sillones para sentarse.

En ese preciso instante, llegaron las otras dos personas que faltaban, Klaus, el hombre que se encargó de la venta, y Albert Müller, el comprador, un hombre de unos sesenta años, vestido con traje gris oscuro y sombrero a juego que portaba un maletín negro en la mano derecha.

Las presentaciones duraron varios minutos hasta que todos tomamos asiento, momento en el cual el notario me pidió las escrituras del inmueble y, al ver que en ellas no aparecía mi nombre, alzó la cabeza y me miró frunciendo el ceño. Pero antes de que pronunciara una palabra, le facilité el documento que me acreditaba como el administrador de ese bien con poderes absolutos. El notario no puso ninguna objeción y comenzó la lectura del escrito de venta que redactó él mismo días antes. Minutos más tarde, todos estábamos de acuerdo con el contenido leído por el señor Holstein y eso se vio rubricado con la firma de todas las partes implicadas, allí presentes. La estampa en el documento dio paso al pago del inmueble por parte del señor Müller. Y así lo hizo, con cuidado abrió su maletín y sacó dos sobres que, dado su grosor, debían estar repletos de dinero. Además, dejó en la mesa un papel que parecía estar sellado. El señor Holstein cogió ese papel y lo leyó en voz alta para hacer saber a todos su contenido, y este no era otra cosa que un pagaré a mi nombre con el dinero restante de la venta que no iba en metálico, y en el que indicaba que ese dinero no se podía cobrar hasta pasados seis meses de haber firmado el acuerdo.

—¿Conforme? —preguntó el señor Müller cerrando su maletín.

Yo le contesté que todo estaba en orden y que, por mi parte, podía darse todo por cerrado.

Satisfechas todas las partes, solo faltaba un apretón de manos que sellara la venta, aunque antes de hacerlo, quedaban dos partes del acuerdo que no se habían tratado todavía, la comisión de Klaus y la minuta por el trabajo del notario. Saqué uno de los sobres con efectivo y empecé a contar el dinero haciendo tres montones de diferentes tamaños hasta que no tuve ningún billete en las manos. Cogí dos sobres vacíos del maletín e introduje el montón más pequeño en uno de ellos. Le entregué el sobre a Holstein y le agradecí el trabajo realizado. Luego metí el otro montón en el otro sobre y se lo entregué a Klaus. Una vez solventado el tema de la comisión y la minuta por los trabajos de notaría, tendí la mano al señor Müller, después a Klaus y, finalmente, al señor Holstein, entonces, aproveché para acercarme a este último y decirle al oído:

—¿Me ha traído lo que le pedí?

En un primer momento, surgió en su rostro cierta extrañeza ante mi pregunta, parecía que no sabía a qué me refería, sin embargo, unos segundos después…

—¡Ah, sí, se me olvidó por completo! —exclamó el señor Holstein llevándose la mano izquierda a la frente—. Los tengo aquí mismo —comentó girándose y abriendo un maletín de cuero marrón con remaches dorados colocado en uno de los sillones que había a su lado.

Del maletín sacó varios documentos y los dejó encima de la mesa con la intención de repasarlos nuevamente. Para ello, con mucho cuidado, se colocó sus gafas y empezó a ojear uno de ellos. El mismo día que hablé con el señor Holstein por teléfono, además de pedirle que redactara el acuerdo de venta del inmueble, le pregunté si era posible la creación de varios contratos mercantiles estándar que utilizaría como plantilla para futuros convenios comerciales. Su respuesta fue clara, me confirmó que estarían preparados cuando fuera a Leipzig para la firma del acuerdo, como así fue. A los ojos del notario, los documentos me servirían de borrador para futuros contratos, aunque yo les iba a dar otro uso, le dije al señor Holstein que en ellos pusiera el nombre de dos empresas ficticias con sede en Basilea, dando a entender que esos contratos nunca tendrían validez ya que esas empresas no existían, sin embargo, para mí era muy importante que se viera reflejado que la sede de esas empresas estaba en Basilea. Mi intención era utilizar esos contratos como excusa para poder salir del país, entrar en Suiza y realizar el ingreso de todo el efectivo que llevaba conmigo. Los documentos parecían reales, incluso tenían el sello de la notaría y eso les otorgaba cierta verosimilitud. Los guardé en mi maletín y me despedí de aquellos hombres, no sin antes agradecerles el esfuerzo a Klaus y al señor Müller por desplazarse a Leipzig y la rapidez con la que el señor Holstein redactó el acuerdo y creó los contratos.

CAPÍTULO XI

No había anochecido aún, cuando pisé por primera vez el andén de la estación de Oranienburg, una población ubicada en la región de Brandeburgo a unos treinta y cinco kilómetros al norte de Berlín. El trayecto Berlín-Oranienburg es corto, aun así, me dio tiempo a pensar y a la vez observar por la ventanilla del tren la amplia vegetación de la región que se extendía a ambos lados de la vía férrea. Gran parte de ese tiempo lo empleé en repasar los momentos emotivos que viví con Martina antes de partir hacia Berlín, y las amplias expectativas que había creado en torno a la posibilidad de mantener una relación con ella. Aparte de esos bellos instantes que recordaba con media sonrisa dibujada en la cara, pude reflexionar acerca de la tan cuestionable y, a mi entender, desacertada decisión de alejarme de la lucha en el frente y llevarme a lo que yo pensaba que era un confinamiento injusto en aquella región.

Después de pasar varios meses como instructor en la academia militar, debía cumplir con la orden indicada en el telegrama y partir hacia Oranienburg. Antes de hacerlo, me vi en la obligación de informar a mis superiores sobre mi inminente llegada a Sachsenhausen, para ello, fui al cuartel general de las SS y les hice saber que recibí la orden en forma de telegrama con mi destino. Una vez oficializado, notificaron por teléfono mi incorporación a los responsables del campo. Esa comunicación permitió que en la estación de Oranienburg hubiese un coche esperando para mi traslado al lugar donde iba a prestar servicio.

Cogí el equipaje y dirigí mis pasos hacia el coche negro que esperaba en la entrada de la estación. Por la forma de la carrocería del vehículo, parecía ser un Audi Front 225 Saloon. Siempre me gustó ese modelo de coche, distinguido y confortable por dentro. A pocos metros del vehículo vi como se abría la puerta del conductor y salía un soldado a toda prisa, que se situó frente a mí, clavando el saludo militar y presentándose como chófer del campo.

—Señor, tengo orden de llevarle a Sachsenhausen, ¿me permite el equipaje? —preguntó el soldado con voz firme y cuadrado ante mí.

Le señalé el petate y la maleta que estaban en el suelo, abrí la puerta de atrás del vehículo y, mientras el chófer colocaba todo en el maletero, me quité el gorro e intenté acomodarme en el asiento trasero junto a la ventanilla derecha.

—Estaremos allí en unos minutos, señor —indicó el chófer mirándome a través del retrovisor, al tiempo que arrancaba el motor del coche.

Asentí sin más y miré por la ventana pensando cuál sería mi cometido. Todo lo que aprendí en la academia, la preparación física y la táctica militar, cobraba sentido combatiendo en el frente y no en aquella *prisión*, pero eran órdenes impuestas y había que acatarlas.

Fue el 10 de marzo de 1944 cuando llegué al campo de concentración de Sachsenhausen. Un día nuboso al que acompañaba una lluvia fina e incesante.

—Ya hemos llegado, señor —dijo el chófer en el instante en que giraba el volante hacia la izquierda; un cambio de dirección que dejó visible el edificio que servía de entrada al campo de prisioneros. Antes, pasamos por la entrada principal que permitía el acceso a través del muro que rodeaba todo el complejo.

El edificio principal, desde el cual se accedía a la zona de barracones del campo de prisioneros, tenía la fachada blanca, el tejado oscuro y estaba formado por un bloque central de mayor altura, en el que un reloj destacaba en lo más alto de la construcción. En su base, un paso de entrada compuesto por un portón con dos lamas de reja negra forjada y una puerta pequeña incrustada en el centro para limitar el acceso de uno en uno al lugar de reclusión. Aquella puerta *pequeña* tenía en su parte más alta una leyenda que rezaba lo siguiente: «El trabajo os hará libres», una frase que era común en otros campos de concentración y que no dejaba indiferente a nadie. A ambos lados del bloque central del edificio, se hallaban construidos otros dos bloques de menor altura unidos al principal y que dotaban de cierta simetría al conjunto.

El chófer paró frente al portón y bajó del coche para hablar con los soldados que patrullaban la zona de entrada y alrededores. Segundos después, volvió al coche y abrió la puerta trasera derecha.

—Señor, el comandante Kaindl le espera en su casa. Es por allí —dijo señalando una casa situada a nuestra espalda, cerca de la entrada a la comandancia.

«¿El comandante quiere verme en su casa?», me preguntaba a mí mismo con inquietud. Salí del coche y noté enseguida la interminable lluvia que caía de costado y también un fuerte olor a quemado que me llevó a pensar que alguien olvidó algo en los fogones de la cocina. Ojeé lo que había alrededor y no vi ningún edificio cercano parecido a una cocina. Sin dar más importancia al detalle del olor, retomé el camino hacia la casa del comandante.

—No se preocupe, señor, yo le llevo el equipaje a su habitación —dijo el soldado que hacía las veces de chófer.

Me giré levemente al escucharle y asentí en un gesto de aprobación. Después, continué andando hacia la casa del comandante. Cuando llegué, antes de avisar de mi presencia, hice un repaso a mi indumentaria. Tenía que estar impecable ante el comandante, no quería dar una mala impresión. Segundos más tarde, llamé a la puerta con decisión y esperé.

—¡¿No vas a abrir la puerta, escoria?! —preguntó alguien en el interior de la casa en voz alta y con tono despectivo.

Apenas unos segundos después, la puerta se abrió lentamente. Por ella asomó un hombre de unos sesenta años con la cabeza totalmente rapada, con claros síntomas de cansancio y con un atuendo algo extraño. Bajo los pantalones de vestir parecía llevar otros de color blanco amarillento, un color adquirido probablemente por el uso y con una gran cantidad de rayas verticales en un tono azul desteñido. Esas mismas rayas se podían intuir en el cuello y las mangas que se llegaban a ver bajo el traje negro que vestía. Estaba claro, lo que llevaba puesto aquel hombre era el uniforme de rayas característico de los prisioneros del campo.

—¿Le vas a hacer pasar, o piensas dejarle ahí fuera todo el día? ¡Apártate de la puerta! —dijo la misma voz que escuché segundos antes en un tono aún más crispado.

El autor de esas palabras iba aproximándose a la puerta. Era un hombre uniformado, no muy alto y carente de pelo en toda la región frontal de su cabeza. Agucé la vista durante un instante y pude distinguir los galones que lucía en su uniforme. «Es el comandante», me dije; e inmediatamente me cuadré y le hice el saludo militar.

—Si no me equivoco, es usted el teniente Heinrich Schültz, ¿verdad? —preguntó el comandante justo en el instante en el que apartaba de un empujón al prisionero haciendo que cayera al suelo frente a mí.

—Sí, señor —contesté a mi superior mientras observaba disimuladamente cómo aquel hombre, blanco de las iras del comandante, intentaba levantarse.

—Perdone sus modales, esta basura no sabe comportarse —dijo el comandante refiriéndose al prisionero. Luego señaló con el brazo el pasillo que llevaba a una sala más amplia—: Pero pase, por favor, no se quede ahí, vayamos al salón.—Me sentía abrumado y extrañado, no entendía el porqué de tanta amabilidad para conmigo—. Siéntese, por favor. ¿Desea tomar un coñac? —me preguntó el comandante Kaindl educadamente.

Le agradecí el ofrecimiento, no obstante, decidí no tomar nada y sentarme en el sofá de terciopelo granate ubicado en el centro de la estancia. Lo que ansiaba era saber por qué estaba allí y cuál iba a ser mi cometido.

—Bueno, teniente Schültz, se estará preguntando por qué está usted aquí y no en el frente, ¿no es cierto? —preguntó. Luego cogió unas gafas que tenía encima de la mesa y comenzó a limpiarlas.

—Sí, señor —contesté. Ardía en deseos de saber por qué estaba en ese lugar.

—Hace unas semanas, hice una petición al cuartel general de las SS. Quería que me facilitaran algunos expedientes de aspirantes a oficiales que cumplieran varias condiciones. Necesitaba que ese futuro oficial fuese valiente, con cierta experiencia militar, bien valorado por sus superiores y que tuviese capacidad de liderazgo. De todos los expedientes de oficiales noveles que me pasaron, el que cumplía con todos los requisitos era el suyo, teniente Schültz —dijo el comandante señalándome con el dedo índice de la mano derecha, la misma que sujetaba la copa de coñac.

—Gracias, es un honor que me haya elegido, señor —dije. Me sentía halagado al saber que contaba con su confianza, aunque no entendía muy bien para qué quería a una persona como yo en un lugar como ese.

—Sé que usted no es tonto y seguro que se estará preguntando por qué busco a una persona de sus características en un campo de prisioneros. Pues bien, de un tiempo a esta parte, el ánimo y la ilusión de la tropa han mermado, quizá las noticias que vienen del frente sean la causa, o puede que la misma desidia. De hecho, ha habido numerosos casos de baja por problemas psicológicos. Lo que está claro es que ya no se cumplen las órdenes a rajatabla como hacían antes, y eso debe cambiar. Para eso está usted aquí, para revertir esta situación cuanto antes. Precisamos de sus habilidades para que consiga que todos los soldados remen en la misma dirección. Ya sabe, esa dirección que ha marcado para todos el Führer —expuso el comandante despejando así todas mis dudas acerca del trabajo que iba a desempeñar en el campo.

—Señor, ¿me da su permiso para hablar? —pregunté.

—Claro, siéntase libre de hacerlo —contestó el comandante sentándose en un sillón que había frente al sofá donde me encontraba.

Le dije que agradecía su voto de confianza al encomendarme esa labor, pero no entendía en qué podía ayudar, teniendo en cuenta que todo lo que aprendí en la academia fue para ponerlo en práctica en el frente.

—Teniente Schültz, voy a hablarle claro, aquí las órdenes que doy se cumplen. Puede usted preguntarse cuanto quiera si debe o no estar aquí, pero, por lo que a mí respecta, usted es uno de mis oficiales y, por tanto, alguien más que debe acatar lo que yo le diga. Necesito que los hombres estén unidos, sé que tiene dotes para liderar, así lo indican sus superiores en su expediente, y por tener esa y otras cualidades, quise que usted fuera el elegido para tapar las grietas emocionales que se están produciendo en la tropa. Póngase manos a la obra porque voy a exigirle resultados inmediatos. ¿Lo ha entendido? —preguntó con vehemencia y demostrando quien mandaba en el campo.

—Sí, señor —contesté sin más.

—Mañana se le asignará una persona para que le enseñe las instalaciones y vaya familiarizándose con el entorno. Ahora, retírese —concluyó el comandante moviendo la mano derecha varias veces para indicarme que me fuera.

Saludé educadamente a mi superior y salí de la casa un tanto decepcionado al comprobar que no iba a ser fácil salir de Sachsenhausen.

—¿Dónde está mi cena? ¡Vamos, rata infecta, no me hagas esperar! —se oyó al comandante fuera de sí en el interior de la casa increpando a su Reo particular. Al oír las voces, giré la cabeza, miré de reojo la puerta durante unos segundos y salí de la casa.

La lluvia no cesaba, me calé el gorro y fui al edificio de entrada al campo de prisioneros para preguntar a los soldados que estaban de guardia, dónde había ido el chófer con mi equipaje.

—¡Señor, sígame, le indicaré dónde está su habitación! —exclamó una voz a cierta distancia que parecía ser la del chófer.

Me di la vuelta y así era, el soldado avanzaba hacia mí desde la entrada al complejo, muy cerca de la casa del comandante, a unos quince metros de mi posición. Fui hacia él y le seguí desde la zona de la comandancia, que era el lugar donde nos encontrábamos, hasta unos edificios situados al sur del campo, fuera del recinto y destinados a las SS.

—Aquí es, señor —dijo el soldado indicándome con el brazo el lugar donde iba a permanecer alojado.

Le di las gracias y cerré la puerta. La habitación estaba en el tercer piso, era pequeña y en ella había una cama, una mesilla, una taquilla para dejar los trajes, un pequeño escritorio acompañado por una silla y una ventana orientada al noroeste, desde la que podía ver gran parte del complejo. No me podía quejar ya que en la academia convivíamos cerca de sesenta personas en una misma sala, compartía litera y por las noches aguantaba los ronquidos de los compañeros y más cosas que no mencionaré. Aunque pequeña, la habitación me daba cierta intimidad, algo que, seguro, agradecería más adelante. Me acerqué a la ventana y vi la carretera junto al muro sur que delimitaba la zona de comandancia y el complejo, el camino que recorrimos con el coche desde la estación de Oranienburg hasta la entrada al campo. Tras el muro, un sector amplio con muchos árboles en la zona de la comandancia, y más adelante, algo tapado por la vegetación, veía el edificio blanco de entrada al campo de prisioneros y algunas torres de vigilancia incrustadas en los muros.

Ni siquiera había deshecho el equipaje, no dejaba de darle vueltas a las palabras del comandante. Necesitaba que los hombres estuvieran unidos, según dijo. Me preguntaba qué habría originado esa desunión. Tenía la sensación de que el comandante me ocultaba algo, me daba la orden de solucionar un problema sin entregarme la información precisa. Seguro que existían diversos casos de integrantes de la tropa reflejados en informes de oficiales que él manejaba y que, por alguna razón omitió. Para realizar bien mi trabajo debía conocer alguno de esos casos de insubordinación, desidia o problemas de conducta, y tenía que ser en un plazo relativamente corto de tiempo, el comandante lo dejó claro, quería resultados inmediatos.

Saqué mi ropa de la maleta y fui colocándola como pude en la taquilla y en los cajones de la mesilla. Hice lo mismo con el calzado, las botas, zapatos y zapatillas para correr que llevaba en el petate, los dejé bajo el escritorio y dentro de la propia taquilla. Minutos después, quise dar un paseo por los alrededores, principalmente en busca de un sitio para cenar, después iría a descansar ya que había sido un día muy largo. Di un paseo por la zona más que nada para satisfacer mi curiosidad y conocer todos los lugares cercanos. Caminando hacia el sur, encontré un edificio en forma de T que no parecía estar destinado como alojamiento militar, más bien parecían oficinas, algo que segundos después sabría al preguntar a un soldado que andaba por allí. Aquel soldado me dijo que a ese lugar se le llamaba edificio T y estaba destinado a la administración de todos los campos de concentración. Toda persona que entraba o salía y el lugar de destino, quedaba registrado en esas oficinas. Antes de dejar que se marchara, pregunté al soldado hacia dónde me debía dirigir para comer algo.

—Señor, dentro del recinto, en la zona de comandancia, está el comedor de oficiales. Ahí es donde debe ir, señor —explicó el soldado señalando con el brazo la puerta de entrada a la comandancia.

Le di las gracias por su ayuda y marché hacia allí. Segundos después, me identifiqué en la entrada y pregunté a uno de los soldados de guardia dónde estaba exactamente el comedor de oficiales. Una vez que supe el camino que debía seguir, dejé a la izquierda la casa del comandante y a la derecha el edificio blanco de entrada al campo de prisioneros y continué de frente guiado por mi olfato hasta llegar al lugar que buscaba. Una vez saciado mi apetito y algo somnoliento, salí del recinto en busca de descanso y entendí que la cama de mi habitación era el último objetivo que me marcaría aquel día.

CAPÍTULO XII

Todo salió como esperaba, no surgió ningún contratiempo y contaba con el dinero. El patrimonio de mis padres estaba en mi maletín y el próximo tren con destino Friburgo, que era hacia donde me dirigía, salía en pocos minutos. Tenía claro que el viaje iba a ser largo, no en vano, iba a cruzar casi toda Alemania y eso suponía varias horas de viaje, incluyendo un trasbordo en Fráncfort. En el trayecto aproveché para ordenar mi maletín y dejarlo preparado para cuando tuviera que pasar la frontera y evitar así problema alguno. Saqué todo el dinero de los sobres y lo junté para ver si podía ocultarlo de alguna manera, no quería que mi viaje fuera en balde en el caso de que no me permitieran entrar en Suiza con tal cantidad de dinero. Para evitarlo, hice ocho fajos con el mismo volumen de billetes y los sujeté con cordones de zapato. Mi intención era esconder el máximo número de fajos por todo mi cuerpo. Pero después de un largo discurrir, opté por dejar uno de ellos en el maletín. Así no levantaría sospechas. Al fin y al cabo, me hacía pasar por un hombre de negocios y no sería raro contar con tanto dinero en efectivo. Aunque no solo lo dejé por eso, también lo hice por si tuviera que solventar algún imprevisto que surgiera, como comprar el silencio de alguien, pero solo como último recurso.

Llegué a Friburgo casi anocheciendo después de haber viajado durante horas. Tenía el cuerpo entumecido por la postura adoptada en el asiento del tren y el cansancio se apoderó de mí sin piedad, tal fue así que tuve que cambiar mis planes y pernoctar en esa ciudad antes de ir a Basilea, aunque antes de buscar alojamiento, fui en busca de esparadrapo y vendas. Tenía una idea para hacer invisibles los siete fajos de billetes y quería tener todo lo necesario para llevarla a cabo. Una hora más tarde, conseguí comprar las vendas para ocultar el dinero y me dirigí al hotel más cercano a la estación de autobuses desde donde partiría la mañana siguiente a Basilea. Minutos después, conseguí una habitación a buen precio en un hotel bien situado, por fin iba a poder descansar, pero no sin antes probar la manera de ocultar los billetes. Pensé varias formas, incluso reducir el volumen de los fajos y sujetármelos al cuerpo con la venda. No obstante, lo vi peligroso; en el caso de que me llegaran a cachear, notarían enseguida los fajos adheridos a mi cuerpo; por ese motivo, decidí simular una lesión en el brazo. No era una solución brillante en tanto en cuanto los billetes los tendría concentrados en un único lugar, pero era la manera en la que podía disimularlo evitando que los descubrieran al tacto.

Me desperté muy temprano, quería estar en Basilea lo antes posible para continuar con mis planes sin precipitarme, pero debía ir con el dinero ya escondido, por eso, sin dudarlo, me arranqué la manga izquierda de la camisa porque entendía que en cualquier hospital lo hubiesen hecho y eso podía dar cierta veracidad a la lesión. Después, me enrollé un plástico en el brazo desnudo que impidiera que llegaran a mojarse los billetes con mi sudor. A continuación, fui poniendo uno a uno los fajos a lo largo del mismo hasta llegar al hombro y los cubrí con una única vuelta de venda para evitar que se movieran y así, ver cuantas vueltas más necesitaba. Una vez visto cómo quedaba, tenía que sujetar el dinero evitando que quedara muy voluminoso, aunque ese no era el único problema, a la vuelta, debía tener el mismo aspecto que en la ida para no levantar sospechas, aunque en ese caso, la dificultad añadida era que ya no llevaría los fajos de billetes y necesitaba poder simular el grosor y la densidad del vendaje. Finalmente, opté por pensar cómo cubrir mi brazo cuando llegara a Basilea, eran demasiadas preocupaciones para un simple profesor de matemáticas que intentaba poner a salvo el patrimonio de sus padres, los cuales permanecían a miles de kilómetros de lo que, hasta hacía unas horas, era su hogar.

Iba a coger el primer autobús que salía de Friburgo a tierras suizas convencido de poder llevar a cabo mi plan. Me encontraba algo nervioso y un poco excitado pensando en los peligros que podía correr, aunque en ningún caso preveía el fracaso como desenlace de mi aventura. Llegó la hora de subir al vehículo y lo hice con los fajos ocultos bajo el vendaje del brazo, la chaqueta del traje y la gabardina sobre mis hombros; no podía meter el brazo izquierdo en las mangas de ambas prendas. Cada cierto tiempo me miraba el vendaje y he de decir que, a juzgar por el resultado, no quedó mal del todo, en mi opinión parecía bastante creíble la lesión que fingía.

A medida que nos íbamos acercando a Suiza, los nervios se iban apoderando cada vez más de mí, no tenía claro qué pretexto utilizaría para justificar mi dolencia ficticia y no sabía qué me iba a encontrar al intentar salir del país. Varios minutos después, el autobús paró. Me asomé por la ventana y vi a una patrulla fronteriza que obligaba al conductor a bajar del vehículo y mostrarles su documentación. Al poco se abrieron las puertas del autobús para dejar subir a uno de los soldados que nos hicieron parar.

—¡Cojan todas sus pertenencias y bajen del autobús! —exclamó el soldado con marcialidad.

Esa frase me hizo pensar que ya no había vuelta atrás, estaba donde tenía que estar y debía salvar ese bache para lograr entrar en Suiza. Me levanté del asiento, me puse el sombrero, cogí el maletín y la gabardina, bajé del vehículo y me situé en una especie de fila que organizaba uno de los soldados de la patrulla.

—¡El siguiente! —ordenó otro soldado al tiempo que, con un movimiento del dedo índice y medio de la mano derecha, daba a entender a la persona que comandaba la fila que avanzara hacia una garita situada junto a una barrera que impedía el paso a cualquier vehículo. Uno a uno, iban pasando todos los pasajeros del autobús por aquella garita hasta que fue mi turno—. ¡Tú!... ¡entra! —dijo en tono poco afable el mismo soldado que organizaba la fila. Y con un leve movimiento de cabeza, me señaló la garita cuya puerta permanecía entreabierta.

Entré y vi a dos hombres sentados frente a una mesa de dimensiones reducidas, uno de ellos no dejaba de escribir en una hoja y el otro me miraba fijamente escudriñando cada gesto que pudiera hacer. Llevaba uniforme militar, probablemente sargento, por los galones que lucía.

—Documentación, por favor —profirió aquel hombre sin dejar de escribir en la hoja. Yo sabía que ese momento tenía que llegar tarde o temprano, e incluso tenía preparado un pequeño guion que había pensado sobre las posibles preguntas que pudieran dirigirme durante el rato que estuviera en la garita.

—Aquí tiene —le dije a aquel hombre mientras le tendía mis papeles en señal de plena obediencia.

—Ponga el maletín encima de la mesa y ábralo, señor... Schönberg —dijo el sargento en tono serio a la par que ojeaba mis documentos.

Yo, a duras penas e interpretando mi papel de impedido temporal por la lesión que escondía mi vendaje, obedecí y abrí mi maletín girándolo hacia ellos para que pudieran ver lo que había en el interior. El hombre que no vestía de militar no hacía más que mirar mi brazo derecho a la vez que cogía los papeles que había en el maletín.

—¿Cuál es el motivo de su viaje a Suiza? —preguntó el sargento en el instante en que se percataba de la existencia del sobre con dinero para imprevistos que dejé en el maletín.

—Negocios —contesté de manera concisa.

—Ya veo —dijo el sargento a la par que sacaba todos los billetes del sobre y los sujetaba con ambas manos formando un abanico.

No sabía si recuperaría el dinero del sobre, pero, por otro lado, era dinero que había dejado en el maletín como señuelo y para posibles gastos extra, por lo tanto, en el caso de que aquel militar se lo quedara, era una posible pérdida que tenía asumida.

—¿Qué son estos papeles? —preguntó el hombre vestido sin uniforme enseñándome los contratos ficticios. Esperaba esa pregunta desde que entré por la puerta de la garita.

—Son acuerdos con dos empresas suizas para que me provean del material que necesito y así poder fabricar el producto que queremos vender. Relojes. Por eso viajo a Suiza, para reunirme con ellos, firmar los contratos, y hacerles efectivo el pago por el primer envío de material —les dije al mismo tiempo que señalaba con un movimiento de la cabeza el dinero que sostenía el sargento en sus manos.

—Relojes… muy interesante. ¿Y tienen nombre esos relojes? —prosiguió con el interrogatorio el hombre que sujetaba los contratos falsos.

Contesté que el nombre de la empresa aparecía en los papeles que sostenía y ese era Relojes Ann & Karl, pero esos relojes, evidentemente, no se estaban fabricando y, por ende, no estaban todavía comercializándose. Por sus caras, parecía que lo que les dije fue lo suficientemente convincente, algo que pude confirmar cuando aquellos hombres procedieron a meter todo en el maletín, los contratos e incluso el dinero, y eso me hizo pensar que ya casi lo había conseguido. El sargento cerró el maletín y me lo entregó. Estaba hecho, ya solo tenía que salir de la garita y volver al autobús. Con el maletín en la mano, estaba a punto de cruzar el umbral de la puerta cuando…

—¡Soldado! —nombró el sargento en voz alta.

Menos de dos segundos tardó en entrar un soldado que respondía a esa orden diciendo:

—Sí, señor.

—Cerciórate de que este hombre no esconda nada —ordenó al soldado.

Preferí no darme la vuelta y permanecer de cara a la puerta para evitar que el sargento pudiera ver mi reacción. Entonces, dejé el maletín en el suelo y levanté el brazo en un gesto de rendición. Sin embargo, debía mostrar mi descontento, cualquier hombre de negocios se hubiera molestado ante tal abuso.

—¿Esto es estrictamente necesario?—les pregunté alzando moderadamente la voz.

—Lo siento, señor Schönberg, son órdenes, y es nuestro deber cumplirlas —dijo el sargento.

Evidentemente, esta circunstancia la tenía prevista en mi guion.

—¡Esto es intolerable, soy una persona muy respetada! ¡Nunca me he visto involucrado en asuntos turbios ni he incumplido la ley! —exclamé interpretando a la perfección el papel de empresario molesto.

—Es todo, señor Schönberg, pero antes de irse, una cosa más: ¿qué le ha sucedido en el brazo? —preguntó el sargento.

Esa pregunta también la esperaba al estar el vendaje a la vista de todos. Después de un largo discurrir desde que salí de Friburgo, di con una excusa para mi lesión fingida:

—¿Esto? —les pregunté señalándome el brazo impedido—. Fue un accidente con sustancias altamente inflamables en mi fábrica, tengo quemaduras importantes por todo el brazo. ¿También quieren comprobar si lo tengo carbonizado de verdad?, ¡venga, lo comprobamos! —manifesté simulando ira, mientras le quitaba una vuelta al vendaje.

—No, no es necesario, puede irse —ordenó el sargento moviendo las manos de arriba abajo pidiendo calma.

Cogí mi maletín lentamente al tiempo que miraba a mis interrogadores con el ceño fruncido. Acto seguido, me di la vuelta y salí de la garita caminando hacia el autobús. Lo había conseguido. Me arriesgué mucho al fingir que me quitaba el vendaje para demostrar que mis heridas eran reales, aunque no lo fueran. Tuve suerte y los convencí. Por fin me encontraba en suelo suizo.

El autobús llegó a Basilea con cierto retraso sobre el horario establecido, aun así, tenía el tiempo suficiente para hacer todo lo que tenía en mente, y lo primero era ir al hotel Des Trois que estaba situado a orillas del Rin. El motivo por el cual debía ir a ese hotel y no a otro, era porque así lo establecí en mi plan, necesitaba un hotel conocido en Basilea y el Des Trois era el idóneo.

Mi objetivo en Basilea era ingresar todo el dinero efectivo recibido por la venta de los inmuebles, propiedad de mis padres, en una cuenta que ellos abrieron en el SBV durante su estancia en Basilea tiempo atrás. Era sencillo, ellos dejaron indicado en el banco que yo estuviese vinculado a la cuenta y contara con los poderes suficientes para ingresar y retirar dinero, pero, además de hacérselo saber a los empleados del banco, debía quedar reflejado en papel y así lo hicieron, incluyeron mi nombre en la cartilla bancaria en la que, obviamente, también se encontraba el número de cuenta y su saldo. Según los requisitos del banco, era necesaria la cartilla para poder realizar el ingreso del dinero que tenía en el maletín y los fajos que aún guardaba bajo el vendaje de mi brazo y era ahí donde entraba en juego el hotel Des Trois: di instrucciones a mis padres para que escondieran la libreta allí.

Llegué al hotel y accedí a un vestíbulo que bien parecía un lujoso patio interior en el que se encontraba un improvisado soportal sostenido por numerosos arcos. Me situé en el medio de la sala, dirigí la vista al techo y descubrí una majestuosa lámpara colgada de un techo totalmente acristalado que, en conjunto, formaba un enorme tragaluz que permitía que penetraran los rayos del sol al interior del vestíbulo, aportando así luz natural a la entrada del hotel. Todavía cautivado por la luminosidad de la sala, me aproximé al mostrador de la recepción.

—Buenos días, caballero, me llamo Phillippe Wildmer y soy el recepcionista del hotel, ¿puedo ayudarle en algo? —dijo el señor Wildmer en un perfecto alemán.

Aquel hombre era elegante, tenía buen porte y aparentaba unos cincuenta años aproximadamente. Además, lucía un discreto bigote y un peinado a raya perfecto.

—Buenos días —le dije; y, al mismo tiempo, puse mi maletín encima del mostrador.

Lo abrí y busqué en el interior durante unos segundos hasta que encontré lo que andaba buscando, el telegrama de mi hermano. En él, se hallaba un dato muy importante para obtener la cartilla bancaria escondida en el hotel. En la última frase del telegrama ponía lo siguiente: «*Por cierto, mi dirección ha cambiado, es la misma calle, pero en el número 521*». Ese número 521 no era la nueva dirección donde se había alojado mi hermano, se trataba de la habitación del hotel en la que escondieron la cartilla. Antes de salir de Alemania, di a mis padres una serie de instrucciones que debían seguir a rajatabla, entre ellas, les dije que ingresaran el dinero que llevaban consigo en el SBV y se alojaran en una habitación del hotel Des Trois, y en ella escondieran la libreta que el banco les iba a proporcionar. Además de las instrucciones de qué hacer con la libreta, les di indicaciones de cómo redactar el telegrama para hacerme saber, entre otras cosas, en qué número de habitación estuvieron alojados.

—Hace algo más de una semana, mis padres se alojaron en este hotel para celebrar su aniversario, ellos se encuentran ahora muy lejos de aquí, sin embargo, desde la distancia, me hicieron saber que mi madre había perdido un objeto que para ella tiene un gran valor sentimental. Llevo varios días buscando en los últimos sitios a los que fueron antes de marcharse y el resultado es que no aparece, pero todavía no he tirado la toalla y por eso estoy aquí. Mi padre me dijo que se alojaron en la habitación 521, ¿Sería posible acceder a ella y echar un vistazo? Por cierto, el objeto perdido es uno de los dos pendientes que mi bisabuela le regaló a mi madre cuando era pequeña —le expliqué al recepcionista.

—Entiendo… Necesito que me diga el nombre de sus padres —dijo aquel hombre a la vez que abría un gran libro que tenía encima del mostrador que parecía ser donde registraban a los huéspedes.

Le di los nombres de mis padres e incluso le enseñé mi documentación para que no tuviera duda de que no le mentía.

—En efecto, sus padres estuvieron alojados en la habitación que decía, la número 521. Si hace el favor de esperar aquí un momento… Vuelvo enseguida —dijo el recepcionista muy amablemente y se metió en una sala que había detrás del mostrador de recepción.

Segundos después, apareció acompañado por un hombre alto, fornido y con cara de pocos amigos, vestido con un traje negro y camisa blanca.

—Señor Schönberg, este es el señor Roger Berger, empleado de seguridad del hotel. Ya le he puesto en antecedentes sobre la joya perdida. Me veo en la obligación de decirle que, por motivos de seguridad, no se le permite ir solo; por eso, él le acompañará mientras esté en la habitación —declaró el señor Wildmer al mismo tiempo que dirigió durante un instante la mirada a mi brazo todavía vendado.

Le dije al recepcionista que entendía que el señor Berger viniera conmigo, era algo que ya tenía previsto.

—Por favor, Roger, acompaña al señor Schönberg a la habitación 521—le dijo muy amablemente el recepcionista al empleado de seguridad.

—Señor Schönberg, espero que tenga suerte y pueda encontrar el pendiente que busca, por cierto, cuídese ese brazo —dijo el señor Wildmer, al tiempo que estrechaba mi mano y esbozaba una sonrisa, que, a primera vista, parecía sincera.

El trayecto hacia la habitación fue muy frío, el señor Berger era muy serio y parco en palabras, lo único que salió de su boca fue:

—Acompáñeme.

Llegamos a la tan deseada habitación 521 ubicada en la quinta planta del hotel. El señor Berger abrió la puerta y desde su umbral, con un «Adelante, por favor», me invitó a entrar muy amablemente. Ya en el interior, me tomé unos segundos para escudriñar la habitación.

—¿Quiere que le ayude a buscar? —preguntó el señor Berger.

En un primer momento, le dije que no hacía falta, aunque, si estaba entretenido buscando en una parte de la habitación, me daría tiempo a encontrar lo que en realidad venía buscando. Reculé y le dije que sería de gran ayuda disponer de dos ojos más que intentaran encontrar el pendiente. Le indiqué que se ocupara de la parte de la cama y alrededores mientras yo buscaba el objeto por la entrada, la zona del mueble con el espejo que había situado frente a la cama y cerca del baño. Minutos después, aprovechando que el señor Berger miraba cerca del cabecero de la cama, le dije que necesitaba ir al baño con cierta urgencia. Al entrar en el baño, cerré la puerta y me cercioré de que mi compañero de búsqueda no pudiera entrar. Tenía muy poco tiempo, aunque sabía dónde debía buscar.

Acordé con mis padres que escondieran la cartilla del banco detrás del inodoro del baño en la habitación en la que se alojaran, poniendo una pequeña marca en el sitio exacto, una marca que no fuera visible para las personas que limpiaban en el hotel. Raudo, me puse de rodillas y acerqué la vista lo más que pude a la pared que había justo detrás del inodoro. Segundos después, vi una minúscula marca en forma de cruz, probablemente hecha con un objeto punzante en uno de los azulejos colocados en la tercera hilera si empezabas a contar desde el suelo. Para comprobar que ese era el sitio elegido para esconder la cartilla del banco, necesitaba dar una serie de golpes que no provocasen mucho ruido en aquella pared alicatada, para ello, empecé a golpear con los nudillos todos los azulejos, los que había colocados alrededor y el marcado, de ese modo, confirmé que detrás del que tenía la pequeña cruz, se escondía algo.

Tenía que quitar el azulejo de la pared sin que se notase y eso lo tenía que hacer enseguida, llevaba ya un rato en el baño y en cualquier momento el señor Berger podía echarme en falta y sospechar, por esa razón, me levanté rápidamente del suelo y miré con premura a mí alrededor en busca de algún utensilio que pudiera usar para despegar el azulejo, pero no había nada lo suficientemente duro y plano que me permitiera sacar la pequeña placa de la pared. Desesperado por no dar con una solución, la idea de romper el azulejo iba cobrando más fuerza. Me situé frente al lavabo y apoyé las manos a ambos lados de este con la cabeza mirando al suelo. Abrí el grifo del lavabo, cogí un poco de agua y me la eché en la cara, levanté la cabeza y abrí los ojos, permitiéndome así, ver reflejado mi rostro mojado en el espejo que estaba colocado encima del lavabo. Desviando un ápice la mirada para coger la toalla, vi algo en el espejo que había pasado por alto, en el bolsillo de mi camisa tenía una pluma, un objeto lo suficientemente fuerte como para hacer palanca introduciéndolo en la junta que une cada azulejo y poder sacar el que estaba marcado. Desmonté la pluma cogiendo solo la parte más robusta, la puse en el suelo y de un pisotón logré dejar plana la punta lo necesario para poderla introducir en la junta. Gracias a esa herramienta improvisada, pude despegar el azulejo y recoger la cartilla que mis padres dejaron allí, sin embargo, no solo estaba la cartilla, también había un papel con instrucciones para elaborar una especie de engrudo para pegar la placa a la pared y un sobre repleto de harina para hacer la pasta pegajosa.

—Señor Schönberg, ¿está usted bien? —se oyó desde el otro lado de la puerta.

Aquella voz me sobresaltó tanto que casi se me cae el azulejo al suelo.

—Un momento —contesté. Y raudo, aunque no me fue fácil hacerlo casi todo con una mano, coloqué la placa en la pared con el engrudo elaborado con agua y la harina que había en el sobre. Empujé el azulejo durante unos segundos para que quedara fijado en el hueco de la pared, al mismo tiempo, oía pasos detrás de la puerta, parecía que la paciencia del señor Berger se iba acabando.

—Ya casi estoy —dije a la vez que recogía todo con suma celeridad.

—¡Haga el favor de abrir, señor Schönberg! —exclamó subiendo el tono de voz a la vez que golpeaba la puerta hasta en tres ocasiones.

Abrí la puerta inmediatamente y le pedí disculpas por la tardanza.

—Aquí no hay nada, creo que ya hemos empleado el tiempo necesario. Tenemos que dejar la habitación porque en unos minutos la ocupará otro cliente —dijo el señor Berger señalando con el brazo derecho la salida.

Le dije que no tenía ningún inconveniente, agradecí su colaboración y me volví a disculpar por el largo tiempo que pasé en el baño.

El señor Berger me acompañó hasta el *hall* del hotel y allí, con rictus serio, se despidió de manera fría y nada afable. Me dispuse a salir, aunque no quería marcharme sin agradecer al recepcionista su ayuda desinteresada. Bajo la atenta mirada del empleado de seguridad, me dirigí al mostrador de recepción y extendí el brazo hacia el señor Wildmer, con la intención de estrechar su mano.

—Hasta pronto, señor Schönberg, lamento que no haya encontrado el pendiente, espero que tenga más suerte en el próximo lugar en el que vaya a buscar —dijo muy amablemente. En ese instante me vino una idea a la mente.

—Disculpe, señor Wildmer. Tengo que ir a un sitio más en la ciudad y me preguntaba si no tendría usted una habitación libre para mí. Llevo tiempo buscando el pendiente de mi madre y necesito descansar unas horas.

—Pues… Permítame que lo compruebe —contestó mientras abría de nuevo el libro de registro de huéspedes y comenzaba a ojearlo.

Pensé que, una vez ingresado el dinero en el banco, tenía que esconder la cartilla, y en qué lugar mejor que en el propio hotel en el que lo hicieron mis padres.

—Señor, tengo una habitación disponible. La 367 —dijo segundos después.

Acepté la habitación y salí del hotel, no sin antes dar las gracias de nuevo al señor Wildmer.

Lo tenía todo, la cartilla y el dinero, ya solo quedaba ingresarlo en la cuenta del banco, y eso significaba que, previamente, debía deshacer el vendaje de mi brazo y sacar los billetes que permanecían ocultos en él, pero no quería levantar sospechas, después de haber sacado el dinero, tenía que disimular el volumen de los fajos para volver a dejar el vendaje como estaba, y no parecía una tarea nimia. Me tomé varios minutos para pensar, un tiempo necesario en el que intenté no dejar ningún detalle en el aire y eso permitió que me percatara de algo muy importante: nadie llegó a tocar mi brazo cuando estuvo vendado. Efectivamente, nadie pudo notar si el vendaje estaba rígido o por el contrario estaba blando. Este dato y el hecho de que en la frontera pusiera como pretexto de mi lesión un desafortunado accidente con productos inflamables que me provocaron quemaduras de cierta gravedad me permitieron utilizar elementos menos consistentes para renovar el vendaje del brazo sin que perdiera su grosor original. Teniendo en cuenta estos factores, necesitaba buscar una tienda que vendiera cualquier tipo de objeto blando y que pudiera adaptarse fácilmente a mi brazo. Inmediatamente después de doblar la siguiente esquina, lo vi, aquel objeto se mostró ante mí cual presencia divina. Ahí estaba, en un escaparate, entre sábanas de lino y colchones, encima de una de las camas expuestas se encontraba un almohadón de tela blanco bordado con motivos florales, un almohadón que cumplía todos los requisitos para ser el objeto elegido. Entré en la tienda y lo compré.

Ya estaba muy cerca del Banco, lo que significaba que debía sacar los billetes y volver a vendarme el brazo antes de ingresar el dinero. Podía haber vuelto al hotel para hacerlo, pero no quise perder el tiempo y decidí buscar por la zona. Al final de la calle en la que me encontraba, vi una cafetería que me podía servir. Por ello, sin dudarlo un segundo, decidí dirigir mis pasos hacia allí. Entré en la cafetería y me aproximé a la persona que se encontraba detrás del mostrador principal, un hombre grueso con un bigote bien poblado y mandil ceñido que hacía imposible no fijarse en su gran barriga.

—Buenos días, ¿qué desea tomar? —preguntó aquel hombre rollizo que parecía ser quien regentaba la cafetería.

Le pedí un café cortado y le pregunté dónde se encontraba el baño.

—Siga el pasillo del fondo hasta el final, y a la derecha encontrará la puerta —contestó en un perfecto alemán mientras me indicaba la dirección con el brazo izquierdo.

Deposité unas monedas en el mostrador para pagar el café y fui al baño con el maletín y el almohadón. Cerré la puerta, eché el pestillo y sin perder un instante empecé a deshacer el vendaje hasta que ya pude sacar los fajos uno a uno. Después, los junté todos y los metí en el maletín. Ya tenía todo el dinero guardado y había empleado muy poco tiempo en hacerlo, no obstante, aún faltaba lo más complicado, aunque contara con ambos brazos para sacar todo el relleno del almohadón, tenía que compactarlo y colocarlo uniformemente para que todo quedara como antes de haber entrado en aquel baño. Una vez vaciado el almohadón, cogí la tela bordada sin nada en su interior y la extendí en el suelo, para después hacerle una raja en el medio, justo donde situaría el codo intentando evitar que quedara limitado el relleno al doblar el brazo. Encima de la tela puse el material extraído del almohadón y lo repartí de manera uniforme hasta quedar totalmente cubierto el tejido. El siguiente paso era poner el brazo encima del material y cubrirlo por completo, de manera que, antes de poner la venda, únicamente se viera la tela del almohadón.

Coloqué tres trozos de esparadrapo para que no se deshiciera la envoltura que había conseguido. Una vez cerciorado de la sujeción, empecé a pasar la venda por el brazo sin apretar demasiado para lograr obtener el volumen justo que quería. Varios minutos después, di por finalizado el trabajo fijando con más esparadrapo la venda a la altura de mi hombro, me puse la chaqueta y la gabardina, cogí el maletín, quité el pestillo y abrí la puerta. Al llegar al pasillo que desembocaba en el mostrador de la cafetería, vi dirigirse hacia mí al hombre que me dio las instrucciones necesarias para llegar al baño. Él, al verme, aminoró su marcha e intentó disimular aproximándose a una de las mesas que abarrotaban la cafetería, queriendo quitar las arrugas que no había en el mantel. Cuando llegué a su altura, me miró e hizo ademán de dirigirse hacia el baño, momento en que aproveché para decirle:

—Yo que usted no entraría ahí.

—¿Cómo dice? —preguntó algo extrañado aquel hombre.

Parecía que mi demora había despertado en él cierta preocupación, no en vano, estuve encerrado en el baño casi diez minutos.

—Si entra en el baño no va a ser muy agradable para usted —le dije señalándome la nariz.

Al oír mi explicación, amagó con proseguir su marcha para satisfacer su curiosidad, pero anduvo unos pasos, se paró y miró hacia el suelo, cabeceó varias veces y decidió darse la vuelta para situarse de nuevo tras el mostrador. Cogí la taza y di un sorbo al café. Se había enfriado, no tenía sentido intentar saborear un café en ese estado, así pues, me lo tomé de un trago y dejé varias monedas más en el mostrador.

—Disculpe, caballero, pero ya pagó el café antes de ir al baño —dijo el hombre que me sirvió el café, un tanto confuso.

—Por las molestias, ya me entiende —dije.

Mi respuesta le descolocó durante unos segundos, momento que aproveché para salir de la cafetería tranquilamente. Ya en la calle, aceleré el paso hasta que doblé la esquina en dirección al banco. Probablemente, el que parecía ser el dueño de la cafetería, después de verme salir de su local, iría rápidamente al baño a intentar despejar su gran duda, ¿dónde estaba el almohadón? Eso nunca lo sabría.

Caminé durante unos minutos por una de las amplias calles de Basilea en dirección al SBV, a la vez que lo hacía, miraba mi brazo vendado una y otra vez: desde mi punto de vista había hecho un gran trabajo, sin embargo, no era la persona más indicada para valorarlo.

Me encontraba frente al SBV, el último escollo que debía salvar antes de regresar a casa y un paso necesario que acabaría con el patrimonio de mis padres a buen recaudo. Todo indicaba que iba a ser relativamente fácil, tenía el dinero, mi documentación y la libreta bancaria que llevaría a buen puerto la última parte del plan. El SBV permitía la apertura de cuentas privadas dependiendo de las cantidades que se ingresaran. Esas cuentas debían ser de considerable cuantía, no en vano, allí se guardaban inmensas fortunas de clientes muy importantes y eso era debido a que no dejaban que cualquier persona tuviera su patrimonio alojado en sus arcas; y para que conservara esa imagen de banco importante, debían establecer unos requisitos en cuanto a la posición social de sus posibles clientes potenciales. Teniendo en cuenta estas premisas, mis padres lograron persuadir a un empleado del banco dándole a entender que varias semanas después de abrir la cuenta, un familiar llegaría con una gran cantidad de efectivo y eso iría en aumento en semanas sucesivas.

La sede del SBV en Basilea era un edificio de cuatro plantas cuyo vértice circular formaba una especie de enorme columna que daba a varias calles. Por el sureste a la calle Aeschenvorstadt, por el suroeste a la calle Steinenberg y por el noreste a la calle Sankt Alban Graben. En la base de esa enorme columna en confluencia con esas tres calles, se encontraba el acceso al vestíbulo del banco, un acceso conformado por tres puertas en forma de arco de unos cinco metros de alto. Al entrar al edificio por la puerta central, pude notar que no me sentía muy cómodo, tenía la necesidad de acabar cuanto antes y partir hacia Berlín. En otras circunstancias me hubiese parado a admirar el interior del edificio, pero la urgencia por acabar era la principal prioridad, por ese motivo, me aproximé al primer empleado que vi y dejé mi maletín encima de su mesa. Sin decir una palabra, empecé a sacar los fajos de billetes del maletín y los fui depositando en la mesa del empleado que, con estupefacción, seguía con detalle todos mis movimientos.

—¿Señor…? —pregunté al empleado.

—Huber, Walter Huber —contestó sin abandonar un ápice aquella cara de sorpresa. Le indiqué cómo me llamaba mientras le daba mi documentación.

—Señor… Schönberg, Gabriel Schönberg —dijo el empleado a la par que ojeaba mi documentación y me miraba.

La mayoría de los catalogados clientes de ese banco eran acaudalados, con recursos ilimitados, hombres de negocios, personas de alta alcurnia, un buen ramillete de millonarios, de los cuales, un gran porcentaje llevaba la ostentación a su máxima expresión y, por lo general, no les gustaba que les hicieran esperar, algo que yo, metido de lleno en ese papel, tampoco iba a permitir.

—Ingrese en mi cuenta este dinero, y dese prisa, no tengo todo el día —le ordené al empleado del banco que, por un momento, cambió su cara de sorpresa por otra en la que se notaba un gesto de cierto temor.

En mi interior, me sentía mal por tratar así a aquel hombre, pero debía parecer ser así, con una manera de actuar acorde a la posición del cliente tipo, sin escrúpulos, carente de respeto hacia cualquier persona inferior a la supuesta posición social que tenía.

—¿Me permite su cartilla bancaria? —solicitó el empleado con un leve tartamudeo.

Le di lo que me pidió, aunque sin abandonar la actitud altiva que requería mi personaje en esos momentos. El señor Huber estuvo ojeando la libreta durante unos segundos, imagino que cerciorándose de su autenticidad y de los nombres que aparecían en ella.

—Muy bien, señor Schönberg, ¿cuánto dinero desea ingresar? —preguntó mecánicamente.

—¿Cómo que cuánto dinero?, ¿es usted ciego? ¡El que hay encima de su mesa! ¡Cuéntelo! —exclamé airadamente.

Quería mostrar cierta crispación ante la pregunta lanzada por el empleado del banco y esto provocó que otra persona se aproximara al señor Huber y le preguntara qué estaba sucediendo.

—¿Que qué está sucediendo, pregunta? ¡Pues lo que sucede es que, por lo visto, tengo que perder toda la mañana para que me ingresen el dinero en la cuenta; eso es lo que sucede! —contesté a voz en grito.

Sabía que los empleados del banco tenían que tratar a menudo con clientes de características similares a las que estaba mostrando, y por ese motivo, los jefes de esos empleados eran más permisivos, se hacían cargo de esas situaciones límite y no tomaban acciones disciplinarias si recibían alguna queja sobre algún empleado por parte de ese *cliente* conflictivo.

—Tranquilícese, señor… Señor Schönberg, yo me encargaré de realizar el ingreso. Me llamo Karl Herbert y soy supervisor de cuentas —dijo aquel hombre mientras ojeaba mi documentación intentando averiguar mi nombre y apellidos.

—Walter, por favor, ve a mi despacho y espérame allí —le ordenó muy educadamente el señor Herbert al empleado, que estaba visiblemente nervioso y abrumado por la situación.

—Espero que usted sea más competente y no me haga perder el tiempo —le dije al señor Herbert sin perder el mal genio del que hacía gala en mi actuación.

—No se preocupe, señor Schönberg —comentó el supervisor al mismo tiempo que se sentaba y deshacía el primer fajo para comenzar a contar.

La velocidad con que contaba los billetes aquel hombre era superlativa, puro talento. Cuando acababa volvía a agrupar los billetes y formaba de nuevo el fajo, pero no apuntaba nada, deshacía el siguiente fajo y seguía contando, así hasta que acabó y puso el total en un papel.

Mi estrategia salió a la perfección, ni el empleado que ocupaba la mesa ni el supervisor de cuentas tuvieron tiempo de hacer preguntas de ningún tipo. En ese momento primaba dar una salida inmediata a la situación intentando evitar cualquier roce u otra discusión altisonante que, a los ojos de otros clientes, pudiera dar una imagen del banco contraria a lo que se les había vendido. Si para ello tenían que aceptar las exigencias del cliente déspota y conflictivo, que en este caso era yo, lo harían. Y así fue, el señor Herbert se dio mucha prisa en intentar satisfacer mis imposiciones. Puso la nueva cantidad junto a un sello del banco en la cartilla, y amablemente me invitó a salir del edificio; algo que evidenciaba que mi presencia no era grata y que podía haber tomado como una afrenta, sin embargo, me di por satisfecho y con un simple y frío *gracias*, di la vuelta y me dirigí a la salida. Segundos después, al notar que la puerta se cerró detrás de mí, fluyó en mí la misma sensación de alivio que seguro que sintieron algunos de los empleados del banco al verme salir de allí.

El dinero de los inmuebles ya estaba sumado en la cuenta y solo quedaba hacerles llegar la cartilla a mis padres. La mejor manera de hacerlo era utilizar el método que ya había funcionado anteriormente, y así lo hice. Fui a la habitación que me facilitó el señor Wildmer y la escondí del mismo modo que lo hicieron mis padres, detrás del inodoro del baño de la habitación. Me llevó mi tiempo, pero unas horas después pude ocultarla como pretendía y abandoné el hotel Des Trois.

Intuía un regreso tranquilo. La tensión sufrida durante todo el día me desgastó demasiado y necesitaba descansar. No veía la hora de subir al autobús que me llevase de vuelta a Friburgo. Minutos más tarde ya me encontraba en uno de los asientos con la clara intención de cerrar los ojos, un descanso merecido para mi cuerpo y mi mente. Pero duró muy poco debido a que nos encontrábamos de nuevo en la frontera y había que bajar del vehículo. Afortunadamente, en este viaje no tenía la misma tensión que sufrí en la ida porque ahora no tenía los fajos ocultos bajo el vendaje. Como en el viaje de ida, me coloqué en la fila formada por las personas que bajamos del autobús y que una a una pasarían por la garita de control. Varios minutos después noté que alguien me tocaba la espalda, me di la vuelta y vi al sargento que ordenó que me registrasen esa misma mañana en ese mismo lugar.

—¿Señor... Schröder? —preguntó erróneamente el sargento.

Le corregí sobre mi apellido y pronto me preguntó cómo había resultado la reunión con las empresas suizas, yo le contesté que fue fructífera y que muy posiblemente me verían hacer ese mismo trayecto con mayor asiduidad.

—Voy a ahorrarle tiempo, enséñeme el maletín —ordenó el sargento sin haber llegado aún a la garita.

Levanté la pierna izquierda y puse el maletín sobre ella sujetándolo con el brazo vendado y, a duras penas, manteniendo el equilibrio con la pierna derecha, abrí el maletín con la mano que tenía libre. Giré el maletín abierto hacia el sargento y le dije que mi documentación estaba dentro.

—Parece que todo está en orden. No llevará nada escondido, ¿verdad? —preguntó al mismo tiempo que ojeaba mi aspecto.

Levanté ambos brazos para que pudiera comprobarlo y, a la vez, simulé en mi cara cierto dolor al realizar ese movimiento. Ese gesto apretando los dientes y la cara de cansancio que llevaba hicieron que el sargento me dijera que bajara los brazos.

—Listo, puede subir al autobús…, y cuide ese brazo —dijo el sargento al tiempo que se alejaba en dirección a la garita.

Ocupé de nuevo mi asiento en el autobús e intenté encontrar acomodo en ese espacio tan reducido.

Conseguí salvar el último escollo que quedaba en mi camino y, a partir de ahí, el viaje de vuelta fue mucho más cómodo ya que el trabajo estaba hecho.

CAPÍTULO XIII

Aquella mañana me desperté unos minutos antes de lo que tenía pensado, pero no me importó porque el día anterior me acosté pronto y ya había descansado el tiempo suficiente. Ya que estaba despierto, aproveché para salir a hacer ejercicio. Aún no había amanecido en la región, aunque ya se oían los primeros cantos de los pájaros. Era una mañana gélida, y eso se podía notar en mis huesos, razón de más para comenzar unos estiramientos antes del trabajo aeróbico. Después, me dispuse a correr por el camino hacia Oranienburg con la intención de dar dos vueltas a todo el complejo. En pleno esfuerzo físico, noté que continuaba el olor a quemado del día anterior, no sabía de dónde provenía, pero tenía la sensación de que iba a ser algo que me acompañaría durante el tiempo que estuviera allí destinado.

Llevaba más de media hora corriendo, en distancia, un poco menos de una vuelta al complejo. Intentaba mantener la cadencia de respiración y velocidad adecuada, sin embargo, esa sincronización mental que quería mantener se esfumó en un segundo. De repente, un estruendo provocó que parara de correr. Miré en todas direcciones, no parecía que fuese en el exterior, que era donde me encontraba. Fui rápidamente a la torre de vigilancia más cercana y, desde abajo, llamé la atención del centinela y le pregunté si sucedía algo dentro del campo.

—Señor, no se preocupe, es muy habitual. Son prácticas de tiro… —dijo el soldado de la torre esbozando una sonrisa que, *a priori*, me pareció un tanto sarcástica.

Aceptando la explicación, continué corriendo, pero ya sin intensidad ni concentración, tal fue así que acabé la vuelta y decidí dirigirme a las duchas. Una hora después, ya uniformado, esperaba en la puerta de entrada al campo de prisioneros a que llegara la persona que se iba a encargar de enseñarme hasta el último rincón del recinto, como así ordenó el comandante. Entretanto, a través de los barrotes del portón en el que se encontraba el mensaje forjado, pude ver a una gran cantidad de personas que caminaban en fila. La mayoría cargaban mochilas que, a simple vista, parecían estar desproporcionadamente llenas, una circunstancia que hacía que su avance fuera muy costoso y lento. Alrededor, varios soldados les gritaban obligándolos a continuar. Eso fue algo que no entendí en un primer momento porque, por el trato dispensado por los soldados a esa gente, parecía tratarse de prisioneros, y era muy extraño dado que esas personas que caminaban llevaban mochilas y botas militares. Entonces, vi más allá del atuendo militar, las chaquetas y gabardinas, y me fijé en sus rostros. En cualquiera de ellos se podían ver signos de una evidente desnutrición. No había duda, eran prisioneros, de hecho, pude ver que algunos llevaban un gorro a rayas a juego con la vestimenta interior del hombre que me abrió la puerta en casa del comandante.

—Buenos días, señor. Me llamo Thomas Kauffman. Disculpe la espera, tengo órdenes de enseñarle todas las dependencias del campo —dijo un hombre joven con uniforme y graduación de cabo.

—Permítame que empiece por la torre A, que es este edificio blanco por el que se accede al campo de prisioneros. No sé si se ha percatado, pero la figura geométrica que tiene el recinto y que delimita ese muro, es triangular, y justo en el centro de la base de ese triángulo, está este edificio. Además de ejercer de puerta de entrada, en su interior están las oficinas de administración desde donde se gestiona absolutamente todo lo que hay de puertas para adentro —dijo el cabo al tiempo que señalaba la puerta y la cara interior del muro. En todo momento asentí con la cabeza y dejaba que siguiera con su explicación sin interrumpirle.

—Señor, si avanzamos unos pasos hacia el interior del campo y damos media vuelta, se puede apreciar en la primera planta de la torre A, un puesto de observación. Como puede ver, muy bien pertrechado —explicó el cabo Kauffman señalando una ametralladora apostada en esa zona de vigilancia que apuntaba directamente a las personas que caminaban a pocos metros de nosotros—. Ahí, frente a la entrada, es donde se realiza el recuento diario de prisioneros —continuó diciendo mientras dirigía el brazo hacia una especie de patio semicircular que se extendía hasta unos barracones dispuestos en forma de abanico. Un espacio por el que, en esos instantes, caminaban a duras penas cientos de reclusos.

Durante unos segundos, ambos permanecimos observando a aquellas personas, momento que aproveché para preguntar a mi guía cuál era la finalidad de esa marcha. Él me dio a entender que no lo sabía con seguridad, aunque unos rumores indicaban que se trataba de unas pruebas físicas basadas en estudios científicos que eran necesarias para ayudar a nuestras tropas en el frente. La respuesta del cabo tenía cierto sentido, por eso no quise profundizar sobre el tema y dejé que continuara su labor.

—Señor, ahora le enseñaré lo que hay en la parte este del campo. Sígame, por favor —indicó el cabo.

Seguí sus pasos hacia esa zona sin perder detalle sobre lo que había a mi alrededor. Tenía que empezar a familiarizarme con el entorno, y así, iniciar cuanto antes mi particular búsqueda del motivo que originaba los trastornos psíquicos y las supuestas faltas de conducta disciplinaria en la tropa. Encontrar el motivo subyacente permitiría que abordara con garantías la misión que me encomendó el comandante y que me trajo a ese lugar. Todos esos pensamientos pasaban por mi cabeza mientras seguía los pasos del cabo Kauffman.

—¡Vamos, basura, sigue andando! —se oyó en voz alta detrás de mí.

Me giré hacia la explanada de recuento de prisioneros y vi a un soldado apuntar con su arma a un hombre de unos cincuenta años, arrodillado frente a él. Ninguna de las personas que pasaban a su lado se pararon a ayudarle, miraban de reojo para ver qué sucedía. El miedo les impedía mirar por el prójimo, no querían poner en peligro su integridad física al intentar socorrerlo. El soldado se aproximó a su objetivo, clavó sus ojos en él y apoyó la punta del cañón de su fusil en la frente del prisionero, que seguía arrodillado y con los brazos en alto. Las lágrimas brotaban por sus ojos. «¿Va a disparar?», fue la pregunta que rondó mi cabeza durante unos segundos, aunque la razón me decía que no lo haría. Yo estaba muy lejos de su posición, pude evitar el mal rato que pasó encañonado ese hombre, pero me quedé inmóvil, tal vez porque acababa de llegar, o porque estaba seguro de que no dispararía, que solo era una estrategia que utilizaba el soldado para disciplinar a ese pobre diablo y al colectivo. Finalmente, bajó el arma, y eso provocó que, muy lentamente, el prisionero hiciera lo propio con sus brazos, algo que no gustó al hombre que tenía delante y cuya reacción no se hizo esperar. El soldado, en un gesto desmedido, cogió con ambas manos su fusil y golpeó con violencia el rostro del prisionero con la culata. El impacto fue tan brutal que le produjo heridas serias en el pómulo y la ceja izquierda, aunque eso no fue todo, no contento con el maltrato físico, humilló más si cabe a aquel hombre al acercarse y escupirle en la cabeza.

—¡Y ahora, levántate y sigue andando si no quieres que te pegue un tiro aquí mismo! —sentenció el soldado.

El prisionero, con la cara ensangrentada y conmocionado, intentaba ponerse en pie como podía, pero el mareo provocado por el culatazo le impedía mantener el equilibrio necesario. Segundos después de dirigir semejante amenaza, el soldado se giró hacia tres compañeros que no perdieron detalle de lo sucedido y soltó una gran carcajada, algo que contagió a sus camaradas de armas propiciando que, entre cigarro y cigarro, relataran entre risas lo acontecido. En ese instante, uno de los prisioneros que marchaba con el resto, aprovechó la improvisada reunión de los soldados, se acercó a la posición del hombre violentamente agredido y lo agarró con fuerza por el brazo derecho hasta levantarlo. Sin embargo, eso no bastaba, estaba tan aturdido que no era capaz de andar por sí mismo, circunstancia que no pasó por alto el colectivo de prisioneros que caminaba. Rápidamente, varios de ellos se sumaron a la ayuda logrando así ocultarlo en el grupo y entre todos hacer que pudiera cubrir la distancia marcada.

Me llamó la atención aquel gesto de humanidad y solidaridad exhibida por los prisioneros al arropar a uno de ellos en un momento tan delicado. Fue un detalle digno de alabar teniendo en cuenta el peligro que corrían al hacerlo. Por eso y por la valentía demostrada, puse especial atención en el prisionero que levantó a su compañero del suelo. Más adelante, cuando concluyera mi periodo de adaptación, querría conocer a ese hombre y poder mantener una conversación con él.

Cuando me giré para retomar la visita, vi que el cabo Kauffman estaba algo alejado de mi posición. Al intentar avanzar hacia él, tropecé con algo que había en el suelo. Bajé la mirada y vi el obstáculo que provocó que saliera trastabillado, un bordillo muy fino que delimitaba lo que parecía ser la zona por donde caminaban los prisioneros. Una especie de pista lo suficientemente ancha diseñada para que una gran cantidad de personas caminara por ella y lo hiciera con una dificultad añadida, el terreno no era uniforme, estaba totalmente empedrada. Las personas que marchaban por el patio, además de soportar un peso descomunal sobre la espalda, debían recorrer durante horas esa pista cubierta de piedras. Miré de nuevo al suelo y, poniéndome en la piel de los prisioneros, salvando las distancias, quise caminar durante unos minutos en esa superficie para ver la dureza del recorrido, y a juzgar por la experiencia, llegué a la conclusión de que tantas horas andando destrozarían los pies de aquella gente. Por un lado, mi conciencia decía que esa marcha infernal era un trato inhumano dirigido a esas personas, aunque por el otro, una gran cantidad eran prisioneros de guerra, enemigos del país y delincuentes. Quería creer que sus actos los llevaron a estar allí encerrados y que sufrirían un castigo acorde a sus malas decisiones. Además, según dijo el cabo, esa marcha beneficiaría en el futuro a nuestros soldados.

—¡Teniente Schültz!, ¿me acompaña? —preguntó el cabo Kauffman, a unos quince metros de mi posición.

Tardé unos segundos en reunirme con él. Cuando lo hice, continuó con la visita mostrándome los barracones que había en la zona este del campo, ocupados en su gran mayoría por judíos.

A estos prisioneros se los localiza fácilmente gracias a un distintivo en forma de estrella de David amarilla pegada a la altura del corazón de su uniforme. Los otros prisioneros también tienen su marca especial, un triángulo invertido de colores que diferencia a grupos tales como testigos de Jehová, delincuentes, presos políticos, homosexuales, etcétera. Cada grupo tiene su color, y en función del mismo, el trato y la labor que debe realizar en el campo, o fuera de él, puede variar.

El cabo Kauffman me señalaba esos edificios de madera que servían de alojamiento a los cientos de prisioneros del campo y me explicaba por encima cómo eran por dentro. Transcurridos unos minutos, quiso continuar con la zona neutral y las torres de vigilancia, sin embargo, antes de que prosiguiera, dirigí la mirada hacia uno de los barracones.

—Cabo, quiero verlo por dentro —le dije.

—Pero, señor, en mis órdenes no está enseñarle los barracones de prisioneros por dentro —dijo.

—Cabo, es una orden —concluí.

—¡Sí, señor! —dijo cuadrándose ante mí. Abrió la puerta del barracón de prisioneros más próximo. Nada más entrar, noté un hedor insoportable, un aire viciado y nauseabundo que penetró rápidamente en mis fosas nasales. Con la mano derecha me tapé la nariz y la boca con premura y seguí al cabo Kauffman hacia el interior del edificio. Desde la puerta exterior del barracón se accedía a un pasillo no muy grande que comunicaba sus estancias. En primer lugar, me dirigí a la izquierda. Allí había una sala repleta de literas de madera, la mayoría de tres pisos. Estas estaban desprovistas de cualquier comodidad, las personas que dormían en ellas contaban únicamente con paja y se podía ver alguna manta. A la vez que avanzábamos por la sala, quise hacer un cálculo aproximado de las personas que ocupaban las literas y hacerme una idea sobre el volumen de prisioneros que había en el campo. Iba contando literas, cuando vi a unos hombres en una esquina de la habitación.

—Teniente Schültz, esas cuatro personas que está viendo son las encargadas de despiojar y arreglar las literas. No se pegue mucho a ellos, por si acaso —dijo al tiempo que señalaba a los prisioneros que observaba y que examinaban una de las literas que había junto a una ventana.

Aquellos hombres apenas levantaban la mirada del suelo y eso era un signo inequívoco de miedo y sumisión, como el perro que ve a su amo aproximarse con una vara en la mano. Dejamos atrás la sala de literas donde dormían los prisioneros y accedimos a la siguiente estancia del barracón. Una sala de menor tamaño con dos pilas colocadas en el centro para que las personas mantuvieran un mínimo de higiene diaria, algo que pocas veces conseguían. Conforme íbamos avanzando, el olor era cada vez más intenso y eso era debido a que nos estábamos aproximando a la siguiente estancia del barracón, un cuarto con numerosos sanitarios colocados en fila junto a la pared. El aspecto de ese cuarto era deplorable, los sanitarios estaban muy sucios y el suelo mugriento, también se percibía cierta humedad cuando estabas dentro. No quise continuar, ese olor hacía imposible permanecer un segundo más allí.

—Por aquí —indicó el cabo dirigiéndose hacia la parte este del edificio.

Mi improvisado guía me llevó a otra estancia del Barracón, una sala un poco más pequeña que la primera de las literas, aunque con algo más de espacio. Cuatro mesas grandes en la parte central y numerosas taquillas pegadas a la pared eran el contenido de la habitación, además de una estufa situada en el centro con un escape de humos en forma de tubo que llegaba hasta el techo. Permanecimos varios minutos observando la habitación hasta que decidí retirar la mano con la que me cubría la nariz y la boca. Esto me permitió comprobar que el mal olor aún se podía percibir, aunque era menos intenso, un alivio sin duda, pero fue momentáneo. El cabo Kauffman me dijo que esa sala era el comedor de los prisioneros. Saber que esas personas comían en ese lugar era algo infame. Junto a ese comedor había otra sala de literas dispuesta de la misma forma que la situada en el ala opuesta.

La visita al barracón supuso una alteración en el programa que tenía establecido el cabo para enseñarme las instalaciones, y esa circunstancia parecía haberle generado cierta inquietud. Cuando salimos, tuve la sensación de que mi uniforme estaba impregnado por ese hedor repugnante que nos acompañó durante el recorrido por el interior de aquella estructura de madera, algo que afortunadamente no fue así.

—¡Sígame, señor! —indicó queriendo retomar con premura la visita.

Fuimos recorriendo el interior del campo por la parte este hacia el vértice norte. Caminábamos muy cerca de la denominada *zona neutral*, una zona muy peligrosa para los prisioneros y que consistía en una superficie de gravilla de unos cuatro metros de ancho, un cerco de alambre electrificado y otro de alambre de púa situado unos metros antes del muro. A lo largo del recorrido, en la superficie de gravilla, se hallaban colocados carteles disuasorios con el siguiente mensaje: «Se disparará sin previo aviso». Al menor ruido de pisadas por la gravilla, los soldados que ocupaban las torres de vigilancia tenían órdenes expresas de impedir cualquier conato de acercamiento al muro.

El cabo Kauffman y yo estuvimos alrededor de dos horas recorriendo el interior del campo de concentración, y durante la visita, mi acompañante me enseñó todo lo que había que ver en aquel recinto triangular, el comedor de prisioneros, las celdas de castigo, la enfermería, más barracones, etcétera. No obstante, hubo algo que me llamó la atención, no vi el espacio destinado a las prácticas de tiro. Aquella mañana, mientras corría fuera del campo, oí lo que parecían ser disparos. Desde una de las torres de vigilancia me confirmaron que eran pruebas habituales de tiro, por ese motivo, pregunté al cabo si sabía dónde se efectuaban dichas pruebas.

—Señor, los disparos que usted ha oído esta mañana no han salido de este recinto —dijo el cabo.

Mi cara de sorpresa e incredulidad dieron paso a una pregunta previsible.

—Entonces, ¿dónde se efectuaron los disparos? —pregunté.

—Señor, esas pruebas de tiro a las que se refería el vigía se hacen detrás del muro oeste, cerca del recinto industrial —explicó.

Miré al oeste y lo primero que vi fueron las columnas de humo que salían de unas chimeneas ubicadas detrás de una de las torres de vigilancia, algo que llamó mi atención, por esa razón, comuniqué al cabo Kauffman que quería visitar esa parte del campo.

—Lo siento, señor, no tengo acceso, y usted tampoco. Es un área restringida —dijo mientras abría los brazos y encogía los hombros.

La explicación no me convenció, tenía que saber por qué no se me otorgó un permiso especial para poder entrar en esa zona tan selecta. No quise insistir más a mi acompañante, entendía que su posición era muy limitada, evidentemente, el que yo pudiera o no entrar al otro lado del muro oeste, era competencia de alguien con mucha más influencia en el campo. Agradecí al cabo Kauffman ser mi guía en el recinto y me dirigí a la torre A para abandonar el campo de prisioneros.

Varios meses más tarde, tuve una reunión con el comandante Kaindl para ver los progresos obtenidos. La charla no fue para nada amistosa, el comandante no entendía que necesitara tanto tiempo para desempeñar mi labor y lo manifestó con una sonora reprimenda. El motivo de su enfado fue que hubieran aumentado los casos de baja por trauma psicológico en la tropa y eso estaba bajo mi responsabilidad. Aproveché que estaba ante él y le pedí educadamente una autorización para entrar en el recinto industrial —la zona donde realizaban las prácticas de tiro—. Sin embargo, me dijo que por el momento no me iba a conceder ese privilegio. Me lo tenía que ganar consiguiendo buenos resultados la próxima vez que él requiriera mi presencia para rendir cuentas sobre mi trabajo.

La reunión acabó. Salí del despacho del comandante cabizbajo y apesadumbrado. La decepción de mi superior significaba el fracaso en la realización de mi trabajo, y eso para mí fue un tremendo revés moral y un paso atrás en la posible consecución de mi objetivo, salir de Sachsenhausen.

Me dirigí hacia la torre A con paso enérgico, la rabia me embargaba, había fallado y no sabía el porqué. Justo antes de llegar a la entrada del campo de prisioneros, vi como cinco camiones militares se aproximaban a ese mismo lugar. Al llegar a la entrada, pararon y bajaron varios soldados por la parte de atrás de cada uno de los vehículos. Crucé el paso de entrada al campo de prisioneros, quería obtener información acerca de los últimos soldados que causaron baja del servicio. No sabía por dónde empezar, necesitaba un atisbo de luz que pudiera desatascar el problema que tenía en ciernes y que me estaba originando tantos quebraderos de cabeza.

Estaba en el patio de recuento de prisioneros dándole vueltas a la cabeza, mirando de un sitio a otro intentando hallar el rumbo que había perdido. Mientras lo hacía, veía cómo un gran número de personas iba entrando poco a poco por el portón de forja y se colocaban en fila junto a la pista empedrada —en forma de arco— por la cual marchaban diariamente los prisioneros. Mujeres y hombres integraban dos filas que formaban en ese patio cara a la torre A. La condición física de esas personas era muy delicada. En sus rostros, además de notarse una extrema delgadez, se dibujaba la poca esperanza que tenían en sobrevivir a todo aquello. No quise ver más, los soldados que organizaban las filas se dirigían a sus integrantes con gritos, zarandeos y golpes.

Decidí dirigirme al edificio de celdas de castigo. Tenía entendido que uno de los soldados que causó baja estaba destinado allí.

—¡Heinrich! —oí a mi espalda. Una voz que me resultaba familiar había dicho mi nombre. Al darme la vuelta vi a Rolf, mi amigo y compañero de armas con quien serví en el ejército B en los Países Bajos.

—Perdóneme, teniente, no lo he saludado como merece —dijo con una sonrisa amplia en su cara a la vez que se cuadraba y, después, abría los brazos.

Estaba algo desaliñado y tenía la cara salpicada por numerosas magulladuras, pero lo veía como con más confianza, antes era mucho más callado, reservado y no se mostraba en público con tal efusividad. Abracé a Rolf con fuerza y, al hacerlo, vi que lucía el grado de sargento en su casaca.

—Ahora eres sargento… —le dije.

—Pues sí, mi trabajo me ha costado. He tenido que matar a mucho malnacido aliado y alguna que otra alimaña judía, pero lo he conseguido —comentó al tiempo que se giraba y miraba con el rabillo del ojo a aquellas famélicas personas que, a duras penas, aguantaban en pie en las filas que formaban a su espalda. Además de verlo con más confianza, percibí algo en sus ojos, una mirada fría en la que parecía predominar el odio.

—Después del Canal Alberto, fui destinado al frente en numerosas misiones, pero hace un año me ascendieron y he estado en varios campos de concentración, de hecho, vengo de Auschwitz, donde he pasado unos meses. De allí hemos traído este montón de perros judíos hasta aquí. Esto es un grupo reducido, van a venir muchos más —dijo. Y con un movimiento de cabeza señaló las dos filas de prisioneros.

Permanecí escuchando a Rolf en todo momento, no quise interrumpirle. Sin embargo, tenía la necesidad de saber qué tal estaba Lars tras su traumática situación. Comenté a Rolf que escribí tres cartas a Lars pocos meses después de dejarlo postrado en la cama de aquel hospital de campaña, lamentándose por su desdichada suerte tras aquella maldita explosión de mortero que arrancó la pierna a mi amigo. No obtuve respuesta alguna a las cartas que le mandé y así se lo hice saber a Rolf.

—Heinrich, Lars está muerto —confesó.

Las palabras de Rolf helaron mi corazón.

—¿Por qué? ¿Cómo fue? —pregunté a Rolf.

—Lars permaneció una larga temporada con cuidados especiales. A los tres meses de haber perdido la pierna, salió del hospital y se instaló en casa de sus padres en Wolfsburgo.

Dos semanas después conseguí la dirección y fui a visitarlo. Al llegar, él no estaba, pero sus padres sí y me recibieron con lágrimas en los ojos. Me dijeron que llevaba una semana como un alma en pena por la casa, no tenía ganas de comer y prefería encerrarse en su habitación. En ocasiones se le oía sollozar y dar golpes al tiempo que maldecía su suerte. «Un día, por la mañana —decían—, los golpes y las voces cesaron. Que no fuera a desayunar era lo normal, pero había un silencio extraño que no hacía presagiar nada bueno. Tocamos a la puerta de su habitación y lo llamamos para saber cómo estaba. No contestó. Abrimos la puerta y todo era oscuridad, las cortinas estaban echadas. Al intentar descorrerlas, resbalé —decía su padre— con un líquido que parecía haberse derramado en el suelo. Cuando la luz penetró en la habitación, vimos a Lars tumbado en la cama con los brazos abiertos, y en el suelo, un gran charco de sangre a cada lado de la cama. La sangre de mi hijo fue la que me hizo resbalar —concluyó su padre con lágrimas en los ojos—. Lars estaba muerto, se cortó las venas mientras dormíamos, se desangraba y nosotros descansábamos plácidamente, ajenos a lo que sucedía al otro lado de la pared. Mi hijo yacía ante mí, pálido e inerte y no podía hacer nada por él —decía su madre totalmente desconsolada» —relató Rolf al detalle con voz entrecortada. Vi que los ojos de Rolf se colmaban de lágrimas por la emoción.

—Sus padres me dieron esta nota que dejó Lars en la mesilla antes de quitarse la vida. Ellos no quisieron quedársela. Toma, léela —dijo Rolf al tiempo que me hacía entrega de las últimas palabras de Lars. La nota decía lo siguiente:

"Siento el dolor que os he causado. No es justo que sufráis las consecuencias de mi desgracia. Me veo un estorbo y la medicación no me ayuda a sobrellevar esta situación, por eso he decidido poner punto final y acabar con mi vida. Hasta siempre. Os quiere vuestro hijo, Lars."

Esas palabras me generaron un nudo en la garganta. Lars decidió rendirse y no luchar, y eso me produjo pena y rabia a la vez. Era un hombre con arrojo y valentía, no podía entender que bajara los brazos a las primeras de cambio.

Devolví la nota a Rolf. Él bajó la mirada y se limpió los ojos humedecidos. Después, guardó el escrito.

—Voy a estar una temporada en Sachsenhausen, imagino que nos veremos por aquí. Ahora tengo que llevar a esta basura a despiojar —dijo Rolf refiriéndose a las personas que permanecían formadas en el patio de recuento.

Después, se dirigió hacia los soldados que custodiaban a los prisioneros recién llegados, y estos se cuadraron ante él. Desde la distancia pude ver el respeto que profesaban los soldados a Rolf y la disciplina con la que ejecutaban sus órdenes. Para ellos era un personaje con carisma y con liderazgo. Miré a mi alrededor poniendo especial atención en las caras del resto de soldados del campo y en ellos también parecía infundir respeto. Ver los rostros de admiración de la tropa me dio una idea e hizo que mi mente comenzara a trabajar para intentar sacar beneficio de aquello. Rolf podía ser la solución a los problemas que tenía pendientes con el comandante. Necesitaba a una persona que se ganara la confianza de los soldados para que estos siguieran a pies juntillas las órdenes: un referente. Definitivamente, decidí que él debía ser el elegido para revertir la situación por la cual fui escogido y enviado allí.

La visita a las celdas de castigo ya no era lo primero en mi lista de prioridades, reunirme con mi amigo, sí.

—Rolf, tenemos muchas cosas de qué hablar, Vayamos a comer y charlemos… Es una orden —sugerí con un guiño cómplice.

—Sí, señor —contestó con media sonrisa.

La comida sirvió para darme cuenta de lo que tuvo que pasar Rolf durante los últimos dos años. Situaciones traumáticas como la muerte de Lars o experiencias terribles vividas en el frente hicieron de él un hombre distinto al que yo conocía. Tenía un carácter mucho más fuerte y a ello se le sumaba el odio por todo lo que era contrario a las ideas que promulgaba el Partido Nacionalsocialista. De hecho, confesó haber ejecutado sin piedad a decenas y decenas de judíos en otros campos, aunque, lejos de sentirse arrepentido, se jactaba de ello y definía aquellas acciones como *actos necesarios para preservar el bienestar de la patria,* frase que oiría en algún discurso del Führer.

CAPÍTULO XIV

E l viaje a Basilea me dejó exhausto pero satisfecho. Por fin mis padres tendrían su patrimonio a buen recaudo, pero antes tenía que enviarles un telegrama indicando el número de habitación y el nombre del hotel en clave para que pudieran recoger la cartilla del banco. Cuando llegué a casa, expliqué a Anna con todo lujo de detalles lo que hice, y después fui donde descansaba mi hijo, le di un beso en la frente y caí rendido por el cansancio.

La tranquilidad se adueñó de nuestras vidas durante varias semanas. Anna, Karl y yo logramos retomar el día a día que dejé a un lado para embarcarme en mi aventura por tierras suizas. Todo parecía transcurrir con normalidad, hasta que un buen día, caminando hacia el trabajo pude escuchar a dos hombres que iban delante de mí conversar sobre algo que sucedió unos días antes en Dresde. Uno de ellos explicaba al otro que, por un conocido suyo, se enteró de que las cosas estaban muy serias por allí, que hubo disturbios por toda la ciudad. Al oír las palabras de aquel hombre me quedé atónito. ¿Era posible que todo lo que estaba sucediendo fuese originado por la reunión del GAU a la que se refirió Bastian? Durante unos segundos pasaron muchas cosas por mi mente, sin embargo, lo más importante era si me había equivocado al no dar el valor que debía a esa asamblea y su posible repercusión, poniendo así en peligro el bienestar de los míos. ¿Me estaba preocupando demasiado por un rumor? Quería quitarle hierro al asunto, pero era evidente la intranquilidad que sentía. Finalmente, decidí esperar a que transcurrieran los acontecimientos, no quería alarmar a Anna de manera innecesaria. Varias semanas después, llegó a mis oídos que en Dresde se estaba llevando a cabo una campaña de adoctrinamiento del pueblo y que, en esencia, daba a entender la necesidad que tenía la sociedad de prescindir de los ciudadanos judíos. Aunque todo parecía indicar que la declaración de intenciones esgrimida por el GAU empezaba a tener gran calado en la población, no vi una extrema gravedad en los hechos ya que parecía que solo se limitaba a no permitir el acceso en algunos sitios a las personas que profesaban esta religión.

Decidí no dar importancia a lo que ocurría en Dresde y seguir con nuestras vidas en Berlín. No encontraba nada que me hiciera pensar que Anna y Karl corrían peligro, por otro lado, estaba convencido de que sacar a mis padres del país para ponerlos a salvo, fue una muy buena idea.

Más adelante pude comprobar el endurecimiento de las leyes para con la comunidad judía. Nos obligaron a todos a registrar nuestros bienes de manera oficial. De ese modo, establecieron un censo de patrimonio y persona controlado por el gobierno. Esta circunstancia me inquietó bastante, no obstante, quería creer que era una mera formalidad sin importancia.

Todo empeoró el 9 de noviembre de 1938, el día en el que la tranquilidad dejó de reinar en nuestras vidas, dando paso a un estado de caos y miedo. Miles de personas se echaron a la calle a tomarse la justicia por su mano al conocer el asesinato de un funcionario de la embajada alemana en París a manos de un joven judío polaco. Este último puso como pretexto del crimen la situación que vivía su familia recientemente expulsada de Alemania a la fuerza, cuyos bienes fueron expropiados por el mero hecho de ser judíos y polacos. El asesinato propiciado por aquel joven polaco en París encendió a la población hasta el punto de originarse una caza a todo ciudadano judío, y yo era uno de ellos.

Esa noche estábamos en nuestra casa. Acabábamos de cenar y Karl ya estaba dormido. Anna y yo nos dispusimos a hacer lo mismo cuando… un ruido que provenía del exterior llamó nuestra atención. Nos asomamos a la ventana y vimos a una gran cantidad de personas asaltar un local que había frente al edificio donde vivíamos. Ese grupo enfervorizado la tomó con el cristal del escaparate destruyéndolo a pedradas al tiempo que vociferaban y gesticulaban. La ventana estaba cerrada y eso nos impedía saber qué decían. Al abrirla, oímos insultos por doquier y ruido de cristales rompiéndose por toda la calle. En un principio pensamos que la habían tomado con el propietario del local, pero por lo que estábamos viendo y oyendo, los disturbios se propagaban por toda la ciudad.

—¡Sal de ahí, sucio judío! —dijo alguien en voz alta.

Al oír aquellas palabras amenazantes, mi mujer y yo nos miramos y el miedo se hizo notar en nuestros rostros. Cerré la ventana rápidamente a la par que veía cómo sacaban a un hombre a golpes del interior del local que había sido apedreado previamente. No quise ver más, tenía que poner a salvo a mi familia y para ello tenía que pensar con claridad. Corrí las cortinas, me coloqué de espaldas a la pared junto a la ventana e intenté liberar mi mente para lograr la mejor alternativa posible para los míos; sin embargo, no lo conseguía, los gritos del propietario del local me distraían. De repente, se oyó un estruendo en el exterior que condujo durante unos segundos al silencio más absoluto. Los gritos de aquel hombre ya no se oían. «¿Qué ha pasado?, le habrá…», pensaba. Necesitaba saber qué había ocurrido fuera, aunque me temía lo peor. El miedo hacía que mi respiración fuera más acelerada y me temblaran las manos. Me giré hacia la ventana y con dos dedos descorrí varios centímetros la cortina para intentar ver a través del cristal lo que había sucedido. Después de observar el exterior durante unos segundos, se confirmaron mis peores augurios. El propietario del local devastado estaba tendido en el suelo con una herida de bala en la sien y el suelo cubierto de cristales manchados de sangre. Lo habían ejecutado en plena calle sin miramiento alguno. La situación empeoraba por momentos. En vista de los acontecimientos, salir a la calle no era una opción y si continuábamos en casa, podíamos correr serio peligro. Estaba bloqueado, no sabía qué hacer y Anna y Karl dependían de mí para salir de esa situación. Sin tener nada claro hice lo primero que se me pasó por la mente, ir hacia mi mujer y mi hijo, pero a mitad del recorrido, algo hizo que sintiera un vuelco en mi corazón: varios golpes fuertes sonaron en la puerta de entrada a nuestra casa.

—¡Oh, Dios mío! —exclamó Anna al oír los golpes en la puerta.

Me giré hacia ella y me llevé el dedo índice a la boca pidiendo silencio. Durante varios segundos permanecimos quietos intentando no hacer ruido y casi lo conseguimos, hasta que

Manuel S. Pérez

el llanto de Karl alertó a quien estuviera al otro lado de la puerta e hizo que insistiera en los golpes. «Es el fin», me decía a mí mismo con amargura. Desesperado, ya solo me quedaba intentar proteger a mi familia como fuera. Fui hacia la puerta despacio y cogí un candelabro que había colocado en un taquillón y lo empuñé fuertemente con ambas manos.

—Señor Schönberg, ¿está usted ahí? —preguntó alguien al otro lado de la puerta mientras seguía golpeándola.

Esa voz me resultaba familiar, aunque no sabía con certeza de quién se trataba.

—He oído al pequeño. ¿Están todos bien? —insistió la persona que había tras la puerta.

—¡Es Otto, el vecino de arriba! —dije mirando a Anna. Ella, al saber la identidad de la persona que aporreaba la puerta, respiró aliviada y yo me apresuré a abrir.

—Ya creía que no me querían abrir —dijo.

Otto era un hombre de unos setenta años, con el pelo totalmente blanco. Era delgado y ya iba algo encorvado debido al paso del tiempo. Utilizaba un distinguido bastón que le ayudaba a caminar ya que en la gran guerra le hirieron en la pierna izquierda.

—¿Han oído un disparo? —preguntó Otto.

Mi mujer y yo asentimos con la cabeza afirmando haberlo oído.

—¿Qué está sucediendo en las calles? —preguntaba nuestro vecino.

Parecía que el señor Effenberg —así se apellidaba Otto— no sabía qué movía a la gente a echarse a la calle y organizar tales disturbios por toda la ciudad e incluso a utilizar armas de fuego. Pedí a Otto que entrara y cerré la puerta. Lo conduje hacia la ventana dejando que viera el cuerpo que yacía tendido en medio de la calle y allí le expliqué lo que vi y las voces previas al disparo. Entretanto, Otto no quitaba la vista del cadáver.

—Pero ese hombre… tiene un disparo en la cabeza, ¿no es así? —preguntaba algo confuso el señor Effenberg, refiriéndose al malogrado propietario. En ese instante, vimos como una mujer de mediana edad salía del establecimiento por el hueco del escaparate destruido y se aproximaba al cuerpo que yacía muerto en medio de la calle. Parecía magullada y con el pelo revuelto. Sin duda, las personas encargadas de destrozar el local y asesinar a ese hombre, también la tomaron con aquella mujer. Ella, con la mano derecha tapándose la boca en un gesto de emoción, se arrodilló junto al cadáver y tocando con la mano izquierda la espalda del hombre ejecutado, rompió a llorar desconsoladamente. Miré a Otto y pude ver sus ojos vidriosos.

—Era judío —le confesé sin perder ripio de las muestras de dolor.

—¿Cómo dice? —preguntó el señor Effenberg.

—Ese era el delito por el cual fue ejecutado: ser judío —le expliqué.

Por unos segundos, la incredulidad se adueñó de mi vecino, que movía la cabeza de lado a lado.

—No puede ser, ¿qué locura es esta? —decía sin conseguir entender la justificación de ese asesinato.

—Señor Effenberg, yo… también soy judío —confesé a mi vecino al tiempo que mi mujer posaba la mano en mi hombro izquierdo.

Otto, al escucharme, se apartó de mí ligeramente y, sin mediar palabra, dio media vuelta y salió raudo por la puerta de entrada. La huida de mi vecino sembró en mí un profundo sentimiento de culpa.

—No debí decírselo. ¿Qué he hecho?, ¡os he puesto en peligro! —le dije a Anna mientras me llevaba las manos a la cabeza.

Entendía el temor de Otto, no obstante, lo creía de otra manera, me sentía defraudado, no pensaba que a la mínima saliera huyendo por la puerta, o nos traicionara. No había vuelta atrás, el daño estaba hecho y ya solo quedaba confiar en que no sucediera nada.

Derrotado por la reacción de Otto, dirigí mis pasos hacia la puerta de entrada que dejó entreabierta mi vecino al salir, cuando… Antes de que pudiera cerrarla, un brazo se interpuso impidiendo que pudiera hacerlo. Cuál fue mi sorpresa al ver que ese brazo pertenecía a la persona que había salido con premura unos instantes antes.

—Señor Schönberg, no tenemos mucho tiempo —dijo el señor Effenberg entre jadeos—. Cojan lo más importante, hay que salir de aquí —ordenó.

No entendía la urgencia de Otto. De pronto salió sin decir nada y luego entró con prisas, ¿a qué obedecía ese comportamiento?

—Cuando he salido de aquí, me he dirigido lo más rápido que he podido a la entrada del edificio para ver si continuaban los disturbios por los alrededores. Por suerte, solo había un grupo reducido, y ya a bastante distancia de aquí. También he mirado dentro del edificio por si alguno se le hubiera ocurrido entrar, pero no he visto a nadie —relató nuestro vecino.

Nos quedamos parados intentando asimilar lo que nos explicaba Otto, haciendo caso omiso a sus sugerencias sobre recoger nuestros objetos personales y abandonar nuestra casa.

—Pero ¿qué hacen ahí parados?, ¡vayan a recoger sus cosas, rápido! Las personas que han ejecutado a ese hombre sabían dónde encontrarlo. No creo que hayan destrozado los escaparates de todos los negocios de la ciudad. Alguien habrá averiguado qué negocios son regentados por ciudadanos judíos, ¿no cree? Si tienen un listado o, simplemente, van preguntando, es cuestión de tiempo que den con usted y los suyos. Por favor, háganme caso —dijo el señor Effenberg mientras señalaba la ventana.

Tenía razón, no podíamos perder más tiempo. Cogimos varias maletas y comenzamos a meter ropa y objetos personales en ellas. Entretanto, nuestro vecino se quedó en la entrada vigilando. Cuando acabamos de guardar todo, cogimos a Karl y nos reunimos con Otto en la entrada con una duda muy importante que debíamos despejar: ¿dónde nos íbamos a meter?

—¡Vamos, vengan conmigo, se ocultarán en mi casa! —exclamó Otto en el mismo instante en que cogía la maleta que portaba mi mujer y salía al rellano.

Ir a su casa no me parecía mala idea, de esa manera evitábamos salir del edificio y así ser vistos por la calle. Además, siendo franco, no se me ocurría en ese instante ningún otro sitio donde ir, por ello, agradecí a nuestro vecino que nos acogiera en esos momentos tan delicados para nosotros. Me sentía avergonzado por haber pensado que nos iba a traicionar y abandonar a nuestra suerte. Ese gesto de ayuda no lo olvidaría en la vida.

Subimos al siguiente piso con sumo cuidado. No queríamos llamar la atención, por eso optamos por recorrer los tramos de escalera descalzos hasta la casa de Otto. Una vez en su casa, nuestro anfitrión comenzó a enseñarnos las distintas estancias. Mientras lo hacía, no podía dejar de pensar en lo sucedido y en la posición en la que coloqué a mi familia por el mero hecho de ser judío. Tenía un sentimiento de culpa tremendo. Debí pensar en los míos cuando tuve la oportunidad. No me perdonaba no haber dado la suficiente importancia a los hechos sucedidos en Dresde meses antes. Debí anteponer su seguridad a lo que la razón dictaba en mi cabeza, aunque ya era tarde. Estábamos inmersos en una situación límite en la que, a tenor de los acontecimientos recientes, nuestras vidas corrían serio peligro.

Estuvimos cuatro días enclaustrados en casa de nuestro vecino tratando de hacer el menor ruido posible. Durante ese tiempo, además de intentar encontrar la mejor solución para huir de todo aquello y poder iniciar una nueva vida en un lugar más seguro, mantuve varias conversaciones con Otto —siempre en voz baja— en las que le agradecía profundamente lo que hacía por nosotros y me ponía al día de lo que acontecía fuera de allí. Él se arriesgó demasiado por nosotros ocultándonos en su casa sin saber las consecuencias que podía acarrearle. Me hacía cargo de que se exponía demasiado por nosotros sin tener la necesidad de hacerlo, por eso, intenté una y otra vez que me aceptara algo de dinero, aunque para mí fuera un leve gesto de gratitud, ya que lo que él hacía por nosotros no tenía precio. Además de darnos cobijo, se encargaba de proporcionarnos alimento, un peligro más añadido para Otto porque la gente podía sospechar al verlo cargar con más comida de la que una persona de su edad llegaría a consumir.

Cuatro días más tarde parecía haberse restablecido el orden y la normalidad en las calles de Berlín, aunque no podíamos fiarnos de las apariencias, los disturbios habían cesado, sin embargo, el peligro seguía latente. La situación en la que estábamos me generaba cierta ansiedad. Tenía una obsesión permanente por proteger a mi familia, y a la vez, no quería abusar más de la hospitalidad de Otto, que ya nos había ayudado demasiado sin importarle las consecuencias. Lo tenía decidido, por eso hablé con Anna para contarle la situación, mi trabajo parecía estar perdido y tenía mis dudas sobre regresar a nuestra casa o no. Tal vez, hacerlo resultaría demasiado peligroso.

El paso de los días ayudó a que viese las cosas bajo otro prisma. Otto venía con noticias del exterior que, en su gran mayoría, no eran muy esperanzadoras.

—Señor Schönberg, traigo noticias, y no son muy halagüeñas —dijo Otto nada más entrar por la puerta—. He mantenido conversaciones con algunas personas que conozco y he sabido que se han realizado cientos de detenciones por toda la ciudad. Todos ellos ciudadanos judíos a los que han llevado a un campo de presos políticos cerca de Oranienburg. También ha habido un centenar de muertos a causa de las revueltas producidas aquella noche. Pero eso no es todo, hay algo más. Me he enterado por un familiar de que hay miles de personas deportadas en la frontera con Polonia. Todos judíos. Entre ellos, mujeres, niños y ancianos. Los guardias de la frontera tienen órdenes expresas de no permitirles entrar en el país, y allí están, sin cobijo alguno, siendo ciudadanos de ninguna parte, pasando hambre y un sinfín de penurias. Sinceramente, creo que es mejor que se queden unos días más aquí hasta que todo vuelva a la normalidad —dijo Otto.

Me sentí abrumado por las noticias. «¿Qué vamos a hacer ahora?», me decía a mí mismo. Por un lado, existía en mí el miedo a que siguieran las detenciones de judíos alemanes. Por el otro, si intentábamos huir del país, podíamos correr la misma suerte que los miles de judíos que vivían un verdadero calvario en la frontera. Aquella disyuntiva hizo que optase por seguir el consejo de Otto y continuar en su casa unos días más. Necesitaba tiempo para pensar en la mejor solución posible, no en vano, la seguridad de los míos dependía de ello.

Mi vecino no se guardaba nada, fuese bueno o malo, se veía en la obligación de contarme todo lo que sucedía fuera de esas paredes, y lo hacía porque él entendía que omitir cualquier información sensible podía llevar a una mala decisión. De esa manera, fui consciente de la magnitud de lo ocurrido durante esos días. Por lo que contaba, pudo ver con sus propios ojos los destrozos ocasionados durante las revueltas, además de recoger testimonios que, en su conjunto, daba a entender que todo lo que tenía que ver con la población judía, fue devastado en toda Alemania: negocios, sinagogas, viviendas particulares… Y esa información cayó como una losa pesada sobre mí, destruyendo así el poco optimismo que albergaba en ese momento.

El paso de los días llevó a Berlín a una relativa tranquilidad, o por lo menos así me lo daba a entender Otto en sus crónicas. Las detenciones cesaron, y estos fueron los últimos ecos de los pogromos en la noche de aquel nefasto 9 de noviembre. Una fecha que, intuía, se recordaría como un día fatídico pero importante en el devenir de la historia más reciente de nuestro país.

Por fin, tras haber vivido unos días muy convulsos, poco a poco empezaban a llegar las buenas noticias. Según Otto, se oían ciertos rumores sobre judíos alemanes que acudían a sus puestos de trabajo y llevaban una vida aparentemente normal. Francamente, saber de esos casos me hizo sentir algo esperanzado, aunque no quise tomar ninguna decisión hasta comprobarlo yo mismo. Y qué mejor manera de hacerlo que presentarme en mi puesto de trabajo. Mi vecino, al saber de mis intenciones, era reacio a esa idea, prefería ir él antes para cerciorarse de que todo estuviera bien en el instituto; sin embargo, yo me opuse rotundamente a que lo hiciera. Necesitaba verlo, por lo que decidí que, a la mañana siguiente, acudiría al centro con total normalidad, como si el motivo de mi incomparecencia fuese debido a un problema médico que necesitaba un periodo de convalecencia.

Al salir de nuestro edificio noté una sensación extraña, una mezcla entre libertad y miedo que atenazaba mis músculos y ello me impedía andar con naturalidad. Minutos después, el temor a ser descubierto era cada vez más latente, hasta el punto de comportarme como un maníaco obsesivo que piensa que alguien le sigue u observa, y esto hacía que mirara en todas direcciones al tiempo que aumentaba cada vez más el paso. Por suerte, el trayecto en metro me tranquilizó bastante y ayudó a que los rumores a los que aludía Otto empezaran a cobrar cierto sentido.

Nada más entrar al edificio en el que trabajaba, dirigí la mirada hacia la puerta del aula en la que impartía mis clases y vi que en ella aguardaba el señor Schneider, el director del centro. Era un hombre conocido por ser un obseso del orden y duro en lo que a disciplina se refería. Eran incontables las ocasiones en las que tuvo que intervenir personalmente para llamar al orden a más de uno, y por eso era muy respetado por el personal docente y los propios alumnos. Rondaba los sesenta años y un signo distintivo en forma de cicatriz de unos ocho centímetros. Una marca que le recorría la mejilla izquierda desde el pómulo hasta donde comenzaba su fino y elegante bigote.

—Señor Schönberg, llevaba días sin aparecer por aquí. Ya pensaba que había desaparecido —comentó con cierta ironía. Intenté justificar mi ausencia ante el señor Schneider, pero enseguida me cortó—. No hace falta que diga nada —dijo. Acto seguido, agarró mi brazo derecho con firmeza y me llevó a un rincón—. ¡Escúcheme!, no voy a andarme por las ramas. Sé que es usted judío y quiero que sepa que… —exclamó en voz baja, pero en tono amenazante y con semblante serio, a la vez que miraba a su alrededor para comprobar que nadie lo estuviera escuchando.

Al oír esas palabras, un escalofrío recorrió todo mi cuerpo y, a la vez, me di cuenta de que estaba totalmente a su merced, esperando aterrado a que acabase la frase que inició segundos antes.

—Por mi parte y la del centro… nada va a cambiar, le garantizo total confidencialidad. Entiendo lo mal que lo ha tenido que pasar estos días. Han sucedido cosas verdaderamente terribles —dijo el director.

Sus palabras me dejaron atónito. Imaginaba una reacción totalmente opuesta a la que tuvo.

—Muchas gracias —dije.

—Si le parece, para que nadie ande cuchicheando o hablando más de la cuenta, podemos decir que el motivo por el cual faltó estos días fue una enfermedad que requería reposo absoluto. Los detalles de la enfermedad se los dejo a usted, por supuesto —sugirió el señor Schneider.

Yo, todavía perplejo por lo sucedido, asentí con la cabeza en clara aprobación.

Las palabras del señor Schneider actuaron en mí como un bálsamo reparador, y me aportaron una tranquilidad que necesitaba y que hacía tiempo deseaba tener, tanto, que no experimenté en ningún momento la más mínima preocupación en el camino de vuelta hacia la casa de mi vecino. Una vez allí, Hablé con Anna y el señor Effenberg sobre lo ocurrido en el instituto y acordamos que seguiríamos con nuestras vidas en Berlín. Una decisión que, a juzgar por lo que sucedió después, no tuve que haber tomado jamás.

CAPÍTULO XV

El paso de los días nos ayudó a despejar las dudas sobre la posibilidad de abandonarlo todo y huir. La sensación de miedo acabó desapareciendo, dando lugar a la tranquilidad que anhelábamos tener días atrás y a la ilusión por querer retomar una vida que temimos perder. «¿Habrá sido una pesadilla?», me preguntaba al ver que no hubo problema alguno en recuperar nuestra rutina diaria, como si lo sucedido en la noche de los disturbios y los días que permanecimos escondidos en la casa de Otto, fueran producto de mi imaginación. En vista de que el día a día para todos transcurría por los cauces normales, decidí restar importancia a lo ocurrido y olvidar ese nefasto capítulo de nuestras vidas. No obstante, aunque yo quería pensar que lo intentaba, algo en mí no podía evitar revivirlo una y otra vez… Todas las noches, antes de ir a dormir, me aproximaba a la ventana del salón y miraba por una rendija entre las cortinas; mi objetivo, el lugar donde esa fatídica noche yacía el cuerpo inerte del dueño del negocio apedreado que teníamos frente a nuestro edificio. Probablemente lo hacía porque no me podía quitar de la cabeza la imagen de aquel hombre asesinado a sangre fría, pero a la vez, esos minutos que empleaba cada noche me servían para pensar y, en ocasiones, despertaba en mí algunas dudas sobre continuar o no en Berlín.

Varios meses después, la tranquilidad se adueñó de nuestras vidas. La familia, el trabajo, todo parecía ir sobre ruedas, hasta el punto de llegar a plantearnos la posibilidad de tener otro hijo que aportara un punto más de ilusión con el que afrontar con optimismo todo lo que el destino pusiera en nuestro camino. Sin embargo, nada es eterno en la vida y todos los planes de futuro quedaron truncados en septiembre de 1939. Nuestro ejército, impulsado por el gobierno nacionalsocialista, invadió Polonia con la intención de recuperar antiguos territorios que formaron parte de la Prusia Oriental. Semanas después, esa acción militar sumergió al país en una guerra por el control de Europa que nos llevó a una situación verdaderamente imprevisible.

Las noticias que llegaban del frente iban cargadas de optimismo. La gran mayoría de las batallas que libraba nuestro ejército se contaban por victorias, y esto hacía que el índice de popularidad del partido gobernante subiera como la espuma. Radio y prensa, siguiendo las directrices marcadas por el partido, se encargaban de difundir los triunfos de nuestros valientes soldados allende nuestras fronteras con el objetivo de que fluyera el orgullo patrio en el pueblo. El Führer, espoleado por los resultados militares obtenidos, hacía gala de su gran oratoria en todas y cada una de sus intervenciones. En casi todos los discursos esgrimía argumentos que defendían su postura sobre un conflicto bélico que en ningún caso deseaba. A su vez, dirigía frases contundentes a futuros enemigos, cuyo contenido dejaba a las claras la intención que tenía nuestro país de luchar contra cualquier fuerza que intentara destruir la Gran Alemania que se estaba construyendo, y concluyendo con un mensaje de advertencia: «No habrá lugar a la rendición».

El país estaba inmerso en otra gran guerra. Un difícil momento si teníamos presente los resultados del anterior conflicto años atrás. Tales antecedentes debían situar a la población en alerta; sin embargo, en Berlín se respiraba una sensación absoluta de optimismo gracias a los logros obtenidos por nuestros valientes soldados. La gente se movía por las calles sin miedo, con confianza, no se notaba en sus rostros la más mínima preocupación por lo que pudiera ocurrir, y ese comportamiento me dejaba bastante descolocado. La razón me impedía entender ese optimismo desmedido y me llevaba a pensar que era una tremenda insensatez, aunque aquella positividad influyó también en nuestro estado de ánimo, no en vano, todos permanecíamos bajo una inquietante atmósfera de felicidad inducida por el entusiasmo de la inmensa mayoría de los ciudadanos. Gracias a esa circunstancia y a la sonrisa que predominaba en los rostros de Anna y Karl, mis dudas pasaron a un segundo plano, y ello me llevó a marcarme como principal prioridad, intentar que la estabilidad que logramos encontrar y que tanto buscamos tiempo atrás, se mantuviera el máximo tiempo posible.

¿Qué más podía pedir? Veía a Anna y a Karl felices, y en mi trabajo me sentía respetado tanto por el director del centro como por el resto de los profesores. También por mis alumnos, los cuales eran muy aplicados y demostraban un gran interés por aprender, algo que, como profesor, suponía poder desarrollar mi trabajo con plena confianza sabiendo que obtendría de ellos muy buenos resultados. Satisfecho por la labor realizada, hice balance de la eficiencia en el método que escogí para impartir mis clases y ello me condujo a echar la vista atrás para recordar los medios de los que disponían mis profesores para enseñarme aquello que tanto amaba. Ese ejercicio de memoria me llevó a mirar en un viejo baúl de madera de roble oscuro que teníamos en la habitación de matrimonio. En su interior encontré libros y antiguos cuadernos que tenía allí olvidados, repletos de numerosos problemas de aritmética. Sin más, cogí todo ese material y lo puse a un lado de la mesa del salón, al otro, todo lo que utilizaba para impartir mis clases en el instituto. Tras una exhaustiva revisión, llegué a la conclusión de que la enseñanza, en lo que a matemáticas se refería, había cambiado sustancialmente, pero, además, profundizando más si cabe, vi que no solo inculcaba a los alumnos mis conocimientos en la materia, también, de manera subliminal e involuntaria, permitía la difusión de parte de la ideología del Partido Nacionalsocialista. El contenido que me facilitaba el centro de estudios y que empleaba para dar clase, parecía estar minuciosamente escogido por el gobierno. Las matemáticas no entienden de política, pero, si en los enunciados de los ejercicios defines casos como: «Sacar el porcentaje de crecimiento en la población de diferentes grupos raciales aportando datos reales y calcular los riesgos para la población alemana si no se corrige esa tendencia» o «Calcular el ahorro que supondría prescindir de los enfermos mentales o disminuidos físicos», el resultado arroja una clara tendencia afín a los intereses del partido gobernante. A decir verdad, no di importancia al contenido impuesto por el centro, entendía que eran meros ejemplos utilizados en pos de la educación, aunque se tratara de un claro adoctrinamiento político. De hecho, Hitler llevaba bastantes años en el poder y sabíamos de su animadversión hacia algunos colectivos raciales y sociales, incluidos los judíos, aunque tal fijación, unida al contenido político que enseñaba en mis clases, no fue razón suficiente para tomarlo como una amenaza posible.

Pasamos una temporada de calma y felicidad. Unos meses en los que olvidamos por completo el miedo que sufrimos la noche de los pogromos y los días siguientes manteniéndonos ocultos en casa de Otto. Afortunadamente, todo había cambiado para bien, aunque la guerra continuase y llegaran noticias desde el exterior, como el hecho de que en territorios recientemente anexionados obligasen a los judíos a llevar un distintivo en forma de brazalete blanco con una estrella de David azul. Una información a la que no hice mucho caso al entender que solo se trataba de llevar algún control de ámbito social en aquellos países. No me pregunté para qué lo hacían y en ningún momento pasó por mi cabeza la posibilidad de que ese fuera el comienzo de algo más importante que nos pudiera perjudicar en el futuro, como así fue.

Las informaciones sobre incursiones y batallas seguían llegando. Polonia, Dinamarca, Noruega, Bélgica, Países Bajos y Luxemburgo, entre otros, fueron países que sufrieron el poder devastador de nuestro ejército, no obstante, el Führer quería más. Su ambición no parecía tener límites a juzgar por las campañas en ciernes y los rumores sobre una más que probable invasión del Reino Unido. Todas estas noticias espoleaban el optimismo del pueblo, cuyo ánimo crecía como la espuma. Pero todo cambió de golpe una noche de junio de 1940, en la que la oscuridad se adueñó del cielo y los ciudadanos disfrutaban en sus casas de un descanso merecido, ajenos totalmente a lo que iba a acontecer. Karl dormía plácidamente, y Anna —que ya estaba embarazada de Gabriella— y yo hacíamos lo propio, hasta que un estruendo alteró la paz reinante. Un brusco despertar que nos dejó algo aturdidos. Instantes después, se produjo un estallido de similar magnitud al anterior que hizo temblar el edificio.

—Eso ha sido muy cerca —le dije a mi mujer.

Ella permanecía de pie junto a la cama mirándome con el miedo reflejado en su rostro. Yo tenía la necesidad de negar lo evidente porque mi mente no quería creerlo, pero no había duda, estábamos siendo bombardeados. Pocos segundos después, aún con los ecos de la segunda explosión, oí a Karl gritar al otro lado de la pared:

—¡Papá, tengo miedo!

Sin más, corrí hacia su habitación en el preciso instante en el que comenzaban a sonar las sirenas por toda la ciudad. Cuando llegué, vi a Karl de pie junto a la puerta llorando desconsoladamente. Sin dudarlo, le cogí en brazos y me dirigí apresuradamente hacia el salón.

—¡Coge la llave! —exclamé en voz alta dirigiéndome a Anna; una voz acompañada de un gesto con la cabeza para señalar el viejo taquillón de nogal situado en el pasillo.

Ya en el rellano, las voces y los gritos eran el sonido predominante en el edificio. Hombres, mujeres y niños salían de sus casas con premura, aterrorizados y la mayoría llevando puesta la ropa que utilizaban para dormir. En el instante en que Anna cerraba la puerta con llave, dispuse de unos segundos para mirar hacia los pisos superiores con la intención de localizar a mi vecino Otto. ¿Estará bien? ¿Seguirá en su casa? Estas preguntas no obtendrían una inmediata respuesta debido a que los estallidos eran cada vez más incesantes, y mi principal preocupación era poner a mi familia a salvo en el refugio anti-bombas más cercano.

Los nervios afloraban en las calles de Berlín. La gente, al igual que hacíamos nosotros, corría en busca de un lugar seguro para protegerse y evitar así estar expuestos a las bombas que arrojaba el enemigo por toda la ciudad. Fueron unos instantes de verdadera angustia por el caos que se vivía. Es curioso cómo se comportan las personas cuando ven peligrar sus vidas. Ese miedo parece activar en las mentes un instinto primario que se manifiesta de diferentes formas, haciendo que cada sujeto sea sumamente impredecible en sus actos.

Finalmente, después de varios minutos de tensión, conseguimos localizar uno de los refugios de la zona gracias a los gestos de un hombre que permanecía apostado en la entrada y que, por iniciativa propia, indicaba a la gente el acceso a ese lugar. Una vez mostrada nuestra gratitud a aquel hombre, fuimos hacia el interior del refugio. Bajamos por unas escaleras que nos condujeron a una sala que no parecía ser muy amplia, aunque podía albergar dentro a una gran cantidad de personas. Miré a Anna y en ese instante sentí que estábamos a salvo, por eso, dejé a Karl junto a su madre y le dije que ocuparan un hueco que quedaba libre e intentaran acomodarse lo mejor posible por si nuestra estancia allí se alargaba.

Las explosiones se seguían sucediendo, aunque ya no tan cerca de nosotros, pero esto, lejos de ser alentador, más bien parecía una situación de incertidumbre dado que no sabíamos si era el prólogo o el final del bombardeo. El miedo se veía en el rostro de todos los que permanecíamos en el refugio cada vez que sentíamos el temblor originado por el estallido de las bombas.

—Cariño, estoy preocupado por el señor Effenberg, voy a salir a buscarlo —dije.

Anna me miró, pero de su boca no salió ni una palabra.

—No hace falta que salga, señor Schönberg, estoy aquí —dijo Otto levantando el brazo.

No nos habíamos percatado de su presencia, probablemente a causa de los nervios del momento, sin embargo, ahí estaba, sentado a pocos metros de nosotros con un brazo en alto y el otro sujetando su inseparable bastón.

—Acérquese, señor Schönberg —dijo.

—Siento no haber ido antes en su busca —comenté mientras caminaba hacia él.

—No se preocupe. Su obligación, ante todo, es proteger a su familia, pero he de decirle que, por mucho empeño que hubiese puesto en buscarme, dudo que me encontrase. En el momento de la explosión de la primera bomba no estaba en mi casa —declaró.

—¿Cómo es eso? —pregunté con extrañeza.

—Llevo varios días que no descanso bien por las noches a causa de unas pesadillas que sufro. Pesadillas que hacen que me despierte sobresaltado y, en su gran mayoría, dejan posos en forma de recuerdos de mi vida muy dolorosos que me impiden conciliar el sueño con normalidad —confesó Otto.

Yo escuchaba atentamente su explicación y descubría en su rostro el cansancio al que él se refería.

—Cuando esto sucede, resulta imposible volver a dormir y siento que la casa se me cae encima. Intento relajarme de alguna manera, sin embargo, la solución no se encuentra entre esas cuatro paredes. Necesito limpiar mi mente de recuerdos y en mi casa hay demasiados, por eso opto por cambiarme de ropa, coger mi bastón y salir a dar un paseo, justo lo que estaba haciendo cuando ha comenzado el bombardeo —explicó.

Vi que en él no había un claro interés en explicar con detalle qué era lo que originaba sus pesadillas y yo no quise profundizar en el tema. Entendía que para él no era muy agradable hablar de ello.

—Señor Effenberg, yo también he tenido noches en las que me resultaba muy difícil dormir, pero no porque haya sufrido pesadillas como usted, sino por dar vueltas y más vueltas a lo sucedido aquella noche de noviembre y preguntarme una y otra vez si la decisión de quedarnos en Berlín fue correcta —confesé a mi vecino.

—Hizo lo que tenía que hacer, tomar una decisión para proteger a los suyos, no se atormente por ello. Gracias a usted su familia se mantuvo a salvo durante esos días —comentó Otto.

—No, señor Effenberg, fue gracias a usted al acogernos en su casa. Quiero que sepa que ese gesto de valentía no lo olvidaré jamás. Me siento en deuda con usted —dije con total sinceridad y una pequeña dosis de emoción. Otto, sin decir nada, posó la mano derecha en mi hombro y sonrió.

Los temblores seguían percibiéndose en el refugio, aunque ya con menor intensidad y acompañados por el sonido de los proyectiles que lanzaban las piezas de artillería antiaérea. Al fin, parecía que los nuestros intentaban repeler el ataque. Entretanto, ajenos a lo que sucedía en el exterior, albergábamos la esperanza de conseguir un feliz desenlace, pero hasta entonces tocaba esperar a que las sirenas anunciaran que el peligro había cesado. Tras varios minutos de reflexión en medio de un silencio sepulcral que se apoderó de la sala, tuve la necesidad de hablar con Otto sobre las ideas e inquietudes que rondaban por mi cabeza.

—Señor Effenberg, nunca estuve seguro de la decisión que tomé aquella noche, es más, cada día que pasa estoy más convencido de que me equivoqué. Siento que me he dejado llevar por el conformismo y he arrastrado a mi familia conmigo sin pensar en las consecuencias a medio y largo plazo. De un tiempo a esta parte he ido observando las reacciones de la gente ante algunas decisiones tomadas por el gobierno, al igual que he estado atento a lo que sucedía en otros puntos del país, y he de decir que el futuro que se presenta para nosotros no es muy halagüeño. Señor Effenberg, he decidido corregir el error que cometí tiempo atrás y abandonarlo todo por el bien de los míos. Las medidas impuestas por el Partido Nacionalsocialista en algunos países recientemente ocupados, y la propia historia de nuestro país me dicen que el día a día va a ser muy duro para nosotros si permanecemos aquí. Sé que va a ser difícil convencer a mi mujer de que debemos dejar la vida estable y feliz que ahora conocemos, pero tiene que entender que no hacerlo significa estar en serio peligro —confesé a mi vecino.

—Entiendo su decisión y la aplaudo. Quiero que sepa que, cuando llegue el momento de su marcha, pueden contar conmigo para ayudarles en lo que haga falta.—dijo Otto.

Agradecí a mi vecino su generoso ofrecimiento y regresé al lado de mi familia para estar juntos el tiempo que nos quedara allí. Al cabo de unas horas sonaron las sirenas y todos volvimos a nuestra casa. Días después supimos que las bombas que cayeron por la ciudad no causaron ninguna víctima mortal, solo daños materiales en algunos almacenes y fábricas. Lo ocurrido aquel día de junio de 1940 no fue más que el preludio de una serie de ataques realizados durante meses por el bando aliado sobre Berlín.

Al cabo de un año nació Gabriella, pero, por lo demás, nada había cambiado. Varias semanas después del primer bombardeo, Karl enfermó a causa de un derrame pleural que le tuvo postrado en la cama durante una larga temporada. Fueron semanas muy duras en las que llegamos a temer por la vida de nuestro hijo, al que veíamos empeorar sin poder hacer nada. Los médicos le hacían prueba tras prueba sin obtener un diagnóstico preciso de su dolencia y eso tenía sus consecuencias. Los fármacos no hacían efecto ya que eran administrados bajo un tratamiento erróneo que llegaba a corregir alguno de los síntomas, aunque no el problema de fondo. El tiempo corría en contra de nuestro hijo y nadie era capaz de saber qué le estaba ocurriendo, hasta que uno de los médicos quiso profundizar más en una de las pruebas realizadas. Tras obtener el resultado, consiguió la respuesta que buscaba para diagnosticar la enfermedad y la clave para poder aplicar un tratamiento con ciertas garantías. Días más tarde, los fármacos empezaron a surtir efecto, logrando así una mejoría notable en el estado de salud de Karl, aunque tardó un tiempo en hacer vida normal. Finalmente, Anna y yo veíamos la luz al final del túnel y podíamos respirar tranquilos al sentir que todo aquel infierno acababa. No obstante, hubo algo en mi mente que cambió. La circunstancia de la enfermedad de Karl sembró en mí la duda sobre la idea de abandonar nuestro hogar por miedo a que sucediera algo similar, y no contáramos con unos profesionales médicos tan cualificados como los que había allí, en Berlín. Una duda que me colocó en una disyuntiva muy delicada. Tal fue así, que no pude decidir y dejé pasar el tiempo, pese a que tenía el pleno convencimiento de que seguir allí nos traería unas consecuencias nefastas. A ello había que sumarle el asedio al que nos sometía el bando aliado, obligándonos a visitar con cierta asiduidad el refugio antibombas al que acudimos en el primer bombardeo. Aun así, no tuve el valor necesario para decidir abandonar la ciudad y el país.

Dos meses después, en un día de septiembre de 1941, sucedió algo que precipitó los acontecimientos. La orden que impuso el gobierno de que todo ciudadano judío de Alemania tenía la obligación de llevar en la ropa, estando en público, una estrella de David amarilla a la vista reactivó en mí la idea de buscar una salida del país. Sabía que tarde o temprano tenía que ocurrir, pero esa medida instaurada por el Partido Nacionalsocialista me sirvió como un empujón para darme cuenta de que ese era el momento de hacerlo. Horas más tarde de hacerse oficial la orden, comuniqué a mi mujer que debíamos dejar nuestra vida en Berlín y buscar una nueva fuera de Alemania.

—Pero… ¿adónde iremos? —preguntó Anna llevándose las manos a la cara.

Entendía su reacción, sin embargo, tenía que convencerla de que era lo mejor para todos, por esa razón, quise que supiera los rumores acerca del trato dispensado a los judíos fuera de nuestras fronteras por parte del ejército. También el hecho de que el Führer utilizara en su discurso frases recogidas en escritos de Lutero, con mensajes subliminales explicando que el judío era una lacra social insertada en el pueblo alemán. Por último, le recordé el motivo de la visita de Bastian que supuso la salida de mis padres del país. Ella escuchaba con total atención las razones que yo esgrimía para justificar la decisión que había tomado con respecto a nuestra posible marcha, y en todo ese tiempo solo hizo un leve gesto con la cabeza asintiendo en signo de aprobación, pero no se pronunció, aunque no hizo falta: su rostro lo decía todo. Tristeza, dolor y una resignación evidente al verse obligada a asumir que perdería una vida plena de felicidad.

Ya no había vuelta atrás, la decisión estaba tomada y tan solo quedaba saber cuándo llevaríamos a cabo lo que tenía en mente, pero antes de hacer nada, a la mañana siguiente quise informar a Otto sobre nuestra marcha.

—Señor Effenberg, soy yo, Gabriel —dije después de llamar a la puerta del domicilio de mi vecino.

—¿Qué hay, señor Schönberg!, pero no se quede usted ahí, pase, por favor —exclamó al verme. Otto me invitó a sentarme en un sofá de terciopelo marrón situado en el centro del salón.

—Vengo a decirle que nos marchamos —le confesé nada más sentarme.

No hizo ningún gesto ni se pronunció al respecto, simplemente, cogió su bastón y se puso en pie.

—¿Le apetece tomar algo? ¿Un Café? ¿Un Té? Tal vez... ¿coñac? —preguntó con mucha amabilidad.

Le agradecí el ofrecimiento, sin embargo, no deseaba tomar nada en ese momento.

—Pues, con su permiso, yo me pondré un café —dijo.

Mientras mi vecino iba a la cocina a preparárselo, yo permanecí sentado en el sofá observando aquella habitación. Las fotografías enmarcadas, cuadros, libros, candelabros, muebles... todos y cada uno de los objetos de ese salón conservaban la misma posición que yo recordaba desde hacía algo más de dos años, cuando nos ocultamos en casa de Otto los días postreros a la noche de los disturbios.

—Parece que hoy me ha salido bastante bien, la proporción de café y agua ha sido la idónea. Entonces, decía que... han decidido marcharse, ¿no es así? —preguntó Otto al tiempo que dejaba la taza de café en una mesita redonda de madera de roble que había junto al sofá.

—Sí, por eso estoy aquí, porque me dijo en el refugio que le mantuviera informado si decidíamos marcharnos —respondí—. Las últimas medidas tomadas por el gobierno han precipitado los acontecimientos hasta el punto de ser inevitable nuestra marcha —concluí.

—Sí, parece ser que estos que mandan la han tomado con los judíos… No se preocupe, como le dije aquel día en el refugio, les ayudaré en todo lo que pueda —indicó.

Y así fue, al día siguiente recibimos su visita y nos comunicó que ponía a nuestra disposición un local a las afueras de Berlín por si teníamos la necesidad de ocultarnos durante algún tiempo hasta que quisiéramos abandonar la ciudad. Anna y yo le agradecimos su inestimable ayuda, no en vano era un sitio donde guarecernos si las cosas se torcían.

CAPÍTULO XVI

No contaba con un plan diseñado como hice con mis padres tiempo atrás, ningún paso minuciosamente estudiado, lo único que tenía claro era que, de hacerlo, debía ser de madrugada, con la noche como cómplice evitando así que hubiera gente por las calles.

—Señor Schönberg, ¿sabe usted conducir? —preguntó Otto.

Yo contesté que sí. Alguna vez conduje aquel Audi Type K de 1925 que tenía mi tío Phillip, aunque de eso ya hacía mucho tiempo.

—¡Estupendo!, tengo a un conocido que me puede dejar un coche. Ese será su medio de transporte. Situaremos el vehículo en la puerta del edificio, se meterán en él por la noche y se dirigirán hacia mi local. Yo los acompañaré; total, no tengo otra cosa más importante que hacer —dijo Otto.

Yo no podía hacer otra cosa que aceptar la propuesta y agradecerle de nuevo la ayuda que nos prestaba aquel ángel de la guarda en que se había convertido nuestro vecino.

No quería dejar que pasara más tiempo, en el mismo momento en que el señor Effenberg consiguiera el coche, pondríamos rumbo al local de su propiedad —que en su día utilizó como taller de ebanistería— esa misma noche. Algo que no ocurrió de inmediato puesto que tuvimos que suspender varias veces nuestra marcha al ver que pasaban los días y el vehículo no llegaba.

Los nervios empezaron a aflorar en mí al sentir que, tal y como apuntaban los rumores respecto a lo sucedido en

Polonia y Holanda, cada segundo que pasaba nos acercaba más y más a un futuro en el que la libertad se consideraría un bien muy preciado. Numerosos judíos polacos y holandeses se vieron trasladados a diferentes campos de concentración, aunque, antes fueron marcados con signos distintivos en su ropa para hacer más fácil su identificación. Rumores que cobraban sentido si teníamos en cuenta la inquietante similitud que existía en ese momento con las recientes medidas impuestas por el gobierno a los judíos alemanes. Por ese motivo debíamos partir cuanto antes si no queríamos que el paso de los días hiciese cada vez más complicado abandonar Berlín y más tarde el país.

Mi preocupación acabó cuando Otto consiguió el coche. Un Mercedes 200 w21 negro del año 1935 que dejó aparcado en la puerta del edificio. Aquel coche era propiedad del que fue su socio en el negocio de fabricación de muebles que mantuvieron durante algo más de veinticinco años. Desde la ventana del salón pude ver por una rendija de la cortina como bajaba del coche y se despedía del conductor, que dirigía sus pasos calle arriba. Minutos más tarde, me comentó que ese conductor era su antiguo socio.

Teníamos todo preparado para abandonar nuestro hogar y aquel edificio, sin embargo, aún quedaban unas horas para poder hacerlo de madrugada, como planeamos. Entretanto, aproveché para conversar con Otto, quería saber algo más de su vida. Me contó que estuvo casado con una mujer de origen ruso durante más de treinta años. Era guapísima, según decía.

—La naturaleza decidió que Irina, así se llamaba ella, no pudiera tener hijos. Fue algo muy duro que tuvimos que asumir.

La amé cada día que pasé junto a ella, hasta que, desgraciadamente el 20 de agosto de 1933, Dios la apartó de mi lado para llevarla con él. Por la noche la besé en la mejilla, un *buenas noches* fue lo último que oyó salir de mi boca. Ella sonrió y ya nunca volvió a despertar —confesó Otto, visiblemente emocionado—.

No hay día en el que no me acuerde de ella. En fin, así es la vida —concluyó dando por cerrada la conversación acerca de su mujer.

Yo no estimé oportuno profundizar sobre el tema al ver el dolor que le suponía revivir esos momentos. Unos breves segundos de silencio algo incómodos se hicieron presentes tras el relato de Otto, una circunstancia que tuve que atajar con una nueva pregunta para evitar esa situación:

—¿En qué idioma se comunicaban? —le pregunté. A lo que él contestó que ellos se entendían hablando en ruso.

El amor que sentía hacia ella hizo que él aprendiera ese idioma con la ayuda de un libro que todavía guardaba y que, horas más tarde me entregó amablemente. Para él significaba mucho que yo lo tuviera y me pidió que lo conservara como si fuera algo muy valioso para mí. Acepté el obsequio y prometí a Otto que lo guardaría con sumo cuidado ya que, tras ese libro, había una historia preciosa que debía perdurar en el tiempo.

La hora de irnos estaba próxima. Acabé la charla con Otto y fui a la habitación en la que esperaban Anna, Karl y Gabriella.

—Es la hora —dije a mi esposa.

Ella, me miró y yo hice lo propio. En esos instantes, pensé en muchas cosas. Nuestro mundo había cambiado. Tan solo unos días antes éramos felices llevando una vida normal, sin sobresaltos. Miraba a Anna y, en mi cabeza, repetía una y otra vez la misma pregunta:¿Por qué no los puse a salvo cuando tuve ocasión de hacerlo? Bastian me dio la oportunidad meses antes y solo miré por el bienestar de mis padres, no fui lo suficientemente inteligente para prever lo que iba a suceder después y eso no me lo perdonaba. Observaba a Karl y a Gabriella y el sentimiento de culpa se hacía más insoportable, máxime cuando no sabía qué iba a ocurrir en las próximas horas.

—Vamos —indicó Otto en voz baja.

Bajamos los escalones del edificio descalzos para no hacer ruido. Abajo, el señor Effenberg dejó el motor en marcha y las puertas del lateral derecho y del conductor abiertas para tardar lo menos posible en subir al coche. Mientras tanto, yo permanecía alerta en la puerta de entrada al edificio mirando de un lado al otro, intentando que ninguno de nosotros fuera visto, y no parecía ser una ardua labor puesto que la calle estaba despejada, momento que aprovechamos para entrar en el vehículo. Rápidamente, ocupé el asiento del conductor e inicié la marcha siguiendo las indicaciones de Otto, pero a una velocidad moderada para no levantar sospechas. Entonces, una sensación de alivio recorrió mi cuerpo al ver que todos estábamos en el coche y nadie en el exterior parecía haberse percatado de ello.

Nuestro destino, el taller de Otto, estaba situado al sureste, a las afueras de Berlín, y hacia allí nos dirigíamos circulando de madrugada por las calles de la ciudad, con los ojos bien abiertos, aunque no hubiera nada de tráfico. El temor a que nos descubrieran me atenazaba los brazos hasta el punto de sentirlos algo cargados a la altura de los hombros. Esa sensación me hacía estar más alerta, aunque la tensión se iba acumulando más y más en mí.

—Señor Effenberg, ¿nunca quiso aprender a conducir? —pregunté a Otto intentando mantener con él una conversación que me distrajera durante unos minutos de tanta responsabilidad.

—Sé conducir, señor Schönberg, pero intento no hacerlo, solo lo hago cuando no hay más remedio. Muchacho, mis reflejos ya no son lo que eran —dijo Otto con media sonrisa.

Decidí manipular unos segundos el retrovisor del coche lo suficiente para así ver a mi esposa que portaba en su regazo a Gabriella, y a Karl, sentado a su derecha asomándose como podía por la ventanilla. Coloqué de nuevo el espejo retrovisor dirigiendo todos mis sentidos a la carretera y apreté el volante fuertemente con mis manos. «Tengo que conseguir poner a todos a salvo», repetía en mi cabeza constantemente.

Una vez recorridos aproximadamente cuatro kilómetros, estábamos muy próximos al taller de Otto y ya solo quedaba entrar sin ser vistos. Entendía que salir del coche y estar expuestos de nuevo era un riesgo necesario que debíamos correr si queríamos estar relativamente protegidos.

—¿Qué es eso? —preguntó Otto algo exaltado señalando al frente.

Miré hacia el final de la calle y vi un coche negro que cortaba la calle por la que circulábamos. Avanzamos unos metros más y eso nos permitió distinguir a dos personas que salían de ese vehículo y se dirigían a nosotros indicando con gestos ostensibles que parara el coche. «Se acabó», pensé. Un intenso escalofrío recorrió todo mi cuerpo. Paré el coche y giré la cabeza buscando a Anna que, con Gabriella en brazos, mostraba el miedo en su rostro. Eché el brazo hacia atrás y cogí su mano con fuerza intentando que se sintiera protegida y tranquila.

—¡Baje la ventanilla! —ordenó uno de los hombres, concretamente el que se aproximó hacia la puerta del conductor, que era donde yo me encontraba.

Por el atuendo no parecían soldados y tampoco policías, aunque llevaban un brazalete de las SS e iban armados, a juzgar por lo que parecía una funda de revólver que portaban en su cinturón. No sabía si serían de la Gestapo.

—¿Quiénes son ustedes y qué hacen a estas horas circulando por aquí? —preguntó el mismo hombre que permanecía de pie junto a mi ventanilla.

Estaba pasando lo que queríamos evitar. Íbamos a ser descubiertos y no sabía qué harían con nosotros. Resignado, fui a contestar, pero Otto, rápidamente, sujetó mi brazo derecho y no me lo permitió.

—¡Muestre un poco más de respeto, joven! ¡Las cosas se piden con educación! ¿Acaso su madre no le enseñó modales? —dijo Otto dirigiéndose al hombre que tenía a mi izquierda.

Me quedé helado al escuchar aquella reprimenda. «¿Se habrá vuelto loco el señor Effenberg?», me pregunté aterrado. La reacción inmediata a las palabras de Otto por parte del hombre que tenía a pocos centímetros fue llevarse la mano a la funda de la pistola.

—¿Me va a disparar por enseñarle modales? —preguntó Otto.

No entendía nada, todo era un sinsentido. El último comentario de mi vecino provocó que aquel hombre sacara de la funda una Walther P38 para empuñarla contra el señor Effenberg. La situación era muy delicada, a pocos centímetros de mi cara podía ver cómo el dedo índice imprimía más fuerza en el gatillo y este iba cediendo poco a poco por la presión ejercida. A la vez, el portador del arma se agachaba para ver bien a su objetivo por mi ventanilla. El miedo se apoderó de mí, en cualquier momento el gatillo cedería y la bala saldría percutida en busca de su víctima, y todo por una leve reprimenda. Me estaba preparando para el estruendo que ocasionaría el disparo, cuando…

—¡Tío Otto!, ¿qué haces aquí a estas horas? —preguntó aquel hombre sin dejar de apuntar al señor Effenberg.

—Matthias, haz el favor de retirar esa pistola de mi cara y dime, ¿qué tal está tu madre? —preguntó con toda la tranquilidad del mundo.

Mis ojos llevaban cerrados varios segundos, exactamente desde que la pistola apuntaba al cráneo de mi vecino, quizá porque vi inminente el disparo.

—Mi madre está muy bien, gracias por preguntar. Pásate un día por casa, seguro que le hace mucha ilusión verte —dijo el tal Matthias.

Abrí los ojos y tragué saliva. Estaba estupefacto, no podía creer lo que sucedía.

—Mi hermana siempre gozó de buena salud. Así lo haré Matthias, un día me pasaré por allí —dijo Otto y, sin decir más, dirigió la mirada al frente.

—Y dime, tío, ¿quién te acompaña? Y ¿hacia dónde os dirigís? —preguntó su sobrino.

Me mantuve en silencio aguardando expectante la respuesta de Otto. Ardía en deseos de saber qué iba a decir.

—Esta es la familia Schönberg. Él —dijo refiriéndose a mí— es Gabriel, el sobrino de tu tía, que Dios la tenga en su gloria. Ella es su mujer, Anna, y los niños son Karl y la pequeña Gabriella —dijo el señor Effenberg.

—Es un poco tarde para circular, pero el tren se ha retrasado y Gabriel comienza mañana a trabajar. Tenemos un poco de prisa, se tienen que instalar no muy lejos de aquí y queda muy poco para que amanezca —continuó con su explicación, dando a entender a su sobrino la necesidad que teníamos de llegar cuanto antes para descansar.

La cara de Matthias dejaba entrever cierta incredulidad, algo que su tío también observó y no quiso pasar por alto.

—Estás hecho un hombre. Mírate, con ese brazalete, armado y patrullando las calles, ¿eres policía? ¿De la Gestapo, quizá? —preguntó Otto con un único interés: mantener a su sobrino distraído para que abandonase ese gesto de desconfianza originado por su anterior explicación.

Las preguntas de Otto surtieron efecto, obligando así a Matthias a cambiar inmediatamente el rictus y contestar a su tío.

—No soy policía, ni pertenezco a la Gestapo. El Gobierno ha pedido colaboración ciudadana y me he presentado voluntario. Al igual que otros muchos, quiero contribuir en lo que pueda para ayudar a mi país —respondió con fervor.

Otto solo pudo asentir a la par que vigilaba al compañero de su sobrino que escuchaba atentamente la conversación que estaban manteniendo. Matthias miró en primer lugar a su tío y continuó con nosotros, uno a uno nos observó intentando escudriñar en nuestro interior y así hallar cualquier atisbo de debilidad. Cuando llegó a Gabriella, que permanecía descansando en el regazo de mi esposa, fijó la vista en ella durante varios segundos, lo justo para ver que en sus ojos hubo un cambio emocional, definitivamente, ver dormir a mi hija inspiró en aquel hombre cierta ternura.

—Jens, déjalos pasar —dijo Matthias a su compañero.

En ese instante, volvió a recorrer en mi cuerpo una sensación de alivio e intuí que Anna y Otto experimentaron lo mismo. Metí la marcha y me dispuse a pisar el acelerador cuando Matthias se asomó de nuevo por mi ventanilla y sujetó mi brazo izquierdo.

—¡Un momento! —exclamó en voz alta. Dos palabras que me produjeron escalofríos.

—Tío, no te olvides de pasar por casa —dijo señalando con el dedo al señor Effenberg.

—Tranquilo, no se me olvidará. Tengo ganas de ver a tu madre —respondió Otto a la invitación de su sobrino.

Matthias retiró la mano de mi brazo y nos invitó a reanudar la marcha, algo que aceptamos de buen grado sin poner objeciones. Varios segundos después, habiendo perdido de vista la patrulla del sobrino de Otto, pudimos respirar tranquilos, al menos por un tiempo. Mis manos sujetaban el volante con fuerza, una prueba palpable de la tensión vivida, y aunque el peligro había pasado, mis brazos temblorosos parecían evidenciar lo contrario.

El trayecto entre la parada obligada y el almacén, unos minutos, los recorrimos en el más absoluto silencio. Parecía que el miedo también atenazaba nuestras cuerdas vocales.

—Ya hemos llegado. Ese es mi local —indicó Otto señalando una puerta en pésimas condiciones que servía para acceder a lo que parecía ser un taller.

Frente a la entrada había poca luz, un espacio oscuro que aprovechamos para aparcar el coche y evitar así ser vistos. Una vez parado el motor, Otto se dirigió a la puerta del local e intentó abrirla, pero no lo conseguía, la cerradura le estaba dando demasiados problemas a nuestro vecino, que, girando la llave una y otra vez, intentaba desbloquearla sin éxito. El paso del tiempo debió ser probablemente el causante del deterioro en el mecanismo de apertura y eso nos impedía el acceso al interior del edificio. Unos minutos más tarde, decidí salir del coche al ver que Otto se desesperaba cada vez más. Me acerqué a él, me llevé el dedo índice de la mano derecha a la boca sugiriendo silencio y le pedí la llave para ver si en ella se hallaba alguna anomalía que dificultaba el funcionamiento correcto. Después de varios intentos, comprobé el mal estado de la cerradura, no obstante, tenía que seguir intentándolo, estábamos expuestos a los ojos de cualquiera y eso era un riesgo mayúsculo para todos nosotros. Probé a girar la llave en numerosas ocasiones hasta que en una de ellas pude oír un chasquido en la cerradura. En ese preciso instante, la fachada del edificio del final de la calle comenzó a iluminarse con una luz tenue, y a ello lo acompañaba el sonido del motor de un vehículo que no parecía circular muy lejos de allí. Tal circunstancia hizo que me entraran las prisas por solucionar el problema de la cerradura, que seguía resistiéndose a ser abierta. El motor sonaba cada vez más cerca. Forcejeaba con la cerradura, pero los nervios no me permitían girar la llave del todo. Insistía una y otra vez, mientras observaba los rostros de preocupación de Anna y Otto. Entonces, cuando ya pensaba en que la mejor opción era destrozar la cerradura de una patada, llegué a completar el giro con la llave hasta que la puerta se abrió, y todos pudimos entrar antes de que el vehículo girara hacia la calle en la que se encontraba el local de Otto.

El interior del taller olía a cerrado y a madera podrida, la luz no funcionaba y había una gran cantidad de trastos que dificultaban el paso hacia el interior del local. Otto abrió el cajón de uno de los muebles apilados y sacó cuatro velas y una caja de cerillas.

—Tomen, pero no las enciendan hasta que estemos en el despacho del taller. Allí estarán más cómodos y no los verán desde fuera —dijo al tiempo que nos daba a Anna y a mí las velas y las cerillas.

Seguimos a Otto a tientas, sorteando gran cantidad de objetos que encontrábamos en el camino hacia el despacho. Él nos guiaba por su voz, de esta manera evitábamos golpes y ruidos innecesarios.

—Ya estamos —dijo Otto.

Un instante después, oí el sonido de una puerta que se abría y noté cómo una mano se posaba en mi espalda y dirigía mi camino.

—Antes de encender las velas, déjenme que haga una cosa —siguió diciendo.

Oí cómo Otto manipulaba algo cerca de la puerta—.

Ya pueden encenderlas —sugirió Otto.

Al hacerlo, vi que había colocado una manta en la puerta para tapar el vidrio que había en la parte superior de la hoja y que impedía que la luz saliera de la habitación.

—Así está mejor, ahora desde fuera parece que aquí no hay nadie —indicó mientras retocaba la colocación de la manta en la puerta.

Una vez más, di las gracias a Otto. No encontraba manera alguna de poder pagar todo lo que estaba haciendo aquel hombre por nosotros.

Todos los muebles del despacho estaban protegidos por lonas, sábanas y alguna que otra manta para impedir que el polvo los cubriera por completo.

—Señor Schönberg, ayúdeme a quitar todo esto —dijo Otto al tiempo que tiraba de la sábana que ocultaba una de las sillas que formaba parte del mobiliario del despacho.

Con mucho cuidado de no levantar polvo, fuimos descubriendo uno a uno todos los muebles de la habitación fabricados en madera de nogal. En la pared frontal, un armario con dos columnas y numerosas estanterías vacías; una mesa amplia con refuerzos interiores de hierro y tallada a mano. Junto a la puerta, un sillón de oficina con reposabrazos y tapizado de cuero; un sofá tapizado en piel con cojines rellenos, probablemente de plumas; cuatro sillas talladas situadas entre el armario y la mesa y un perchero de pie con ganchos de bola, formaban todo el mobiliario del despacho.

—Todos estos muebles los he hecho con estas manos —confesó Otto mirando sus manos y mostrando cierta nostalgia al recordar los tiempos en los que fabricaba todas aquellas piezas de madera.

Era un trabajo magnífico, todos los muebles tenían un acabado impecable digno de cualquier mansión de algún noble acaudalado y, a juzgar por su rostro, se sentía plenamente orgulloso de su creación.

Los niños dormían con Anna en el sofá, Otto ocupaba el sillón y yo decidí echar una manta en el suelo cerca de mi mujer y mis hijos, dispuesto a cerrar los ojos…

—Señor Schönberg, coja esa silla y acérquese a la mesa, por favor —dijo Otto, haciendo gestos con los brazos para que fuera hacia allí.

Hice caso, me incorporé y coloqué la silla junto a él.

—No sé si este será un buen momento, pero he traído algo que, igual le apetece —dijo sacando de su gabardina una botella de *whisky* casi llena. A continuación, abrió un cajón del armario, cogió dos vasos pequeños y los colocó encima de la mesa—
.Espero que le guste. Lo guardaba para ocasiones especiales, pero… ¡Qué demonios!, disfrutémoslo ahora —comentó. Y acto seguido cogió un pañuelo que llevaba en el bolsillo del pantalón y lo utilizó para limpiar los vasos. Seguidamente, los

llenó de *whisky*, brindamos y, con un *salud*, lo bebimos de un trago.

Al ingerir aquel brebaje, pude sentir cómo me rascaba la garganta y, unos segundos después, cierto calor por el esófago. He de decir que había probado el *whisky* en otra ocasión, aunque no recordaba que fuera tan fuerte e intenso. No conforme con el resultado obtenido, Otto volvió a llenar los vasos, y así hasta en tres ocasiones.

—Señor Schönberg, esta vez hemos tenido suerte. No creo que tenga parientes en todas las patrullas que nos encontremos —bromeó al tiempo que cogía la botella con la intención de llenar de nuevo los vasos.

Al ver que ya empezaba a sentir claros síntomas de embriaguez, puse rápidamente la mano en el vaso para evitar que lo llenara.

—Creo que ya he bebido suficiente —dije.

Aunque estaba un poco mareado por la cantidad de alcohol ingerida, tuve la lucidez necesaria para pensar en las palabras de mi vecino. Efectivamente, tuvimos mucha suerte al ser el sobrino de Otto uno de los que formaba parte de la patrulla, algo que probablemente no ocurriría si nos volvían a parar. Por esa razón, después de pensarlo fríamente, llegué a la conclusión de que debía preservar el bienestar de Anna y mis hijos ante todo y, sobre todo. Garantizar que no pasara nada ante cualquier control realizado por otra patrulla. Para conseguirlo, la solución era simple, yo no debía ir con ellos.

Era una situación dolorosa para mí, una decisión muy difícil de tomar que me apartaba de mi familia, sin embargo, facilitaba que ellos pudieran estar a salvo más adelante. Al fin y al cabo, gracias a lo que yo pensaba que era un censo para la población, facilité al estado, años antes, quién era y lo que tenía, incluso pusieron en mi pasaporte una gran «J» en color rojo que me identificaba como judío. Un distintivo matasellado en un documento muy importante que me clasificaba como alguien no deseado y, como pude comprobar desde la ventana de nuestra casa la noche de los disturbios, totalmente prescindible para la sociedad. Ser judío y estar marcado por ello, hacía que en mi cabeza se repitiera la misma palabra una y otra vez: lastre.

Debido al cansancio acumulado del día anterior, descansamos hasta bien entrada la mañana. Al despertar, dirigí la vista al sofá y vi a Anna recostada con Gabriella en su regazo y Karl apoyado en sus piernas, totalmente ajenos a la decisión que tenía tomada y que me alejaría pronto de ellos. Me quedé mirando el rostro de Anna y ella hizo lo propio conmigo.

—Qué bien os lo pasasteis ayer, ¿no? —dijo refiriéndose al rato que estuvimos Otto y yo bebiendo *whisky*.

Comenté a Anna que hacía tiempo que no bebía y eso hizo que acabara algo mareado y por la mañana arrastrara todavía los efectos del alcohol.

—¿En qué piensas, Gabriel? —preguntó en un tono más serio. Anna me conocía muy bien, solo con mirarme a los ojos sabía cómo estaba.

Decidí que ese momento no era el idóneo para hacerle saber lo que tenía en mente, por lo tanto: «En nada» fue la contestación que obtuvo a su pregunta, y después me acerqué para coger en brazos a Gabriella. Mi respuesta no convenció a mi esposa, aunque no insistió, despertó a Karl y se dirigió al baño que había junto al armario. No quería decir nada hasta que hubiéramos desayunado, y Otto —que en esos instantes no estaba en el local— estuviera con nosotros para explicarle a él también la decisión que había tomado.

Karl estaba sentado en el sofá estirando los brazos y bostezando para desperezarse. Gabriella dormía plácidamente en mis brazos mientras yo la acunaba y miraba su rostro inocente. Tenía que disfrutar al máximo esos momentos con ellos dado que no sabía cuánto tiempo íbamos a estar separados. Levanté la cabeza y vi a Anna salir del baño y aproximarse a Karl cuando oímos un ruido cerca de la puerta exterior, como si alguien intentara entrar al taller. Con varios gestos indiqué a Anna que se mantuviera quieta y callada, a la vez que intentaba ver qué sucedía por una rendija de la puerta del despacho. Alguien estaba en la entrada del local, en la calle, intentando manipular la cerradura para poder acceder. Empecé a notar cierto nerviosismo, estábamos atrapados. De repente, la puerta de la calle se abrió lentamente y desde mi posición, aún con Gabriella en mis brazos, vi entrar a alguien en el local.

—¡Maldita puerta! —se oyó—. ¡Es Otto! —exclamé mirando a mi mujer. Esperé a que cerrara la puerta y rápidamente, salí del despacho y fui hacia él.

—Señor Schönberg, écheme una mano —dijo Otto señalando con el bastón una caja de cartón que había en el suelo.

Le pedí que esperara un momento a que dejara a Gabriella con su madre. Cuando volví, vi a mi vecino secarse el sudor con un pañuelo blanco que después guardó en un bolsillo del pantalón.

—Un joven muy amable me ha ayudado a traerla hasta la puerta y yo la he arrastrado hasta aquí —continuó diciendo.

Cogí la caja que pesaba, aproximadamente, seis kilos y la llevé al despacho del taller. Una vez allí, la dejé encima de la mesa y pregunté a Otto adónde había ido.

—He ido a por esto... —explicó mientras abría la caja por las solapas descubriendo así su contenido. Para nuestra sorpresa, El interior estaba repleto de comida.

—Con esto tendrán para una buena temporada —dijo Otto.

Me quedé estupefacto. Cada vez tenía más claro que ese hombre era nuestro ángel de la guarda. Quise pagarle toda la comida, pero no quiso aceptarme el dinero.

—Guárdelo, espero que no le haga falta, pero puede que lo necesite más adelante —dijo.

Insistí un par de veces más para que cogiera la cantidad que le ofrecía, pero recibí negativas por su parte una y otra vez. Finalmente, agradecí a Otto la muestra de generosidad que tuvo para con nosotros y le sugerí amablemente que se sentara en el sillón de la oficina junto a Anna.

—Os tengo que decir algo importante —comencé diciendo. Esas primeras palabras captaron toda la atención de Anna y Otto, que esperaban con impaciencia lo que les pudiera contar—. En primer lugar, quiero que quede clara una cosa. He tomado una decisión que se ha de respetar, es condición *sine qua non* —dije. Sabía que iba a ser muy difícil de aceptar por Anna, no obstante, así tenía que ser—. Después del susto que sufrimos ayer con la patrulla, me he visto en la obligación de tomar una decisión. No puedo permitir que por mi culpa sufráis una persecución injusta siendo yo la persona que buscan. Por este motivo, la mejor solución es que no os acompañe —confesé. La cara de mi esposa cambió por completo; pasó de la expectación a la más absoluta desolación.

—Pero… ¿qué estás diciendo, Gabriel? —dijo Anna llevándose las manos a la cara. Su reacción fue lógica, en su lugar yo hubiera actuado de igual manera. Sus ojos comenzaron a colmarse de lágrimas y verlo me produjo mucho dolor.

—Señor Schönberg, no lo haga, seguro que hay otra alternativa —rogó Otto, aunque él sabía de sobra que esa era la única vía de salvación.

Posé la mano derecha en el hombro de Otto y la otra en la mejilla derecha de Anna.

—No hay vuelta atrás, la decisión está tomada, no os preocupéis…todo va a salir bien —les dije.

—¡Gabriel, tus hijos te necesitan! —decía Anna con desesperación, y no le faltaba razón, no obstante, no podía ser egoísta, debía allanar el camino para mi familia. Su seguridad era mi principal prioridad.

—Mi amor, no nos vamos a separar definitivamente, solo quiero que los niños y tú estéis bien, y para que así sea, lo mejor es que no os acompañe. Deja de preocuparte, cuando sepa que está garantizada vuestra seguridad me reuniré con vosotros —dije.

Ella, apesadumbrada, seguía sin aceptar mi decisión y eso hizo que finalmente, al verla tan afectada, optase por no continuar la conversación y darnos unas horas para pensar.

Salí del despacho con un profundo sentimiento de culpa. Mis palabras hicieron que mi esposa derramara demasiadas lágrimas de tristeza y desamparo, y eso no me lo perdonaba, pero no tenía más remedio que hacerlo así.

—¡Señor Schönberg!, ¿está usted seguro de lo que va a hacer? —preguntó Otto después de cerrar la puerta del despacho.

—Claro que no lo estoy, señor Effenberg, pero por muy doloroso que sea, tengo que hacerlo. ¡Debo hacerlo!, por eso he estado toda la noche buscando la mejor manera de poner a salvo a los míos y creo que la he encontrado. Eso sí, una vez más necesitaré su inestimable ayuda —confesé a Otto.

—Por supuesto, cuente conmigo para lo que haga falta, pero hágame un favor señor Schönberg, trate de tranquilizar a su mujer, en el fondo ella sabe que usted lo hace para salvaguardarlos, pero sus sentimientos afloran al ver inminente el que usted tome otro camino que ellos no van a seguir —explicó Otto, siempre acertado en sus comentarios.

Debía hablar con mi esposa, sin embargo, tenía muchas cosas en qué pensar, detalles importantes del plan que todavía no había abordado y que requerían toda mi atención.

Intenté abstraerme de todo y concentrarme, al tiempo que paseaba sorteando gran cantidad de obstáculos de madera tallada que abarrotaban la sala, pero no lo conseguí. Desde el punto más alejado del taller se podía oír el llanto desconsolado de Anna, un sonido que me conmovía y, a la par, perturbaba mi concentración. Tal fue así que, decidí volver al despacho y reunirme con mi esposa para intentar mitigar su desánimo.

Con buenas palabras y mucho cariño, conseguí que Anna se calmara, momento que aproveché para intentar que entrara en razón. Minutos más tarde, tras haber acabado de explicar a mi esposa lo que podía suceder en el caso de seguir todos juntos y darle a entender que separarnos era la única opción segura, nos fundimos en un sentido abrazo lleno de ternura que desembocó en un beso apasionado.

Las siguientes horas las empleé en estar con Anna y mis hijos. Quería pasar en familia el máximo tiempo posible dado que no tenía la certeza de saber cuándo íbamos a volver a hacerlo. De pronto, los gestos de cariño que hacía pocos días eran cotidianos, cobraban importancia a medida que pasaba el tiempo y la hora de dejarlos se aproximaba.

Karl estuvo presente cuando informé a Otto y Anna sobre mis intenciones, pero no prestó mucha atención a lo que decía, por eso preguntaba insistentemente a su madre el porqué de sus lágrimas.

—No me pasa nada, cariño —dijo mi esposa a Karl.

Minutos después de tranquilizar a Anna, me senté en el sofá del despacho con Karl y le expliqué lo que iba a suceder unos días después. Su cara de tristeza cuando acabé de contarle todo, me encogió el corazón.

—¿Por qué no vienes con nosotros, papá?, ¿ya no nos quieres? —preguntó Karl con lágrimas en los ojos.

Oír aquellas palabras por boca de mi hijo, me originó un nudo en la garganta y la sensación de que le estaba fallando como padre.

—Hijo, claro que os quiero, con toda mi alma, eso no lo dudes nunca, pero tienes que confiar en mí. Ahora te voy a pedir algo muy importante, quiero que hagas caso a todo lo que te digan tu madre y Otto, ¿lo harás? —le dije.

La tranquilidad reinó varios días en el taller y, durante ese tiempo, aproveché cada minuto con mi familia como si fuera el último. Jugaba con mi hijo, cuidaba de mi hija y recordaba lo vivido en el pasado con Anna en aquel viejo aunque cómodo sofá del despacho. Dos días de ficticia normalidad, previo al inicio de nuestra particular misión que nos llevaría lejos del lugar en el que estábamos.

Otto acostumbraba a llegar temprano al taller. La gran mayoría de los días, cuando entraba al despacho, siempre nos encontraba durmiendo, sin embargo, esa mañana esperé pacientemente a que llegara para hablar con él.

—¡Caramba, qué madrugador! —exclamó inmediatamente después de cerrar la puerta de entrada al taller. Lo siguiente que hizo fue quitarse el sombrero y su gabardina negra, y después se acercó a mí.

—Ha llegado el momento, señor Effenberg —comencé diciendo; y el interés de Otto se vio reflejado en su cara al instante. No quería dejar pasar más tiempo, cuanto antes lo hiciéramos, antes volvería a estar junto a mi familia lejos de cualquier peligro que nos acechara.

—Tiene toda mi atención —dijo Otto esperando con expectación lo que le iba a contar.

Saqué del bolsillo del pantalón un papel.

—Necesito que envíe esto a mi hermano Helmut. Vive en Estados Unidos. En el papel viene la dirección —le expliqué ofreciendo el papel a mi vecino. Él, lo cogió y comenzó a leer el contenido. En él decía lo siguiente:

Le envío tres trajes más a la misma dirección. Son del mismo material que los otros, misma tela. Procure que alguien de su confianza comprueba que han llegado y están en buen estado, no queremos que se extravíen.

Los podrá recoger dentro de tres días. Gracias.

La cara de Otto al leer el mensaje fue de cierta extrañeza. Levantó la cabeza y me miró fijamente.

—Quizá me meta donde no debo, pero… ¿Usted cree que este es un buen momento para enviar ropa a su hermano? —dijo con un ligero tono de indignación.

—No se enfade, permítame que le explique —comencé diciendo.

Parecía molesto, y con razón, pero no di tiempo a que continuara con sus reproches. Le expliqué lo que pasó con mis padres y todo lo que hice para sacarlos de Alemania, incluyendo los telegramas en clave que intercambié con mi hermano. En esta ocasión los tres trajes eran mi mujer y mis hijos a los cuales enviaría al mismo sitio que la vez anterior —Basilea— y con la premisa de que hubiese alguien de confianza —mis padres— que se encargara de ir a recogerlos. Fueron aproximadamente veinte minutos los que empleé en contarle todo a Otto, y parece que fue suficiente para él.

—Señor Schönberg, no entiendo por qué sacó únicamente a sus padres y usted y su familia se quedaron en Berlín después de ser informado sobre lo que iba a suceder en Dresde. Según me ha contado, con ellos, con sus padres, no dejó nada al azar y pensó en el peor escenario posible antes de actuar, algo que no hizo con Anna, Karl y usted… —insinuó Otto.

—Así fue, señor Effenberg, y me arrepiento mucho de no haberlo hecho, aunque en esos instantes la prioridad era la seguridad de mis padres que, dada la proximidad de los hechos que luego sucederían, iban a ser los más perjudicados si continuaban su vida en esa ciudad. Para ellos existía un peligro inmediato, aun no sabiendo en ese momento la repercusión que tendría la reunión promovida por el GAU, por eso no quise que corrieran riesgos innecesarios. Señor Effenberg, entienda que el foco del conflicto estaba a bastantes kilómetros de distancia de nosotros y por mi cabeza no pasaba que, a raíz de ello, mi mujer y mi hijo pudieran correr algún peligro. Un grave error por mi parte que no me perdonaré jamás —confesé a Otto, a quien, a juzgar por los gestos que hacía con la cabeza, parecía que mi explicación terminaba por despejar sus dudas.

—Voy al despacho a saludar a su familia y luego me marcharé a enviar el mensaje a su hermano… Ánimo, señor Schönberg, verá como todo sale bien —dijo.

Di una vez más las gracias a Otto por estar tan involucrado y preocuparse tanto por nosotros.

Al cabo de unas horas, el mensaje estaba enviado, y eso significaba que se acercaba la hora de separarme de mi familia, pero no quería dejarlos desamparados, por esa razón, cuando Otto regresó le pedí un último favor.

—Señor Effenberg, sé que esto que le voy a pedir puede ser un abuso por mi parte, pero… necesito que consiga de nuevo el coche de su *socio* para dentro de dos días —le dije.

—No hay problema, señor Schönberg. ¿A dónde se dirigirá? —preguntó Otto—. No, señor Effenberg, yo no lo voy a conducir, le pido que sea usted quien lo haga —contesté.

—¿Cómo dice? —preguntó con sorpresa.

—Quiero que lleve a mi familia hasta un punto seguro que más adelante le indicaré. Un día me dijo que no conducía a no ser que fuera necesario, pues bien, ahora lo es. Por favor, usted es la persona idónea para ello y sé que cuidará bien de mi familia. Además, ellos se sentirán más seguros con usted —le rogué a Otto.

—Pero… esto que me pide usted es una responsabilidad muy grande. Pone el destino de su familia en mis manos. ¡Es, es, una locura…! ¿Y si les pasa algo? No me lo perdonaría. No puedo… —exclamó Otto llevándose las manos al rostro y tremendamente abrumado ante mi petición.

No considero que su reacción fuera desmedida, es más, creo que cualquiera en su posición hubiese reaccionado de igual manera, por eso quise darle unos minutos para que pudiera pensar en ello, y así lo hizo. Anduvo durante unos minutos por el taller gesticulando y hablando consigo mismo hasta que finalmente vino hacia mí.

—Está bien, lo haré —respondió. Y en ese preciso momento noté una sensación de alivio inmensa.

Me aproximé a Otto, lo abracé durante unos segundos y le agradecí su gesto con la voz entrecortada por la emoción.

—No puedo dejar en mejores manos a mi familia —le dije a la vez que intentaba secar mis ojos vidriosos.

Dos días más tarde estaba todo preparado para que Anna y los niños salieran del país. El coche esperaba en la puerta del taller con Otto al volante, y si todo iba bien, en cuestión de dos o tres días se reunirían con mis padres en Basilea, en el mismo hotel donde se hospedaron la vez anterior. Pero antes de partir, quedaba despedirme de Anna y mis hijos, el momento más duro de toda mi vida. Ella permanecía de pie en la entrada del taller con Gabriella en sus brazos, bella como siempre y visiblemente emocionada, intentaba que Karl le diera la mano para ir juntos al coche.

—Gabriel, tengo miedo, algo dentro de mí me dice que esta será la última vez que nos veremos —dijo mi mujer entre sollozos.

—Cariño, no digas eso, estoy seguro de que todo va a salir bien y eso va a significar que pronto estaremos todos juntos de nuevo —le dije intentando tranquilizarla, acariciando su rostro y también el de Gabriella.

—¿Lo crees de verdad?, prométemelo —continuó diciendo.

—Te lo prometo —respondí.

Miré a mi esposa y noté en sus ojos un atisbo de esperanza e ilusión, emociones que, intuyo, provocaron que me ofreciera sus labios para así unirlos a los míos. Fue un beso de amor, ternura y despedida a la vez, unos segundos alejados de la cruda realidad que sirvieron como bálsamo para mitigar el dolor que suponía el estar alejados. Después, un *te quiero* fue lo último que nos dirigimos, dos palabras que unidas se convierten en un sentimiento que es conveniente mostrar y que, en incontables ocasiones, lleva al arrepentimiento al ser omitido, sin embargo, yo no cometí ese error, quise que mi familia supiera cuánto los quería antes de separarme de ellos.

—Papá, ven con nosotros —dijo Karl compungido y con lágrimas en los ojos.

Esas palabras hicieron aún más dura si cabe la despedida. Miré a los ojos a mi hijo, me arrodillé frente a él y lo abracé con fuerza.

—Esta vez no va a poder ser, pero pronto estaremos juntos. Ahora, ve con tu madre —le dije.

Otto hacía gestos desde el coche para indicarnos que ya podían subir. No hubo más palabras, Anna cogió a Karl y ambos salieron por la puerta para entrar en el coche. Segundos después, mi vecino salió del vehículo y entró en el taller para coger la maleta que estaba en la entrada, me miró y me ofreció su mano derecha.

—Hasta la vista, señor Schönberg, tenga mucho cuidado —dijo Otto.

—Usted cuide de mi familia, señor Effenberg, yo estaré bien. No encuentro la manera de agradecerle todo lo que está haciendo por nosotros —concluí.

Muy emocionado, estreché la mano un tanto temblorosa de Otto y después, vi como salía del taller portando la maleta en una mano y su inseparable bastón en la otra.

Por mi mente pasaron sentimientos, risas, llantos, momentos buenos y malos, en definitiva, muchas cosas desde que me despedí de Otto hasta que oí arrancar el motor del coche. Después, escondido de manera furtiva detrás de la puerta principal del taller, observaba a través de una rendija cómo saludaban Anna y Karl por la ventanilla trasera del vehículo y se alejaban poco a poco y visiblemente emocionados. Cuando los perdí de vista, surgió en mí una sensación de vacío enorme; un estado de ansiedad indescriptible que crecía según iban pasando los minutos.

El viaje hacia la libertad había comenzado para ellos y esperaba que no sufrieran ningún contratiempo durante el mismo, y para evitar que eso sucediera, hablé con Otto el día anterior para decirle hacia dónde tenían que dirigirse para abandonar el país. La idea era que siguieran el itinerario que establecí cuando fui a Basilea tiempo atrás. Ellos lo harían en coche hasta Friburgo para después continuar en autobús hasta el puesto de control que había en la frontera. Les dejé bien claro a Otto y a Anna que, de ninguna manera intentaran entrar en Suiza sin pasar por el control; sería un gran problema que los descubrieran.

Permanecí sentado en el sillón del despacho durante un par de horas pensando en mi familia y en la manera más segura de reunirme con ellos. ¿Qué hacer? Esa era la pregunta que más sonaba en mi cabeza, así como qué dirección tomar; esa sería la clave del éxito en la misión que me llevaría hasta mi familia; una misión que se antojaba difícil dado que no sabía por dónde asomaría el peligro. Entretanto, intentando aclarar las dudas que me planteaba sobre la marcha, continuaba mi preocupación por mi familia, en imaginar en qué punto se encontraban, en si estaban todos bien, e incluso, en si fue la mejor idea no acompañarlos. Horas más tarde, después de un largo discurrir, decidí sobre qué camino iba a tomar y era justo el opuesto al que Otto y mi familia seguían. Ellos iban en dirección oeste hacia Suiza, y yo al este, hacia Polonia, sin mayor motivo que el de salir por una zona de Alemania conocida por mí.

Antes de partir, me tomé unas horas para alimentarme y descansar, no sabía qué me depararía el futuro y tenía que estar preparado para lo que viniese. Una vez que estuve listo, miré a mi alrededor con nostalgia y una sensación extraña me invadió por completo. Cuatro días antes no conocía la existencia de ese lugar y ahora, era como si abandonara mi propia casa. No en vano, allí pasamos mi familia y yo nuestros últimos momentos juntos antes de que partieran hacia la libertad.

Miré al suelo y vi mi maletín de cuero apoyado en la pared junto a la puerta del despacho; en él guardé toda la ropa que pude y algunas fotografías, sin marco. El porqué de llevar el maletín era sencillo: no levantar sospechas. No debía dar pistas a nadie sobre las intenciones que tenía de abandonar el país. Evidentemente, portar una maleta grande no me ayudaría a conseguirlo, por esa razón, antes de salir del taller me puse el doble de ropa interior, calcetines e incluso dos pantalones. Después, cogí la gabardina y en los bolsillos metí como pude más ropa interior, algo que aportó un poco más de volumen a mi indumentaria. Por último, cogí el maletín y eché un último vistazo al despacho con la intención de comprobar si olvidaba algo antes de salir. Al no echar nada en falta, cerré la puerta, fui hacia la entrada del taller. Una vez allí, me percaté de que no tenía la llave del local. Regresé al despacho y comencé a abrir los cajones de la mesa; en ellos, además de alguna que otra herramienta que se coló del taller, encontré una gran cantidad de papeles, la mayoría con dibujos de muebles de diferentes formas que, a juzgar por su estilo, parecían ser peticiones expresas de clientes con gustos diversos. Seguí con mi búsqueda durante unos minutos más hasta que en uno de los cajones vi algo que asomaba detrás de un papel con un dibujo de una mesa de salón, lo aparté y ahí estaba lo que andaba buscando.

Al coger la llave vi que dentro se escondía algo más, un objeto no muy grande que no lograba ver bien. Decidí dar rienda suelta a mi curiosidad abriendo un poco más el cajón para que la luz penetrara en su interior y descubrí que el objeto allí guardado era el famoso libro que Otto utilizó para comunicarse con su mujer. Cuando lo vi, pensé en la suerte que había tenido al olvidar la llave ya que mi descuido hizo posible que pudiera recuperar eso que tanto significaba para él. Cogí el libro y lo metí en el maletín, no sin antes haber hecho hueco en el mismo sacando algo de ropa que luego guardaría en mi gabardina. Sabía que ese objeto era muy importante para Otto, por esa razón no quise dejarlo allí entre papeles arrugados y herramientas olvidadas. Él hizo mucho por nosotros, salvó a mi familia, nos dio comida y cobijo, y en esos momentos se encargaba de llevar a mi mujer y a mis hijos a un lugar seguro. Por todas estas cosas, por su humildad, su solidaridad, el interés que mostró por nuestra situación y el grado de implicación merecía todo mi respeto y haría todo lo que estuviera en mi mano por él ante cualquier favor que me pidiera.

Era mediodía cuando abrí la puerta del taller por última vez. Un día lluvioso y frío de octubre que fue testigo de mi partida hacia el este. Tenía claro que iba a ser una empresa difícil salir del país, sobre todo cuando, por el camino, debía evitar ser descubierto por la SS, por la Gestapo o por los voluntarios de cualquier patrulla de control. Cerré con llave el local de Otto y enseguida noté que la lluvia caía con más fuerza e iba acompañada de un viento frío de poniente. Tal circunstancia hizo que dirigiera mis pasos con premura calle abajo para intentar cobijarme en el primer soportal que encontrara. Una vez guarecido de la lluvia observé el cielo cubierto por nubes de tormenta y me di cuenta de que aquello iría para largo. Pensé en volver al taller a esperar a que remitiera el temporal, sin embargo, decidí seguir adelante porque no estaba dispuesto a perder más tiempo. «No dar un paso atrás una vez iniciado el camino» fue lo último que me dije a mí mismo antes de abandonar el local de Otto.

Llovía con menor intensidad, una leve tregua que el clima me concedió y que debía aprovechar para tratar de avanzar en mi huida. Salí del soportal y, en ese preciso instante, un ruido de motor interrumpió mis pensamientos de golpe e hizo que se mostrara ante mí una alternativa para seguir adelante. «¡Un taxi!», me dije al verlo aparecer al final de la calle. Raudo, corrí hacia la calzada al encuentro del vehículo bloqueando su trayectoria para así forzar que el conductor frenara, y eso fue lo que ocurrió.

—¿Se ha vuelto usted loco?, ¡le podía haber atropellado! —exclamó aquel hombre sacando el brazo izquierdo por la ventanilla en un claro gesto de indignación.

—¡Perdone que le haya parado así! ¿Puede llevarme? —pregunté en voz alta al taxista mientras permanecía frente a él con las manos apoyadas en el capó del coche. El conductor, todavía con cara de estupefacción, asintió con la cabeza y, sin pestañear, observaba como me introducía apresuradamente en el taxi—. Al centro de Köpenick, por favor, tengo una reunión de negocios muy importante allí —le indiqué.

—Sí, señor —contestó él.

No me dio tiempo a pensarlo con calma, pero vi que el taxi era la mejor opción para desplazarme por las afueras de Berlín. No sé por qué, pero en esos momentos no consideré el tren o el autobús como un medio de transporte seguro para moverme, y parecía haber acertado en la elección, sin embargo, a unos minutos de llegar a Köpenick, el taxista vio algo en el camino y paró bruscamente el vehículo.

—¡Alto! ¡Alto! Pare el motor y bájese del coche —exclamó alguien en voz alta desde el exterior. Me aproximé a la ventanilla izquierda y vi a un hombre alto y fornido con traje militar haciendo gestos al conductor para que saliera del vehículo. Era una patrulla de control.

—¿Hacia dónde se dirige y por qué? —preguntó el hombre uniformado al taxista.

—Llevo a este señor a Köpenick —respondió el conductor señalando el interior del coche e indicando mi presencia.

Estaba aterrado. ¿Sería ese el momento en el que perdería algo más que mi libertad? Ante eso no podía hacer nada, excepto aparentar una calma que se alejaba a medida que pasaba el tiempo y el vehículo permanecía inmóvil.

La patrulla la formaban tres personas de uniforme. Uno de ellos estaba junto al taxista examinando los papeles que él le entregó, otro observaba todo dentro de un coche negro que bloqueaba la calle, y el tercero, armado con un fusil, caminaba sin prisa hacia el taxi una vez que supo mi posición por boca del conductor.

Tenía que reaccionar. No podía quedarme de brazos cruzados viendo cómo ese hombre se acercaba a mí inexorablemente. De pronto, un rayo de luz iluminó mi mente permitiéndome ver nítidamente lo que tenía que hacer para intentar salir indemne. Una empresa difícil, a juzgar por la situación en la que me encontraba, pero no imposible. Entendí que mi misión inmediata era desviar la atención de los miembros de la patrulla no dando opción a que consiguieran cumplir su cometido. Raudo, saqué la cabeza por la ventanilla del coche.

—¡Espero que no me cobre de más por esta parada imprevista! —comenté en voz alta dirigiéndome al conductor del taxi. Hubo una reacción a aquellas palabras, como así pretendía. El hombre que caminaba hacia el coche dejó de hacerlo y miró al compañero que estaba junto al taxista, quizá esperando alguna reacción por su parte—. ¡Vaya día que llevo, es la tercera vez que me paran hoy! —exclamé, esta vez en un tono más comedido para lograr así que únicamente lo oyera el hombre que detuvo sus pasos después de escuchar mi anterior comentario.

Acto seguido…—: Disculpe, ¿ocurre algo? Llego tarde a una reunión muy importante en Köpenick. Si vamos a permanecer parados mucho tiempo, tendré que coger otro taxi… —dije nuevamente en voz alta.

Mis palabras fueron lanzadas con una clara intención: dar a entender a todos que restaba importancia al motivo principal de ese alto obligado en el camino, declarando el expreso interés en llegar a tiempo a mi reunión ficticia en Köpenick. Mis palabras se ajustaban a un plan basado en una estrategia improvisada, cuyo resultado era para mí una verdadera incógnita. Segundos después, se produjo un movimiento que esperaba, el hombre uniformado que permanecía quieto junto al vehículo en el que me hallaba, fue hacia su compañero y comenzaron una conversaron que duraría varios minutos. Ignoraba el contenido de la charla que estaban manteniendo, sin embargo, esperaba que ese hombre informara a su compañero sobre las dos paradas que ya había sufrido en ambos controles. También, que ambos tuvieran en cuenta el interés que había mostrado en acudir sin falta a la cita que me llevó a coger ese taxi, y esa fuera mi única preocupación, haciendo creer a esos hombres que pasaba habitualmente por estos controles sin consecuencia alguna. A ello se unía la esperanza que tenía depositada en el taxista, confiando en que, en el caso de que le preguntaran sobre mí, corroborase que efectivamente me dirigía a una reunión de negocios en Köpenick. El fin era evitar que algún miembro de la patrulla llegara a revisar mi documentación y por el momento lo estaba consiguiendo.

Mis nervios iban aumentando a medida que pasaba el tiempo, pero no podía hacer nada, solo esperar, supeditado a la decisión que esos hombres tomaran al acabar lo que parecía ser un intercambio de opiniones. «Ya está», me dije a mí mismo al ver a uno de ellos separarse de su compañero y dirigirse hacia el taxi acompañado por el taxista. Esos segundos fueron los peores. Mi corazón bombeaba sangre a un ritmo frenético debido a la incertidumbre, y mis manos temblaban cual movimiento sísmico. Estaban muy cerca, casi a la altura de la ventanilla del conductor.

—Señor, baje del coche —ordenó aquel hombre de uniforme.

Fueron cuatro palabras nada más. Cuatro palabras que confirmaban los malos augurios que rondaban mi mente y que, dichas en poco más de un segundo, hicieron que se desvaneciera cualquier atisbo de esperanza que quedara en mí.

Resignado, salí del coche obedeciendo la orden dada por el miembro de la patrulla, cuya mirada escrutaba todos mis movimientos con suma atención. En esos momentos de tensión y miedo, solo podía pensar en Anna y los niños: ¿los volvería a ver? Anhelaba un reencuentro con ellos, aunque fuera efímero.

—¡Soldado, yo me encargo! —exclamó alguien desde la distancia e instantes antes de que el hombre uniformado que tenía delante tuviera la oportunidad de realizarme alguna pregunta.

Puse la mirada en la dirección que provino la voz y vi que pertenecía al hombre que en un principio aguardaba en el coche que bloqueaba la calle, el tercer miembro de la patrulla que, con paso calmado, se aproximaba a nuestra posición. Por la manera de dirigirse a su camarada con ese «Soldado» y por el uniforme, entendí que era su superior.

—Vayan a ocupar sus posiciones junto al coche —ordenó a esos hombres acompañando aquellas palabras con un leve movimiento de cabeza.

Aproximadamente a diez metros de mi posición, paró para encender un cigarrillo y, en ese instante, pude distinguir el atuendo que llevaba de suboficial de las SS, gracias a los distintivos de esa organización colocados en el cuello de su guerrera gris y en el detalle de la calavera en la gorra de plato que, unos segundos antes, utilizó para cubrir su cabeza. No estaba seguro, aunque había algo en él que a esa distancia me resultaba muy familiar. Segundos después, reanudó el paso y mis dudas se despejaron por completo. «¡Es Bastian!», exclamé en mi interior. Tenía una sensación extraña. Por un lado me alegraba de ver a Bastian. Por otro, estaba preocupado por su reacción. Y es que estaba confuso, no en vano, la última vez que vi a Bastian me dijo que era un policía de la Gestapo y en ese instante vestía como un suboficial de las SS.

—Usted, suba al vehículo y espere —ordenó al taxista.

El hombre cumplió la orden con suma obediencia, puso en marcha el motor y quedó a la espera de que le permitieran continuar la marcha.

—Ahora tú y yo vamos a hablar —dijo Bastian con semblante serio.

Un escalofrío recorrió mi cuerpo al recordar la conversación que mantuvimos en casa cuando nos visitó para avisarnos del peligro que corrían mis padres. Entonces dijo que era la última vez que nos íbamos a ver y si eso no se cumplía, el día que estuviésemos frente a frente, se olvidaría de que una vez fui su amigo.

Nos unió una gran amistad, fue compañero de trabajo y de piso. Con él salía a tomar cervezas una vez que acababa la jornada en la fábrica. Viví el día a día, compartí ilusiones y confidencias e incluso, quise que fuera el padrino de mi hijo. Ahora, estaba frente a él como un condenado ante su verdugo esperando ser ajusticiado.

—Su documentación, por favor —solicitó en voz alta.

Se dirigió a mí tratándome de usted, como a un extraño, borrándome por completo de su mente al tiempo que pronunciaba aquellas palabras que quise evitar oír bajo ningún concepto. En ese momento tuve claro que la amenaza que me profirió tiempo atrás la estaba llevando a cabo, y eso significaba mi detención o cualquier cosa que quisieran hacer conmigo.

La incertidumbre y el miedo se adueñaron de mí, y por mi cabeza pasaron muchas cosas, pensamientos que brotaban mientras sacaba de mi gabardina la documentación y se la entregaba a Bastian, pero en ese trasiego de sensaciones había algo que me resultaba un tanto extraño. «Si él sabe quién soy, conoce mi vida y mi condición judía, ¿por qué me pide entonces la documentación?», me preguntaba una y otra vez. Él, con gesto serio, empezó a ojear lo que le di, y acto seguido se acercó un poco más a mí.

—Escúchame atentamente. Dirígete a esta dirección: calle Beseler, 5; en Marienfelder y pregunta por Beate. Di que vas de mi parte. Allí estarás a salvo por un tiempo. En el trayecto no encontrarás ningún control como este. Si intentas salir del país correrás un serio peligro. Espero que tengas mucha suerte —dijo en voz baja. Elevó el tono de voz y dijo—:

Todo en regla. Pueden continuar.

Sin decir nada más, recogí la documentación y subí al coche. Una vez dentro, respiré aliviado. Había conseguido salvar una situación muy peligrosa y todo se lo debía a Bastian, que no solo me libró de ser descubierto, también me proporcionó un lugar seguro para ocultarme durante un tiempo.

Miré por la ventanilla del taxi buscando a Bastian porque necesitaba agradecerle imperiosamente lo que había hecho por mí y tan solo me hubieran bastado unos segundos en hacerle saber que estaba en deuda con él, pero no sucedió, aunque varios segundos después me llevé una grata sorpresa al ver desde la distancia cómo esbozaba una leve sonrisa.

—Lléveme a la calle Beseler en Marienfelder —indiqué al taxista.

—Pero ¿no quería ir a Köpenick? —preguntó él.

—En un principio sí, aunque no merece la pena, es tarde, ya no llego a la reunión —le expliqué.

—Bueno, usted sabrá. Ahora tendré que cobrarle más por este cambio de dirección —comentó.

—Me hago cargo. Ahora, lléveme a la dirección que le he dicho, por favor —concluí.

CAPÍTULO XVII

P asé varias semanas en casa de una señora maravillosa llamada Beate, la tía de Bastian, por parte de su madre. Una anciana adorable de 80 años que me acogió con los brazos abiertos y me trató como a un hijo el tiempo que permanecí allí. La muerte de su marido cinco años atrás a causa de un fallo cardíaco, hizo que tuviera que vivir sola desde entonces, sin nadie que le hiciera compañía, salvo alguna vez que Bastian o sus dos hijos varones, que vivían lejos de Alemania, la visitaban. Perder a la persona que amaba fue un duro golpe que le propinó la vida, sin embargo, ella, lejos de derrumbarse, no hincó las rodillas en el suelo, se sobrepuso, siguió adelante y demostró que, a pesar de su avanzada edad, era capaz de valerse por sí misma. La recuerdo con su pelo blanco permanentemente recogido, siempre amable, muy generosa, con una sonrisa casi perpetua en su rostro, que contagiaba al que estaba a su lado y unas ganas enormes de vivir.

Durante mi estancia en casa de Beate tuvimos ocasión de hablar de muchas cosas; de su vida, su familia, mi familia, esos fueron algunos temas de conversación. Un día, aprovechando una de esas charlas que manteníamos, quise explicarle el motivo por el cual terminé llamando a su puerta, lo difícil que resultaba no saber nada de mi mujer y mis hijos y la dura decisión que tomé al separarme de ellos para no perjudicarlos en su huida. Ese fue un momento de mucha emoción, incluso pude apreciar alguna lágrima en sus ojos a la vez que narraba lo sucedido semanas atrás. Otro día le hablé de la época en la que su sobrino y yo compartimos piso en Dresde junto a otros dos compañeros de trabajo. Ella sonreía al escuchar nuestras vivencias, incluso llegó a decirme que Bastian, en alguna ocasión le confesó que guardaba un buen recuerdo de aquellos tiempos y siempre que le venía a la mente alguna anécdota de esa etapa de su vida, la contaba mostrando una gran sonrisa.

Bastian fue un gran apoyo para mí en el pasado y el responsable de que mis padres estuvieran a salvo conservando gran parte de su patrimonio. Un amigo con mayúsculas que se arriesgó por nosotros sin pedir nada a cambio y más siendo quien era, un miembro de la Gestapo. En otra conversación supe por ella que Bastian pasó de agente de la Gestapo a suboficial de las SS porque quería obtener experiencia militar con la posibilidad de desempeñar un cargo superior, como así sucedió. Aunque antes tuvo que prepararse a conciencia durante meses. «Estaba muy guapo con el uniforme», decía Beate. Ella lo veía contento y cada vez que iba a visitarla le contaba anécdotas, hablaba de sus compañeros. Todo parecía ir bien, hasta que en su última visita dejó caer que iba a volver a la Gestapo, de hecho, ya tenía un destino eventual asignado al que se debía incorporar unas semanas después. ¿A qué obedecía esa decisión? Evidentemente, algo importante tuvo que suceder para que Bastian abandonase las SS tan repentinamente.

Ya habían pasado dos meses y medio desde que llegué a la casa de Beate buscando refugio. Por mi mente pasó enviar un telegrama a mi hermano para saber si Anna, Karl y Gabriella estaban a salvo, pero lo vi muy arriesgado. Demasiado tiempo sin saber nada de los míos, si cruzaron la frontera con Suiza, si contactaron con mis padres; incógnitas que necesitaba despejar cuanto antes. Tal fue así que, después de conocer días antes que Bastian dejaba las SS para volver a la Gestapo, dando así por imposible que visitara a su tía en un futuro inmediato, decidí arriesgarme a ir en busca de mi familia. Pero antes de marcharme quise despedirme de Beate y agradecerle todo lo que había hecho por mí. Ella me proporcionó un techo y comida, además de buena conversación y mucho apoyo dada mi situación.

Esta vez partí hacia el suroeste. Ya todo me daba igual, solo quería ver a mi familia cuanto antes y ese deseo me llevó a seguir el camino más rápido sin pararme a pensar si era el adecuado. Cuando el corazón es el encargado de tomar las decisiones, la mente se rinde ante él y la razón pasa a un segundo plano, dando lugar a resultados que, en ocasiones, son verdaderamente nefastos, y ese fue mi caso. Esa desesperación por reunirme con los míos me condujo a una espiral de errores que impidieron la consecución del objetivo que tenía marcado. Traté de evitar las grandes ciudades e incluso atravesé algún que otro bosque a fin de estar a la vista lo menos posible, aunque no me sirvió de nada. Dos días después de despedirme de Beate fui detenido a las afueras de Görzke, localidad situada al suroeste de la ciudad de Brandeburgo. Tal vez fueron las prisas las que hicieron que pasara por alto pequeños detalles importantes que terminaron por delatarme, como no estar afeitado o llevar el traje sucio por el polvo del camino. Por todas estas cosas, el 14 de enero de 1942 fui detenido y trasladado a la cárcel de Brandeburgo-Görden.

CAPÍTULO XVIII

La obsesión por agradar al comandante me cegaba hasta el punto de no dar importancia a las atrocidades que Rolf quería practicar en el campo. Necesitaba con urgencia desbloquear mi situación y él tenía la llave para hacerlo. Más adelante, me encargaría de frenar sus macabras intenciones hacia los prisioneros.

No hizo falta establecer directriz alguna a su labor diaria en el campo, el respeto que infundía Rolf en la tropa era más que suficiente para empezar a obtener los resultados que yo deseaba. Al cabo de un mes, volví a reunirme con el comandante.

—Veo que, finalmente, se decidió a cumplir mis órdenes e hizo bien su trabajo. Le felicito por ello —dijo el comandante Kaindl.

Intuí cierto sarcasmo en su último comentario, pero no le di importancia porque significaba que había dado un paso importante en el camino que tenía trazado. Aprovechando que mi superior parecía estar de buen humor, le pedí de nuevo que me permitiera el acceso a la zona industrial emplazada en la parte oeste del recinto, tras el muro del campo de prisioneros. Lo hice con la intención de ser aún más eficaz en mis averiguaciones y poder contentar de manera definitiva al comandante, para así deshacer el nudo que me ataba a aquel lugar.

—Todavía no dispone de mi total confianza, teniente. Veamos sus próximos resultados, puede que le conceda lo que usted solicita —concluyó.

No conseguir ese acceso me obligó a trastocar mis planes llevándome a seguir otra línea de investigación. No entendía por qué se me negaba la entrada a esas instalaciones. ¿Qué secretos se escondían en aquella parte del recinto? ¿Un tipo de armamento especial, tal vez? Estaba claro que algo importante se llevaba a cabo en el interior de esa zona que, en ese momento, era inaccesible para mí; los hornos funcionando a pleno rendimiento y un hermetismo absoluto hacían que creciera en mí un interés mayúsculo por descubrir qué se ocultaba detrás de todo aquello.

La mañana siguiente me personé en las oficinas del edificio principal, torre A, para averiguar algo más sobre las últimas bajas expedidas por los servicios médicos sobre la base de los informes psicológicos realizados a los soldados, sin embargo, allí solo había información acerca de los prisioneros. Para obtener lo que buscaba debía ir a las oficinas del estado mayor en la comandancia, y hacia allí me dirigí. Entré en un barracón próximo al muro sur que separaba el campo de prisioneros de la comandancia, junto a la torre A. Ya dentro, fui hacia un sargento que ocupaba una mesa a pocos metros de la puerta y le pedí que me dijera a quién me podía dirigir para que me facilitara la información que necesitaba. El sargento, muy amablemente, me llevó ante la presencia del secretario del comandante Kaindl y a él le solicité los informes.

—Disculpe un segundo, teniente. ¡Cabo, venga aquí! —dijo en voz alta.

Raudo, aquel hombre acudió a la llamada del secretario y, cuadrándose ante nosotros, hizo un enérgico saludo militar.

—El cabo es el encargado del archivo, él le proporcionará todos los informes y expedientes que necesite —dijo el secretario del comandante.

—Aquí tiene lo que pidió, señor. Los expedientes de baja de miembros de la tropa de los últimos cuatro meses —comentó aquel hombre a la par que cargaba como podía en sus brazos una gran cantidad de carpetas.

—Venga conmigo. Aquí no le molestará nadie, señor —continuó diciendo al tiempo que abría la puerta de uno de los despachos de la oficina. Un despacho que, a juzgar por su mobiliario, parecía pertenecer al responsable de administración, quizá un capitán que, evidentemente, no se encontraba en el recinto en esos momentos.

Agradecí al cabo su ayuda y enseguida me puse a ojear los papeles que había dentro de las carpetas.

El estudio de los expedientes me llevó varias horas. Al finalizar, me sorprendió bastante ver tantos casos de soldados con cuadros de ansiedad y depresiones, pero no solo eso, también me pareció muy sospechoso que en ninguno de los informes se indicara qué puesto desempeñaba el paciente en el momento en el que se le diagnosticó su enfermedad. ¿Es posible que aquella información se omitiera a sabiendas? Decidí profundizar en los casos más recientes para intentar saber qué estaba sucediendo, y sin perder un segundo, cogí una estilográfica y comencé a apuntar en una libreta todos los nombres y graduación que aparecían en los expedientes. Al cabo de un minuto ya tenía diez nombres y seguía apuntando hasta que…

—¡Thomas Kauffman, cabo! —exclamé en alto muy sorprendido.

¿Se trataría del mismo cabo Kauffman que me sirvió de guía en el campo de prisioneros? Algo serio tuvo que ocurrir para que un hombre tan jovial como el cabo Kauffman cayera en un estado anímico tan bajo, hasta el punto de causar baja por depresión. Era tan sumamente extraño que merecía ser investigado.

El cabo responsable del archivo dentro de la administración de la comandancia tenía todo muy bien organizado. En el interior de todas y cada una de las carpetas que me entregó, se hallaba el informe médico, la baja y la ficha de ingreso en Sachsenhausen. este último papel me sirvió de mucha ayuda puesto que encontré la información que necesitaba sobre el cabo Kauffman, como una dirección en una localidad llamada Dessau que enseguida apunté, los nombres de sus padres y más datos que a mi parecer eran relevantes. La idea era aprovechar un permiso que disponía de tres días para ir a Dessau, que no quedaba muy lejos de Potsdam. Luego iría a ver a mi familia y a Martina; aunque para llevar a cabo mis labores de investigación en Dessau, debía permanecer en Sachsenhausen al menos un par de semanas más. Empleé ese tiempo en preguntar a miembros de la tropa acerca de los hábitos, conducta y predisposición del cabo Kauffman. Después de varias jornadas de entrevistas, los resultados fueron los esperados; todas y cada una de las personas a las que pregunté sobre él, coincidían en decir que el comportamiento del cabo, durante el tiempo que estuvo allí, fue normal, de hecho, era extravertido y muy amigable. Respuestas que provocaban que el motivo que causó su baja del campo fuera aún más inquietante si cabe.

Escribí con tiempo a mis padres y a Martina para avisarles de que aprovecharía el permiso de tres días que disponía para ir a Potsdam. Era poco tiempo el que iba a estar allí y no quería que mi llegada les cogiera por sorpresa. Hacía casi tres meses que no los veía, y echaba de menos estar con ellos, aunque ya estaba acostumbrado a pasar largas temporadas sin visitarlos cuando estaba en la academia militar.

El chófer del campo me recogió bien temprano en la puerta de entrada a la comandancia y me llevó a la estación de Oranienburg. Desde allí, cogería un tren que me llevaría hasta Berlín y después a la localidad que aparecía en la dirección impresa en la ficha de ingreso del cabo Kauffman en Sachsenhausen. La suma total de tiempo desde que subí al tren y llegué a Dessau no excedió de las dos horas, lo suficiente para que por mi mente pasaran muchas cosas. Pensaba en qué sería lo que me encontraría en aquella dirección, en mi familia, Martina…, todo lo que me importaba.

Nada más salir de la estación de Dessau, abordé a un transeúnte para preguntarle por la dirección que guardaba en mi libreta y que originó mi desplazamiento desde Sachsenhausen hasta allí. Era un hombre de mediana edad que caminaba hacia el oeste con gabardina negra y sombrero a juego. Un caballero muy amable que se tomó su tiempo en darme las indicaciones necesarias. Cuando acabó su explicación, pude darme cuenta de que el lugar que buscaba estaba relativamente cerca, a unas tres o cuatro calles de la estación, por esa razón decidí cubrir a pie la distancia que me separaba de ese punto en el que pretendía obtener la respuesta a todas mis preguntas sobre el cabo. Me encaminé hacia el este hasta llegar a una avenida llamada Albrecht que cruzaba la ciudad de norte a Sur y, desde allí, dirigí mis pasos esta vez al norte hasta dar con la calle que buscaba. Según mi libreta, la dirección exacta estaba al final de la calle Goethe, junto a la calle Mozart y muy cerca del parque Schiller. Unos minutos después, detuve mis pasos frente a la entrada de un edificio de viviendas cuyo número coincidía con el de la dirección anotada en mi libreta. Sin más, aprovechando que un vecino abrió la puerta para salir del edificio, entré al portal y subí por unas escaleras hasta el segundo piso. Una vez allí, llamé a una puerta al azar dado que ese dato no constaba en la ficha de ingreso del cabo. La puerta se abrió lentamente y por una rendija se asomó un hombre muy mayor.

—¿Quién es usted? —preguntó en un tono poco afable.

Me presenté a aquel hombre y le pregunté si vivía allí o conocía al cabo Kauffman.

—No —respondió; y después dio un portazo.

Achaqué esa reacción a su avanzada edad, por eso no le di importancia.

—¡Gracias! —contesté con sarcasmo.

Llamé a todas y cada una de las puertas existentes en esa planta y obtuve en ellas la misma respuesta, nadie conocía al cabo Kauffman, algo que me parecía sumamente extraño al tratarse de un vecino suyo. Llegué a pensar que esas personas decían no conocer al hombre que buscaba para no perjudicarle, y más cuando el que pregunta es un hombre uniformado. Con esa idea bajé por las escaleras a la primera planta y una vez allí, me aproximé a la puerta que estaba más cerca y llamé.

—¿Quién llama? —respondió una voz femenina algo quebrada al otro lado de la puerta.

—Soy el teniente Heinrich Schültz y estoy intentando localizar a un amigo mío y compañero, ¿Conoce usted a Thomas Kauffman? —pregunté en voz alta.

Se abrió la puerta lentamente y apareció una anciana no muy alta con un vestido negro y cara de pocos amigos.

—¿Y por qué debería saber yo quién es ese joven? —preguntó.

—Perdóneme, señora, no quería importunarla, tengo esta dirección, pero no sé qué puerta es —le expliqué.

—¡Pues vaya a preguntar a otro sitio, aquí no es! —concluyó.

La anciana se metió en su casa y cerró con llave, pero antes de hacerlo, dirigió los ojos durante un instante a una puerta que había al final del pasillo. Un gesto involuntario que a mí me sirvió como pista para saber que detrás de aquella puerta tendría muchas posibilidades de obtener algunas respuestas.

No llegué a llamar puesto que, a unos metros de poder hacerlo, vi como alguien salía de la vivienda a la cual me dirigía. Era una señora de unos sesenta años que lucía un vestido azul oscuro y portaba un bolso negro.

—Disculpe. Me llamo Heinrich Schültz y estoy intentando localizar a Thomas, ¿Usted sabe dónde puedo encontrarle? —pregunté. A juzgar por su semblante, intuí que no tenía intención de responder a mi pregunta—. Hemos coincidido en Sachsenhausen y he sabido lo de su baja. Esa es la razón por la que estoy aquí, para saber cómo está —le dije.

Hubo en ella una reacción al oír mis palabras, un gesto en su rostro que denotaba asombro e interés a la vez. Lo siguiente que hizo fue mover la cabeza lentamente hacia mi hombro izquierdo para ver si había alguien a lo largo del rellano y después se acercó a la escalera para hacer la misma comprobación.

—Venga conmigo —me sugirió dirigiéndose hacia la misma puerta que segundos antes había cerrado.

Justo en ese instante ya tenía claro que aquella señora era un familiar muy cercano del cabo Kauffman y mantenía la esperanza de resolver algunas incógnitas minutos más tarde.

Al entrar en el domicilio noté un olor que me resultaba muy familiar, una mezcla entre lo que desprendía la estufa de carbón que mis padres tenían en el salón y el aroma que dejaba la comida de puchero que tan bien hacía mi madre. Un olor que me hizo recordar que pronto me reuniría con mi familia y con Martina en Potsdam.

—Siéntese, por favor —dijo la señora al tiempo que señalaba una silla de la cocina y cerraba la puerta de entrada principal. Tomé asiento y ella hizo lo propio segundos después.

—Me llamo Brighitte y soy la madre de Thomas. Ha dicho usted que coincidió con mi hijo en Sachsenhausen. ¿Son amigos? —preguntó.

—No, en realidad conozco a su hijo porque fue quien me enseñó las instalaciones —respondí.

—Tengo que decirle que Thomas no ha pasado por aquí. Únicamente hemos sabido de él gracias a una carta que llegó hace unos días. Aquí tiene. Es la letra de Thomas —confesó; y luego me entregó la carta escrita por el cabo Kauffman. En ella decía lo siguiente:

Queridos padres:

Os comunico que mi etapa en Sachsenhausen ha finalizado. Las últimas órdenes que recibí del capitán me llevaron a desempeñar una labor que, a la postre, ha supuesto que saliera del campo. Por razones que no voy a citar, no profundizaré sobre mis quehaceres durante el cumplimiento de dichas órdenes, pero solo quiero que sepáis que fueron los peores días de mi vida. Ahora, ya cumplida la baja médica que obtuve tras haber sido evaluado psicológicamente y declarado no apto para el servicio, me han destinado al frente. Dónde estoy no tiene importancia, no os preocupéis, me encuentro bien, aliviado por salir de allí y preparado para lo que me depare el futuro.

Os quiere

Vuestro hijo, Thomas

Cuando acabé de leer el contenido de la carta, miré a los ojos de la madre del cabo Kauffman durante unos segundos, lo justo para convencerme de que las preguntas que tenía preparadas iban a quedar sin respuesta, dado que ella parecía saber lo mismo que yo, y el cabo Kauffman no estaba allí para responder. Cabizbajo, me levanté del sofá para despedirme, pero antes, agradecí a aquella mujer su hospitalidad y el detalle de compartir conmigo las palabras escritas por su hijo en esa carta. Cuando la puerta de la casa de los padres del cabo Kauffman se cerró tras de mí, tuve la impresión de haber hecho el viaje en balde y eso me creó cierta ansiedad, una sensación que duró solo unos instantes puesto que, antes de abordar el primer tramo de escalera en sentido descendente, detuve mis pasos al recordar las palabras del cabo en su misiva acerca de la última tarea que le encomendó su capitán en Sachsenhausen.

No obtuve las respuestas que buscaba en Dessau, sin embargo, sabía cuál era el siguiente paso que debía dar al llegar al campo: averiguar en qué consistía el último servicio que prestó el cabo antes de ser destinado al frente. Pero hasta entonces, ocupé mi mente con un único pensamiento, coger el próximo tren que me condujera hacia Potsdam para reunirme lo antes posible con mis seres queridos.

El trayecto hacia mi Potsdam natal fue corto. Apenas transcurrieron dos horas desde que cogí el tren en la estación de Dessau, hasta que llamé a la puerta de la casa de mis padres.

—¡Heinrich, por fin has llegado! —exclamó mi madre, inmediatamente después de abrir la puerta. Se acercó apresuradamente hacia mí y me abrazó con fuerza. Hacía tiempo que no veía a mi familia, ni tenía noticias de ellos, concretamente, desde el día que partí en dirección al campo de prisioneros por primera vez—. ¡Jürgen, ven! ¡Es tu hijo Heinrich! —exclamó en voz alta.

Las palabras de mi madre fueron seguidas cual orden militar, ya que, instantes después, vi a mi padre recorriendo con celeridad aquel largo pasillo que atravesaba toda la casa para reunirse con nosotros.

—¡Heinrich, hijo, qué alegría verte! —exclamó mi padre a pocos metros de mí. Abrió los brazos y me abrazó con efusividad.

—Vamos al salón y me cuentas. Tenemos mucho de qué hablar —dijo.

—Un momento, Jürgen. Hijo, ¿has comido? —preguntó mi madre, siempre preocupada por mi alimentación.

—No, pero no tengo hambre —respondí.

Un error por mi parte dado que, fui conducido al instante a la cocina para recibir una ración abundante de *hoppelpoppel*[1], que tan bien prepara mi madre. Había olvidado el sabor, aroma y aspecto de un buen estofado casero. Este no era un plato que precisara de una gran elaboración, y mucho menos unos ingredientes que estuvieran fuera del alcance de cualquier bolsillo, no obstante, he de decir que mi madre obtenía un resultado inmejorable con los productos que tenía en la despensa. Tal vez fuera el tiempo de cocción, o la proporción de sal, quizá una suma de ambas cosas, lo que sí sabía era que, ella aportaba un toque personal al guiso que lo convertía en un sabroso manjar, posiblemente porque añadía un ingrediente secreto que no se puede comprar ni tocar: el cariño que ella ponía al cocinar para nosotros.

Tomé asiento en una de las sillas situadas frente a la mesa de la cocina y antes de que me diera cuenta, tenía ante mí un plato a rebosar de *hoppelpoppel*. Antes de llevarme la primera cucharada a la boca, supe que iba a resultar pesada la digestión del estofado, pero ese era un riesgo nimio que valía la pena correr. Mientras comía, mi madre me ponía al corriente sobre todo lo sucedido durante mi ausencia: las visitas obligadas al refugio

---

1 *Estofado de patatas y carne*

debido a los bombardeos en la capital, las noticias acerca de miembros de nuestra familia y las pérdidas humanas de familiares de algunos conocidos de la zona. El guiso estaba buenísimo, tanto, que rebañé el plato con el último trozo de pan de cereales que me quedaba a la vez que observaba la cara de satisfacción de mi madre. La felicité por el guiso tan sabroso y me ofrecí a recoger la mesa, sin embargo, no me dejó hacerlo.

—Ve al salón con tu padre, yo iré enseguida —sugirió al tiempo que cogía el plato de la mesa.

Instantes después, viendo como se dirigía a la despensa, me di cuenta de un detalle importante, mi hermano Jürgen no estaba, y mi madre no comentó nada sobre él durante la comida.

—No veo a Jürgen, ¿ha salido? —pregunté.

Ella, al oírme, dio media vuelta y vino hacia mí, todavía con el plato en sus manos.

—Jürgen no está. Se marchó el día que tú saliste por esa puerta siguiendo las órdenes escritas en aquel telegrama. Esa misma tarde, él y tu padre comenzaron una conversación que desembocó en una fuerte discusión. Tu hermano le habló sobre algo que le rondaba la cabeza. Tenía la intención de dejar sus estudios aquí y dirigirse a París para aprender interpretación. Tu padre, al oír los planes de tu hermano, montó en cólera. Decía que no podía permitir que su hijo tirara su futuro por la borda. Pasaron varios minutos en los que se dirigieron palabras muy duras y todo acabó con Jürgen metiendo su ropa en una maleta y saliendo de casa después de darme un beso. En un primer momento pensamos que sería algo pasajero, pero ya han pasado tres meses sin saber nada de él. Desde ese día, tu padre no es el que era, apenas habla conmigo y se pasa todo el tiempo solo y cabizbajo. Ni siquiera tuve la oportunidad de comunicarle que te habías ido —confesó visiblemente emocionada. Yo solo pude tratar de tranquilizarla—. Estaba deseando que vinieras para ver si tú, de alguna manera, puedes contactar con él y convencerlo para que vuelva a casa —dijo mientras agarraba fuertemente mi mano derecha con sus manos.

Abracé a mi madre y le prometí que haría todo lo necesario para localizar a Jürgen y traerlo de vuelta. Segundos después, nos reunimos con mi padre en el salón, quien aguardaba de pie junto al ventanal central con un vaso de lo que parecía ser coñac en la mano y la mirada puesta en un punto fijo a través del cristal.

Mis padres y yo hablamos largo y tendido acerca de Jürgen y su polémica decisión de abandonar todo por perseguir su sueño. Hubo momentos durante la conversación en los que noté a mi padre profundamente arrepentido. Decía sentirse culpable por mostrar un desacuerdo tan firme instantes después de conocer los planes de mi hermano, incluso por no llegar a entender su pasión por la interpretación. Aunque también estaba molesto por la reacción desmedida de Jürgen, quien no pensó en las consecuencias emocionales que traería su marcha.

Al ver en el rostro de mis padres el dolor que suponía hablar sobre la marcha repentina de su hijo más joven, quise acabar de raíz aquel tema de conversación. No sin antes prometer a ambos que haría todo lo posible por encontrar a Jürgen e intentaría hablar con él. La tristeza se tornó en una sonrisa de esperanza en la cara de mi madre al oír el compromiso que yo había adquirido con ellos. Mi padre también tuvo una reacción positiva a mis palabras ya que, parecía haberse sacudido los remordimientos y empezaba a relajar su semblante. Aprovechando que los ánimos estaban más calmados, decidí dar un giro a la conversación y explicar a mis padres dónde estuve los dos últimos meses y las razones esgrimidas por mis superiores para decidir que prestara mis servicios allí. Les di también una amplia descripción sobre el complejo y alrededores, incluido mi alojamiento y el emplazamiento triangular que servía como confinamiento para prisioneros políticos y de otra índole. También les ofrecí un resumen sobre la labor que tenía encomendada en aquel lugar, del comandante e incluso de la comida que servían; ello no me llevó más de media hora.

La familia y las sirenas de los bombardeos fueron los últimos temas de conversación que mantuvimos mis padres y yo alrededor de la estufa de carbón. Segundos después de un silencio que marcó el fin de la charla, mi padre se levantó del sillón. Después, dirigió sus pasos hacia la mesa camilla en la que se hallaba la radio. Apuró su copa de coñac y giró con los dedos el modulador derecho del aparato haciendo que, de su interior, surgiera el sonido de una orquesta interpretando una melodía que no era desconocida para mí. De hecho, tardé pocos segundos en descubrir que se trataba del primer movimiento de la sinfonía inacabada de Schubert. Una pieza musical que nos sumergió a los tres en un periodo de reflexión que duró varios minutos, justo hasta que resonaron las trompetas y trombones en su máximo esplendor en un fragmento de la obra. Un estruendo que provocó que mis pensamientos se esfumaran cual humo de cigarrillo en el aire, situándome en la realidad más absoluta. A consecuencia de ello, dirigí la vista a la esfera de mi reloj de pulsera y descubrí que las manecillas marcaban las siete y cinco de la tarde. En ese preciso momento mi cabeza liberó toda preocupación existente. Mis hermanos y la investigación en ciernes sobre las bajas y traslados tramitados en Sachsenhausen pasaron a un segundo plano en favor de un único y exclusivo pensamiento… Martina.

—Salgo a dar un paseo —dije mientras cogía mi gabardina y mi gorro militares.

Llevaba mucho tiempo sin saber nada de Martina y eso generaba en mí cierta ansiedad, tanta que no podía esperar al día siguiente, tenía la necesidad imperiosa de verla, aunque solo fuera un segundo. Mi anhelo por estar junto a ella y oír su voz, guio mis pasos hasta la panadería de su padre, el lugar donde ella elaboraba sus deliciosos bollos, pero al llegar, las puertas del establecimiento ya estaban cerradas. «¡Lástima!», pensé.

Mi cabeza consideraba la posibilidad de desplazarme hacia su casa, sin embargo, no estaba seguro de cómo se iba a tomar que me presentara allí sin avisar. Las dudas me llevaron a deambular sin rumbo por los alrededores durante varios minutos, pero hubo un instante en el que la impaciencia pudo más que la razón, circunstancia que provocó que, en un abrir y cerrar de ojos, me encontrara frente al edificio donde ella vivía, y allí estaba yo, en el mismo lugar que el día de los bombardeos. Bajo la luz de la farola en la que aquella noche esperaba saber de Martina, tras recorrer todos los refugios de la zona. Totalmente quieto, con el interés puesto en cualquier movimiento que se produjera en el interior de la casa y que me llevara a cumplir ese deseo irrefrenable por verla. Así permanecí varios minutos, observando con suma atención aquella ventana del primer piso. Una muestra de perseverancia que tuvo su justa recompensa al ver como un golpe de aire movió las cortinas, permitiéndome así contemplar durante unos instantes la silueta y después el rostro de Martina. Con esa bella imagen en la retina y una sonrisa en la cara, me di por satisfecho y volví a casa de mis padres a descansar.

Tuve un plácido despertar la mañana siguiente. Me sentía pletórico de fuerzas, como si hubiera dormido doce horas seguidas, sin embargo, aún era temprano, el sol apenas se hacía notar en Potsdam y mis padres continuaban durmiendo. No quise molestar, por ese motivo decidí salir a correr, como habitualmente hacía en Sachsenhausen. Lo que no imaginaba era que al abrir la puerta que daba a la calle, me aguardaba un tiempo desapacible. Viento, lluvia y frío era un panorama poco alentador para cualquiera, sin embargo, ese día rebosaba optimismo. No había duda de que ver a Martina, aunque fuera un instante, aportó en mí las ganas necesarias para ejercitarme, a pesar de las inclemencias climatológicas.

Fue un gran esfuerzo el realizado aquella mañana, aunque el recorrido no fue mayor que la distancia que cubría habitualmente, pero las condiciones tan adversas hicieron que fuera mucho más duro que otros días. Tuve que parar en el parque para descansar; una nefasta decisión dado que el sudor comenzó a enfriar mi cuerpo con rapidez. No dejaba de preguntarme si valía la pena tal esfuerzo un día como ese mientras me frotaba los brazos enérgicamente con ambas manos para intentar entrar en calor. Sin embargo, el frío era cada vez más intenso y ello me obligó a reanudar la marcha para mantener la temperatura y evitar así caer enfermo.

Dejé atrás el parque Babelsberg para afrontar la calle en la que se ubicaba la panadería de Hans; el lugar que escogí como punto de referencia para finalizar mi entrenamiento aquella mañana. A pocos metros de acabar, reduje la marcha hasta detenerme por completo frente a la entrada. Una vez allí, apoyé las manos en mis rodillas y agaché la cabeza a la vez que intentaba recuperar el aliento entre jadeos. Levanté la cabeza y miré a través del cristal de la puerta de acceso a la panadería para ver si Martina se hallaba en el interior. En un primer vistazo no la vi, pero sí a Hans, con su cara de pocos amigos, al fondo del local, encargándose de colocar el pan recién horneado en un cesto de mimbre que había situado cerca de lo que parecía ser la trastienda. Entretanto, el clima gélido comenzaba a hacer mella en mí hasta el punto de no llegar a sentir las manos. Aun así, quería ver a Martina y por ese motivo permanecía allí observando con atención. Mis ojos recorrieron todos los rincones de la panadería varias veces, aunque el resultado para mí no estaba siendo nada satisfactorio por el momento. Todo cambió cuando una mujer que esperaba ser atendida puso especial atención a unos bollos de nata colocados en una bandeja, e hizo un movimiento hacia la derecha que permitió que Martina entrara en mi campo visual. «Ahí está», me dije al instante. Estaba de pie tras el mostrador, ataviada con un mandil blanco sobre una blusa estampada de flores con encaje en las mangas, su pelo perfectamente recogido y esa sonrisa encantadora que resplandecía en su rostro. Ella, siempre delicada en sus movimientos, entregó lo que parecía ser una bolsa con bollos y pan a una mujer que esperaba en el extremo derecho del mostrador.

—Gracias, señora Mayer, espero que tenga un buen día —dijo al tiempo que depositaba unas monedas en una vieja caja registradora.

La señora Mayer enfilaba la puerta de la panadería bajo la atenta mirada de Martina, quien, con las manos, limpiaba a conciencia los restos de harina impregnados en su delantal. Yo, entretanto, seguía fuera sin perder detalle de todo lo que acontecía en el interior del establecimiento de Hans. De ese modo, llegué a ser testigo de un hecho inusual en Martina. Vi como desaparecía de su rostro la sonrisa que lucía cuasi permanente para, acto seguido, fruncir el ceño. Un gesto que se produjo inmediatamente después de salir la señora Mayer por la puerta de la panadería. Un gesto breve, dado que Martina recuperó de inmediato su semblante afable para dirigirse a una anciana que esperaba ser atendida. Algo que no llegó a suceder ya que, antes de que la anciana pudiera decir nada, Martina miró de nuevo hacia la puerta y comenzó a andar tras el mostrador lentamente sin retirar la vista de la entrada al local. La anciana intentaba llamar su atención, pero no obtuvo respuesta por su parte. En ese instante me di cuenta de que Martina tenía los ojos clavados en los míos y avanzaba con paso firme hacia mi posición.

—¡Martina! ¿Qué estás haciendo? ¡La señora Weitzman te está hablando! —exclamó Hans en voz alta y bastante enojado.

A pesar del tono con el que su padre se dirigió a ella, hizo caso omiso y continuó caminando sin importarle nada de lo que ocurriera a su alrededor.

Cuando Martina salió de la panadería, detuvo sus pasos dejando aproximadamente tres metros de distancia entre nosotros. Después, permaneció varios segundos observándome.

—¡Martina!… ¡Martina! —se oía a Hans en el interior de la tienda intentando captar la atención de su hija.

Ella no parecía querer escuchar, sin embargo, yo no podía evitar estar nervioso al ver los gestos que hacía Hans tras el cristal. De repente, ella comenzó a caminar hacia mí muy lentamente hasta que apenas hubo espacio entre los dos. Luego alzó los brazos dirigiendo sus manos a ambos lados de mi cara, atrajo mi cabeza a la suya y me regaló el beso más apasionado que jamás había recibido en toda mi vida. Fue un momento mágico que despertó en mí una vorágine de sentimientos que me hicieron olvidar por completo el frío que recorría todo mi cuerpo.

Cuando nuestras bocas dejaron de estar unidas, pude ver su precioso rostro a pocos centímetros de mí, sus ojos aún cerrados y sus labios ligeramente humedecidos tras el contacto mantenido entre ambos.

—Tenía muchas ganas de verte, Heinrich —dijo en un tono muy dulce, como susurrándome al oído. Aquellas palabras fueron el colofón perfecto a ese momento de pasión, aunque no supe qué decir, me sentía abrumado ante tal muestra de amor, por esa razón no fui capaz de articular palabra—. ¡Estás helado!

—exclamó Martina, y enseguida comenzó a frotar mis brazos enérgicamente con las manos—.

¡Vamos dentro! —sugirió ella.

Hans estaba visiblemente alterado y entendí que entrar en su negocio no era muy buena idea.

—No te preocupes, estoy bien. Mejor voy a buscarte a tu casa esta tarde y damos un paseo —dije intentando evitar echar más leña al fuego.

Ella asintió con la cabeza, Entonces yo aproveché para acercar mi cara a la suya y besar su sonrosada mejilla derecha, poniendo fin de ese modo a nuestro encuentro de aquella mañana.

A media tarde recogí a Martina en su casa y ambos disfrutamos de un paseo romántico por la ciudad. El clima no era muy propicio para hacerlo, pero merecía la pena solo por el placer de su compañía. Durante el paseo hablamos de cosas importantes tales como la familia, la situación del país e incluso la labor que estaba desempeñando en Sachsenhausen. También hablamos sobre lo ocurrido esa misma mañana en la panadería y, a juzgar por sus comentarios al respecto, daba a entender que su padre no veía bien que ella se relacionara con nadie porque no quería quedarse solo. Pensé que era una actitud muy egoísta por parte de Hans. No obstante, ella no parecía estar molesta por ello, es más, le restó importancia. Durante ese rato que pasamos juntos no solo hubo tiempo para las palabras, también lo hubo para las muestras de afecto, caricias y gestos de complicidad típicos en una pareja que se estaba conociendo. Una pareja cuya relación iba siendo cada vez más profunda y sincera conforme pasaban las horas.

Empleé los dos días siguientes en pasar más tiempo con mis padres y con Martina. Tenía que aprovechar al máximo las escasas horas que me quedaban en Potsdam, ya que no sabía cuándo dispondría de otro permiso que me permitiera volver de nuevo. El plan que establecí para esos días fue sencillo, por las mañanas salía temprano a correr por el parque Babelsberg. A un ritmo inferior de lo que hacía habitualmente por los alrededores del campo de prisioneros. Después, comía con mis padres y charlaba con ellos hasta que recogía a Martina en su casa para pasar la tarde juntos. Aquellas horas transcurrieron como esperaba, con emoción, sonrisas, cariño y pasión. Sin embargo, el tiempo avanza inexorablemente, sobre todo cuando lo pasas bien con las personas que quieres. Tiempo que se escapa entre los dedos pero que deja momentos únicos para el recuerdo. Momentos de felicidad plena que mi mente revivía una y otra vez durante el trayecto que recorría el tren que me llevaba de vuelta a Sachsenhausen.

CAPÍTULO XIX

N ada más pisar el andén en la estación de Oranienburg, borré de mi mente todo lo vivido aquellos días de permiso en Potsdam. Tenía dos temas importantes que resolver y no había tiempo para los buenos recuerdos y la nostalgia. El primer tema que tratar consistía en cómo contactar con mis dos hermanos; el segundo, averiguar el motivo que originó el traslado del cabo Kauffman al frente. Pregunté en las oficinas del Estado Mayor, utilicé algunos contactos en Berlín y envié numerosos telegramas a diferentes puntos del país solicitando información, pero no hubo suerte, dos semanas después de haber comenzado la búsqueda, seguía sin conocer el paradero de mis dos hermanos. Para nada era el resultado que esperaba obtener, evidentemente, aunque tenía la certeza de que el motivo por el cual no sabía nada de ellos era que ambos estaban fuera de Alemania, o por lo menos eso era lo que yo quería creer. Por otro lado, las investigaciones acerca de lo sucedido con el cabo Kauffman iban por buen camino. Tras revisar las fichas de los soldados que causaron baja y su posterior traslado, vi que en un porcentaje muy alto de los casos se daba una circunstancia común: todos fueron destinados a lo que yo conocía como la *zona industrial*.

El frío era cada vez más intenso en toda la región. En pocos días pasamos de un otoño liviano a un invierno prematuro y gélido que hacía la vida más difícil si cabe a las personas recluidas en los barracones del interior del recinto. Por lo que a mí se refería, el entrenamiento matinal se hacía muy duro debido al clima reinante, incluso hubo días en los que ni siquiera salí a ejercitarme por el temporal, pero esto era algo sin importancia si lo comparábamos con las personas que realmente acusaban los rigores de la climatología. Hombres que caminaban durante horas por aquel infame circuito construido en la entrada al campo de prisioneros. Hombres que cargaban en sus maltrechos hombros mochilas, cuyo peso desproporcionado hacían de su recorrido un auténtico viacrucis.

Recuerdo que, una de aquellas frías mañanas llegué a mi habitación exhausto por el esfuerzo realizado en mi entrenamiento matinal. Tardé varios minutos en recobrar el aliento a la vez que estiraba a conciencia brazos y piernas para prevenir posibles lesiones. Al acabar de estirar, me metí en la ducha y allí, comencé a pensar en el cabo Kauffman y en todos los soldados que pasaron por allí dejando en su expediente una marca en forma de baja del servicio por circunstancias psicológicas. El origen del problema lo desconocía, no obstante, por mi cabeza rondaba la idea de solicitar al comandante que me permitiera el acceso a la zona industrial. En ese preciso instante, oí dar tres toques fuertes a la puerta. Al abrir, vi cuadrándose ante mí a un joven soldado.

—Traigo un mensaje para usted, señor. El comandante Kaindl quiere que se reúna con él inmediatamente en su despacho de la comandancia, señor —dijo en voz alta.

—Gracias —dije yo.

El soldado dio media vuelta y se marchó con paso firme. Una vez oído el mensaje, cogí la chaqueta, me calé bien el gorro en la cabeza y me dirigí con premura hacia la comandancia.

«¿Por qué quiere verme el comandante?», me preguntaba con cierta inquietud. Cuando llegué al despacho, la puerta estaba entreabierta y el comandante permanecía de pie ojeando un libro junto a una estantería. Al verme, lo cerró de golpe y ello hizo que quedaran suspendidas en el aire durante unos instantes las partículas de polvo alojadas en el libro.

—Adelante, teniente. Siéntese —dijo el comandante con semblante serio y señalando una silla del despacho. Su rostro y el tono de voz empleado no presagiaban nada bueno, aun así, tomé asiento y permanecí expectante a lo que pudiera decir—. Le he mandado llamar porque he recibido información que le atañe directamente y quería comentarlo con usted —dijo, sentado en su cómodo sillón, mientras entrelazaba los dedos de sus manos. Ese último comentario elevó aún más mi grado de incertidumbre—. Según he podido saber, hace más de dos meses que han dejado de producirse bajas en la tropa. Además, según los informes de los servicios médicos del campo, las evaluaciones negativas a los soldados han descendido ostensiblemente. Parece ser que está haciendo bien su trabajo, teniente. Le felicito. Ahora cuenta usted con mi total confianza —comentó y, seguidamente, se levantó del sillón y extendió el brazo derecho ofreciéndome la mano. Un gesto que yo entendí como una muestra de respeto hacia mi trabajo.

—Espero que estos resultados no cambien en el futuro. No me defraude, teniente —dijo al tiempo que ejercía con los dedos un poco más de presión en mi mano derecha.

—Eso no va a ocurrir, señor —contesté justo en el instante en el que el comandante retiraba la mano.

—Eso es todo. Puede marcharse —concluyó.

Saludé educadamente a mi oficial superior y abandoné el despacho satisfecho por el resultado de la reunión, aunque siendo justos, casi todo el mérito había que atribuírselo a Rolf, por su dedicación y su particular manera de impartir disciplina en la tropa.

CAPÍTULO XX

R ecuerdo con amargura los primeros meses de reclusión en la cárcel de Brandeburgo-Görden. Meses en los que sentí que mi vida se tambaleaba como un castillo de naipes a punto de desmoronarse. Durante el día soportaba vejaciones, insultos y algún que otro sello disciplinario —castigo físico— propinado por los carceleros.

El trato que recibí fue humillante en incontables ocasiones, hasta llegué a un punto en el que las palabras ya no ofendían y los golpes apenas dolían, aquello lo veía como una nimiedad si lo comparaba con lo que sufría unas horas después de ponerse el sol. Todos los días, pasadas las ocho de la tarde, apagaban las luces del módulo dando así paso a la soledad de mis pensamientos. Pasaba horas de una auténtica tortura emocional mientras permanecía tumbado en el sucio camastro de aquella lúgubre celda. Eran noches interminables en las que dormir se convertía en una labor harto complicada, en parte a la humedad y al frío, aunque el motivo principal de mis numerosos episodios de insomnio era no saber nada de mi familia. Asumía con resignación la privación de mi libertad, pero el hecho de estar apartado de los míos y desconocer su paradero, me hundía más y más en un abismo profundo de desesperación, y al mismo tiempo, hacía que acrecentara en mí un sentimiento de culpa muy difícil de soportar. Sí, la culpabilidad estaba presente día y noche, aunque cobraba fuerza cuando la oscuridad era latente y mi mente disponía de horas para castigarme por creer que seguir otro camino le facilitaría a mi familia su salida del país.

La incertidumbre hizo más dura, aún si cabe, la adaptación a ese lugar. Tanto que todavía sigo creyendo que más de uno en mi situación hubiera pensado en arrojar la toalla y acabar de una vez con todo ese sufrimiento. Sin embargo, la esperanza que tenía en salir de allí y encontrarles, me motivaba para levantarme cada mañana y soportar lo que el destino tuviera guardado para mí ese día.

Transcurridos dos meses de encierro, decidí que tenía que aprender a convivir con la resignación e intenté pensar en cosas que me sirvieran como distracción para evitar mi continuo castigo nocturno. Encontré algo que realmente me ayudó a mantener mi mente lúcida y evitó que cayera en la depresión más absoluta. Gracias a un acuerdo zanjado con dos paquetes de tabaco, conseguí que uno de los carceleros me permitiera tener el libro con el que el señor Effenberg aprendió a hablar ruso para comunicarse con su mujer. Cada vez que tenía un momento de bajón mental, algo que sucedía casi todas las noches, buscaba por toda la celda un poco de luz para ojear el libro y así quitarme esos pensamientos que me atormentaban. De ese modo, tras permanecer ocho meses recluido, llegué a conocer un poco el idioma de los zares, e incluso formar frases con cierto sentido. Sin embargo, faltaba lo más importante para aprender cualquier lengua, tenía que poner en práctica los conocimientos adquiridos en el libro, y para ello, el destino puso a Ernst en mi camino.

Ernst era un hombre de mediana edad, no muy alto y tenía el pelo castaño. Nació en Kiel —ciudad situada al norte del país— y tenía vocación de artista. Llevaba encarcelado más de dos años en Brandeburgo por cuestiones políticas. Le conocí el día que fue trasladado a una celda de mí mismo módulo, y he de decir que, al mantener nuestra primera conversación, percibí que sería un buen apoyo para mí el tiempo que estuviera allí encerrado. Era un afamado actor y dramaturgo, un tipo optimista y bastante peculiar, imagino que, como todos los artistas, un gran conversador y un ferviente comunista, como pude comprobar en incontables ocasiones, no en vano, era un miembro activo del partido socialdemócrata. En definitiva, todo un personaje cuya última cualidad me sorprendió gratamente. ¡Ernst sabía hablar ruso!

Poco tiempo después de que el Partido Nacionalsocialista de Hitler se hiciera con el poder en Alemania, se produjo una caza de brujas sobre los partidos opositores al gobierno, y Ernst, debido a su conocida inclinación política, fue colocado en el punto de mira de la Gestapo; circunstancia que le obligó a huir del país eligiendo como destino, entre otros, la Unión Soviética, donde vivió más de dos años, el tiempo justo para escribir y hablar ruso con cierta soltura. Ese conocimiento del idioma por parte de Ernst me sirvió de gran ayuda para poner en práctica las enseñanzas del libro y perfeccionar la pronunciación. Aunque no solo nos centrábamos en mi aprendizaje de ese idioma el tiempo que coincidíamos en el patio, también hablábamos de nuestras vidas, nuestros miedos, nuestras esperanzas. Con Ernst siempre tenías temas de conversación. Sin duda, charlar con él estando encerrado contra mi voluntad y atravesando un estado emocional tan delicado me sirvió como bálsamo reparador.

Meses después, por circunstancias que desconozco, alguien decidió que mi estancia en Brandeburgo se había acabado. Sobre las seis de la mañana se presentaron dos soldados en mi celda. —¡De pie! —exclamó uno de ellos. Al instante, salté del camastro y me coloqué frente a los soldados sin mover un músculo—. Vienes con nosotros. Aquí tienes tu ropa. ¡Póntela! —dijo el otro soldado al tiempo que sujetaba la puerta.

No hice preguntas, me puse la ropa lo más rápido que pude y, cuando ya estuve vestido, me sacaron de la celda a empujones. Al menos me dio tiempo a coger el libro del señor Effenberg y ocultarlo bajo la chaqueta. Fue tan rápida mi salida de allí que no pude despedirme de Ernst como hubiera querido, aunque siempre le recordaré, no en vano, él fue quien me rescató cuando más hundido estaba en el fango.

—Te va a gustar tu nuevo hogar —dijo entre risas uno de los soldados a la vez que recorríamos el pasillo de las celdas en dirección al punto de control.

Por su comentario, intuí que el lugar al que me llevaban no sería de mi agrado, no obstante, en esos momentos me daba igual, lo único que quería era salir de allí cuanto antes.

En total estuve un año recluido en aquel siniestro lugar al que, en ese instante, no deseaba volver jamás. Sin embargo, los soldados no dijeron nada sobre mi nuevo confinamiento, aparte del comentario sarcástico de uno de ellos. Pasamos el punto de control y accedimos al exterior de la prisión cuyo patio estaba totalmente cubierto de nieve, y donde aguardaba un camión militar con el motor en marcha.

—¡Arriba, alimaña! —exclamó el sargento con cara de pocos amigos y, al instante, sentí un empujón que casi me lleva al suelo.

No perdí un segundo en mirar atrás buscando a un culpable, me apresuré a subir a la parte de atrás del camión para evitar así ser objeto de más insultos y empujones. Una vez dentro, vi que el interior del camión estaba abarrotado de gente.

En cuanto el camión se puso en marcha observé el rostro de las personas que tenía alrededor y pude ver el miedo reflejado en sus ojos. Dicen que es bueno tener miedo porque te mantiene alerta en situaciones de peligro y di fe en esos momentos de que es una afirmación muy acertada. Varios minutos después de iniciar la marcha, fui preguntando uno a uno a todos mis compañeros de viaje sobre el tiempo que llevaban privados de libertad. Necesitaba recabar información acerca del paradero de mi familia y era muy importante conseguirlo a través de aquellos que podían tener noticias más recientes del exterior. Hablé con alguno de ellos durante varios minutos, aunque sin suerte, ninguna pista que me hiciera albergar algo de esperanza, tan solo que se sucedían las detenciones y que por las fronteras era prácticamente imposible salir del país. Un gran porcentaje de los que iban en el camión estaba en la misma situación que yo: no sabían nada de sus familias y también preguntaban, sin embargo, la gran mayoría obtuvo el mismo resultado que yo.

El trayecto no fue largo. Apenas tardamos una hora desde que salimos de Brandeburgo hasta que finalmente nos detuvimos. Entonces, se originó un murmullo provocado por la incertidumbre que duró varios segundos, y que acabó en el instante en el que un soldado subió la lona que tapaba la entrada trasera del camión, dejando que la luz penetrara de golpe en el interior. Después, bajaron el portón.

—Bienvenidas a Sachsenhausen, señoritas. ¡Abajo! —exclamó uno de los soldados que esperaba a que bajáramos del camión mientras nos dedicaba una reverencia con sorna.

«¿Sachsenhausen?», me pregunté nada más saber dónde estábamos. Me sentía confundido y desubicado, no sabía qué hacía en un campo de prisioneros políticos, o al menos eso era lo que yo entendía que albergaba ese lugar.

Bajamos del camión uno a uno ante la atenta mirada de una docena de soldados abrigados con chaquetones y que nos apuntaban con sus fusiles.

Los soldados nos gritaban y nos empujaban como si fuéramos ganado, y guiaban nuestros pasos a fuerza de golpes hacia el edificio de dos plantas que servía de entrada al campo de prisioneros. Para acceder al interior, pasamos por un soportal que atravesaba toda la parte central de la torre A —como así se denominaba el edificio de entrada—, hasta llegar a un portón hecho de forja negro, en el cual rezaba una leyenda que decía: «El trabajo os hará libres», frase de la que me acordaré el resto de mi vida. Una vez traspasado aquel umbral y habiendo dejado atrás nuestra dignidad, entre otras cosas, llegamos a un patio con forma de abanico donde permanecimos formados en cuatro filas durante varios minutos, custodiados por una ametralladora apostada en la primera planta, encima del soportal.

El miedo, el frío y la incertidumbre crecían a medida que pasaban los minutos en aquel patio.

—¡¡A numerarse!! ¡¡De izquierda a derecha empezando por la última fila!! ¡¡Vamos!! —ordenó alguien en voz alta a nuestra espalda.

Segundos después apareció por la puerta del patio un hombre de uniforme de unos cuarenta años aproximadamente que, a primera vista parecía ser alguien importante. Detrás de él le acompañaban otros dos hombres de uniforme cuyo rango tampoco llegué a distinguir, pero intuí que ocupaban un nivel más bajo en el escalafón. Cuando el último de nosotros dijo su número, se aproximó un sargento al hombre de mayor graduación, lo saludó y le comentó algo que no pude oír.

—Bienvenidos a Sachsenhausen. Soy Anton Kaindl, comandante en jefe de este campo de concentración. Este es un centro destinado a la custodia de prisioneros que se han convertido en enemigos de este gobierno y, por consiguiente, enemigos del pueblo alemán. Aquí nos regimos por unos valores que son primordiales para el desempeño de cualquier labor y, ni que decir tiene que la disciplina y el orden son la piedra angular para conseguir el funcionamiento óptimo del campo. En las próximas horas les explicarán las normas de comportamiento y sus obligaciones. Dicho esto, si por algún motivo optan por seguir otro camino distinto al que tienen marcado e infringen cualquier norma establecida, serán objeto de acciones disciplinarias proporcionales al nivel de infracción que hayan cometido. No se confundan, en este lugar se recibe un trato justo, sin embargo, todo lo que sea salirse del reglamento será castigado con contundencia. Espero que, por su bien, hayan captado este mensaje a la primera. Ahora, sigan las indicaciones del sargento Köhl. Sargento, proceda —dijo en voz alta a la vez que colocaba con dos dedos sus pequeñas gafas de montura redonda.

—Sí, señor —dijo el sargento cuadrando el saludo militar frente al comandante—. ¡Cabo Kauffman, lléveselos! —dijo el sargento.

El cabo siguió a rajatabla la orden impuesta por su superior y nos condujo por el interior del campo de prisioneros hacia la enfermería, donde fuimos evaluados por el doctor mediante un exhaustivo examen médico. Varias horas más tarde, nos afeitaron la cabeza y finalmente llegamos a un barracón que hacía las veces de depósito de ropa. Allí, nos despojaron de todo cuanto teníamos de valor, objetos personales e incluso el libro de Otto.

—Los objetos que están entregando se quedarán en custodia en el almacén de pertenencias —dijo el cabo Kauffman antes de salir del barracón.

Después, fueron nombrándonos uno a uno para hacernos entrega de la indumentaria reglamentaria del campo, que consistía básicamente en un traje de rayas, calzado, una muda. También repartieron de manera aleatoria varias mantas y utensilios necesarios para el día a día, como cuencos para echar la comida y cucharas. Tuve suerte, a mí me tocó una manta y una cuchara.

—¡Poneos lo que os hemos entregado! —ordenó el cabo encargado de la entrega y recepción en el depósito.

Todos obedecimos. Las botas eran dos números más pequeñas y con muchos kilómetros recorridos. El traje me quedaba grande y era muy parecido al que llevaba en Brande-burgo, aunque este estaba en muy mal estado debido al uso. Aparte, existía en él una diferencia muy importante con respecto al anterior, tenía cosida una insignia delante del número de identificación de cada uno. En mi caso era una especie de estrella de David hecha con un triángulo y otro invertido de color amarillo que me señalaba como preso judío. La insignia variaba en su forma y color dependiendo del delito, etnia o condición del prisionero.

—¡Coged un saco cada uno y meted en él la ropa que os habéis quitado! —dijo el cabo mientras señalaba con el brazo derecho el rincón donde estaban almacenados los sacos—. Salid con el saco y os colocáis en formación frente al barracón. ¡Vamos, vamos, vamos! —concluyó.

Saliendo del barracón vimos al sargento Köhl con cara de pocos amigos, con las manos atrás y a su derecha el cabo Kauffman, ambos esperando a que todos estuviéramos en la formación.

—¡Número 15322, un paso al frente! —ordenó el sargento al ver al último de nosotros colocarse en la fila.

Ninguno de nosotros reaccionó a la orden dada. El sargento, sin mover un ápice su semblante, se acercó a la fila lentamente y, sin mediar palabra, propinó un puñetazo en la cara al prisionero que tenía frente a él, provocando que este último cayera noqueado al suelo.

—¡Levántate, basura número 15322! —exclamó al tiempo que se frotaba los nudillos.

Al ver que no reaccionaba a las palabras del sargento, lo primero que pasó por mi mente fue ir hacia el hombre golpeado e intentar ayudarle, pero no lo hice por miedo a la posible represalia del agresor al acercarme al hombre agredido. Seguro que muchos de mis compañeros de la formación también lo pensaron, por eso ninguno lo intentó.

Aquel hombre hacía lo que podía por levantarse del suelo, sin embargo, estaba demasiado aturdido por el golpe recibido. De repente, para sorpresa de todos, el cabo Kauffman fue hacia él y lo agarró por el brazo derecho para ayudarle a ponerse en pie.

—¿Qué cree que está haciendo, cabo? —preguntó el sargento.

—Poner al prisionero de pie, señor —contestó.

—No recuerdo haberle dicho que ayude a esa escoria. Suéltelo ahora mismo —le ordenó el sargento.

El cabo Kauffman se giró hacia el prisionero y antes de soltarlo le susurró algo al oído.

—Más tarde hablaremos usted y yo —dijo el sargento Köhl al cabo en tono amenazante.

El prisionero tenía una brecha en el pómulo y sangraba abundantemente por la nariz, aun así, consiguió levantarse y se mantuvo firme durante todo el tiempo que permanecimos en la formación. Sea lo que fuere lo que le susurró el cabo Kauffman, sin duda surtió efecto. En el instante en el que aquel prisionero se puso en pie, asumí con resignación que dejaba de llamarme Gabriel Schönberg para pasar a ser «basura número 10614», que era el número que tenía cosido en el traje.

—¡Vista al frente! —ordenó el sargento en voz alta; a lo cual todos obedecimos sin excepción.

Aguantamos sin movernos varios minutos en esa misma posición bajo la atenta mirada del sargento, quien paseaba alrededor de nosotros cual león hambriento observando los movimientos de su próxima presa. Allí, de pie y acechado por la sinrazón, fijé mis ojos en el barracón que había frente a nosotros y vi asomarse a través del cristal de las ventanas a varios prisioneros con el rostro desdibujado, vencidos por la amargura, pálidos y con los pómulos marcados evidenciando una extrema desnutrición. Un panorama poco alentador para unos prisioneros recién llegados como nosotros.

—Cabo, llévelos a sus respectivos barracones —ordenó el sargento. El cabo Kauffman saludó respetuosamente a su superior y se dirigió hacia nosotros para llevar a cabo la orden.

A cada prisionero se le ubicaba en un barracón en función del tipo de insignia que llevara en el traje. A mí y a otros cuatro prisioneros que lucíamos en el pecho la estrella de David amarilla, nos asignaron uno que estaba situado muy cerca de la entrada al campo, exactamente, el barracón número 38. Cuando pisé por primera vez el suelo del cuarto de literas, una sensación de desamparo me embargó por completo. El hedor reinante en la sala se antojaba insoportable y las literas de madera de tres pisos presentaban un estado lamentable. Ver el resto de las estancias afianzó mi estado de ánimo, el baño, el comedor, sin palabras... aunque lo peor fue descubrir aquella misma tarde que el barracón albergaba a mucho más del doble de personas de lo normal, todos judíos, muchos de ellos famélicos, cansados y enfermos. Las cuentas, evidentemente, no salían. No había suficientes camas para todos, de ahí el mal estado de las literas, que cada noche llegaban a soportar el peso de dos e incluso tres personas por cama, hecho que comprobé unas horas más tarde. Estábamos a comienzos del mes de septiembre y apenas refrescaba por las noches, aun así, las literas estaban saturadas de gente; algo que no entendí en un primer momento, pero con el paso de los días vi que era vital conservar ese espacio minúsculo en la litera para conseguir superar el frío invierno. Yo acababa de llegar y me tuve que conformar con un hueco en el suelo que compartí con Joseph, un ciudadano de Rostock que llegó a Sachsenhausen en el mismo transporte que yo. Puedo decir abiertamente que aquel nefasto día, dio comenzó para mí una carrera de fondo llamada supervivencia.

Al cabo de dos semanas, las consecuencias de dormir en el suelo del barracón se manifestaron en un dolor de espalda y de costado muy molestos. Además, gracias al calzado que me proporcionaron el día que llegué, aparecieron ampollas, heridas y rozaduras en mis pies. Las botas me estaban destrozando y no había posibilidad de cambiarlas por unas de mi talla; la razón, muy sencilla, las botas se asignaban adrede con el objetivo de estudiar su aguante y su desgaste al ser utilizadas en pies más grandes. Si por cualquier motivo conseguías unas de tu talla y se daban cuenta, te azotaban. De hecho, tuvimos la ocasión de comprobarlo una semana después de mi primera noche en Sachsenhausen, cuando unos soldados descubrieron que cuatro prisioneros del barracón intercambiaron sus botas. En ese caso fueron obligados a pasar por el potro, un método de castigo usado en prisioneros homosexuales y que consistía en atar a la víctima bocabajo a una infame estructura de madera —parecida a una mesa—, para recibir diez o quince bastonazos en la zona baja de los glúteos. Un castigo físico severo que dejaba varias horas sin poder moverse al pobre diablo que lo recibía. Los miembros de las SS acostumbraban a ejecutar los castigos en los sitios habilitados para ello, pero en el caso de que el *delito* fuese grave, se llevaba a cabo en el patio de recuento, delante de todos los prisioneros del campo, con la intención de que viésemos cuales eran las consecuencias que acarreaba cometer una falta grave. Por desgracia, llegamos a verlo más de una vez.

El día a día se hacía muy duro, había mañanas que nos levantaban muy temprano y nos obligaban a formar en el patio de revista —frente a la torre A— el tiempo que las SS tuviera a bien tenernos allí. Si el recuento era satisfactorio, nos separaban en grupos para llevarnos a los distintos lugares de trabajo. Un grupo muy numeroso iba destinado a la fábrica de ladrillos, ubicado a poca distancia del campo. Allí, los utilizaban como mano de obra en la fabricación de tanques y piezas de artillería. Otro grupo de prisioneros era conducido en camiones a Berlín para encargarse de localizar y desenterrar bombas que no habían estallado en los incontables bombardeos que sufría la capital. Otros, dedicados a tareas de mantenimiento y servidumbre en todo el recinto. Yo formaba parte de un nutrido grupo que pasaba las horas caminando por el patio de revista sobre una especie de pista infernal de entrenamiento, cargados con unas mochilas muy pesadas que dificultaban más si cabe la marcha y que soportaban nuestros pies doloridos y maltrechos. Un camino tortuoso que afrontábamos cada día con el único sustento de un poco de café y una rebanada de pan. Decenas de kilómetros de dolor e impotencia era lo que recorríamos todos los días.

Cada noche, minutos antes de que se apagaran las luces, miraba alrededor mío y veía tristeza, desolación y cansancio en las caras de mis compañeros de barracón. Miradas perdidas cuyo único consuelo era cerrar los ojos para volver a otro tiempo en el que predominaban las risas y la felicidad, y la dignidad se conservaba intacta. A veces silencio y a veces llantos, lamentos, pero nunca risas. Sonidos que se convertían en la melodía que amenizaba nuestro hipotético descanso nocturno.

El cansancio se iba acumulando y las horas de sueño no bastaban para llegar fresco a la marcha del día siguiente. Un caldo insípido y un trozo de pan no era suficiente para aguantar tal esfuerzo sobrehumano y eso se notaba en el aspecto físico. Visiblemente mermado y con los pies doloridos, afrontaba otro día más de supervivencia en Sachsenhausen sin saber si ese sería el último. Dudas con fundamento al ver que los compañeros que caían al suelo infernal de la pista que eran incapaces de levantarse, los apartaban del recorrido y no los volvíamos a ver. ¿Estarán en la enfermería?, ¿en otro cometido dentro del campo?, o ¿en otro campo de concentración? Intentaba autoconvencerme de que aquellas personas tendrían otra oportunidad, aunque en el fondo mi pensamiento fuera menos optimista. Por esa razón tenía que mantenerme fuerte y aguantar como fuera esas interminables marchas. Para conseguirlo, era vital proteger la parte de mi cuerpo que más sufría al cabo del día. Todas las noches, aunque no contara con lo necesario para hacerlo, trataba de cuidar mis pies mediante curas, vendajes, masajes, lo que hiciera falta. Pero era complicado, esas dos tallas que le faltaban a las botas me estaban creando malformaciones en los dedos y no sabía cómo evitarlo. Intenté acolchar el interior de las botas con los materiales más suaves que encontré y eso me ayudó a proteger algunas zonas delicadas, pese a ello, el dolor se acentuaba en otras partes del pie durante la marcha. Sinceramente, hubo días en los que no sabía hasta dónde aguantaría mi cuerpo el dolor y pensé en más de una ocasión en tirar la toalla.

La humedad y el frío fueron dos serias dificultades que hicieron estragos en el barracón. Estas, unidas al hambre y la falta de defensas, provocaron que la gente enfermara con mucha facilidad, tanto, que seis semanas después de mi llegada a Sachsenhausen, se produjo un brote de tifus que llevó a muchos de mis compañeros a la enfermería; algunos no volvieron. Gracias a ello, y aunque esté mal que lo diga, pude conseguir un hueco para dormir en una litera, algo que, probablemente, me pudo salvar la vida.

Creo que fue el 25 de febrero de 1943 cuando mi cuerpo decidió no aguantar más y comenzó a rendirse. Después de haber recorrido una larga distancia durante aquella gélida mañana por esa pista infernal, noté que mis fuerzas se estaban acabando. La inanición, el cansancio y el frío, fueron motivos suficientes para justificar mi evidente declive físico.

—¡Vamos, camina! —gritó un soldado al ver mi forma de andar.

No podía más, estaba reventado, los músculos apenas me respondían y los golpes que recibía de los kapos dificultaban aún más, si cabe, el *paseo*. Era cuestión de metros que cayera al suelo desplomado; algo que sucedió segundos más tarde, al sufrir un calambre en la pierna derecha que significó el fin de la marcha para mí. Nada más caer sobre la zona de piedras, recibí golpes y más golpes para que me levantara, sin embargo, era incapaz de hacerlo, tan solo podía llevarme los brazos a la cabeza para intentar protegerme de las agresiones que sufría.

—¡Ya está bien! ¡Sacadlo de la pista! —ordenó un sargento encargado ese día del grupo de caminantes.

Varios soldados me levantaron del suelo y, mientras lo hacían, pensé en muchas cosas, aunque lo que más se repetía en mi mente era: «He caído. Se acabó. Este es el fin». Vi a muchos hombres hincar las rodillas derrotados en ese terrible recorrido y aunque sabía que el peligro era latente, nunca pensé en que caería como tantos y tantos cayeron. Cansado, derrotado y temiendo un fatal desenlace, comencé a pensar en mi familia y en los momentos tan felices que pasamos juntos.

Instantes después de dejar el patio en dirección a la torre más alejada de la entrada, los soldados me soltaron en el suelo y uno de ellos se echó mano a la funda de su pistola. En ese instante temí lo peor. Esos fueron unos segundos en los que noté latir con más fuerza mi corazón. Cerré los ojos esperando el castigo que probablemente acabara con mi vida, pero por suerte, esto no sucedió ya que, inexplicablemente, optaron por volver a cargar conmigo para llevarme a la enfermería, y allí dejaron caer mi cuerpo cual saco de patatas sobre una de las camas de la sala de curas. No sabía lo que me iban a hacer, aunque la sensación que tuve al tomar contacto con el camastro, estando acostumbrado al suelo y después a la litera del barracón, fue hasta entonces la más placentera de toda mi estancia en el campo. Minutos después de disfrutar de aquel efímero descanso, entró un hombre en la enfermería que, por su bata blanca, parecía ser médico.

—Soldado, ayude a este hombre a levantarse —dijo el médico al soldado que se quedó encargado de mi custodia.

Apenas podía mantenerme en pie, tal fue así que el propio soldado tuvo que sujetarme durante varios minutos para evitar que cayera al suelo. El médico me examinó las cervicales, las vértebras y las extremidades inferiores, pero donde puso más atención fue en mis pies.

—¿Qué talla de calzado utiliza? —preguntó el médico después de estar varios minutos observando mis talones, plantas, dedos y uñas.

Mi respuesta hizo que el doctor cogiera una de mis botas y la analizara a fondo. Después, se pasó varios minutos escribiendo notas en una libreta.

—Soldado, he terminado con el prisionero, puede llevárselo —dijo el doctor al acabar sus anotaciones.

—¡Vístete! —exclamó el soldado.

Mientras lo hacía, pensé en todo lo ocurrido desde que caí rendido en la pista del patio, y llegué a la conclusión de que estaba disfrutando de un tiempo extra de vida que conseguí al ser un dato más que apuntar en la libreta del médico. Un individuo de tantos que se sumaban al porcentaje de un siniestro estudio. Asumí que ya no era útil y que en el momento en el que saliera de la enfermería, pasaría a engrosar la lista de personas no aptas para caminar por la pista del patio y, por ende, un estorbo que había que hacer desaparecer.

Me sentía como un cristiano en el coso romano. Alguien asomado al borde del abismo cuyo castigo aguardaba tras una puerta. Un hombre sentenciado que, a duras penas, lograba atarse los cordones de las botas con sus manos temblorosas.

El soldado, al ver que había acabado de vestirme, me agarró fuertemente por el brazo izquierdo y se dispuso a levantarme en el mismo instante en que el chirriar de las bisagras de la puerta anunció la entrada a la enfermería del cabo Kauffman, otro soldado y un hombre con multitud de cicatrices en la cara que llevaba cosida en el pecho la insignia que le distinguía como prisionero de guerra soviético.

—¡Esta basura bolchevique no entiende nada de lo que le digo! —dijo el soldado que acompañaba al prisionero.

—Modérese soldado. Esto era de prever después de que se llevaran a Dimitri, que de todos ellos era el que sabía hablar nuestro idioma —dijo el cabo Kauffman.

Al oír aquel último comentario, noté que mi vello de los brazos se erizaba y mi corazón comenzó a latir con fuerza. En cuestión de segundos, surgió un halo de esperanza. Un último tren al que subirme.

—¡Yo, yo, yo sé hablar ruso…! ¡Yo sé hablar ruso! —dije en voz alta.

El cabo Kauffman y el soldado que le acompañaba, se giraron hacia mí y ambos fruncieron el ceño en un claro gesto de extrañeza.

—¿Y quién te ha dicho a ti que hables? —dijo el soldado que me custodiaba.

—¡Esto es lo último que me quedaba por ver! ¡Un sucio judío alemán que habla ruso! —exclamó el soldado que sostenía al prisionero soviético.

El soldado que me sujetaba esbozó una sonrisa y tiró de mí hacia la puerta.

—¡Espere, soldado! —dijo el cabo Kauffman al soldado que me retorcía el brazo.

—¿Es cierto que hablas ruso? —me preguntó el cabo.

Yo respondí afirmativamente.

—Entonces, ven aquí y habla con él —ordenó haciendo un gesto con la cabeza para referirse al prisionero soviético.

Al principio, me costó un poco porque hablaba en un dialecto que se usaba en el sur de Rusia, pese a ello, logré comunicarme con él. Se llamaba Oleg y era un granjero natural de un pueblo llamado Tsartsa, situado al sur de Volgogrado. Tenía 27 años y fue capturado en Járkov a mediados de octubre del 42, en el avance del sexto ejército hacia Moscú, donde fue herido de bala en el costado y en el brazo derecho.

El cabo Kauffman me ordenó que hiciera una serie de preguntas que quería que le hiciera a Oleg tales como: a qué regimiento pertenecía y de cuántos hombres se componía; quiénes eran sus oficiales superiores, su misión, etcétera. Según se las iba planteando, él las respondía una a una sin dudar.

—Soldado, ¿adónde se lleva a este prisionero? —preguntó el cabo Kauffman al soldado que me acompañó en todo momento en la enfermería, una vez acabado el interrogatorio.

—Tengo órdenes de llevarme al prisionero a la zona industrial, señor —respondió.

—Llévelo a su barracón y mañana, después del recuento matinal, se vendrá conmigo —dijo el cabo.

—Pero, señor, tengo órdenes de… —intentó replicar.

—A partir de este momento, este hombre tiene otra labor aquí. Yo me encargaré de comunicarlo a la comandancia —sentenció el cabo Kauffman.

Aquellas palabras provocaron en mí un sinfín de sensaciones. Alegría, satisfacción, gratitud, euforia. Y todo gracias a mi ángel de la guarda —Otto— y a su libro, con el que pude aprender el idioma que me libró del destino más negro y de ese maldito castigo que sufría a diario sobre aquella retorcida pista del patio de recuento.

El soldado me volvió a coger por el brazo y me sacó de la enfermería.

—Has tenido suerte, pero sea hoy u otro día, la única manera que tienes de salir de aquí, es por allí —dijo el soldado señalando con el brazo izquierdo una de las chimeneas ubicadas en la zona industrial.

No di mayor importancia al último comentario del soldado, porque la felicidad instaurada en mí eclipsaba cualquier pensamiento negativo.

Todo cambió desde aquel instante. Mis pies empezaron a mejorar con el paso de los días y, a pesar de que dormía en el mismo lugar, el descanso era otro, ya que para desempeñar mi nueva labor de traductor no tenía que hacer un esfuerzo físico tan grande como el que realicé durante tantas horas en el patio. Además, comencé a recibir una ración un poco más abundante de comida, algo que me permitió recuperar las fuerzas que me faltaron el día que caí sobre la pista. Estaba vivo y mis condiciones habían mejorado sustancialmente, aunque no debía olvidar que era el prisionero de un campo de concentración en tiempos de guerra…

CAPÍTULO XXI

La mañana siguiente a la reunión que mantuve con el comandante Kaindl, decidí hacer uso del permiso especial que él me concedió para entrar en la zona industrial. No quise que pasara más tiempo sin conocer los secretos que se guardaban en esas instalaciones a las que tantas veces se me negó el acceso. Por esa razón, minutos después de acabar el recuento de la mañana, fui directo hacia la parte noroeste del muro, muy cerca de la torre E; el lugar donde se encontraba la puerta de paso al recinto industrial. Ya no habría más negativas. Un soldado que ejercía de centinela en la parte interior del muro me facilitó la entrada y, nada más hacerlo, comencé a escudriñar cada rincón que mi vista llegaba alcanzar. Al entrar, a unos ocho o diez metros de mi posición, vi a un grupo de treinta prisioneros formados en tres filas. «Serán algunos de los trabajadores de aquel lugar», pensé en esos momentos. Me resultó raro que ese grupo hubiera llegado tan rápido hasta allí, pero tampoco le di mayor importancia. Al avanzar unos metros hacia el interior del recinto apareció Rolf en mi campo visual tras la segunda línea de prisioneros.

—Estos catorce, conmigo. El resto se quedan aquí. ¡A moverse! —ordenó Rolf en voz alta, al tiempo que indicaba con su brazo derecho el camino que debían seguir aquellas personas.

La mayoría de los prisioneros eran solo piel y huesos. Como si estuvieran vacíos por dentro, sin carne, sin músculos, sin alma… Todos con el miedo reflejado en el rostro.

265

—¿Qué haces por aquí, Heinrich? ¿Has venido a divertirte? —preguntó Rolf esbozando media sonrisa al percatarse de mi presencia.

Yo le saludé y también sonreí.

—Ya que estás aquí, acompáñame, quiero enseñarte algo —sugirió Rolf al tiempo que hacía gestos ostensibles con su mano izquierda para que fuera hacia él.

Quería conocer todo lo que se hacía en esas instalaciones, así que acepté la invitación de Rolf. A varios metros de reunirme con él, observé a mi izquierda una fosa a la que se accedía por una rampa con el pavimento empedrado de unos quince metros de largo. Una fosa con ambos lados cubiertos por listones de madera que llevaban a una especie de caseta hecha también de madera, cuyo tejado quedaba a la altura de mis pies —a ras de suelo—. Al otro extremo de la fosa se encontraba lo que parecía ser un almacén hecho de ladrillos. No pregunté a Rolf por esa zona del recinto, ingenuo de mí, di por sentado que ese lugar era donde hacían las prácticas de tiro. Tampoco iba muy desencaminado.

Rolf condujo a los prisioneros a un edificio cercano a la fosa. «Esto debe ser una fábrica», me dije al observar que del tejado del edificio salía una chimenea de grandes dimensiones.

—Imagino que querrás saber lo que hacemos aquí, ¿cierto? —preguntó Rolf. Yo respondí afirmativamente—. En pocos minutos lo sabrás —concluyó en el mismo instante en el que abría la puerta de entrada al edificio. Esas últimas palabras avivaron más si cabe la ansiedad que tenía por saber lo que escondía ese lugar.

Accedimos al interior por un pasillo estrecho hasta llegar a una sala completamente vacía. Allí, los prisioneros fueron obligados a quitarse la ropa y a pasar a una de las habitaciones contiguas donde los someterían a un control médico. Todos entraron para ser evaluados por el doctor y regresaron a la sala inicial, no obstante, hubo seis de ellos que lo hicieron con unas marcas de tinta pintadas en la cara.

—Ahora hay que lavarse —dijo Rolf a la vez que tocaba por dos veces la cabeza del prisionero que tenía delante. Su reacción fue agachar la cabeza en un gesto de sumisión, cual perro humillado ante su amo.

—Veréis que después de la ducha vais a estar más tranquilos. Es lo que tienen las duchas, que te relajan mucho —concluyó soltando una sonora carcajada.

Rolf señaló a los ocho prisioneros que no habían sido marcados por el médico y les ordenó acercarse a una puerta situada en la pared opuesta a la de la habitación de las pruebas médicas. Al resto les ordenó que se vistieran. Segundos después, un soldado abrió la puerta desde el interior de la habitación y obligó a entrar a los prisioneros seleccionados a una sala repleta de duchas.

—Heinrich, mientras acaban de ducharse, deja que te enseñe algo —dijo.

Segundos después, me pareció oír algunos gritos que venían de las duchas, pero al instante comenzó a sonar por un gramófono *La cabalgata de las valquirias*, de Richard Wagner. Rolf se dio cuenta de que yo había oído algo, por esa razón, me dijo que no me preocupara porque, efectivamente, los gritos venían de la sala de las duchas, pero eran producidos por el agua fría.

Rolf nos condujo a los presos marcados y a mí, al lugar donde se realizaron los controles médicos.

—Tú, vienes con nosotros. El resto se queda aquí —dijo Rolf señalando con el dedo a uno de los prisioneros.

Una decisión que dejó a los otros cinco en aquella sala acompañados por dos hombres de bata blanca y dos soldados. Entretanto, Rolf, el preso elegido y yo salimos de allí y recorrimos un corto pasillo hasta llegar a una sala más pequeña que la anterior. Una sala cuyo mobiliario estaba compuesto por una mesa y una silla. Una vez dentro, me dirigí hacia el centro de la sala para examinar el lugar con atención. Necesitaba entender el motivo por el cual habíamos llegado hasta allí. Al girarme hacia la puerta, descubrí que había una vara para medir la estatura en una de las paredes —la pared en la que estaba la puerta, nada más entrar a nuestra izquierda—.

Rolf cogió por el brazo izquierdo al prisionero y le colocó de espaldas a la vara de medir. Después, se alejó unos metros de él.

«¿Por qué miden a los prisioneros en ese lugar, habiendo una enfermería en el campo?», pensé. Era evidente que había algo oculto detrás de todo aquello y tenía la sensación de que iba a conocerlo en cualquier momento.

—Heinrich, acércate —dijo subiendo el tono de voz debido a que la obra de Richard Wagner sonaba a muy alto volumen en la habitación.

Varios segundos después de haberme situado junto a él, me di cuenta de que, a dos metros del prisionero, había restos de serrín en el suelo. Al instante, quise ir a investigar, pero un rápido gesto de Rolf con el brazo derecho, me lo impidió. Enseguida, giró la cabeza lentamente hacia mí.

—Observa atentamente —dijo Rolf sonriendo. Y volvió a dirigir la mirada hacia el prisionero.

Era muy extraño, llevaba un rato en el recinto industrial y todavía no había visto nada que se asemejara a una fábrica o un taller, sin embargo, allí estaba yo, observando a un hombre que esperaba su turno de medición.

Rolf hizo un gesto de asentir con la cabeza a un soldado que aguardaba en el pasillo, e Instantes después, sucedió algo que encogió mi corazón. En el momento más álgido de la obra de Wagner, se oyó un disparo desde el otro lado de la pared, que provocó que diera un paso atrás y, al mismo tiempo, que mi mano derecha, en un gesto instintivo, buscara la funda de mi pistola. El prisionero cayó desplomado al suelo, que, en cuestión de segundos, comenzó a teñirse de rojo por la sangre que salía de su cabeza. Horrorizado por lo ocurrido, miré a Rolf y vi que la sonrisa no se le borraba de su rostro, es más, mostraba cierta satisfacción al ver el cuerpo inerte del prisionero. Me sentía abrumado ante la carencia de humanidad demostrada por mi compañero y amigo. No había duda de que fui testigo de una ejecución, aunque el verdugo no estuviera presente en la sala.

Segundos después de haberse producido el disparo, se abrió una puerta frente a nosotros y por ella entraron dos kapos

—prisioneros que gozaban de privilegios— para llevarse el cadáver del prisionero recién ejecutado a una especie de almacén. Después, se afanaban en limpiar con mangueras la sangre del suelo y de las paredes. Mientras lo hacían, eché un vistazo al almacén, lo justo para ver que en el centro yacían en un suelo cubierto de serrín los cadáveres de dos hombres, uno de ellos, el prisionero que fue asesinado en mi presencia.

—Ven, Heinrich, mira esto —dijo Rolf moviendo la mano derecha repetidamente de un lado al otro.

Cuando llegué a su posición, señaló algo en la vara para medir que no se distinguía a simple vista, pero al acercarme noté que había una ranura por la cual se podía ver luz del otro lado de la pared.

—Por ahí salió la bala —dijo sin perder un ápice de su sonrisa.

Ir hacia la habitación en la que se efectuó el disparo, fue mi reacción inmediata a las palabras de Rolf, quien parecía estar orgulloso de lo que sucedió varios minutos antes. Al llegar, me encontré a dos soldados charlando en una habitación pequeña. Uno de ellos estaba sentado en una silla cargando una Luger P08 como la que yo llevaba dentro de mi funda. El otro permanecía de pie, junto a la puerta, sujetando un fusil con la mano izquierda y, con la otra, un cigarrillo. Al verme, los dos se cuadraron ante mí, y yo me sentí tan superado por la situación, que no fui capaz de decir nada. Solo observé durante varios segundos el lugar exacto donde, sin ningún escrúpulo, se apretaba el gatillo con la melodía de Wagner de fondo.

«Nos hemos convertido en jueces y verdugos», me dije nada más salir al pasillo.

—¡Ya puede entrar el siguiente! —ordenó Rolf en voz alta.

Al instante, el soldado que portaba el fusil cruzó el pasillo y abrió la puerta de la sala dedicada a los exámenes médicos, cogió a un prisionero por el brazo izquierdo y lo llevó hacia la habitación donde pasaría sus últimos minutos de vida.

Decidí no ser testigo de más ejecuciones y me dirigí hacia la salida del edificio, pero antes, hice un gesto a Rolf desde el pasillo para avisarle de que me iba. Ya había visto suficiente para hacerme una idea de cuál fue el motivo que originó la baja del cabo Kauffman y de tantos soldados.

Y allí, parado en el pasillo, vi como el soldado empujaba a aquel pobre diablo hacia su punto de no retorno, sin saber el trágico destino que le aguardaba. Caminando con la cabeza gacha, resignado a su suerte, levantó la mirada unos instantes, lo justo para permitirme ver sus ojos y descubrir una mirada vacía, sin alma, como la del resto de prisioneros que esperaban con sus rostros marcados por las señales de tinta.

Al alcanzar la salida, tomé un minuto para intentar digerir lo que allí sucedía. Respiré hondo y cerré los ojos apretando los párpados con fuerza. Fue entonces cuando se coló en mi mente la música de *Las valquirias*, que aún se podía escuchar desde el exterior, a un volumen moderado, aunque lo justo para evitar oír el disparo que cercenaba la vida de cada prisionero que tocaba con su espalda aquella vara para medir la altura. Abrí los ojos y elevé la vista al cielo, como solicitando el perdón al altísimo por formar parte, indirecta, de todo aquello, sin embargo, mi plegaria quedó interrumpida por un ruido que llamó mi atención. Era como el roce de dos objetos metálico siguiendo una cadencia; como un chirrido que se sucedía sobre la base de un mismo ritmo. Miré hacia la derecha siguiendo el origen del sonido y, una imagen dantesca se mostró ante mí. El ruido provenía de la rueda de una carretilla de madera que manejaba con sus brazos un prisionero. La carretilla transportaba los cuerpos de dos hombres desnudos e inertes, desde una puerta que comunicaba la sala de las duchas con una especie de rampa, hasta otra puerta que daba al interior del edificio por la parte en la que se encontraban las chimeneas. Seguí el recorrido que hizo el prisionero con los dos cadáveres hasta que entró al edificio, momento en el que decidí ir hacia allí a investigar.

—¡¡¡Apunten!!! —dijo alguien en voz alta desde la fosa.

Al oírlo, me detuve y giré la cabeza hacia el lugar del que provenía esa voz. Agucé la vista para intentar divisar lo que estaba ocurriendo dentro de la fosa y ello me permitió ver a seis prisioneros de espaldas al cobertizo, todos con las manos atrás.

—¡¡¡Fuego!!! —dijo esa misma voz. Y, al instante, el estruendo provocado por una docena de fusiles disparados a la vez hizo que me encogiera de hombros y cerrara los ojos en un acto reflejo.

Cuando mis párpados dejaron de tocarse y la luz penetró en mis retinas, vi una bandada de pájaros que se alejaba del lugar donde se produjo aquel ruido atronador. Segundos después, bajé la mirada buscando la zona de prácticas de tiro y descubrí con horror que en el suelo yacían los cuerpos inmóviles de los seis prisioneros. No lo podía creer, quién me iba a decir a mí que, minutos después de que el soldado me permitiera entrar en este lugar, iba a estar rodeado de muerte.

Hacía arduos esfuerzos por intentar recomponerme de todo lo que había visto hasta el momento dentro del recinto, pero no lo conseguía. No lograba quitarme de la cabeza la imagen de ese prisionero cayendo al suelo tras ser disparado en la nuca, tampoco la imagen de la sonrisa sádica de Rolf después de la ejecución, ni la de todos esos cuerpos sin vida en la fosa. Pese a ello, decidí retomar la investigación donde la dejé, el lugar al que el prisionero de la carretilla llevaba los cadáveres que recogía en la sala de las duchas.

Lo primero que vi al entrar, fue cuatro hornos de grandes dimensiones en el centro de la sala, algo que me produjo la sensación de haber encontrado al fin una nave industrial, aunque nada más lejos de la realidad. Una vez que cesó el ruido de la carretilla, giré la cabeza a la izquierda y, a través de un pasadizo, pude ver desde la entrada a dos kapos dejando los cadáveres que llevó el carretillero en el suelo de otra sala. En ese instante, tuve la certeza de saber que esa sala era la misma a la que llevaron el cuerpo del prisionero que vi ejecutar. Segundos después, uno de los kapos se agachó y empezó a hurgar en la boca de uno de los cadáveres apilados. Intrigado, quise ir para conocer la razón de ese registro bucal, pero en ese instante, dos prisioneros cargados con dos grandes pinzas, como las que se utilizan en las fundiciones, agarraban por cabeza y pies a uno de los prisioneros muertos y lo metían en uno de los hornos.

—En la sala grande les obligamos a desnudarse... Los hombres de batas blancas no son médicos, son miembros de las SS que buscan prótesis o fundas de oro en la boca de estos bastardos. Si tienen oro, les ponen una marca en la cara, si no, van directos a las duchas, y allí, se les gasea —se oyó a Rolf a mi espalda, en un tono muy pausado.

Yo, todavía con cara de estupefacción al ver cómo uno de los prisioneros empujaba la cabeza del cadáver hacia dentro del horno antes de cerrarlo, solo pude bajar la cabeza y sentirme desolado por esa industria del terror que había creada en aquel recinto llamado estación Z.

—No es gran cosa lo que se saca con los dientes de oro de estos, no obstante, todo suma, por eso no se les gasea. El gas puede dañar el oro. Las balas están muy caras. Hay que saber darle un buen uso a la munición porque escasea en el frente —continuó diciendo.

Di media vuelta y miré a Rolf fijamente durante unos segundos porque no podía creer lo que estaba oyendo.

—¿Qué pensabas que se hacía aquí, eh, Heinrich?... ¿Repuestos para camiones?... Este lugar se creó por orden del propio Heinrich Himmler para ir dando salida a la chusma que tenemos aquí encerrada. Es un lugar muy necesario para mantener el equilibrio social. Todos tenemos que remar en la misma dirección e intentar llevar a cabo los planes del Führer, por eso hay que acabar con esta basura que contamina al pueblo alemán —concluyó Rolf a la vez que señalaba con el brazo izquierdo los cadáveres apilados en la sala. Esas frases hechas me sonaban a discurso de aleccionamiento. Las oí durante meses en la escuela de oficiales, pero no terminaron de calar en mí.

Yo era un oficial de las SS que siempre antepuso su país sobre cualquier idea política y tenía claro quién era nuestro enemigo en aquel conflicto. Toda la preparación física y táctica que recibí estaba enfocada al frente y era allí donde se encontraban esos enemigos. También era consciente de que, en tiempos de guerra, se hacen cosas horribles. En el frente puedes matar o morir y ves cosas verdaderamente espantosas, aunque dentro de ese *juego*, por llamarlo así, también abunda el valor y el honor. Por esa razón, no comulgaba con las prácticas realizadas en la estación Z, y eso suponía un problema para mí. Las más altas instancias de las SS pusieron en marcha una maquinaria de muerte que el comandante Kaindl apoyaba, y ello me obligaba a andar con pies de plomo, por eso no quise polemizar con Rolf acerca de su discurso, tan solo le dije que tenía cosas que hacer y que nos veríamos por el campo. Antes de salir por la puerta, me detuve en el umbral y eché una última ojeada a los hornos, en el mismo instante en el que metían a otro prisionero para su inmediata cremación.

Cuando salí del edificio, respiré hondo, miré al cielo gris que predominaba en la región e intenté abstraerme de todo aquello, pero no lo conseguí. El humo que salía de las chimeneas me devolvió a la cruda realidad. Un humo gris que seguía el rumbo que marcaba el viento. El humo estaba formado por partículas de ceniza que caían como minúsculos copos de nieve por todo Sachsenhausen y alrededores. Cuando la ceniza se posaba suavemente sobre mi uniforme, la retiraba apresuradamente; se trataba de restos de seres humanos que estaban siendo incinerados.

Tocaba reflexionar sobre lo que había visto en la estación Z. Los hornos, la fosa, la vara de medir, la sala de las duchas, los cadáveres apilados, y Rolf como maestro de ceremonias. Años atrás, estando en el frente hubiera puesto mi vida en sus manos sin dudarlo, ahora se había convertido en un hombre sin escrúpulos que actuaba movido por un odio que fue cultivando en su corazón durante años. «¿Qué puede pasar por la cabeza de un hombre para cometer tales atrocidades y disfrutar con ello?», me preguntaba mientras caminaba hacia la salida del recinto. No voy a justificar los actos de Rolf en Sachsenhausen, sin embargo, la guerra puede sacar lo peor de cada uno, hasta el punto de perder la razón o, lo que creo que fue su caso, abandonar tu alma para convertirte en un monstruo carente de humanidad.

Tenía la cabeza saturada de pensamientos sobre Rolf, sobre aquel lugar infernal, sobre la reacción de mis padres y Martina si llegaran a conocer lo que descubrí aquella mañana. Pensaba y caminaba a la vez, hasta que, a escasos diez metros de volver al campo, junto a la fosa de ejecuciones, mi cerebro mandó la orden de parar a mis pies al ver que accedían al recinto otro gran número de prisioneros que iban formándose en cinco filas. Veía sus caras y no podía evitar pensar en el triste final que les aguardaba minutos después. Los nervios se adueñaron de mí hasta el punto de tener la necesidad imperiosa de salir del recinto, y así lo hice.

CAPÍTULO XXII

Transcurrió algo más de un mes desde que caí al suelo en la pista del patio y me llevaron a la enfermería. Un mes en el que pasé de estar sentenciado, a obtener ciertos privilegios que me convertían en una especie de kapo de barracón, aunque no ejerciera de ello. Todo gracias al cabo Kauffman, que me escogió como traductor cuando más negro veía mi futuro, y gracias también a Otto, quien con su regalo —el libro con el que aprendí ruso—, permitió que tuviera otra oportunidad de sobrevivir en este lugar. Durante ese tiempo, asistí a numerosos interrogatorios y acompañé al cabo Kauffman y a oficiales de las SS que querían comunicarse con los prisioneros soviéticos. Pero fue a primeros del mes de abril cuando asistí al interrogatorio más interesante de todos en los que estuve presente. Aquella mañana, nada más acabar el recuento, fui conducido por dos soldados al edificio de las celdas de castigo, situado en la parte este del campo, muy cerca del patio de recuento y tras un muro interior que lo rodeaba para aislarlo del campo de prisioneros. Allí aguardaba el cabo Kauffman. Él, a menudo me llamaba por mi nombre de pila, pero ese día…

—Prisionero, me va a acompañar al interior del edificio. En unos minutos se reunirán con nosotros dos miembros de la Gestapo, dos oficiales de las SS y el comandante Kaindl —dijo el cabo Kauffman señalándome la entrada a aquel edificio en forma de T.

Yo, abrumado por la inminente presencia de cargos tan importantes, me limité a asentir con la cabeza.

—Lo único que tienes que hacer es repetir en ruso las preguntas que se te ordenen y traducir las contestaciones que recibas, ¿Lo has entendido? —preguntó el cabo.

Contesté afirmativamente, a la vez que asentía de nuevo con la cabeza, a pesar de que me resultara extraño que me recordara lo que llevaba tiempo haciendo con él en el campo. Probablemente lo hizo porque se trataba de algo muy importante. «¿Con quién voy a hablar?», me preguntaba intrigado.

Accedimos al interior del edificio por una puerta situada en la base de la T arquitectónica y recorrimos un largo y estrecho pasillo hasta llegar a una de las celdas custodiadas por un alto y fornido soldado. Allí, esperamos a que llegara el comandante Kaindl.

—¿Cómo está hoy el prisionero? —preguntó el cabo Kauffman al soldado.

—Parece estar más tranquilo que otros días —contestó este último.

En ese instante, entraron al edificio dos hombres con gabardina negra, tras ellos, el comandante Kaindl acompañado por un teniente y un capitán de las SS. Todos fueron recorriendo el estrecho pasillo hasta llegar a nuestra posición.

—¿Qué hace aquí este judío? —preguntó el comandante al cabo Kauffman refiriéndose a mí.

—Señor, es el traductor —dijo el cabo.

—¿No hay ningún miembro de la tropa que hable ruso?

—Actualmente no, señor —respondió.

—Abra, soldado —ordenó el comandante al hombre que custodiaba la celda.

Al abrirla, vi a un hombre que no parecía llegar a los cuarenta años y que permanecía sentado en un camastro. Se le veía con buen color y no estaba delgado, algo que me resultó un tanto extraño, a juzgar por el estado de las personas encerradas en los barracones del campo.

—Póngale las esposas y llévelo a la sala de interrogatorios —dijo el comandante refiriéndose al cabo Kauffman.

Este último mandó levantarse a aquel hombre mediante gestos realizados con su mano izquierda y le giró con ambas manos para ponerle las esposas. Mientras tanto, yo me mantenía callado y a la espera de cualquier orden.

Llegamos a un cuarto relativamente pequeño, en el que una mesa y cuatro sillas eran lo único que había en él.

—Quítele las esposas —ordenó el comandante.

El cabo Kauffman llevó al prisionero al centro de la sala, le quitó las esposas y le señaló la silla que estaba situada detrás de la mesa y mirando hacia la puerta. Sin decir una palabra, se sentó y puso las manos encima de la mesa, momento en el que los dos miembros de la Gestapo, se quitaron sus respectivas gabardinas y las colocaron en el respaldo de las dos sillas que había frente al prisionero. Recuerdo que uno de ellos tenía una cicatriz en la mejilla derecha, concretamente, el que se sentó en la silla de la derecha según entrabas por la puerta. La silla que quedaba estaba pegada a la pared izquierda de la sala y la ocupó el comandante Kaindl. Los dos oficiales de las SS se quedaron de pie detrás de los miembros de la Gestapo y el cabo Kauffman junto a la puerta.

—Tú, ponte a su lado y le vas diciendo lo que nosotros te digamos —dijo el hombre de la cicatriz, pero antes de que llegaran a preguntar...

—¿Cómo te llamas? —preguntó el prisionero, en ruso, a la vez que me miraba fijamente. Yo, al oírlo, miré a los hombres que estaban sentados y se lo traduje.

—Contéstale —dijo el mismo hombre de la cicatriz. Contesté con mi nombre a la pregunta del prisionero.

—Yo me llamo Yäkov. ¿Quiénes son todos ellos? —preguntó nuevamente.

Traduje las palabras del prisionero a los miembros de la sala y, uno por uno, fueron presentándose y diciendo su cargo y la organización a la que pertenecían.

—Una vez hechas las presentaciones, dile que las preguntas las hacemos nosotros —dijo el miembro de la Gestapo que no tenía la cicatriz.

El prisionero, al oír por mi boca las últimas palabras de la persona que tenía sentada frente a él, esbozó una sonrisa y asintió con la cabeza.

—Dile que le queremos proponer algo —dijo el hombre de la cicatriz retomando así el protagonismo del interrogatorio. Iba traduciendo todo lo que me decían con cierta dificultad puesto que había algunas palabras que no conocía—.

Dile que queremos que colabore con nosotros para evitar que sus compatriotas sean objeto del mismo desprecio que él ha recibido de su país —continuó diciendo—.

Que nos ayude y nosotros seremos indulgentes con él —decía al tiempo que yo se lo traducía al prisionero en su idioma—.

Dile que luchó valientemente por su país y ahora se le considera un traidor y le han abandonado a su suerte. Dile que su padre también le ha abandonado. Que ya no tiene que demostrar nada a nadie. Dile que se una a nosotros y todos saldremos ganando —concluyó.

Una vez que acabé de traducir al ruso el discurso de aquel hombre de la Gestapo, hubo unos segundos de silencio en la sala.

—¿Ayudarme a qué?, ¿a vivir en otro país que no es el mío y aceptar otro sistema de gobierno? No, yo no traicionaré a la madre patria para mi beneficio. No, el capitalismo no me puede comprar —dijo el prisionero. Y así se lo traduje a mis compatriotas.

A juzgar por sus caras, las palabras del prisionero no sentaron muy bien a los interrogadores. Tras estar varios segundos mirando al suelo, el hombre de la cicatriz se levantó de la silla enérgicamente y golpeó la mesa con ambas manos.

—¡Su padre ha dicho que todos los camaradas que han sido apresados o han decidido rendirse, son unos traidores y serán juzgados después de la guerra! ¿No lo entiende? ¡En Rusia no tiene ningún futuro! —exclamó mientras clavaba sus ojos en el prisionero.

Yákov, al oír en su idioma lo que el miembro de la Gestapo le dijo, giró la cabeza a la derecha y no salió una palabra de su boca.

—Creo que ya sabes que tu padre no ha aceptado el intercambio. Es más, dijo que no te conocía —continuó diciendo. El prisionero siguió mirando hacia un lado sin inmutarse—.

No quería llegar a esto, pero, por orden de tu padre, tu mujer lleva casi dos años en prisión, y ¿sabes cuál es el delito que ha cometido? Estar casada contigo. Tu padre ha determinado que se encierre a los familiares de los denominados *traidores a la patria*. ¿Qué, ahora tampoco tienes nada que decir? —dijo aquel hombre de la cicatriz.

Al terminar de traducir al ruso lo expuesto por el miembro de la Gestapo, el prisionero clavó sus ojos en los del interrogador al tiempo que apretaba los labios con fuerza y su rostro comenzaba a llenarse de odio. Pese a ello, continuó sin hablar. Los últimos comentarios que escuché me provocaron más incertidumbre. El padre del prisionero parecía ser un hombre muy importante en su país: ¿de quién se trataba?

Al ver la reacción de Yäkov, el comandante Kaindl se levantó de la silla.

—Salgamos —ordenó. Y los miembros de la Gestapo, los oficiales y él salieron de la sala, quedando en ella únicamente el cabo Kauffman, el prisionero y yo.

—Por tu cara veo que eres el único aquí que no sabe quién soy —dijo aquel hombre refiriéndose a mí, después de que salieran las personas que lo interrogaban.

Mi primera reacción fue mirar al cabo Kauffman.

—Gabriel, ¿qué ha dicho el prisionero? —preguntó el cabo.

Yo contesté lo que oí por boca de Yäkov.

—Iosif Stalin es mi padre —dijo Yäkov esbozando una sonrisa efímera en su rostro.

Al oír aquellas palabras, empecé a notar que mi vello se erizaba. «¿Es cierto lo que acabo de oír?», me pregunté. No lo podía creer, ¡el hombre con el que estaba hablando era el hijo del mismísimo Stalin!

El cabo Kauffman se acercó a la mesa después de que hablara el prisionero.

—No sé hablar ruso, pero he oído un nombre y un apellido, y ahora veo tu cara de sorpresa. Es mejor que hagas como que no has oído nada y continúes con tu labor de traductor. ¿Entendido? —dijo el cabo Kauffman en voz baja.

Asentí con la cabeza e intenté borrar la estupefacción de mi rostro. El cabo Kauffman retornó a su sitio junto a la puerta y, en ese preciso momento, entraron por ella las cinco personas que habían abandonado la sala previamente.

—Te hemos traído algo que creo que te quedará bien —comentó el hombre de la cicatriz al prisionero con cierta ironía.

El teniente que acompañaba al comandante se aproximó a la mesa y dejó en ella una gabardina y un traje de oficial de las SS.

—Ponte el uniforme y la gabardina, que vamos a dar un paseo —ordenó.

No hubo una reacción inmediata por parte de Yäkov tras recibir la orden a través de mi voz, tan solo miró la ropa y después al hombre de la cicatriz, circunstancia que provocó varios segundos de tensión en la sala. Fue entonces cuando empecé a notar que la paciencia de los interrogadores de la Gestapo se estaba acabando y el prisionero continuaba sin hacer caso a la orden. De pronto, cuando todo hacía presagiar que aquellos hombres obligarían al prisionero a cambiarse a la fuerza, Yäkov se levantó de la silla y, con una mirada desafiante hacia el hombre de la cicatriz, comenzó a desabrocharse los botones de la chaqueta con suma tranquilidad. Una por una fue quitándose cada prenda bajo la atenta mirada de los miembros de la Gestapo. Una vez que el prisionero acabó de colocarse el atuendo de oficial de las SS, le esposaron y nos llevaron fuera del recinto, donde esperaban algunos miembros más de las SS y un fotógrafo. Los interrogadores de la Gestapo obligaron a Yäkov a pasear durante más de media hora con aquellos hombres al tiempo que le tomaban fotografías.

—Ya es suficiente. Tenemos material de sobra. Encárguese de que esas fotos lleguen al cuartel general de la Gestapo en Berlín —dijo el hombre de la cicatriz al fotógrafo. Acto seguido, nos llevaron de vuelta al campo y ya no volví a ver a Yäkov.

CAPÍTULO XXIII

P asaron varios días desde que descubrí los secretos atroces que escondía la estación Z. Sin embargo, en mi cabeza seguían presentes los horrores de los que allí fui testigo. La experiencia vivida en aquel recinto se convirtió en un mal sueño que me atormentaba y del que tenía que escapar con urgencia. «Tengo que quitarme estas visiones de la cabeza», me decía. Y llegué a la conclusión de que debía tener la mente ocupada el tiempo que permaneciera despierto. Pensaba en Martina, en mis padres y en cómo encontrar a mis hermanos, y parecía funcionar, tenía el control total de mi mente, aunque había momentos en los que no lograba concentrarme y caía en esos oscuros recuerdos. Como hacía unos días —noviembre de 1944—, la tarde en la que acudí a las cocinas del campo para reunirme con un sargento allí destinado con la intención de saber si pudo coincidir con mi hermano Friedrich en Normandía. Dada la magnitud del enfrentamiento, estaba convencido de que la 2.ª división Panzer fue partícipe de la contienda, aunque dado el resultado, deseaba con todas mis fuerzas que Friedrich no hubiera luchado allí. La conversación con el sargento de cocinas duró algo más de dos horas, en las que narró con detalle todo lo que vivió en el frente. Fue un testimonio impactante y a la vez desgarrador, que hizo que, por unos instantes, me planteara no insistir en mi idea de volver al frente. Aquel hombre de aspecto rudo que se encontraba sentado frente a mí no olvidaría nunca el infierno que vivió en primera persona en las playas de Normandía. El recuerdo y las graves quemaduras que lucía en su rostro, se lo recordarían día tras día el resto de su vida. Al acabar su relato, le agradecí que lo hubiera compartido conmigo y le estreché la mano antes de abandonar el barracón. Él se cuadró ante mí y me hizo un enérgico saludo militar mientras una lágrima se deslizaba lentamente por su mejilla izquierda.

Cuando entré en las cocinas tenía la esperanza de conseguir la información necesaria que me ayudara a encontrar a Friedrich, pero el resultado de la charla entre ambos no fue el esperado, ya que la 2.ª división Panzer no tomó parte en la batalla de Normandía. En definitiva, no obtuve pista alguna, nada que me llevara a conocer el paradero de mi hermano mayor, a pesar de la explicación pormenorizada del sargento sobre lo que sucedió allí.

Con la gran decepción que supuso salir con las manos vacías de la reunión que mantuve con el sargento, conduje mis pasos en dirección a la torre A en busca de un descanso que me ayudara a pensar, o a olvidar… Sin embargo, no había avanzado ni diez metros cuando comenzaron a surgir en mi mente los rostros de algunos prisioneros asesinados en la estación Z. Tal vez fue el pesimismo adquirido tras la reunión, el que me hizo caer en una espiral de recuerdos macabros que llenaban mi cabeza hasta el punto de abstraerme por completo, quedando así ajeno a todo cuanto me rodeaba en ese momento. Ni siquiera me percaté de que había comenzado a llover. Por suerte, una luz intensa interrumpió de golpe esos lúgubres pensamientos. Raudo, me froté los ojos como si acabara de despertarme. Miré a un lado y al otro buscando al culpable que me trajo de vuelta a la realidad. Algo aturdido, di media vuelta para intentar ubicarme después de que esa potente luz penetrara en mis retinas y, no pude evitar fijarme en las chimeneas de la estación Z trabajando a pleno rendimiento. Permanecí varios segundos observando ese humo que transportaba los restos de lo que antes fueron seres humanos. Mientras lo hacía, la muerte volvía a presentarse en mi cabeza con el recuerdo del prisionero de la sala de medición desplomándose en el suelo al ser ejecutado. «Esto no va a acabar nunca», me decía a mí mismo.

No había llegado siquiera a pisar la pista del patio de entrada cuando, detrás de uno de los barracones dispuestos en forma de abanico, vi a alguien que caminaba en la penumbra en la misma dirección que yo. Pocos segundos después, una luz tenue reveló a mis ojos a un recluso de mediana estatura que lucía el distintivo de prisionero judío. Era un hombre de unos cincuenta años extremadamente delgado, que cojeaba ostensiblemente de la pierna derecha. A pocos metros, y pese a las señales de violencia en su rostro, supe de quién se trataba. Solo vi a ese prisionero una vez antes de ese día, y fue precisamente allí, en el lugar donde probaban las botas frente a la torre A. Aquel hombre era el prisionero al que sus compañeros levantaron del suelo en la pista del patio, tras haber sido golpeado brutalmente en la cara con la culata de un fusil. Sus ojos, que me observaban fijamente a la par que caminaba, reflejaban el cansancio acumulado y la más absoluta resignación. Sin embargo, había algo más tras esa mirada que yo no lograba ver.

No era miedo, era… era como si su alma le hubiera abandonado.

El prisionero pasó junto a mí y no se detuvo, continuó su camino al tiempo que movía los labios dejando escapar por su boca un leve susurro. De pronto, giró la cabeza para mirar al frente y aceleró la marcha algo renqueante, aunque ya no se dirigía a la torre A, su destino parecía ser uno de los barracones situados junto a las celdas de castigo. «Es un prisionero judío, ¿por qué se dirige hacia allí?», me pregunté al verlo. Y en ese instante ocurrió algo que me dejó atónito. A pocos metros de llegar a los barracones, el prisionero hizo un giro inesperado que le situó frente al muro más cercano y, haciendo caso omiso a los letreros disuasorios colocados en la zona de grava, se abalanzó sin dudarlo sobre la valla electrificada que protegía la cara interior del muro.

Me quedé estupefacto. No podía creer lo que estaba viendo. Aquel hombre decidió acabar con todo delante de mí y yo solo pude ver cómo la electricidad, al recorrer su cuerpo, lo agitaba entre espasmos y convulsiones. Ni los centinelas tuvieron la posibilidad de darle el alto. No se percataron de su presencia hasta que les alertó el ruido de los chispazos provocados por el contacto del cuerpo con la electricidad. Las luces de los focos localizaron al preso suicida y, segundos después, se produjeron numerosos disparos provenientes de las torres de vigilancia más cercanas. Los proyectiles impactaban con violencia en el cuerpo del prisionero hiriéndolo de muerte a la vez que este seguía aferrado a esa valla que eligió como instrumento para poner fin a su calvario. Los disparos cesaron de repente y la valla fue desconectada para que pudieran retirar el cuerpo sin peligro. En ese momento decidí dirigirme a mi habitación.

Y aquí estoy, de pie, frente al lavabo, con las manos apoyadas a ambos lados. Observando mi rostro reflejado en el espejo tras haber presenciado cómo un hombre atormentado acababa con su vida. Y pienso en todo lo que he visto en este lugar y el pesimismo me embarga. Y en un arrebato de rabia incontrolada, golpeo con el puño derecho la pared en la que cuelga el espejo, al tiempo que maldigo el día en el que decidieron que yo debía estar aquí. «Ya está, ya está. Tengo que tranquilizarme. Respira, respira», me digo. Finalmente, me calmo, y decido que hay que seguir. Y en ese instante me viene a la mente el prisionero que ayudó a levantarse en la pista del patio al hombre que vi morir en la valla electrificada, y recuerdo que quería mantener una conversación con él. ¿Cómo se llamaba ese prisionero?, eh… ¡Ah, sí! Gabriel, Gabriel Schönberg, así se llama. Mañana hablaré con él.

CAPÍTULO XXIV

Fue algo más de un año el tiempo que pasó desde que acudí a las celdas de castigo para traducir las palabras de Yäkov, hasta que dejé de tener contacto con el cabo Kauffman. No sé si ha sido destinado a otro lugar o si ha caído enfermo, lo que sí sé es que, después de pasar un tiempo desde aquello, mi vida cambió por completo en Sachsenhausen. Todos los privilegios que tenía por ejercer de traductor se han esfumado de repente. De la noche a la mañana, pasé de dormir solo a tener que compartir el camastro con otros prisioneros en un barracón más abarrotado que el anterior. Pero eso no ha sido lo peor. Además del cambio de estancia, he sufrido una reducción considerable en la ración de comida que recibía y, por si fuera poco, tuve que volver a la pista de pruebas y cargar de nuevo con aquella mochila tan pesada. En definitiva, he recuperado la vida que llevaba antes de que el cabo Kauffman me reclutara el día en el que sentí muy cerca el final.

Había olvidado lo duro que se hacía el día recorriendo la pista del patio, aunque a diferencia de mi etapa anterior como caminante, esta vez disfruto de algunos días de descanso, ya que, en ocasiones me sacan de la formación del recuento matinal para traducir las palabras de algún prisionero ruso. Es algo que agradezco bastante porque ese día no tengo que caminar por la pista y la ración de comida es más abundante. Gracias a los interrogatorios a los que asisto como traductor, puedo recuperar fuerzas para afrontar la caminata del día siguiente.

En el nuevo barracón hay de todo. Prisioneros que caminan por la pista —como yo—, otros que forman parte de las brigadas de construcción, enfermos que permanecen todo el día tumbados en el camastro. Todos, con síntomas evidentes de desnutrición y, de entre todos, él, Flacucho, un muchacho joven cuya nacionalidad desconozco puesto que, de su boca no he oído salir una palabra todavía. Creo que es alto, aunque no he llegado a verlo de pie. Muy delgado, de ahí el apodo Flacucho, e intuyo que el pelo entre castaño y rubio, es difícil saberlo ya que se oculta en la oscuridad en un rincón del barracón. He intentado charlar con él varias veces, pero nada, es como si le hubieran arrancado la lengua. He preguntado en el barracón y nadie sabe nada sobre él. Pese a ello, yo sigo insistiendo. La vida ya es lo suficientemente dura aquí, como para permanecer aislado del resto de prisioneros. No sé qué ocupación tiene durante el día, pero siempre está en su rincón cuando llegamos de las caminatas, sentado y abrazando sus rodillas. Hubo un día en el que un poco de luz me dejó ver una mínima parte de su rostro y descubrí que tenía el ojo izquierdo hinchado y una cicatriz en la ceja. Era evidente que aquel chico había sido maltratado y tenía la sensación de que era un castigo que sufría a menudo. Sin hablar, sin dejarse ver, queriendo ser invisible para todos. Sin duda, era una de las personas más atormentadas del barracón e incluso del campo.

El paso de los días me ha permitido conocer a varias personas en el barracón y he podido escuchar testimonios que me han hecho estremecer. Testimonios de prisioneros que pasaron por allí y prisioneros que aún continúan, cuyas historias acaban casi siempre en castigos, vejaciones, desapariciones o muerte. Hoy, exhausto tras haber acabado la marcha del día, me siento en el suelo del barracón y pienso en la crueldad vivida por muchos, y miro a mi alrededor pensando que, en cualquier momento, despierto de este sueño junto a mi mujer, y ella me dice en un tono calmado: «Tranquilo, Gabriel, es solo una pesadilla». Aunque la realidad es otra. Y aquí acaba la historia.

Levanto la mirada del suelo y miro las caras de sufrimiento de mis compañeros de barracón y comienzo a entender que quizá no exista el futuro tras estos muros. Entonces, busco el rincón de Flacucho y encuentro ese fino cuerpo cobijado en la oscuridad, al mismo tiempo que escucho el lamento amargo de un hombre que yace en un camastro con heridas serias en ambas piernas. Y aquí, en lo más parecido que conozco al infierno, debo intentar sobrevivir, aunque no tenga fuerzas para hacerlo. Se lo debo a mi mujer y a mis hijos.

CAPÍTULO XXV

Heinrich se despertó muy temprano aquella mañana. Quiso adelantar sus ejercicios físicos y el desayuno para acudir al patio antes del recuento matinal de prisioneros. El motivo, preguntar por Gabriel a los kapos de los barracones y a los soldados. Localizarlo aprovechando que todos los prisioneros están en el patio de entrada y entablar una conversación con él durante la mañana. ¿Por qué por la mañana cuando podía hacerlo con tranquilidad por la tarde?, porque así le ahorraría al prisionero al menos un día en la pista de pruebas de calzado. Tras preguntar en varios barracones en los que él sabía que se alojaba a los prisioneros que caminaban por la pista, no logró encontrar a Gabriel y ya era la hora del recuento. Los prisioneros salían de sus barracones e iban formando en el patio frente a la torre A, al tiempo que Heinrich iba observando uno a uno los rostros que se iban colocando en cada una de las filas de la formación. El patio se estaba abarrotando de hombres vestidos a rayas y esto dificultaba la búsqueda a Heinrich, que movía la cabeza de un lado al otro intentando controlar a todos los prisioneros que podía. En uno de esos movimientos, vio a Rolf, que le observaba con media sonrisa en su rostro. Un leve saludo fue el que se dedicaron el uno al otro. La clara evidencia de que ya no existía una relación de amistad entre ambos.

—¡Señor, señor...! —dijo un soldado que se acercaba a la posición de Heinrich.

—¡Señor…! He oído que anda usted buscando a un prisionero llamado Gabriel Schönberg —comentó el soldado.

—Sí, ¿sabes dónde está? —preguntó Heinrich.

—¡Claro, señor!, venga conmigo y le diré dónde está —respondió. Ambos caminaron varios metros hacia una de las formaciones de prisioneros.

—Ese es. De la tercera fila, el cuarto empezando por la izquierda —dijo el soldado al tiempo que señalaba con el brazo derecho a uno de los prisioneros.

Heinrich movió la cabeza para tener una mejor perspectiva del hombre al que señalaba aquel soldado. Aguzó la vista y sintió que aquel rostro le era familiar. Sí, era el hombre que vio en ese mismo sitio ayudar al malogrado prisionero que murió abatido la noche anterior.

—Gracias, soldado. Cuando acabe el recuento, quiero que saque a ese hombre de la formación y me lo traiga —dijo Heinrich.

El recuento acabó y el soldado hizo lo que le pidió el oficial.

—Aquí lo tiene, señor. Espero que le sirva de ayuda en su interrogatorio —dijo el soldado.

Heinrich se quedó unos segundos pensativo. No entendió el comentario que hizo aquel hombre sobre un interrogatorio.

—Sí…, seguro que sí me ayuda. Gracias, soldado, puede retirarse —contestó finalmente.

Heinrich observó a Gabriel durante unos segundos, mientras este permanecía de pie, sin moverse y mirando al suelo.

—Señor Schönberg, soy el teniente Heinrich Schültz. Hace tiempo que quería hablar con usted, pero, primeramente, ¿sabe usted qué ha querido decir ese soldado sobre un interrogatorio? —preguntó.

—Disculpe, señor. ¿No vamos a las celdas de castigo? —preguntó Gabriel tras levantar la cabeza.

—¿A las celdas de castigo, para qué? —volvió a preguntar Heinrich.

—Pensé que el soldado me había traído porque usted quería que tradujera las palabras de algún prisionero ruso en las celdas de castigo. A eso se refería el soldado. Me suelen llamar para hacer de traductor en interrogatorios —contestó.

—¡Ah!, no. Pero… es buena idea, vamos a ir a las celdas de castigo. Ahí hablaremos sin que nadie nos moleste —dijo Heinrich.

Una vez que llegaron a la sala de interrogatorios, tomaron asiento uno frente al otro, separados por una mesa vacía.

—Señor Schönberg, voy a serle sincero. El motivo por el cual le he hecho llamar, ha sido su valentía —dijo Heinrich.

—¿Valentía, señor? —preguntó Gabriel, con una expresión de extrañeza.

—Sí, Gabriel —dijo Heinrich. Y le narró con detalle lo que vio el día en el que ayudó a ese prisionero a levantarse de la pista, para luego ocultarlo, junto con otros prisioneros, en el grupo que caminaba.

Gabriel no supo cómo reaccionar. No sabía si la persona que tenía delante ironizaba o realmente mostraba su admiración ante su temeraria muestra de valentía en la pista. Por esa razón no hizo ningún comentario, solo se limitó a mirar la mesa sin hacer ningún movimiento.

—Ayer por la noche murió el hombre que recibió tu ayuda aquel día. Murió frente a mí, y no porque alguien decidiera ejecutarlo. Fue él quien quiso acabar con su vida abalanzándose sobre la valla electrificada —confesó Heinrich.

Gabriel levantó la cabeza, y asombro y tristeza afloraron en su rostro.

—Sí, es trágico. No entiendo qué movió a aquel hombre a hacer lo que hizo, por esa razón quería hablar contigo. Primero, para mostrar mi respeto por el gesto valiente que tuviste, y segundo, quiero que me informes sobre lo que está pasando en los barracones. Cuéntame todo lo que sepas y lo que veas, aunque creas que sean detalles sin importancia —dijo Heinrich.

Gabriel estaba un tanto desconcertado. Por su cabeza pasaba la idea de que ese hombre le estaba poniendo a prueba para luego utilizar todo lo que dijera en su contra; por otro lado, tenía la sensación de que las palabras del oficial que tenía delante parecían sinceras, por cómo sintió la muerte del prisionero la noche anterior. Vio en él un atisbo de humanidad que no había visto antes en ninguno de sus carceleros. Por esa razón, dejó llevarse por su instinto y decidió colaborar con Heinrich en todo lo que le propuso.

—No sé por dónde empezar, señor —dijo Gabriel llevándose las manos a la cara.

—Tranquilo, sin prisas —contestó.

—Se llamaba Frantz —comenzó diciendo con la voz algo entrecortada.

—¿Quién? —preguntó Heinrich.

—El prisionero que murió ayer se llamaba Frantz y era zapatero de profesión. Tenía una pequeña zapatería en Cottbus, donde vivía con su mujer y sus tres hijos. Eso es lo que él me contó el día que lo ayudamos. Ahora que usted me ha informado sobre su muerte, me doy cuenta de que era él quien recibió la trágica noticia —comentó Gabriel.

—¿Qué noticia? —preguntó Heinrich.

—Ayer circulaba un rumor por el barracón acerca de un prisionero que recibió noticias terribles sobre su familia. Al parecer era él. Pobre hombre… Desde que tuvo el incidente en la pista, los soldados fueron muy crueles con él. Recibía de ellos insultos, golpes y vejaciones a diario. Imagino que después de haber aguantado otro día duro en la pista con los soldados humillándote, recibir las peores noticias sobre tus seres más queridos, te lleva a hacer lo que él hizo —contestó Gabriel muy consternado.

La cara de Heinrich se llenó de preocupación al oír las palabras del hombre que tenía frente a él.

—Es realmente trágico —comentó Heinrich. Y se hizo un silencio entre ambos que duró varios segundos.

Tras la pausa, Gabriel le contó a Heinrich sus experiencias en el campo. El día en el que estuvo a punto de ser ejecutado al fallarle las piernas en la pista del patio y cómo el cabo Kauffman le salvó proponiéndolo para traducir las palabras de los prisioneros rusos en los interrogatorios. Continuó su relato con el cambio de barracón y cómo vivió el tiempo que pasó como traductor, para después, hablarle de Yäkov —el hijo de

Stalin—que estuvo recluido en aquel mismo edificio. Después, hizo saber a Heinrich que un día dejó de ver al cabo Kauffman y, un tiempo después, sus privilegios como traductor se esfumaron y tuvo que volver a la pista de pruebas de calzado. Heinrich no le dijo a Gabriel el principal motivo por el cual el cabo Kauffman ya no estaba en Sachsenhausen, porque consideró que sería muy duro explicarle lo que vio en la estación Z, pero le dio a entender que llegó a conocerlo, que tenía buena opinión de él y que fue destinado al frente.

—En el barracón hay hombres que permanecen todo el día tumbados en los camastros, retorciéndose de dolor. Algunos dicen que están siendo objeto de experimentos médicos. Que se los llevan a la enfermería y allí les hacen pruebas de medición, análisis y muchas cosas más. Hay algunos que pasan unos días tumbados en el barracón y de repente desaparecen. No sabemos si están en la enfermería o se los han llevado a otro barracón. Lo que sí he visto es que algunos tienen heridas con puntos de sutura en las piernas. Parece que están hechas adrede. No soy cirujano, no obstante, las heridas son muy rectas y limpias, como si las hubieran hecho con un bisturí —comentó Gabriel.

—Es extraño esto que cuentas. No tenía conocimiento de estas prácticas por parte de los servicios médicos del campo. Investigaré a ver qué encuentro. Tú, sigue preguntando a los prisioneros que son objeto de esas pruebas y en un par de días nos reunimos de nuevo. Hay muchas cosas que están sucediendo en este lugar que no me gustan nada—concluyó Heinrich.

Al acabar de hablar, cogió su gorro militar y se levantó de la silla, dando así por acabada la charla.

—Gabriel, no tengo que decirte que lo que hemos hablado no puede salir de esta sala… Cuando abra la puerta, sales delante de mí con la cabeza gacha y no la levantes hasta que llegues a tu barracón. De momento, solo te puedo librar de la pista de este modo. Créeme, me gustaría que no tuvieras que caminar más, pero no puedo levantar sospechas —dijo Heinrich.

Gabriel salió del edificio de las celdas de castigo siguiendo las instrucciones de Heinrich, mirando al suelo. Sin embargo, ese gesto que denota pesimismo chocaba con las sensaciones que había adquirido tras la charla en la sala de interrogatorios. Él tenía claro que la persona con la que había hablado era un oficial de las SS, sin embargo, aunque llevara uniforme del ejército alemán, sabía que era un hombre justo y ello le hizo recobrar la esperanza en que todo podía cambiar.

CAPÍTULO XXVI

Ya no debe quedar mucho para llegar —dijo Otto, girando la cabeza con cierta dificultad hacia los asientos traseros del coche. Anna abrazaba a Gabriella a la vez que miraba a Karl y le acariciaba su mejilla izquierda.

—Mamá, ¿dónde está papá? —preguntó Karl a su madre entre sollozos.

—Se ha tenido que quedar, mi amor. Tenía que solucionar unos asuntos. Más adelante se reunirá con nosotros —dijo Anna al tiempo que limpiaba las lágrimas de su hijo.

El señor Effenberg tuvo que cambiar la ruta de escape al ver que podían ser descubiertos si abandonaban el país siguiendo el plan establecido por Gabriel. Ir a Friburgo podía ser peligroso. Había demasiados controles por todas las ciudades y ello llevó a Otto a elegir otro itinerario que anulaba la idea principal de llegar a la frontera en autobús desde allí. Para conseguir entrar en Suiza tenían que cruzar todo el país, pero, conforme avanzaban, era más evidente la presencia militar, circunstancia que obligaba a Otto a retroceder y seguir por otros caminos en busca del sitio idóneo, pero no lo encontraba. Todos los accesos estaban muy bien vigilados. Los nervios crecían en Otto y los niños estaban cansados y hambrientos. No tenían otra opción que parar, alimentarse y pensar fríamente en una alternativa.

Anna daba de comer a Gabriella y a Karl, mientras controlaba con la mirada a Otto, que, con gesto de preocupación, ojeaba un mapa y, a la vez, negaba con la cabeza. Era evidente que no lograba dar con la solución, hasta que…

—¡Tenemos que intentarlo! —exclamó Otto de repente. Anna lo miró sobresaltada.

—¿Intentar qué? —preguntó ella.

—¡Ir al sureste y salir por aquí! —exclamó de nuevo señalando un lugar en el mapa.

—¿Por… Checoslovaquia? —preguntó Anna.

—Sí, señora, por Checoslovaquia —contestó Otto afirmando con la cabeza.

—Pero Checoslovaquia está en dirección opuesta a la que debemos seguir. ¿No teníamos que ir a Suiza? —preguntó Anna con gesto de extrañeza en su rostro.

—Sí, Suiza es el lugar al que tienen que ir, pero es muy difícil llegar a ese destino cruzando todo el país. Significaría estar expuestos a demasiados controles de carreteras. En cambio, si nos dirigimos hacia Checoslovaquia, además de estar más cerca de la frontera, el riesgo se limita solo a cruzar el puesto fronterizo —dijo Otto.

Anna pensó durante unos segundos en las razones planteadas por su vecino y llegó a la conclusión de que era la mejor opción posible y así se lo hizo saber a Otto.

—¡Bien, pongámonos en marcha! —exclamó Otto con suma emoción.

El optimismo reinaba en el interior del coche, que ahora circulaba hacia el sureste del país. Cánticos, risas y charlas animadas fueron la tónica general durante el trayecto. Otto estaba convencido de que salir por la frontera de Checoslovaquia era lo idóneo porque pensaba que allí estaría todo más tranquilo después de que Hitler pusiera en marcha la invasión de la Unión Soviética en la Operación Barbarroja. Pero nada más lejos de la realidad. Se había nombrado recientemente a un nuevo gobernador de las regiones checas de Bohemia y Moravia, y este tomó la decisión de acabar por la fuerza con cualquier tipo de resistencia existente contra el régimen nacionalsocialista. Algo que llevó a cabo inmediatamente mediante detenciones y ejecuciones. Sin saberlo, Otto estaba llevando a un peligro inminente a Anna y los niños.

—Tenemos que parar —dijo Otto a la par que reducía la velocidad del vehículo y, después, lo estacionaba en la cuneta de un camino que cruzaba una zona boscosa. Acto seguido, salió por la puerta del conductor y se alejó unos metros. Anna lo observaba atentamente mientras mecía en sus brazos a Gabriella. En un principio, pensó que Otto detuvo el coche en aquel lugar para hacer sus necesidades, sin embargo, enseguida vio que su vecino movía la cabeza de manera extraña, como intentando divisar algo detrás de los árboles.

—¡Acérquese, señora Schönberg, acérquese! —exclamó Otto al tiempo que hacía gestos con el brazo.

Anna bajó del coche con Gabriella en sus brazos y fue al lugar donde se encontraba Otto.

—Observe —dijo Otto señalando con el dedo.

—No veo nada —dijo ella.

—Ahí delante está el puesto fronterizo. Ese es el lugar al que tienen que ir —dijo él.

—¿Tienen?... ¿Cómo?, ¿no viene con nosotros? —preguntó Anna con gesto de preocupación.

—No, no puedo. Les pondría en peligro. No estamos emparentados. Ir con ustedes supondría muchas preguntas que se podrían plantear los miembros del puesto de control —contestó Otto.

—Pero, yo no puedo. Yo no... —titubeó ella.

—Coja una maleta con su ropa y meta algo de ropa de la niña. Otra maleta pequeña con la ropa de Karl. Cuando llegue al puesto, sonría y, de alguna manera, logre que se vea la cara de la niña, igual le enternece el corazón a alguno de ellos. Luego, les da la documentación que dispone y, si le preguntan, dígales que viene con sus hijos para reunirse con su marido que acaba de empezar a trabajar de contable en la fábrica Skoda, en Praga. Yo cruzaré la frontera más tarde. Si ve que tardo mucho o encuentran un medio de transporte, vaya a Praga y esté en la plaza del ayuntamiento a las seis en punto de la tarde. Si no acudo a la cita en los próximos tres días, es que he tenido problemas para entrar o me ha pasado algo. Si esto ocurre, coja a sus hijos, no mire atrás y siga su camino para reunirse con los padres del señor Schönberg. No se preocupe, todo irá bien —dijo Otto.

Ella estaba visiblemente nerviosa. Tenía que dirigirse con sus dos hijos a un lugar al que no quería ir y mentir como nunca lo había hecho antes para evitar ser detenidos.

—Lo logrará, créame —dijo Otto posando la mano izquierda en la mano con la que Anna sujetaba a Gabriella.

Esas últimas palabras de ánimo tranquilizaron un poco a Anna, que llegó a verse desbordada por la situación. Miró al cielo y comenzó a respirar profundamente. Comprendió que ese no era un buen momento para estar nerviosa porque debía mantener la serenidad para no poner en peligro a sus hijos. Minutos después, con una maleta junto a ella y cargando con Gabriella, miró a Karl y sonrió levemente. Otto se acercó a Karl también sonriendo y colocó las manos en los hombros del chico.

—Karl, recuerda todo lo que te hemos dicho: venís a reuniros con tu padre que está trabajando en Praga. Ya eres todo un hombre. Haz caso a tu madre en todo lo que te diga. Es muy importante —dijo Otto en un tono más serio.

—Sí, señor —respondió el chico.

Otto se acercó a Anna, no sin antes, haber besado en la cabeza a Karl.

—Ánimo. Estoy seguro de que lo van a conseguir —concluyó Otto dando un beso afectuoso en la mejilla derecha de ella y en la frente de Gabriella.

Anna inspiró profundamente, soltó el aire muy despacio y agarró la maleta.

—Karl, coge la maleta. Es la hora de irnos —ordenó al chico.

—Vayan por la arboleda hasta ese camino que ve más adelante. Los llevará directamente hacia…; ya me entiende. Buena suerte —dijo Otto marcando con el brazo la dirección que debían seguir.

Anna le dio las gracias y comenzaron a andar hacia el lugar que apuntaba el brazo de su vecino.

Minutos después de dejar a Otto, habían acabado de cruzar la arboleda y llegaron a un amplio prado que daba a un camino de poco más de un kilómetro. Este camino desembocaba en una barrera de paso y, al lado, una caseta situada en medio de una larga línea marcada por vallas con alambre de espino. Al llegar al camino tras cruzar el prado, los nervios comenzaron a aflorar en Anna. Estaban a unos minutos de llegar a un lugar que, para bien o para mal, marcaría su futuro más inmediato. A medida que se iban acercando al puesto fronterizo, el corazón bombeaba más rápido y crecían los nervios, y en ese estado no era conveniente dejarse ver por las personas que controlaban la barrera de paso. Por esa razón, Anna detuvo la marcha, dejó la maleta en el suelo, se secó el sudor de las manos y la frente, volvió a respirar hondo y continuaron la marcha mientras se iba diciendo a sí misma: «Sé valiente. Sé valiente».

Dos nidos de ametralladoras a ambos lados de la barrera servían de elementos disuasorios para cualquiera que quisiera correr hacia el otro lado de la valla sin que fuera permitido su paso previamente. Además de las ametralladoras, había dos pelotones de soldados en las inmediaciones, un carro blindado y una pieza de artillería. Era prácticamente un ejército. Antes de llegar a la barrera, Anna se dio cuenta de un detalle importante. A un lado de la barrera, en el lado *checo,* estaban estacionados un coche negro y un camión con la lona trasera bajada. Ambos, vehículos civiles. En el lado alemán, junto al carro blindado un camión del ejército al cual estaban subiendo a golpes a dos personas de avanzada edad. En ese instante, ella entendió que a ese camión no podían subir de ningún modo, por esa razón, se armó de valor y avivó el paso hacia la barrera donde se encontraban dos soldados.

—¡Alto! —dijo uno de ellos con el brazo derecho extendido y la palma de la mano mirando al frente, obligando a parar a Anna. Ella detuvo la marcha y esperó a que el soldado fuera hacia ella—.

Necesito ver su documentación —dijo aquel soldado.

Anna se percató de que el soldado que se había aproximado hacia ella era muy joven y entendió que la idea que llevaba de mostrar la cara de Gabriella para así enternecer su corazón, no iba a funcionar. Sin embargo, improvisó e hizo algo que igual sí lo conseguía.

—Claro, ¿me permite…? —dijo Anna a la vez que ofrecía a su hija al soldado para buscar los documentos.

El soldado se quedó descolocado, sin embargo, accedió a coger a la niña que, como si formara parte del plan, le dedicó una hermosa sonrisa. El compañero se reía a la vez que aquel hombre mecía por instinto a Gabriella, que seguía mirándolo fijamente.

—Aquí tiene —dijo ella con la documentación en una mano y extendiendo los brazos para solicitar al soldado que le devolviese a su hija.

Él cogió la documentación y dejó suavemente a Gabriella en el regazo de su madre.

—Y… ¿hacia dónde se dirige? —preguntó el soldado a Anna sin haber visto aún la documentación.

Ella, al instante, recordó lo que Otto le recomendó que dijera cuando llegara a la frontera y, palabra por palabra dio a conocer al soldado el contenido completo del mismo. El soldado miró fijamente a Anna después de haber escuchado su explicación y, a continuación, comenzó a ojear la documentación, aunque no estuvo ni dos segundos leyendo cuando…

—Y tú, chico, ¿dónde dices que está tu papá? —preguntó el soldado a Karl, cuya primera reacción fue mirar a su madre con el susto dibujado en el rostro.

El soldado se puso en cuclillas frente a Karl e insistió con la pregunta, mientras su compañero permanecía atento a todo lo que sucedía. Anna no contó con la reacción del soldado —por la pregunta dirigida a Karl— y, por un momento, dudó de que todo saliera bien. «Si intervengo puede resultar sospechoso, pero Karl parece muy nervioso y puede derrumbarse», pensaba ella. La situación era límite. Karl miraba a los ojos de aquel soldado y el miedo en él crecía más y más.

—Yo, yo…—titubeó Karl.

De repente, un gran estruendo a escasos cien metros de la caseta hizo que el soldado que estaba frente al niño se pusiera de pie al instante y que Anna, por instinto, fuera hacia Karl para protegerlo. El soldado guardó el documento de ella en el bolsillo y corrió, al igual que su compañero, hacia el lugar donde provino aquel estallido. Pero a pocos metros de llegar, este último saltó por los aires al producirse otra explosión, que también hirió de gravedad al soldado que portaba la documentación de Anna. Estaba claro que se trataba de un ataque por parte de la resistencia checa a los alemanes que ocupaban ese lugar. El miedo al ser un posible objetivo de la artillería de la resistencia hizo que las personas detenidas que fueron subidas a uno de los camiones saltaran por el portón trasero del mismo para protegerse del fuego. Algunos intentaron huir y fueron tiroteados. Sin embargo, Anna permaneció en el mismo sitio abrazando a sus dos hijos. Ni se le pasó por la cabeza huir o intentar traspasar la barrera.

En cuestión de segundos, se estableció un operativo de defensa en la zona. El carro blindado que no fue alcanzado por el fuego de artillería comenzó a disparar en dirección sur, al igual que las ametralladoras, que también dirigían sus ráfagas a ese mismo punto. Aprovechando el fuego de cobertura, varios soldados retiraban a los heridos que estaban siendo atendidos por el médico militar, que iba dando indicaciones para ver a quién evacuaban de manera urgente al hospital más próximo. Uno de ellos, el soldado que poseía la documentación de Anna. Los disparos cesaron después de varios minutos y los soldados volvieron a sus posiciones.

—¿Qué hacéis aquí? Os habéis bajado del camión, ¿verdad? —preguntó un soldado mientras sostenía su fusil amenazante entre las manos, a la vez que se aproximaba a Anna y los niños.

—¡No, no, es un error! ¡Aquel soldado tiene mi doc…! —intentaba explicarse Anna, pero el soldado agarró con fuerza su brazo izquierdo y tiró de ella y los niños con suma violencia.

Ella gritaba, pero el soldado hacía caso omiso y los dirigía con su brazo hacia el camión de los detenidos. El plan se estaba desmoronando y Anna ya pensaba en qué iba a ser de ellos. El soldado apretaba fuerte su brazo y la zarandeaba, mas ella solo estaba pendiente de que sus hijos no se separaran de su lado. Las lágrimas brotaban de sus ojos en abundancia al ver reflejado el miedo en la cara de Karl y, a la vez, se aferraba a ambos.

Ya estaban a pocos metros del portón trasero del camión y Anna veía cómo toda esperanza se esfumaba, cuando...

—¡Espere! —se oyó una voz en la distancia.

El soldado giró la cabeza al instante hacia el lugar de donde provenía la voz, y vio a un hombre con traje gris claro cerrar la puerta del coche negro estacionado al otro lado de la barrera. De mediana edad y luciendo un fino bigote, llegó hasta la otra barrera ubicada en el lado alemán y apoyó las manos en ella.

—¡Quieto! —dijo el compañero del soldado que retenía a Anna y los niños.

—Quiero que los suelte. Vienen conmigo —dijo aquel hombre después de colocar un cigarro en una boquilla y habérselo encendido.

—¡Se equivoca, han intentado escapar! —replicó el soldado.

—El que se equivoca es usted. ¡Suéltelos inmediatamente! —exclamó en tono amenazante al tiempo que retiraba las manos de la barrera.

El soldado, al oír a ese hombre sin graduación militar darle una orden, decidió ir hacia él para discutir el asunto cara a cara. Anna no entendía lo que estaba sucediendo. Por un lado, agradecía que no los subieran al camión, pero por el otro no sabía quién era aquel hombre que tenía los arrestos de encararse con otros dos del ejército alemán. A medida que se acercaban a la barrera era menos intensa la presión que ejercía el soldado sobre el brazo de Anna.

—¿De qué me suena a mí esa cara? —masculló el soldado aguzando la vista para lograr identificar a aquel hombre—.

¡Identifíquese! —dijo a pocos metros de llegar mientras su compañero seguía apuntándole con el fusil.

—Aquí tiene, eh… ¿soldado? —respondió con ironía tras levantar la cabeza para estar seguro de cuál era la graduación del militar que tenía delante.

—Albert Goe… ¿Goering? —titubeó el soldado con cara de asombro.

—¿Qué ocurre, Fritz? —preguntó su compañero mientras bajaba levemente el arma.

—¡Baja el arma! —ordenó Fritz a su compañero.

—Pero Fritz, ¿qué pasa? ¿Por qué? —replicó.

—¡Te he dicho que bajes el arma! —volvió a decir. Finalmente, bajó el arma y se acercó al soldado para que le aclarase la situación.

—¿Sabes quién es este hombre? —preguntó este a su compañero, y una negación recibió por respuesta.

—Es Albert Goering, hermano del vicecanciller y mariscal, Hermann Goering —explicó.

El compañero comenzó a notar un sudor frío que le heló todo el cuerpo, nada más saber que tenía delante al hermano de la autoridad más importante del Reich después del Führer.

—Si no pone usted ninguna objeción, tenemos que irnos. Ya hemos perdido demasiado tiempo aquí —dijo el señor Goering, quitándose la americana y poniéndola en los hombros de Anna, en un gesto de caballerosidad.

—No…, señor. Por supuesto que pueden irse, señor —dijo el soldado con voz entrecortada, a la vez que le devolvía la documentación con la mano derecha temblorosa.

El señor Goering guardó su documentación, cogió las dos maletas con su brazo izquierdo y rodeo con su brazo derecho a Anna para escoltarlos. Ya en suelo checo, se detuvieron junto al coche negro.

—Disculpe, señora, pero vi desde aquí que parecía tener problemas y quise... —dijo el señor Goering. Sin embargo, no pudo acabar la frase porque Anna se abalanzó sobre él para abrazarlo en señal de agradecimiento.

—Muchas gracias..., gracias. Nos ha salvado. No sé cómo agradecérselo —dijo ella entre sollozos. Aquel abrazo fue la consecuencia del fin de varios minutos de tensión al límite.

—Tranquilícese. Ya están a salvo —concluyó. Y Anna respiró aliviada tras oír aquellas palabras.

El señor Goering subió las maletas al coche y después ayudó a Anna a acomodarse en la parte trasera del mismo, a la vez que Gabriella dormía en el regazo de su madre y Karl se sentaba a su lado. Después, se dirigió al conductor del camión.

—Sígame —le dijo.

Durante el trayecto hacia la ciudad de Praga, pasaron muchos pensamientos por la mente del señor Goering después de recoger a aquella familia. Sus ideales, que confrontaban con los de su hermano Hermann y, por consiguiente, con los del partido que gobernaba, le acarrearon problemas en el pasado que le llevaron a estar incluso encarcelado. Sin embargo, pese a estar señalado por el Reich, pudo más la sensación de haber hecho lo correcto y decidió que así lo haría una y mil veces si estaba en su mano poder ayudar a otras personas.

—Señor Goering, ¿qué es lo que transporta en ese camión? —preguntó Anna.

—Transporto personas que he conseguido sacar de un campo de concentración para que trabajen en la fábrica. Pero estoy pensando que... no llegarán a hacerlo —respondió.

—¿Por qué? —preguntó extrañada.

De repente, el señor Goering paró el vehículo y bajó del coche para dirigirse al conductor del camión. Anna no entendía lo que estaba sucediendo.

—Usted siga ese camino hasta llegar a Nitra. Una vez allí, deje a estas personas en esta dirección —dijo—. Pero ¡eso es atravesar todo el país! —exclamó el conductor.

—Por eso no se preocupe, será recompensado por ello. Ahora, siga las instrucciones que le he dado —dijo al tiempo que entregaba al conductor un papel y un sobre. Segundos después, ya en el coche, vio a través del retrovisor como el camión seguía el camino que le indicó al conductor.

—Señor Goering, ¿el camión ya no viene con nosotros? —preguntó Anna con cierta preocupación—. No. Trabajar en la fábrica les salva la vida, pero no les convierte en personas libres. He decidido que emprendan el camino a la libertad —explicó; y se hizo un silencio de varios segundos que rompió el motor del coche al ser arrancado.

El señor Goering llevó a Anna y los niños a la plaza del ayuntamiento de Praga a la hora indicada por Otto, pero él no estaba allí. Varios minutos después, mientras caminaban en círculo alrededor del monumento central de la plaza, se oyó el claxon de un coche de manera repetitiva en una de las calles que desembocaba en la plaza, junto al Palacio de Golz Kinsky.

—¡Es Otto! —exclamó Anna dibujando una amplia sonrisa en su rostro.

En ese instante, el señor Goering se dirigió a su coche y cogió las maletas de Anna y los niños.

—Espero que usted, su marido y los niños, estén juntos pronto. Tenga, utilice esto si le paran en cualquier control que haya durante el viaje —dijo el señor Goering a la vez que cogía la mano de Anna, y en ella, depositaba un documento firmado por él que les serviría de salvoconducto al portador y a las personas que le acompañasen. Después, le ofreció la mano a modo de despedida, sin embargo, ella fue más efusiva en el gesto. Se acercó a él, lo abrazó con fuerza y le dio un beso en la mejilla derecha.

—Le estaremos agradecidos siempre —dijo ella con los labios temblorosos por la emoción.

Anna llevó a los niños al coche de Otto y, juntos, emprendieron el viaje que los llevó a reunirse con los padres de Gabriel en Suiza. Un viaje cargado de ilusión, esperanza y sin sobresaltos, gracias al último regalo que les hizo el señor Goering. Una vez a salvo, Otto optó por regresar a Alemania.

CAPÍTULO XXVII

Heinrich estuvo dos días intentando obtener información acerca de las pruebas médicas que se hacían en el barracón que servía de enfermería. El resultado no fue del todo convincente para él y por esa razón quiso hablar de nuevo con Gabriel para ver si él pudo saber algo más. Al igual que en la vez anterior, hizo sacar a Gabriel de la formación, una vez acabado el recuento matinal, y lo llevó a la sala de interrogatorios del edificio de las celdas de castigo.

—Por lo que he podido saber, todo lo que se está haciendo en la enfermería es tratar las enfermedades que contraen los prisioneros. Sí, se hacen pruebas y estudios de las enfermedades y en algunos casos, se trata con medicamentos específicos, según varios informes que he podido ojear, pero por lo demás, todo parece ser normal —dijo Heinrich.

—Señor, respecto a esto, tengo que decirle que he hablado con algunos compañeros del barracón y me han contado cosas muy duras. Por mediación de presos que conocen a otros presos que no son del barracón, he podido saber que se están cometiendo verdaderas atrocidades en la enfermería del campo —confesó Gabriel con una expresión de tristeza en su rostro.

—No entiendo, ¿a qué te refieres con atrocidades? —preguntó Heinrich.

—Señor, allí no se tratan enfermedades que contraen los prisioneros. Bueno, sí, los prisioneros sí las contraen, pero esto es porque han sido contagiados adrede por los servicios médicos, para luego tratarlos con fármacos experimentales. Sí, el prisionero que eligen sirve como cobaya para experimentos —contestó Gabriel con cierta indignación.

Heinrich se quedó perplejo al oír las palabras de Gabriel.

—Ha habido muchos casos aquí de enfermedades infecciosas como tifus y tuberculosis que han sido contraídas por vía intravenosa… ¿Recuerda usted lo que le dije de los prisioneros que tenían cortes en las piernas? Pues… esos cortes los hacen en el barracón de la enfermería. Aprovechan la herida abierta para echar algo que huele muy mal, como a podrido. Son heridas hechas para que, una vez que se infecten, puedan probar fármacos y ver la evolución. Pero esto no es lo peor de todo. Lo verdaderamente horroroso es saber que gran parte de estas atrocidades se han practicado con niños pequeños —dijo Gabriel visiblemente emocionado.

—¡No…! ¡Dios, no! —exclamó Heinrich.

—Para mí no es nada agradable decirle esto, pero usted me pidió que le contara todo lo que está sucediendo. Por otro lado, espero que entienda que no puedo revelar la identidad de la persona que me ha facilitado esta información —dijo Gabriel.

—Por supuesto que lo entiendo y le agradezco que me haya informado de todo… esto —dijo Heinrich.

—Otra cosa más, señor. Quería hablarle sobre un prisionero de mi barracón. Es un chico joven que parece que está siendo torturado a diario. No habla y no sé el motivo. Quizá esté traumatizado o es que le han hecho algo en la lengua. Yo le llamo Flacucho porque no sé aún su nombre. Desconozco su labor durante el día. No camina con nosotros, pero lo que sí sé es que, cuando llegamos al barracón, él ya está allí, en su rincón.

He querido que usted sepa de él porque me preocupa mucho lo que le puedan estar haciendo mientras nosotros estamos en la pista del patio —sugirió Gabriel.

—No se preocupe, esta misma tarde iré a verlo al barracón e intentaré enterarme de todo —concluyó Heinrich. La conversación acabó y ambos salieron del edificio.

Eran las cinco de la tarde aproximadamente cuando Heinrich se propuso ir al barracón de Gabriel para ver a Flacucho e intentar comunicarse de algún modo con él. Por el camino, oyó unas carcajadas que provenían de la parte norte del campo. A unos cinco metros de distancia de Heinrich, tres soldados y Rolf, reían a mandíbula batiente a la par que observaban a Flacucho retorcerse de dolor en el suelo.

—¿Habéis visto cómo ha caído al suelo esta escoria? —dijo Rolf esbozando una sonrisa, mientras señalaba a la persona que permanecía en el suelo.

Los soldados se reían de él y le propinaban patadas por todo el cuerpo.

—¡Basta, basta! A ver si al final le va a gustar —ordenó Rolf.

Los tres soldados dejaron de castigar a Flacucho y se situaron alrededor de él.

—¡Vamos, levanta! —ordenó Rolf, esta vez al prisionero.

La lluvia se hizo presente en el preciso momento en el que el prisionero hizo el primer movimiento para incorporarse. Con mucha dificultad, intentaba separar el cuerpo del suelo, sin embargo, los golpes sufridos en los costados le provocaban un dolor atroz que le obligaba a llevarse las manos para intentar proteger la zona afectada. Después de unos segundos de intenso dolor, el prisionero pudo al menos mantenerse a gatas y, en un último gesto, de rodillas frente a Rolf con la cabeza mirando al suelo.

—Parece que este ya está pidiendo guerra. ¿Qué... te gusta lo que ves? —dijo Rolf con sorna.

Las carcajadas de los tres soldados y Rolf, después de que este hiciera el último comentario, se podían oír desde la torre A. Las risas y los truenos sonaban a la par en los oídos del prisionero que, en esos instantes, puso el pie derecho en el suelo y apoyó ambas manos en el muslo. Ello le permitió, con gran esfuerzo, ponerse de pie frente a Rolf.

Al oír las carcajadas, Heinrich tuvo la sensación de que nada bueno había detrás y decidió acudir al lugar para conocer el motivo. Las risas provenían de una zona cercana a la entrada de la estación Z y hacía allí se dirigió. Enfiló el pasillo que dejaban los barracones hacia el vértice noroeste del campo que lleva a la torre E. Una vez pasó la lavandería, giró hacia la izquierda y continuó andando hasta que vio el muro oeste. Allí, a unos cuarenta metros de distancia, pudo ver a cinco personas que estaban a unos diez metros aproximadamente de la entrada a la estación Z. Cuatro vestidos de militar y un prisionero. Las risas iban cesando cuando Heinrich se encontraba ya a unos treinta metros aproximadamente para llegar a ellos. A esa distancia aguzó la vista y, a pesar de la lluvia, pudo distinguir a Rolf junto a dos hombres vestidos de militar y alguien que vestía de prisionero frente a él, aunque no lograba verlo al ser tapado por otro hombre también vestido de militar.

El prisionero levantó la cabeza y miró fijamente a los ojos de Rolf que, al verlo, borró la sonrisa de su rostro al instante. Entonces, uno de los soldados dio un paso hacia su derecha y el prisionero quedó a la vista de Heinrich, que, al verlo, se detuvo al instante.

—¡¿Jürgen?! —se preguntó Heinrich asombrado.

CAPÍTULO XXVIII

Aquella mañana había tenido una discusión muy fuerte con su padre. Estaba tan lleno de rabia por dentro que salió de su casa corriendo. De hecho, no tuvo la oportunidad de despedirse de su hermano Heinrich, que ese mismo día debía dirigirse a su nuevo destino. Jürgen estaba triste y a la vez furioso porque su padre se obcecaba en no entender lo importante que era para él la interpretación. No había vuelta atrás, se sentía un incomprendido y decidió marcharse de allí para perseguir su sueño, pero antes, quería hablar con Michael, su gran apoyo emocional. Michael era un chico de su edad que compartía con él la pasión por la poesía y la interpretación. Era unos centímetros más bajo que él, tenía el pelo moreno y era de complexión atlética. Pasaban mucho tiempo juntos recitando poemas y viendo obras de teatro. Eran como uña y carne.

Jürgen cruzó casi toda la ciudad para reunirse con él con la intención de desahogarse y para que lo aconsejara sobre la decisión tan importante que había tomado. Necesitaba sentirse arropado por alguien en esos momentos. Al llegar a la casa de Michael, llamó a la puerta y él la abrió.

—Michael, necesito hablar contigo de algo muy importante — dijo Jürgen, con los ojos vidriosos.

—Sí, claro, vamos al callejón —contestó Michael con gesto de preocupación en su rostro.

Ambos se dirigieron a un callejón cercano a la casa de Michael y, cuando llegaron allí, Jürgen lo abrazó con fuerza.

—Necesitaba verte —le susurró Jürgen al oído.

Michael le miró fijamente a los ojos y, en un gesto delicado, lo acercó hacia él y le besó en los labios apasionadamente. El mundo se paró durante unos instantes para Jürgen que, con fuerza, se aferraba a los brazos de Michael en busca del cariño y la seguridad que él le proporcionaba en esos momentos. Un abrazo entre ambos que servía para paliar la tensión vivida aquel día. Una vez que sus labios se separaron, Jürgen le explicó todo lo que había sucedido en su casa aquella mañana. Michael intentó tranquilizarle, incluso hizo alguna broma para quitar hierro al asunto, pero enseguida se dio cuenta de que era una situación irreversible y que tenía que apoyarle. Jürgen mostró todas sus emociones a Michael y este lo consolaba con abrazos, caricias y besos. Tal fue el cariño que recibió por parte de Michael que, hubo un instante en el que abrió su corazón y un *te quiero* salió por su boca, posándose delicadamente en los oídos de Michael, que recogió aquellas palabras con emoción e hizo recíproco el sentimiento hacia él. Una vez confesado su amor, ambos se fundieron en otro beso apasionado, utilizando la oscuridad del callejón como cómplice.

—¡Quietos! —ordenó en voz alta un hombre al final del callejón.

Al oírlo, Jürgen y Michael se separaron al instante y miraron hacia el lugar de donde provenía.

—¡No os mováis! —exclamó de nuevo aquella voz.

El pánico bloqueó por completo a Jürgen e hizo que Michael saliera corriendo.

—¡Corre, Jürgen, corre! —gritó Michael. Y un segundo más tarde se oyó un disparo que retumbó en todo el callejón.

Jürgen miró en primer lugar a su derecha y vio a un hombre con gabardina empuñando un arma. Después, miró a su izquierda y vio a Michael abatido en el suelo. El grito de dolor de Jürgen al verlo, fue como si le hubieran arrancado el alma.

—¡Andando! —dijo el hombre de la gabardina al tiempo que le amenazaba con el arma y le obligaba a andar hacia Michael.

Jurgen no prestó atención a aquel hombre, simplemente caminó y se detuvo junto al cuerpo de su amante, clavó sus rodillas en el suelo y tocó la herida que había dejado el proyectil al penetrar en su espalda.

—Jürgen —dijo Michael con la voz entrecortada y con notables problemas para respirar.

—Estoy aquí —dijo Jürgen con lágrimas en los ojos a la vez que giraba el cuerpo de Michael y lo ponía de lado.

—Jürgen, te… te quier… —dijo Michael exhalando su último aliento.

La primera reacción de Jürgen fue zarandear el cuerpo de su amado con la esperanza de que se hubiera desmayado. Al ver que era inútil, le miró a los ojos, ya sin vida, y lo besó por última vez. Los ojos de Jürgen lo decían todo. Era una suma de dolor y odio que fluían por igual. Ni las amenazas de aquel hombre armado eran capaces de controlarlo. Entonces, en un arrebato de ira, se abalanzó sobre el hombre de la gabardina sin tener en cuenta las consecuencias y, con un golpe certero, lo desarmó. Estaba fuera de sí. Jürgen golpeaba con sus puños la cara y el cuerpo de aquel hombre que se protegía como podía.

—¡Asesino, asesino! —gritaba mientras continuaba golpeando al hombre que había acabado con la vida de la persona que amaba.

De pronto, los puñetazos cesaron y Jürgen cayó al suelo. El compañero del hombre que era objeto de la ira de Jürgen, se había aproximado por detrás sigilosamente y le golpeo con su arma en la nuca dejándolo KO al instante. Ese día fue trasladado a Sachsenhausen, el mismo día que decidió dejar de hablar para siempre.

CAPÍTULO XXIX

Heinrich creyó reconocer a su hermano desde la distancia aun teniendo señales de violencia en su rostro. Allí, parado en medio de la lluvia, le observaba con perplejidad.

El prisionero —Jürgen— seguía mirando a los ojos de Rolf sin parpadear y esto incomodaba al sargento.

—¿Qué estás mirando? —preguntó a Jürgen. Y este último no contestó.

Sin embargo, fue acercándose a él lentamente bajo la atenta mirada de los soldados y, cuando estuvo lo suficientemente cerca de Rolf, lo escupió en la cara. Aquella acción dejó atónitos a los soldados, que no daban crédito a lo que acababan de ver. La saliva caía por la mejilla de Rolf a la vez que Jürgen esbozaba una sonrisa que evidenciaba satisfacción. Entonces, los ojos del sargento se llenaron de ira y, en un rápido gesto, echó mano a la funda de su pistola y empuñó su Luger P08 apuntando directamente a la cabeza de Jürgen que, al notar la punta del frío cañón en su frente, cerró los ojos. Heinrich no entendía lo que estaba ocurriendo y se apresuró a intentar parar aquello. Sin embargo, la presión ejercida por el dedo índice de la mano derecha de Rolf sobre el gatillo de su pistola, accionó el mecanismo de percusión y el proyectil salió por el cañón penetrando en la frente de Jürgen, cuyo cuerpo cayó al suelo al instante.

Fue como si el tiempo se parara de repente para Heinrich. Su hermano había sido ejecutado delante de él sin que pudiera impedirlo. Y dos segundos después del disparo, se escuchó un trueno que envolvió el grito de dolor de Heinrich, tras haber sido testigo de la muerte de su hermano. Y abatido por el dolor, hincó las rodillas y se llevó ambas manos al rostro sin poder creer que en cuestión de segundos logró encontrar a su hermano y lo perdió para siempre. Las lágrimas brotaban por sus ojos cuando decidió levantarse y caminar hacia Jürgen, mientras los tres soldados y Rolf se dirigían hacia el interior de la estación Z. Y allí, en aquel fatídico lugar, yacía inerte una de las personas que más quería en el mundo. Con suma tristeza, se agachó y tocó sus pies, que estaban fríos y mojados, después sus piernas, sus brazos, su rostro. Y más lágrimas fluían por las mejillas de Heinrich que se camuflaban con las gotas de lluvia y se perdían en el cuerpo de su hermano fallecido.

—Jürgen, hermano —le susurraba al oído entre sollozos mientras acariciaba su cabello ensangrentado. Y el odio y la rabia crecían en él, al pensar que a su hermano lo había matado un hombre que fue su compañero y amigo años atrás. Un hombre que se había convertido en un monstruo sin corazón y sin alma.

—Te mataré —dijo refiriéndose a Rolf. Y cogió en brazos el cuerpo de Jürgen y comenzó a andar hacia el interior del campo.

Heinrich dio órdenes de preparar el cuerpo de su hermano en la enfermería y lo dispuso todo para que lo metieran en un ataúd y lo trasladaran a Potsdam. Era el momento de llevar a su hermano a casa con sus padres para darle su último adiós. Tras la muerte de Jürgen, Heinrich investigó los motivos por los que su hermano llegó a Sachsenhausen y, en cuestión de horas, llegó a conocer todos los detalles de su detención.

Descubrir que el amor que sentía por otro hombre fuera el motivo de su condena hizo que Heinrich decidiera ocultar esa información a sus padres, al igual que su violenta muerte. Saber que pudo salvarlo con una simple consulta en la lista de prisioneros del campo, o haber hablado meses antes con Gabriel, o incluso haber coincidido con él en algún momento durante todo ese tiempo en Sachsenhausen lo destrozaba por dentro.

Fue muy duro ver a su madre rota por el dolor y a su padre hundido por el sentimiento de culpa. La vida ya no sería la misma para ellos, ni para Heinrich, que se sentía partícipe de aquella fábrica de muerte que era Sachsenhausen. Ni el cariño que le mostraba Martina le consolaba. Era como si un trozo de su alma se hubiera esfumado con la muerte de su hermano pequeño. Pero necesitaba desahogarse con alguien y, por esa razón, le contó todo lo sucedido a ella. Los motivos de la detención y la muerte de Jürgen, las ejecuciones, las prácticas médicas. Todo. La cara de asombro de Martina fue mayúscula al conocer los retorcidos secretos que escondía aquel lugar. Ella solo pudo consolar a su amado y mostrarle su apoyo antes de que él emprendiera el camino de vuelta al horror.

—Oh, Heinrich. Siento mucho lo que estás teniendo que soportar, pero tienes que ser fuerte. Piensa antes de actuar. No hagas nada de lo que te puedas arrepentir. Te quiero y no soportaría perderte. No te preocupes por tus padres, yo estaré con ellos para apoyarlos en estos momentos tan duros —dijo Martina antes de despedirse de él con un beso apasionado.

Heinrich regresó a Sachsenhausen y permaneció varios días sin ir al campo de prisioneros. Necesitaba pensar y no quería cruzarse con Rolf para evitar tener un enfrentamiento directo entre ambos, aunque sabía que tarde o temprano se podía producir.

Durante el tiempo que permaneció voluntariamente recluido en el edificio de oficiales, tuvo la oportunidad de pensar en muchas cosas. Su mente era un torrente de emociones. Jürgen, Martina, Friedrich, sus padres, Rolf. Todos ellos tenían un hueco reservado en su cabeza. Entonces, Gabriel apareció fugazmente en sus pensamientos, y con él, las ejecuciones, las chimeneas, los experimentos médicos, Jürgen…, y enseguida entendió que debía hacer algo. Tenía el deber moral de proteger a Gabriel y al mayor número de prisioneros posible de aquella maquinaria de muerte. Raudo, se vistió con el uniforme y fue al campo de prisioneros en busca de Gabriel.

Al atravesar el soportal de la torre A, vio a los prisioneros caminando por aquella pista infernal.

—Gabriel. Gabriel Schönberg —nombró Heinrich en voz alta desde el centro del patio.

Ninguno de los prisioneros contestó. Repitió el nombre completo desde el mismo punto y…

—Señor. Señor, se lo han llevado unos soldados hace un rato —contestó un prisionero no muy alto que cargaba con una mochila de desproporcionadas dimensiones.

—¡Y a ti quién te ha dicho que hables? ¡Escoria! —exclamó un soldado dirigiéndose a aquel prisionero, y se dispuso a ir hacia él.

—¡Cállese soldado! Y usted, salga de la pista —ordenó Heinrich al prisionero.

Aquel hombre apenas podía cargar con la mochila cuando salió del recorrido.

—¿Dónde se han llevado a Gabriel? —preguntó.

—No lo sé, pero creo que en estos casos en los que el prisionero cae al suelo, tengo entendido que los llevan a la enfermería. Quizá esté allí —contestó.

Heinrich le miró durante varios segundos y después al resto de prisioneros que caminaban.

—¡Soldado! Quiero que este hombre y el resto de los prisioneros vayan ahora mismo a su barracón. El equipamiento que llevan no es el adecuado. Pero antes de hacerlo, dad a cada uno un trozo generoso de pan —dijo Heinrich en alto.

—Pero…¡señor, tenemos órdenes de…! —dijo un soldado, aunque no pudo acabar la frase.

—¿No me ha oído soldado? Le hago a usted responsable de que se cumplan mis órdenes. Y le digo una cosa, como me entere de que un soldado ha decidido castigar a alguno de estos hombres por no continuar en la pista, lo mando al frente —sentenció Heinrich.

Los soldados, al oír las palabras del oficial, cumplieron enseguida sus órdenes y acompañaron a los prisioneros a sus respectivos barracones. En ese instante, descubrió en aquellas personas que salían del recorrido, caras de agradecimiento hacia él, y ese fue el momento en el que se dio cuenta de que podía hacer más por ellos, pero antes, debía encontrar a Gabriel.

Heinrich corrió hacia la enfermería y, al llegar, un miembro del cuerpo médico le comunicó que el prisionero había estado allí, e incluso lo llegaron a evaluar, pero se lo llevaron unos minutos después. Ya solo le quedaba ir a la estación Z y hacia allí se dirigió con premura. Al cruzar la puerta de entrada al recinto industrial, miró inmediatamente en el foso y vio que estaba vacío. Corrió hacia el interior de la sala donde se desnudaban los prisioneros, mientras oía la música que usaban para disimular los gritos de la sala de duchas y el disparo de la sala de medición. Abrió la puerta y en la sala no había nadie. Lo siguiente fue mirar con cierto respeto a través del cristal de la puerta de las duchas y respiró aliviado porque allí tampoco había nadie.

—Espero que no sea demasiado tarde —se dijo a sí mismo y corrió hacia la sala de medición.

Abrió la puerta con energía y vio a un soldado de pie frente a él y, cuando giró la cabeza hacia la vara de medir, vio a Gabriel terminando de colocarse de espaldas a ella.

—¡Gabriel! ¡No! —exclamó.

Heinrich se abalanzó sobre él y lo apartó de un empujón acabando ambos en el suelo, solo unas décimas de segundo antes de que se oyera un disparo muy cerca de ellos. El proyectil atravesó el agujero hecho en la vara y se incrustó en la pared de enfrente, pero antes le hizo una ligera quemadura a Gabriel en la parte derecha de la cabeza, junto a la sien. Heinrich había llegado a tiempo de salvar la vida a Gabriel y este se lo agradeció moviendo su cabeza en un gesto de afirmación.

—¡Soldado, vaya a la sala principal y dígale al soldado de la habitación contigua que vaya también! —ordenó Heinrich entre jadeos.

—¿Qué te ha sucedido en la pista del patio? —preguntó Heinrich después de que el soldado saliera de la sala.

—Me fallaron las fuerzas —contestó Gabriel.

Ambos se quedaron sentados en el suelo de la sala de medición y se dieron unos segundos para respirar.

—Señor, hace unos días que no veo a Flacucho. ¿Logró usted hablar con él? ¿Supo qué le estaban haciendo? —preguntó Gabriel con suma inocencia.

—Gabriel, esto que te voy a contar va a ser doloroso para ti, pero lo es aún más para mí. Flacucho o Jürgen, como así se llamaba, murió hace unos días al recibir un disparo en la cabeza muy cerca de aquí. Lo sé porque lo vi y no pude hacer nada para impedirlo. Jürgen era mi hermano pequeño y lo trajeron aquí por el hecho de ser homosexual —confesó Heinrich a la vez que retiraba con las manos las lágrimas que brotaban de sus ojos.

Gabriel no daba crédito a lo que estaba oyendo.

—Sé quién lo mató y pagará por ello, pero antes de que eso ocurra, me he propuesto ayudar al máximo número de prisioneros posible y, para ello, voy a necesitar tu ayuda —dijo Heinrich.

Gabriel volvió a asentir con la cabeza en señal de aprobación y ambos salieron de la sala de medición y, después, del edificio.

—¡Hombre, Heinrich!, ¿Qué haces por aquí? —se oyó a Rolf en la distancia.

Oír aquella voz despertó en Heinrich unas ganas enormes de venganza retraída y en sus ojos se podía ver el más absoluto odio hacia la persona que voceaba a metros de distancia.

—Es él. Él fue quien mató a mi hermano —dijo Heinrich en voz baja.

Gabriel entendió en ese instante que se iba a producir una situación muy violenta. No sabía cómo iba a reaccionar una vez que ambos estuvieran frente a frente.

—Tranquilícese, señor. Más adelante encontrará la manera de vengar a su hermano, pero ahora no es el momento. Ya pensará en algo —dijo Gabriel en voz baja mientras tocaba con la mano izquierda levemente el brazo derecho de Heinrich.

Las palabras de Gabriel surtieron efecto en él, ya que empezó a respirar con normalidad y retiró de su rostro el odio que tenía unos segundos antes.

—No tengo tiempo —dijo Heinrich cuando estuvo a la altura de Rolf.

—Está bien. Y… ¿dónde vas con esta basura judía? Creo que te estás equivocando de dirección. La sala de medición está por allí —dijo Rolf con ironía a la par que agarraba con fuerza el brazo de Gabriel y señalaba el edificio del cual habían salido unos segundos antes.

—Suéltalo inmediatamente —dijo Heinrich en actitud beligerante, situándose a pocos centímetros de Rolf.

—Caramba, Heinrich, sí que te importa este perro judío. ¿Acaso te gusta? —preguntó Rolf con sorna.

Por unos segundos, Gabriel se temió lo peor al escuchar las palabras de Rolf, y Heinrich luchaba contra sí mismo para no perder los nervios, pero pasaban por su cabeza imágenes de aquel hombre matando a su hermano y era muy difícil que mantuviera la calma. Gabriel veía como Heinrich apretaba fuertemente los puños y se acercaba aún más a Rolf, y cuando ya casi no había espacio entre sus rostros…

—Sargento, le he dicho que suelte a ese hombre inmediatamente. Es una orden que le da un oficial —dijo Heinrich a milímetros del rostro de Rolf, que permanecía frente a él haciendo caso omiso a la orden que acababa de recibir.

La tensión iba creciendo más y más entre ambos. Entonces, en un rápido gesto, Heinrich apartó de un manotazo la mano de Rolf que sujetaba el brazo de Gabriel. Ese gesto no gustó nada a Rolf, que hizo un amago de responder a la afrenta, sin embargo, Heinrich no le dio opción.

—¿Tiene usted algún problema, sargento? ¿Tiene algo que decir? —preguntó Heinrich a Rolf, que, herido en el orgullo, tuvo que reprimirse al observar los rostros de los soldados que había en la zona. No quería que aquellos hombres le vieran cometer un acto de insubordinación para con un oficial de las SS.

—No, señor —contestó Rolf.

—Así me gusta, sargento. Ahora, limpie esto un poco, que lo tiene hecho un asco —concluyó Heinrich al tiempo que señalaba varias zonas del recinto.

La cara de Rolf lo decía todo. La ira se podía notar en sus ojos tras oír aquel último comentario. Heinrich decidió usar su posición militar a tener un enfrentamiento directo con Rolf que habría tenido, con total seguridad, un desenlace trágico. Una decisión inteligente que le sirvió también para infundir respeto en los soldados que había en la zona del foso en esos momentos.

—Gabriel, tenemos que pensar en cómo podemos ir sacando a los prisioneros de aquí —dijo Heinrich tras haber abandonado la estación Z.

—¿Cómo dice, señor? —preguntó Gabriel con cara de asombro.

—Sí, lo que has oído. Hoy, antes de venir a buscarte, me propuse ayudar a salir de aquí al máximo número de prisioneros posible —comentó Heinrich.

—Pero… Es muy peligroso. Le pueden acusar de traición —dijo Gabriel.

—Lo sé, sin embargo, no me puedo quedar de brazos cruzados sabiendo lo que está sucediendo aquí. Necesito pensar en algo. Ahora, ven conmigo —concluyó.

Heinrich llevó a Gabriel al comedor para que repusiera fuerzas para aguantar en la pista los días sucesivos. Después, uno fue a su barracón y el otro a la residencia de oficiales.

Al día siguiente, Heinrich fue llamado por el comandante para recibir una reprimenda por haber mandado a los prisioneros al barracón antes de acabar el recorrido diario en la pista. Fueron varios minutos los que tuvo que soportar oyendo palabras malsonantes y amenazas, pero al final, pudo justificar su decisión aduciendo un problema de intendencia en el equipamiento de los prisioneros, ya que no llegaba a ser exacto al que se debía utilizar. El comandante Kaindl echó de su despacho a Heinrich advirtiéndole de que en estos casos debe consultar antes de transmitir ese tipo de órdenes. Al salir de la casa del comandante, dirigió sus pasos al interior del campo, mientras pensaba en la reunión que había tenido unos minutos antes.

—No fue tan duro —se dijo Heinrich a sí mismo como resumen de lo acontecido.

Ya en el interior del campo, en el patio, decidió llamar a Gabriel para hablar con él. Sin embargo, al girar la cabeza hacia su derecha para seguir al grupo que caminaba, observó a unos prisioneros bien aseados y alimentados que estaban siendo conducidos hacia el campo menor por varios soldados. La curiosidad hizo que Heinrich siguiera a aquellas personas hasta llegar a los barracones 18 y 19, los cuales estaban unidos entre sí por alambre de espino y tabiques de madera para aislarlos del resto. Cuando llegó a la puerta por la cual accedieron los prisioneros, un sargento de las SS le cerró el paso y le dijo que era acceso restringido. Intentó mirar a través de las ventanas, pero estaban tapadas para no poder ver nada de lo que ocurría en el interior. A Heinrich le resultó un tanto extraño todo aquello y quiso saber más.

—Sargento, ¿qué está ocurriendo ahí dentro? —preguntó Heinrich.

—Señor, no estoy autorizado a decírselo —respondió.

Al oír la negativa del sargento, Heinrich no quiso insistir, aunque sí quería saber quién era la persona que estaba al mando de todo aquello, pregunta que fue contestada por el sargento. El comandante Bernhard Krüger estaba al mando. Heinrich no se conformó solo con eso, era muy extraño que todo un comandante de las SS se encargara únicamente de la gestión de dos barracones en el campo menor. Ello y la manera de aislar los barracones y ocultar lo que se hacía en su interior empujaron a Heinrich a querer investigarlo.

Una vez que supo el aspecto físico del comandante Krüger, intentó coincidir con él en el comedor y en la cantina, pero no hubo suerte. Fue en el exterior del campo cuando tuvo el primer contacto con él. Heinrich había salido a correr por la mañana, como hacía habitualmente, sin embargo, antes de comenzar, alguien le puso la mano en el hombro izquierdo.

—Buenos días, teniente. ¿Le importa que le acompañe? —preguntó el comandante Krüger.

—Por supuesto que no, señor —respondió Heinrich algo sorprendido.

Ambos comenzaron a correr alrededor del campo a un ritmo muy lento. Apenas llevaban un tercio del recorrido que hacía Heinrich a diario, cuando el comandante le pidió que parasen.

—Discúlpeme. Como puede comprobar, no acostumbro a salir a correr. Antes sí lo hacía, aunque no a este ritmo —dijo el comandante Krüger con la voz entrecortada a consecuencia de la fatiga.

—No importa, señor. ¿Está usted bien? —preguntó Heinrich.

El comandante levantó el dedo índice pidiendo tiempo para recobrar el aliento. Heinrich le dio unos segundos para que se recuperara del esfuerzo. Entretanto, intentaba entender por qué la persona con la que fue tan difícil coincidir, de repente aparece para acompañarle a correr cuando no lo hacía desde hacía años.

—Creo que se ha dado cuenta de que este encuentro no ha sido casual, ¿verdad, teniente Schültz? —dijo.

Oír por boca del comandante su nombre y apellido inquietó a Heinrich.

—No sé a qué se refiere, señor —contestó.

—¿En serio? ¿No sabe por qué estoy aquí? Le creía más inteligente, teniente. Sé que ha estado husmeando por el campo menor —dijo el comandante.

—Sí, señor. Fui al campo menor siguiendo a unos prisioneros que me resultaron sospechosos —contestó Heinrich.

—Entiendo… Y ¿por qué le resultaron sospechosos? —preguntó.

—Porque no eran como el resto. Esos prisioneros tenían buen aspecto, señor —contestó Heinrich.

El comandante se quedó varios segundos pensando en las palabras del teniente.

—No se equivocaba el comandante Kaindl. Es usted inteligente y observador. A pesar de su último encuentro, Anton tiene muy buena opinión de usted. Y dicho esto, sé que es un buen soldado y, como tal, sabrá acatar una orden dada por un oficial superior. ¿Cierto? —preguntó el comandante.

—Sí, señor —contestó Heinrich.

—Entonces, le ordeno que olvide a los prisioneros que vio y que no se acerque a los barracones 18 y 19. ¿Lo ha entendido, teniente? —ordenó el comandante.

—Sí, señor —volvió a responder.

El comandante dio media vuelta y se dirigió hacia el sur.

—¡No olvide lo que le he dicho, teniente! —exclamó desde la distancia.

Estaba claro que, lo que se hacía en el interior de aquellos barracones era algo muy importante y la orden del comandante no fue más que una confirmación de lo evidente. Por esa razón, Heinrich decidió dejarlo ahí y no seguir con la investigación.

A la mañana siguiente, Heinrich fue al patio para recoger a Gabriel y, como en ocasiones anteriores, marcharon hacia la sala de interrogatorios de las celdas de castigo.

—¿Qué tal Gabriel?, ¿cómo te sientes? ¿Tienes hambre? —preguntó Heinrich interesándose por él.

—Estoy bien, señor. No se preocupe —contestó.

—Señor, he tenido ocasión de hablar con algún prisionero y he obtenido más información. Me han comentado que hace unos días vino un convoy con ciento setenta mujeres, cuyo destino es suplir a un centenar y medio que vinieron hace tiempo —dijo Gabriel.

—Y ¿cuál era el cometido de esas mujeres? —preguntó Heinrich.

—Ellas… pasaron por la enfermería, y allí, les hicieron pruebas médicas, como a cualquier otro prisionero. La cuestión es que algunas de ellas estaban embarazadas. Ignoro si ya venían en estado o… ya me entiende. A todas les administraron un fármaco y, al cabo de un tiempo, todas murieron. Por ese motivo han venido otras tantas —dijo Gabriel con consternación.

Heinrich no daba crédito a lo que estaba oyendo.

—¡Hay que poner fin a todo esto! —exclamó visiblemente indignado.

Gabriel, al verlo tan enojado, intentó tranquilizarlo.

—No, señor. No se enfrente a ellos. Tiene mucho que perder —dijo.

Las palabras de Gabriel calmaron levemente a Heinrich, que andaba por la sala cual león enjaulado. No entendía el porqué de tanta crueldad. Al cabo de unos minutos, se sentó en la silla frente a Gabriel, respiró hondo y le miró fijamente a los ojos.

—Nos hemos reunido en varias ocasiones para hablar sobre cosas que han sucedido a personas que no sabía ni que existían y, me he dado cuenta de que me falta información de alguien que yo considero importante. ¿Y tú, Gabriel, tienes familia? —preguntó Heinrich.

—Sí, pero no sé en qué lugar se encuentran —contestó. Durante los siguientes minutos, Gabriel le habló de su familia y de cómo tuvo que separarse de ellos. Fue un momento difícil para él recordar todo aquello.

—Ánimo, aún no hay nada perdido —dijo Heinrich, tocando con la mano izquierda el hombro derecho de Gabriel.

Heinrich vio que Gabriel estaba muy afectado y decidió cambiar de tema y hablarle de lo que vio en el campo menor y su encuentro con el comandante Krüger.

—Hay habladurías sobre esos barracones. Se dice que la música que se oye desde fuera la ponen para ocultar el sonido de unas máquinas que hay dentro —dijo Gabriel.

—Tiene sentido eso que dices —dijo Heinrich acordándose de la música que se oía cuando aquellos prisioneros entraron al barracón 19.

—A mí me gusta escucharla cuando caminamos cerca de esos barracones —comentó Gabriel.

Heinrich dirigió la mirada al suelo al oír aquellas palabras.

—Lo siento. Me gustaría poder evitarte ese suplicio, pero de momento tenemos que seguir así. Lo entiendes, ¿verdad? —dijo Heinrich.

—Bastante ha hecho usted ya, señor. Me ha salvado la vida, ¿qué más puede hacer por mí que no haya hecho ya? —preguntó Gabriel. Y se hizo un silencio de varios segundos.

Heinrich se quedó observando a Gabriel durante ese tiempo intentando pensar en cómo podía exonerar a aquel hombre de ese recorrido infernal por el patio. Entonces, este último interrumpió sus pensamientos.

—Señor, he sabido más cosas que han ocurrido en el campo —dijo.

Gabriel comenzó a hablar a Heinrich sobre más casos de prisioneros—. He podido saber que en el campo está recluido el presidente de la segunda república de España. Un tal Largo Caballero. Por lo visto está un poco delicado de salud. No sé cuánto tiempo aguantará aquí dentro. Ah, otra cosa más. ¿Se acuerda usted de los jóvenes soviéticos ajusticiados en la horca portátil, ahí en el patio? —preguntó.

—No, no lo recuerdo, ¿cuándo fue? —contestó Heinrich con otra pregunta y con rostro de extrañeza.

—Fue hace unos meses, a finales de julio o principios de agosto. Por lo que he podido saber, los colgaron porque uno intentó hacerse unas suelas con los tirantes de una mochila y el otro robó un chusco de pan —dijo Gabriel.

—Yo estaba de permiso en casa de mis padres. ¡Qué horror! No puedo creer que ahorcaran a dos personas por eso. ¡Es una locura! —exclamó Heinrich llevándose las manos a la cabeza.

Gabriel prosiguió con la información que recabó de varios prisioneros. Le habló de los castigos en el potro y le hizo un comentario acerca de la Garrucha.

—Perdona, Gabriel, ¿has dicho Garrucha? —preguntó.

—Sí, señor. Ya sabe, los postes de madera que hay en uno de los laterales de este edificio —contestó.

Heinrich dibujó en su rostro un gesto que daba a entender que no sabía a lo que se refería Gabriel, aunque segundos después se acordó de aquellos postes.

—Sí, al poco de llegar aquí, el cabo Kauffman se encargó de enseñarme el campo y recuerdo esos postes, pero ignoro por qué están ahí —dijo.

—Señor, esos postes son herramientas de castigo o tortura. Los soldados cogen al prisionero y le atan las manos a la espalda. Después, lo suben con una escalera y lo cuelgan por la cuerda que une sus manos a un hierro que hay clavado al poste a dos metros de altura. La persona que me ha facilitado esta información asegura que los prisioneros que son colgados en la garrucha gritan, lloran e incluso se desmayan por el dolor. Entienda que es una postura que provoca luxaciones y roturas de huesos debido al peso que ejerce el cuerpo sobre las muñecas —dijo Gabriel.

Heinrich se sintió abrumado al conocer los detalles acerca de los castigos, las torturas y las mujeres convertidas en cobayas humanas, y no quiso saber más.

—Gracias por la información, Gabriel. Ha sido suficiente por hoy. Te acompaño al comedor para que puedas comer algo —concluyó Heinrich; y ambos marcharon hacia el interior del campo.

Pasaron días, semanas e incluso meses y todo siguió igual. Las chimeneas continuaban siendo el único camino que tenían los prisioneros para salir de allí, y eso a Heinrich le dolía en el alma. Cada día que pasaba le pesaba más ese uniforme que le situaba en el mismo bando que el asesino de su hermano, o de aquellos que cometían tantas atrocidades en el campo, y se veía como un cómplice de lo que estaba ocurriendo. Durante ese tiempo fueron numerosas las reuniones que mantuvo con Gabriel, no porque quisiera obtener más información que él le podía aportar, sino por sentirse capaz de ayudar, aunque solo fuera a liberar a Gabriel de caminar algunos días por la pista del patio. Pero el ánimo en Heinrich estaba muy bajo. La cruel y dolorosa muerte de su hermano, le mermó psicológicamente hasta el punto de abandonar la idea de planificar una huida para al máximo número de prisioneros. Entonces, cuando parecía que ningún pensamiento optimista volvería a rondar por su cabeza, sucedió algo que cambió por completo sus pensamientos. La mañana del 23 de febrero de 1945 caminaba en dirección a las celdas de castigo cuando se percató de que el lazo de los cordones de su bota derecha se había desatado. Heinrich, puso rodilla en tierra y procedió a atarse la bota.

—¡Lo han conseguido! ¡Esos bastardos judíos lo han conseguido! —exclamó la voz de un hombre a pocos metros de

Heinrich, que permanecía agachado y sujetando los cordones de su bota con ambas manos.

Aquella voz tan cercana era la de un sargento que estaba destinado en los barracones a los que el comandante prohibió acercarse a Heinrich, y la información se la hacía saber a otro sargento que compartía destino con él. Ambos se habían parado a hablar sin saber que, a la vuelta de la esquina, a escasos cuatro metros de distancia, se encontraba Heinrich agachado intentando ajustar su bota derecha al pie.

—Pero ¿qué estás diciendo?, ¡baja la voz! —dijo el sargento que recibía la información.

—Lo han conseguido. Los he visto —dijo en un tono más moderado.

Heinrich dejó de atarse los cordones, no obstante, optó por quedarse agachado. Por alguna razón, intuyó que aquella conversación podía tener relevancia y decidió seguir escuchando.

—Ayer por la noche acompañamos al comandante Krüger al barracón 19. ¡Menuda cara llevaba! Entró en la sala de imprenta y se sentó en una silla, sacó su pistola y la puso encima de la mesa. Después, teniendo a todos los prisioneros formados delante de él, mandó nombrar a unos cuantos para que dieran un paso al frente. Vaya cara de susto tenían los desgraciados, de hecho, creo que uno de ellos se lo hizo encima. Prosigo. El comandante se levantó de la silla, se acercó a uno de los prisioneros que sobresalía de la formación, amartilló su pistola y, cuando ya pensaba que comenzaba la fiesta, un prisionero vino corriendo hacia el comandante agitando unos billetes con sus manos. Decía que se habían equivocado en la textura del papel. ¡Todos los billetes eran de 100 dólares! y el prisionero le propuso al comandante que intentara descubrir cuál era el verdadero. El comandante no supo distinguir el verdadero de los falsos, ¡no supo!, y eso hizo que se le iluminara el rostro. Sí, al igual que hicieron con las libras, lo han logrado con los dólares. Esos malditos judíos son unos genios haciendo dinero, y documentos también. He echado una ojeada a algunos pasaportes que han hecho y parecen originales —concluyó mientras el hombre que escuchaba le hacía gestos con las manos para que bajara el tono de voz.

Después de aquella declaración que hizo un sargento al otro, ambos caminaron en dirección a los barracones 18 y 19. Heinrich, que continuaba agachado, recibió esa información como si fuera oro. Gracias a la indiscreción del sargento, supo lo que se estaba cociendo en aquellos barracones y se dio cuenta de que podía beneficiarse de ello, pero antes, debía conocer el aspecto físico de esos hombres. Raudo, dobló la esquina antes de que salieran de su campo visual por el extremo opuesto del barracón. Dispuso de pocos segundos para observar sus rostros, no obstante, consiguió hacerlo y enseguida puso su mente a funcionar con el fin de obtener la mejor manera de explotar la información que recién había conocido.

Heinrich se dio un tiempo para pensar, lo justo para que una idea comenzara a rondar por su mente, sin embargo, necesitaba conocer la opinión de Gabriel al respecto de lo que había descubierto sobre la imprenta instalada en los barracones que supervisaba el comandante Krüger, y con esa intención le sacó de la formación nada más acabar el recuento matinal. Como de costumbre, fueron a la sala de interrogatorios de las celdas de castigo y, una vez allí, Heinrich desveló a Gabriel la misión secreta que se estaba llevando a cabo en los barracones 18 y 19.

—Todo esto que acabas de saber debe permanecer en secreto. Es vital que nadie, aparte de ti y de mí, lo sepa, porque de ello dependerá que el plan que tengo en mente y que ahora te revelaré, tenga éxito o no —dijo Heinrich mirando fijamente a Gabriel, en cuyo rostro se dibujaba la expectación.

—Vamos a aprovechar esa información para intentar sacar a gente de aquí —dijo Heinrich con total convencimiento.

—¿Cómo? —preguntó Gabriel sorprendido.

—Todavía no he conseguido encontrar el modo de sacar a los prisioneros de forma escalonada, pero lo que sí sé es quién nos proporcionará documentos falsos para que, una vez fuera, se puedan mover sin temor a que les pare alguna patrulla —explicó.

Gabriel escuchaba atentamente y asentía con la cabeza.

—Muchos no lo conseguirán, lamentablemente, pero hay que intentarlo. Juntos, podemos ayudar a esta gente, Gabriel. Hacerlo es una obligación moral que tenemos... —añadió.

Aquellas palabras calaron hondo en Gabriel que, con otro gesto de aprobación hecho con la cabeza, daba a entender que estaba de acuerdo en todo lo dicho por Heinrich.

—Y... ¿qué tengo que hacer? —preguntó Gabriel.

—Tu labor será decidir qué prisioneros pueden salir y prepararlos para ello... Como te he dicho antes, todavía no sé cómo sacarlos, pero una vez haya encontrado la manera, te lo haré saber e inmediatamente deberás tener preparada una lista con las personas que pueden salir. Sé que va a ser difícil llevar a cabo la selección y que, si todo sale bien, será duro ver que muchas personas conseguirán huir y tú no podrás seguir sus pasos, pero necesito que te quedes aquí ayudándome. Entiéndelo, eres la única persona en la que confío y ellos nos necesitan. Gabriel, hagámoslo por ellos —dijo

—Yo no puedo tener el poder de señalar a una persona para salvarla y dejar a otra aquí, ¡No es justo! ¡No puedo hacerlo! —exclamó Gabriel a la vez que se llevaba las manos a la cabeza.

—Piénsalo, tú convives con ellos y los conoces mejor que yo. Sabes quién puede y quién no. Gabriel, podrás proporcionarles la libertad —explicó.

El último argumento esgrimido por Heinrich pareció convencer a Gabriel que, con leves gestos de aprobación, aceptaba la tarea que le había encomendado.

Teniente y prisionero, salieron del edificio de las celdas de castigo con sensaciones opuestas. Heinrich, optimista por ver que el plan iba tomando forma, y Gabriel, cabizbajo por la enorme responsabilidad adquirida tras la reunión, caminaban juntos hacia el barracón comedor. Sin embargo, aún faltaba lo más importante, cómo ir sacando a los prisioneros de allí sin levantar sospechas. Algo que se antojaba harto complicado por el hecho de que se realizaban recuentos cada día. Entonces, durante ese paseo que desembocaba en el comedor, pasó por la mente del oficial una frase cruel que Gabriel le dijo y que un soldado le dijo a él, el día que el cabo Kauffman le reclutó como traductor estando en la enfermería: «El único modo de salir de aquí es por esa chimenea». «Solo muertos saldrían de allí», pensaba Heinrich. Y, mientras observaba la chimenea humeante de la estación Z, el recuerdo de Jürgen se hizo presente en su cabeza, y con él, una sensación de vacío al saber que ya no volvería a ver a su hermano pequeño. Aquel chico alegre que quería tanto a sus padres y hermanos, entusiasta del arte y la interpretación, cuyo mundo giraba en torno a su gran pasión, Shakespeare.

—Shakespeare… ¡Shakespeare! ¡Eso es! —exclamó Heinrich de repente. Gabriel le observó sobresaltado—. Gabriel, he tenido una idea. Tengo que irme. Mañana te recojo en el patio y te lo cuento todo —dijo al tiempo que se daba la vuelta y corría en dirección a la torre A.

Heinrich cruzó el soportal de la puerta de entrada a toda prisa con un único objetivo, la pequeña biblioteca que había en la sala de oficiales. Al llegar a ella, se aproximó a la estantería más cercana a la puerta sin perder un instante y comenzó a revisar el lomo de todos los libros en busca de un título. Varios minutos después, ya iba por la tercera estantería cuando, revisando el tercer estante, paró en seco la búsqueda.

«Aquí está», pensó. Y cogió un libro que estaba colocado en la mitad del estante. Aquel libro era la obra más importante y conocida de William Shakespeare, además de la favorita de Jürgen, *Romeo y Julieta*. Heinrich lo abrió y comenzó a pasar hojas con rapidez hasta llegar a la parte en la que Julieta visita a fray Lorenzo para pedirle consejo, y este le ofrece una pócima que, al ingerirla, la dejaría en un estado parecido a la muerte durante cuarenta y dos horas. Heinrich leyó aquellas frases escritas por Shakespeare, y enseguida entendió que esa sería la clave de su plan para conseguir sacar de allí a los prisioneros que Gabriel fuera eligiendo. En cierto modo, fue Jürgen quien inspiró a Heinrich a hallar la respuesta que buscaba para completar el plan. Sin embargo, llevarlo a cabo no era sencillo. La solución pasaba por encontrar un narcótico que indujera en el prisionero a un estado parecido al coma, en el cual, el ritmo cardíaco debía ser extremadamente lento para parecer estar muertos ante los médicos del campo, o de cualquier miembro de la tropa. Eran muchos los inconvenientes de utilizar una sustancia que consiguiera ese efecto en seres humanos. ¿Cuál sería la composición?, ¿Qué cantidad se debía suministrar?, ¿qué posibles efectos secundarios tendría? Esas eran algunas de las preguntas que Heinrich se planteaba. Era evidente que se trataba de algo sumamente peligroso que llevaría al prisionero a tener las constantes vitales al mínimo, pudiendo ocasionarle daños irreparables, por esa razón, debía ser preciso en el análisis y composición de la sustancia y ello requería un estudio minucioso.

Al día siguiente, Heinrich puso los detalles del plan Shakespeare, como así lo denominó, en conocimiento de Gabriel y después le pidió que tuviera preparada una primera lista de diez prisioneros que podrían abandonar el campo. Entretanto, él iría a hablar con los sargentos destinados en los barracones 18 y 19 para, de alguna manera, obtener un acceso directo a las personas encargadas de la creación de documentos. El modo de conseguirlo: mediante el chantaje. Los sargentos temían que, si el comandante se enteraba de que gracias a ellos había personas no autorizadas que conocían lo que se hacía en el interior de esos barracones, serían encarcelados o destinados al frente. Heinrich lo sabía y aprovechó ese miedo para presionarles hasta llegar a un acuerdo con ellos.

El primer paso estaba conseguido. Los sargentos aprovechaban que el comandante no se encontraba en el complejo para permitir el acceso a Heinrich. Uno de ellos le acompañaba hasta la sala de imprenta y se quedaba vigilando en la puerta mientras el otro reunía a los soldados en otra sala el tiempo necesario para evitar que vieran al teniente. Ese margen de tiempo permitía a Heinrich tratar con las personas que creaban los pasaportes. En esos momentos no sabía la magnitud de la Operación Krüger —como así se denominaba—, que se estaba llevando a cabo en esos barracones, ni lo que supondría si llegaba a ejecutarse con éxito.

—Señores, sé que aquí, además de billetes, han creado pasaportes. ¿Para quiénes los han hecho? —preguntó Heinrich a los dos prisioneros encargados de esa labor.

—Hemos creado varios documentos para el comandante, para su familia y algunos suboficiales —contestó uno de ellos.

Heinrich se quedó algo extrañado ante la respuesta de aquel hombre, no entendía por qué el comandante necesitaba documentos falsos, sin embargo, no quiso profundizar en el tema ya que no disponía de tiempo para hacerlo.

—Tengo un trabajo para ustedes. Seguirán haciendo documentos falsos, esta vez para mí. Bueno…, para mí no, para las personas que les vaya indicando. Es importante que nadie sepa nada de esto, ni el comandante. Esos pasaportes que les voy a pedir que hagan, serán para prisioneros del campo —confesó.

Aquellos hombres se miraron el uno al otro con gesto de extrañeza.

—Perdone, señor, ¿quiere que hagamos documentos falsos para prisioneros? —preguntó uno de ellos con cierta incredulidad.

—Así es. He pasado aquí el tiempo suficiente para darme cuenta del horror que viven las personas que abarrotan los barracones de este lugar. Es inhumano verlo y no hacer nada. Por esa razón, les ruego que hagan todo lo que esté en su mano para darme lo que les pido de la mejor manera posible. Cada documento que hagan puede dar la libertad a uno de ellos —dijo Heinrich.

Los dos hombres se quedaron atónitos al oír las palabras del teniente de las SS que tenían delante. Tras aquello, se hizo un silencio de varios segundos que acabó cuando uno de ellos se aproximó a Heinrich y, mirándole a los ojos, le ofreció la mano para estrecharla con la suya.

—Lo haremos. Tendrá los documentos de esas personas —dijo.

El otro prisionero se acercó a su compañero e hizo un gesto de afirmación con la cabeza al teniente.

—Gracias por su colaboración. ¿Qué necesitan para crear los documentos? —preguntó Heinrich.

—Las identidades de las personas y una imagen de su rostro —contestó uno de ellos.

—Muy bien, la próxima vez que nos veamos tendrán las identidades, pero la imagen no se la daré por seguridad, ustedes me dirán dónde y cómo, y yo las iré colocando en los documentos. Muy importante, si el sargento que está en la puerta o el que está ahora mismo reunido con los soldados, les preguntan sobre lo que hemos hablado ustedes y yo aquí, díganles que he solicitado que hagan unos documentos para mi familia y unos amigos. Ellos no saben lo que intento hacer y esa respuesta les valdrá como excusa —concluyó.

Los dos prisioneros asintieron con la cabeza en claro gesto de aprobación. Heinrich se aproximó a la puerta y dio unos toques como señal para que el sargento que esperaba al otro lado supiera que había concluido la reunión. Antes de salir del barracón, el sargento que acompañaba a Heinrich se cercioró de que nadie viera al teniente abandonar ese lugar.

Una parte importante del plan ya estaba en marcha, no obstante, aún quedaba mucho trabajo por hacer. Heinrich se las ingenió para conseguir una cámara y montó un pequeño laboratorio en su habitación para revelar los carretes. Por suerte, la fotografía no tenía secretos para él. En poco tiempo ya contaba con lo necesario para sacar la imagen de los rostros que luego insertaría en los documentos. La cuestión era, dónde harían esas instantáneas. Después de darle muchas vueltas, decidió que las fotografías se tomarían en la habitación del kapo, dentro del barracón en el que dormía Gabriel, y así se lo hizo saber por la mañana, cuando se reunieron para que le diera la lista de prisioneros que le encargó.

—Esta tarde pasaré por tu barracón para hacer las fotografías. Necesitaré una sábana blanca que colgaremos en la pared de la habitación del kapo. Procura que los prisioneros estén aseados para la sesión. Gabriel, esto ya está en marcha —dijo.

—Sí, señor —contestó.

Al atardecer, Heinrich se personó en el barracón. El escenario que se encontró al entrar era desolador. Aparte del hedor nauseabundo, las condiciones de vida en ese lugar eran deplorables. La humedad, la falta de higiene y aquellos cuerpos desnutridos metidos en esos trajes de rayas, encogieron su corazón y, a la vez, lo empujaban a continuar con más ímpetu su plan.

—¡Oficial en la sala! —dijo el kapo en voz alta al entrar Heinrich en la estancia de las literas del barracón.

Al oír al kapo, los prisioneros que se encontraban en la sala se pusieron de pie, algunos a duras penas podían hacerlo.

—Necesito su cuarto, y procure que no entre nadie en el barracón —dijo dirigiéndose al kapo.

Gabriel llevó al cuarto a las diez personas que integraban la lista que le pasó al teniente y, aprovechando que el kapo iba hacia la puerta de entrada del barracón, entre él y dos prisioneros, colgaron la sábana limpia en la pared de la habitación.

—Muy bien, Gabriel. Ahora necesito que vigiles esta puerta para que no entre nadie. Y ustedes, necesito que se pongan algo para tapar ese uniforme y vayan situándose uno a uno delante de la sábana mirando hacia mí —dijo.

Y así lo hicieron, uno a uno fueron pasando los diez prisioneros para ser fotografiados por Heinrich. Al acabar, este se dirigió a ellos.

—Espero que estas instantáneas les sirvan para encontrar la libertad en el futuro. Queda mucho por hacer, pero les deseo mucha suerte. Ahora, salgan y no hablen de esto con nadie —concluyó.

Heinrich metió la cámara en su bolsa militar y, al salir de la habitación, puso la mano derecha en el hombro izquierdo de Gabriel y le hizo un gesto de afirmación con la cabeza. Acto seguido, salió del barracón, no sin antes dirigirse al kapo.

—Parece que no hay peligro de epidemia. Debió ser un caso aislado de tifus. De todos modos, para evitar que la gente se ponga nerviosa sin necesidad, no hable de esto con nadie. Si lo hace, me encargaré personalmente de que se ponga en forma. Ya me entiende —dijo haciendo un gesto con la cabeza señalando hacia el patio, donde se encontraba la pista para probar las botas.

—Claro, señor —contestó.

Heinrich tenía la lista de nombres que le proporcionó Gabriel, las fotografías y contactos en los barracones 18 y 19 para hacer la documentación, pero lo que no tenía era la composición de la sustancia que llevaría a simular la muerte de aquellas personas para encontrar la libertad detrás de esos muros. Y debía estar muy seguro de que la dosis suministrada de esa sustancia no fuera letal para ninguno de ellos. Por esa razón, se tomó su tiempo para investigar. Acudió en varias ocasiones a la enfermería para buscar información en los libros de medicina acerca de cómo dormir por completo a un paciente y controlar sus constantes, cómo inducir un coma, fármacos que se emplean para estos casos y técnicas de reanimación. También llegó a consultar libros sobre plantas medicinales e incluso, se informó acerca de algunos animales que utilizan su veneno como mecanismo de defensa o para paralizar a su presa antes de devorarla. Toda esa información que recogió durante tres semanas, aproximadamente, la estudió minuciosamente y ello le llevó a profundizar en el análisis de algunos fármacos y sustancias que fue obteniendo conforme avanzaba su investigación. Durante ese tiempo, Heinrich se reunió con Gabriel en varias ocasiones para ir informando a este último de los avances que estaba haciendo en la composición de la poción para el plan Shakespeare. Hasta que un día de marzo de 1945, estando ambos en la sala de interrogatorios de las celdas de castigo, todo cambió.

—Creo que lo tengo —dijo Heinrich después de sacar una pequeña cápsula del bolsillo de su chaqueta para enseñársela a Gabriel.

—Pero existe un problema. Hay que probar que funciona —dijo.

La cara de Gabriel fue de extrañeza al oír este último comentario. Entonces, Heinrich sacó de la gabardina que había colocado sobre una silla, un estetoscopio y se lo dio a Gabriel que, con cara de asombro, lo sujetaba con ambas manos.

—Una vez que pierda el conocimiento, mira mi reloj, deja que pasen diez minutos y comprueba con eso que tienes en las manos mi frecuencia cardíaca. Después, deja que pasen otros diez minutos y me inyectas esto —dijo Heinrich segundos después de haber ingerido el contenido de la cápsula que tenía en la mano y haber entregado a Gabriel una jeringa que contenía una sustancia amarillenta.

—Pero… ¡qué ha hecho! —exclamó Gabriel con el susto dibujado en su rostro.

—Necesito que estés tranquilo y que hagas todo lo que te he dicho. Es muy importante que esto funcione. Tenemos que bajar todo lo que podamos la frecuencia cardíaca para que parezca que han muerto de verdad. Si todo sale bien, mañana lo repetimos —dijo.

Gabriel sujetaba el estetoscopio con una mano y la jeringa con la otra, a la par que observaba al hombre que tenía frente a él como se quitaba la chaqueta, luego la camisa y se sentaba en la silla.

—Alguien lo tenía que probar, ¿no? —dijo Heinrich esbozando una sonrisa.

Varios minutos después, los síntomas eran de cansancio. Apenas podía mantener los ojos abiertos. Fue entonces cuando Gabriel le ayudó a tumbarse en la mesa que había en la sala. Al cabo de dos minutos, cerró los ojos y entró en un estado de inconsciencia profunda en la cual era ajeno a cualquier estímulo. En ese instante, Gabriel miró el reloj de Heinrich y comenzó la cuenta de diez minutos como le había indicado. Después, le auscultó durante otros tantos minutos y fue guardando en su mente la frecuencia de latido. Se le notaba nervioso por el estado en el que había quedado Heinrich, tumbado en la mesa casi sin latido, y miraba el reloj con urgencia esperando que llegara el momento exacto para inyectarle. Minutos después pudo hacerlo, sin embargo, al acercar la jeringa al brazo de Heinrich, vio que le temblaba demasiado el pulso y decidió parar por temor a que una mala inyección de la sustancia no le llegara a despertar nunca. Intentó calmarse y respiró hondo durante unos segundos. Cuando comprobó que su mano ya no temblaba tanto, inyectó la sustancia y esperó un tiempo prudencial a que hiciera efecto en su organismo.

«Le he pinchado, han pasado más de cinco minutos y sigue igual; ¿qué puedo hacer?», se decía. Raudo, cogió a Heinrich por los hombros y lo zarandeó durante varios segundos, pero seguía sin despertar. Al ver que no se movía, golpeó con el puño varias veces el pecho del teniente para que su corazón reaccionara y tampoco tuvo éxito. Fue ese el momento en el que, a pesar del frío que hacía en la sala, el sudor comenzó a brotar por la frente de Gabriel, que veía fracasar su intento de reanimar a Heinrich. Tenía que hacer algo. La vida del teniente estaba en sus manos y él no podía hacer nada para ayudarle. En ese instante entendió que la única solución era avisar a los soldados que había al final del pasillo para que lo trasladaran con urgencia a la enfermería. Sabía que, si lo hacía y Heinrich no despertaba, todo acabaría para él, pero no podía dejar morir al hombre que le salvó la vida y que sería capaz de ayudar a tantas y tantas personas allí dentro. Por esa razón, se dirigió a la puerta de la sala.

—¿Qué vas a hacer? —susurró Heinrich un segundo antes de que Gabriel tocara la puerta para avisar a los soldados.

—¡Señor…, está vivo! ¿Cómo se encuentra? —preguntó Gabriel con signos de alivio en el rostro.

—Un poco aturdido, y… tengo un molesto dolor en el pecho —dijo Heinrich recobrando su tono de voz.

—Lo del dolor en el pecho…, he podido ser yo. Le he golpeado varias veces para intentar reanimarlo. No sabía qué hacer —confesó Gabriel.

—Está bien, has hecho lo correcto. Dime, ¿has recogido los datos? ¿La frecuencia cardíaca, el tiempo que he estado inconsciente y el que he tardado en despertar? —preguntó.

—Sí, señor —contestó.

Gabriel le informó sobre todos los tiempos que recogió y Heinrich le emplazó para repetir el experimento al día siguiente.

Heinrich se sometió tres veces más a las pruebas con la ayuda de Gabriel, que tomaba los tiempos y lo reanimaba cada vez. De este modo, pudo reajustar la dosis exacta para él y calcular la que tenía que tomar cada prisionero con el apoyo de los informes médicos.

—Mañana a primera hora te daré la sustancia que deben ingerir los prisioneros, pero no se la deben tomar hasta que yo te lo diga. Para evitar errores, pondré el nombre de cada persona en la cápsula. Yo iré a por los documentos esta tarde, y por la noche colocaré en ellos las fotografías. Los guardaré y, si el plan sale bien, se los daré una vez que hayan despertado. Cuando me presente en tu barracón mañana a última hora de la tarde, debes seguir todas mis indicaciones —dijo Heinrich después de despertar de su último sueño inducido. Gabriel solo pudo asentir con la cabeza.

Unas horas más tarde, Heinrich se reunió con uno de los sargentos destinados en los barracones de fabricación de billetes y ambos accedieron a ellos, aprovechando que el comandante Krüger no se encontraba en el campo. Una vez allí, el sargento reunió a los soldados en una sala y le dejó a solas con los prisioneros encargados de la documentación.

—¿Tienen los documentos? —preguntó.

—Sí, aquí los tiene —respondió uno de ellos al tiempo que se los entregaba a Heinrich.

—Exactamente, ¿dónde tengo que situar las fotografías? —preguntó de nuevo.

—Aquí, señor —dijo el otro prisionero señalando un punto de uno de los documentos.

—Excelente trabajo, señores. Espero que a ellos les sirva para obtener la libertad —dijo Heinrich. Y dio media vuelta con la intención de salir de la sala.

—Espere, señor. He de decirle algo —dijo el prisionero que le había indicado el lugar donde debía situar las fotografías en los documentos.

—Señor, le hemos traicionado —confesó el mismo hombre.

—¿Cómo? ¿Qué...? ¿Qué han hecho? —preguntó Heinrich algo nervioso y subiendo un poco el tono de voz.

—Sí, señor. Hemos hablado sobre su plan con los prisioneros que trabajan aquí y quiero que sepa que... todos estamos con usted. Tenga, esto es un regalo que queremos darle para ellos. Decida usted cómo lo reparte —dijo el prisionero que le hizo entrega de la documentación, mientras le daba al teniente una bolsa de tela blanca.

Heinrich, con rostro de sorpresa al recibir aquello, abrió la bolsa, miró en su interior y se quedó atónito al descubrir el contenido de esta. Metió la mano en ella y sacó un fajo de billetes de 100 dólares, pero en la bolsa había muchos más.

—Pero… ¡esto es mucho dinero! —exclamó Heinrich sin dar crédito a lo que veían sus ojos.

—Este dinero lo han hecho entre todos para que esas personas puedan comenzar una nueva vida. Créame, es para todos un verdadero placer trabajar para usted, teniente —concluyó.

Heinrich sujetaba la bolsa con fuerza mientras observaba a esos dos hombres, que lucían media sonrisa en su rostro. Entonces, comenzaron a entrar en la sala de impresión todos los prisioneros que allí trabajaban. En cuestión de segundos la sala estaba repleta de personas que le miraban y asentían con la cabeza. En ese instante, la emoción le empezó a embargar y sus ojos comenzaron a humedecerse.

—Gracias… Muchas gracias… a todos —dijo con la voz entrecortada ante tal muestra de solidaridad.

Heinrich salió de la imprenta con rostro emocionado. Una vez fuera, se serenó un poco para evitar que el sargento le viera en ese estado y, acto seguido, le avisó tocando la puerta de la sala donde estaba reunido con los soldados. Antes de salir del barracón, Heinrich miró al sargento y le dio varios cientos de dólares que había cogido de la bolsa. De algún modo, quiso agradecer a aquel hombre y a su compañero, la discreción que habían demostrado.

CAPÍTULO XXX

El 12 de abril de 1945 fue el día elegido por Heinrich para poner en marcha la operación Shakespeare. Por la mañana recogió a Gabriel y le hizo entrega de las cápsulas con la sustancia que debían ingerir los prisioneros. Después, recogió ropa de calle en el barracón que servía de depósito de ropa y objetos personales, para dársela a esas personas una vez que estuvieran lejos del campo y a salvo. Al llegar la tarde, permaneció oculto tras un barracón cercano a la entrada de la estación Z, esperando a que Rolf saliera para ir a comer. Cuando lo hizo, Heinrich esperó a que entrara en el comedor y después se dirigió con premura al interior de aquel lugar, concretamente a la nave donde estaban los hornos crematorios. Al llegar allí, echó un vistazo a la sala en la cual apilaban los cadáveres y después se dirigió a dos prisioneros que cargaban con un cuerpo.

—¡Quietos! Necesito saber si este y esos cuerpos que hay allí, han sido gaseados —preguntó Heinrich en referencia al cadáver que llevaban esos hombres hacia uno de los hornos y los que estaban apilados en la sala contigua.

—Sí, señor. Han pasado por las duchas —contestó uno de ellos.

—Bien. Entonces, dejadlo donde estaba. Necesito este y esos otros cuerpos para pruebas médicas. ¿Cuántos hay en total? —preguntó de nuevo.

—Trece, señor —contestó el mismo prisionero.

—Solo necesito diez. A última hora de la tarde o por la noche, vendré a recogerlos con un camión y me ayudaréis a cargarlos —ordenó.

Los prisioneros asintieron con la cabeza.

Heinrich salió de la nave en la que estaban los hornos y, sin perder un segundo, fue hacia la sala donde los prisioneros se quitaban la ropa antes de ir a las duchas.

—Tengo entendido que esta mañana han gaseado a unos prisioneros. Voy a llevarme sus cuerpos esta tarde para pruebas médicas y necesito sus uniformes para tenerlos identificados —dijo Heinrich a dos hombres vestidos con batas blancas, nada más entrar a la sala.

—Para darle lo que pide, necesitamos una autorización, señor —replicó uno de ellos.

—Claro —respondió; e introdujo la mano derecha en el bolsillo interior de su guerrera y sacó un papel doblado que entregó a aquel hombre.

Ese papel era una autorización firmada por el comandante Kaindl en el que se indicaba que Heinrich tenía acceso a la estación Z y que se le debía facilitar todo cuanto precisara en ese recinto sin excepción.

—Disculpe, señor. Voy a buscar *sus uniformes* —respondió el mismo hombre que cogió el papel, después de haberlo revisado.

Heinrich recibió de ellos un saco con los uniformes que solicitó y, sin decir nada más, salió del edificio. Una vez fuera, aceleró el paso para evitar cruzarse con el hombre que acabó con la vida de su hermano. Lo más importante era llevar a cabo lo que tenía en mente y no quería que Rolf, al verlo allí, sospechara sobre su presencia en la estación Z y pudiera, de algún modo, desbaratar su plan. Finalmente, alcanzó la salida del recinto sin que le viera quien, tiempo atrás, fue su amigo y se dirigió hacia el barracón de prisioneros más cercano. Nada más entrar, vio a dos hombres que se encargaban de despiojar la sala de literas y, sin más, solicitó sus uniformes de rayas. Ellos, extrañados, se despojaron de sus prendas sin rechistar y permanecieron de pie frente a Heinrich.

—De momento, tápense con las prendas de abrigo que tengan, a última hora de la tarde recibirán otro uniforme —dijo Heinrich antes de salir del barracón.

Hizo la misma operación en cuatro barracones más para completar un total de diez uniformes, que guardó en otro saco marcado para que no se mezclaran con los que obtuvo dentro del recinto.

La parte importante del plan, aparte de la pócima de Shakespeare, era que la ausencia de los prisioneros elegidos por Gabriel estuviera cubierta para no saltar las alarmas una vez que se hubiera llevado a cabo el recuento de la mañana. Para conseguirlo, Heinrich necesitaba llevar a los diez cadáveres de la estación Z al barracón de Gabriel y, una vez allí, les pondrían los uniformes que guardaba en el saco marcado, para que los diez prisioneros muertos no fueran de un único barracón. Por la mañana, Gabriel y un grupo de prisioneros llevarían esos cuerpos al patio de manera discreta y los mantendrían de pie, para que estos fueran un número más en el recuento. Al acabar el mismo, los irían dejando en el suelo en distintos puntos del patio. De este modo no habría sospechas y sería mayor el porcentaje de éxito en planes de huida sucesivos.

Heinrich sabía que los hombres de las batas blancas que le facilitaron los uniformes anotaban el número que venía en la camisa de rayas del prisionero que pasaba por la sala, por ese motivo los solicitó. La idea era vestir con esos uniformes a las personas seleccionadas por Gabriel para que, en el caso de que hubiera algún control durante el sueño inducido, fuera ese número, el de un prisionero muerto real, el que obtendrían para comprobarlo con el registro de prisioneros ejecutados que manejaban en la torre A. Pero aún no había acabado el baile de prendas. Había diez prisioneros repartidos en cinco barracones que tenían que recibir su uniforme, y este sería el que dejaban las personas elegidas por Gabriel. Heinrich se encargaría de entregárselos cuando lo considerara oportuno.

La tarde avanzaba y quedaban cosas por hacer antes de ir al barracón de Gabriel. Lo más importante, acudir a intendencia para hablar con un sargento con el que había acordado días atrás que le dejara un camión, que emplearía como medio de transporte para los prisioneros. Así lo hizo, aunque hubo un problema, este le puso como condición que él le acompañaría como conductor del camión. Heinrich, a regañadientes, tuvo que aceptar la exigencia del sargento. Aquel contratiempo le obligaría a pensar en cómo iba a distraerlo para sacar a los prisioneros del vehículo. Aunque ya tenía algo en mente.

La hora había llegado. Heinrich y el sargento cogieron el camión y se dirigieron a la estación Z para recoger los diez cadáveres que esperaban en la sala contigua a la nave en la que se encontraban los hornos.

—Sargento, deje el camión con el portón trasero colocado en la entrada del recinto. Yo voy a conseguir ayuda para subir la carga —ordenó Heinrich.

Minutos después apareció con los dos prisioneros con los que habló por la mañana en los hornos, y estos fueron cargando uno a uno todos los cuerpos al camión, mientras el sargento charlaba con los soldados que custodiaban la entrada. Hubo suerte, durante ese tiempo que estuvieron en la estación Z, Rolf no apareció por allí y, de ese modo, pudo evitar que se inmiscuyera en sus planes. Una vez cargados los cadáveres, se dirigieron al patio frente a la torre A.

—Coloque el camión allí, sargento —ordenó señalando un lugar cercano al barracón de Gabriel.

—Espéreme aquí, enseguida vuelvo —dijo una vez estacionado el vehículo.

Heinrich entró al barracón y fue directo a encontrarse con Gabriel.

—¿Se han quitado los uniformes? —preguntó Heinrich nada más verlo.

—Sí, aquí los tiene —contestó Gabriel a la vez que cogía un saco del suelo y se lo entregaba al teniente.

—Bien. Ahora, vaya a decirles que se pongan esto y que tomen la sustancia —dijo al tiempo que entregaba a Gabriel el saco con los diez uniformes de los cadáveres.

Heinrich necesitaba distraer al kapo del barracón y al conductor del camión para hacer el intercambio de cuerpos sin que se percataran del engaño. Por su cabeza pasó la idea de hacer partícipe del plan al hombre que ocupaba la habitación en la que estaba a punto de entrar, sin embargo, consideró que no podía correr el riesgo de poner en manos de una persona así las vidas de esos diez prisioneros. En lugar de buscar un nuevo aliado para su plan, prefirió asignarle una tarea que le mantuviera ocupado el tiempo que precisaban para mover los cuerpos, pero antes, esperó unos minutos a que los elegidos se vistieran y la sustancia hiciera efecto en ellos.

—Ven conmigo. Quiero que vayas a estos barracones y preguntes a los prisioneros si a alguien le falta el uniforme. Debe haber dos prisioneros por barracón sin uniforme. A esos, les das los que tienes en este saco. ¿Lo has entendido? —ordenó Heinrich al kapo mientras le entregaba un papel con la lista de barracones a los que tenía que ir y después el saco que Gabriel le había dado unos instantes antes.

Aquel hombre asintió con la cabeza y salió del barracón para cumplir la tarea encomendada. Segundos después, Heinrich fue a hablar con el conductor del camión.

—Sargento, creo que me he dejado un saco en el hangar, ¿puede hacer el favor de traérmelo? —preguntó.

—Por supuesto que sí, señor —contestó.

El sargento se alejó del camión y fue el momento que aprovecharon Heinrich, Gabriel y un grupo de prisioneros para llevar los cadáveres al barracón y a los *elegidos* al camión. El movimiento de cuerpos se hizo de manera sigilosa y tratando de evitar ser vistos por los centinelas de las torres de vigilancia. Tan solo unos segundos después de subir al último prisionero al camión, llegaron casi al mismo tiempo el kapo y el sargento.

—Lo siento, señor. No he encontrado el saco que me decía en el hangar. He buscado por todos los sitios y nada —dijo el sargento a la vez que abría la puerta del camión.

—No se apure, sargento. Unos minutos después de que usted se marchara, caí en la cuenta de que había dejado el saco detrás. Le pido disculpas por haberle hecho ir al hangar en balde —dijo Heinrich.

—No se preocupe, señor. Lo importante es que el saco ha aparecido —concluyó el sargento.

La carga estaba dispuesta, y Heinrich y el sargento se acercaban con el camión a la torre A. El lugar donde Heinrich preveía que se produciría el momento clave del plan.

El conductor detuvo el vehículo solo a unos metros de salir por el soportal de la torre A, al ver a unos soldados que bloqueaban el paso.

—Señor, necesitamos ver la carga y saber hacia dónde se dirigen con ella —dijo uno de ellos trasladando la pregunta desde el lado del conductor.

—Son cadáveres que han sido gaseados esta mañana y los llevamos a una clínica para realizar unas pruebas en ellos —contestó Heinrich adelantándose a cualquier explicación que pudiera dar el sargento.

En ese instante, salió del edificio un oficial que había escuchado aquellas palabras.

—¿Y esas pruebas que dice no se pueden hacer en la enfermería del campo? —preguntó el oficial.

—No, aquí no dispongo del instrumental necesario. Son unas pruebas específicas que tengo que hacer en una clínica especializada en odontología. Antes de ser oficial estudiaba para ser odontólogo y estaba inmerso en la aplicación de nuevas técnicas que se desarrollaron en otros países. Por esa razón solicité un permiso al comandante que... Por cierto, aquí tiene —explicó Heinrich al tiempo que entregaba un papel doblado a aquel hombre.

Después de ojear el permiso durante unos segundos, el oficial se lo devolvió a Heinrich.

—Abra el portón trasero, quiero ver los cuerpos que se lleva —dijo.

—Por supuesto —contestó el sargento, y ambos fueron a la parte de atrás del camión.

—Vosotros. Apuntad el número del uniforme de cada uno y después bajad a cuatro de ellos y los ponéis en el suelo bocarriba —ordenó el oficial a dos soldados que lo acompañaban.

En ese instante, Heinrich notó cómo se le erizaba el vello y una sensación de nerviosismo comenzó a invadir su cuerpo al darse cuenta de que llegaba el momento crítico que había que superar.

—Tú, comprueba que los cuatro están muertos —ordenó el oficial a uno de los soldados, una vez acabaron de colocar a los cuatro prisioneros en el suelo.

El corazón de Heinrich bombeaba sangre a gran velocidad, mientras veía a aquel soldado poner dos dedos en el cuello de uno de los prisioneros, intentando saber si tenía latido. Hizo lo mismo con los otros tres y después fue hacia el oficial.

—Están muertos —dijo el soldado.

El oficial se acercó un poco más a los cuatro cuerpos.

—No sé, igual necesito alguna prueba más, para estar seguro de lo que dices —dijo con cierto sarcasmo al mismo soldado.

Al oír este último el comentario del superior, se dirigió al instante a los pies de uno de los prisioneros que yacía en el suelo, cargó su fusil y apuntó a su cabeza. Heinrich, al verlo, tuvo un primer gesto de impedirlo, aunque sabía que debía conservar la calma para que no le notaran nada sospechoso.

—Le aconsejo que no malgaste las balas, las va a necesitar más adelante. Además, es posible que, si se equivoca en el disparo, pueda dañar el cuerpo y ya no me valga. Tener que pedir otro me enfadaría mucho —dijo Heinrich en un tono calmado.

Aquellas palabras frenaron al soldado que, al instante de oírlas, miró al oficial para obtener su aprobación. Entonces, Heinrich notó que uno de los prisioneros empezó a mover los párpados.

—¿Me permite, soldado? —dijo Heinrich señalando el fusil con el que el soldado amenazaba a aquel prisionero.

Algo dubitativo, relajó los brazos, retiró el arma lentamente de la cabeza de aquel hombre dormido, y se lo entregó a Heinrich que, al recibirlo, en un gesto violento, golpeó con la culata en el rostro del prisionero que se había movido, provocando que cayera en otro sueño inducido. Hubo caras de asombro en los soldados y un gesto displicente en el oficial tras lo sucedido.

—Es que dan ganas de volver a matarlos, ¿verdad? —dijo Heinrich al soldado, a la vez que le devolvía el fusil.

—Subirlos de nuevo al camión —ordenó el oficial a los soldados, con rictus serio.

El culatazo terminó siendo una jugada maestra de Heinrich. No en vano, el golpe, además de evitar que el prisionero
que movía los párpados fuera descubierto, mostró la crueldad
necesaria como para que el oficial abandonara la idea de obtener más pruebas de que esos hombres estaban muertos.

—Pueden marcharse —dijo el oficial nada más cerrarse el portón trasero del camión.

Heinrich respiró tranquilo al sentir que el vehículo comenzaba a moverse y todos los cuerpos estaban en su interior. El
plan se estaba cumpliendo como tenía previsto, pero hubo algo
de lo cual no se percató. En el mismo momento en el que el
camión salía del soportal de la torre A, Rolf pasaba por allí y le
vio en el asiento del acompañante. Todavía herido por la humillación sufrida en sus dominios —la estación Z—, por parte
del que fue su amigo, Rolf quiso saber en qué estaba metido
Heinrich.

Después de haber recorrido más de veinte kilómetros, decidió que era la hora de poner en marcha lo que tenía pensado
para despistar al sargento.

—Sargento, pare allí. Tengo entendido que tienen buena comida y mejor cerveza. ¿Le apetece? —sugirió.

—Pero… ¿qué hacemos con ellos? —preguntó el sargento refiriéndose a la carga del camión.

—No creo que vayan a ir a ningún sitio —dijo Heinrich esbozando media sonrisa.

El sargento asintió con la cabeza y estacionó el camión en el lugar en el que le dijo el oficial. Unos minutos después, disfrutaban de unas jarras de cerveza mientras Heinrich le explicaba lo que tenía pensado llevar a cabo en la clínica. Por supuesto, el sargento no entendía absolutamente nada de lo que le estaba contando, aunque asentía con la cabeza todo el tiempo y bebía de la jarra. En un momento de la charla que transcurría en tono distendido, Heinrich cogió algo de un bolsillo lateral del pantalón y lo guardó en la mano derecha, al tiempo que sacaba su billetera del bolsillo de atrás con la mano izquierda y hacía como que se le caía muy cerca de la posición del sargento. Este, al verlo, se agachó para recogerla, y fue entonces cuando Heinrich aprovechó para vaciar en la jarra de cerveza del sargento el contenido de una cápsula que era lo que guardaba en la mano derecha. La sustancia se disolvió al instante al tomar contacto con la cerveza.

—Discúlpeme, no acostumbro a beber tanta cerveza, y esta parece ser un poco fuerte para mí —dijo Heinrich.

El sargento sonrió al oír el comentario del oficial y echó un buen trago de la jarra hasta dejarla vacía.

—Me apetece otra. ¡Por favor, ponga otras dos aquí! —exclamó Heinrich al camarero.

—Señor, tengo que conducir —dijo el sargento.

—No se preocupe, estamos muy cerca de la clínica —concluyó.

Heinrich, hacía que bebía e iba controlando el tiempo que había transcurrido desde que el sargento ingirió la cerveza mezclada con la sustancia. Intuía que en cuestión de segundos comenzaría a marearse y debía reaccionar con rapidez para llevarlo al camión.

—Señor, no me encuentro muy bien —dijo el sargento llevándose la mano derecha al rostro.

Ese fue un síntoma inequívoco de que aquel hombre estaba a punto de perder el sentido. Heinrich, raudo, soltó unos billetes en la barra, agarró por el brazo izquierdo al sargento y lo ayudó a caminar hasta llegar al camión. Una vez allí, lo subió al asiento del acompañante e instantes después, quedó inconsciente. Con el sargento fuera de combate, tenía vía libre para llevar el camión hacia un lugar boscoso situado muy cerca de allí. Una vez estacionado el camión entre la arboleda, fue con premura a la parte de atrás provisto de una linterna. Subió por el portón y cogió el saco que estaba más al fondo de la zona de carga y sacó de él un estuche en el que guardaba todas las jeringas preparadas para ser utilizadas. Con la ayuda de la linterna, fue uno por uno inyectando la sustancia a todos los prisioneros y esperó a que esta hiciera efecto. Al cabo de unos minutos, varios prisioneros empezaron a reaccionar y, al ir incorporándose, se miraban unos a otros y también a Heinrich, que era el artífice de todo aquello.

—No hay tiempo que perder, quítense el uniforme y pónganse esto. No sabemos cuánto tiempo permanecerá dormido el sargento —dijo Heinrich a los prisioneros que estaban despiertos, a la vez que les iba entregando a cada uno ropa de calle que guardaba en otro saco.

—Siento lo del rostro. Vi que se estaba moviendo y tuve que golpearle para que perdiera el conocimiento —confesó Heinrich.

—No tiene que sentirlo. Me ha salvado la vida… Bueno, nos está salvando la vida a todos —dijo aquel hombre mientras se echaba la mano al pómulo izquierdo amoratado por el culatazo recibido.

Cuando Heinrich vio que ya estaban todos vestidos con la ropa que obtuvo en el depósito de pertenencias del campo, bajó el portón trasero del camión para que fueran saliendo.

—Este es el comienzo de una nueva vida para vosotros. Habéis dejado de ser prisioneros. Aquí tenéis los papeles que vais a necesitar —dijo al tiempo que repartía los documentos de identificación a cada uno de ellos.

—Sé que esto que os voy a dar ahora no va a compensar en nada todo lo que habéis vivido en Sachsenhausen, no obstante, espero que os sirva como ayuda para lo que hoy empieza para vosotros —continuó diciendo. Y segundos después fue entregando a cada uno un fajo de billetes de cien dólares. No hubo palabra alguna. Solo rostros de personas que cruzaban miradas con emoción y esperanza.

—Tengo que mostraros algo. Acercaos y prestad atención. Estamos aquí, y esto que os señalo en el mapa son puntos que debéis evitar a toda costa. Puede ser muy peligroso que vayáis por donde os he indicado… No creo que quede mucho para que todo acabe, pero hasta entonces, manteneos a salvo. Siento mucho lo que habéis tenido que sufrir en este tiempo de reclusión… Pero eso ya pertenece al pasado. Ahora sois libres.

Buena suerte a todos —concluyó Heinrich a la par que doblaba el mapa.

No hubo reacción inmediata por parte de los elegidos. Todos permanecieron quietos mirándose unos a otros intentando asumir su nueva condición de hombres libres. Algo que les arrebataron y que no esperaban conseguir después de haber creído que no saldrían vivos de aquella siniestra prisión con forma triangular. Las caras de incredulidad dieron paso a rostros de esperanza y, finalmente, uno por uno quisieron mostrar su agradecimiento a aquel ángel de la guarda con uniforme de oficial de la SS que los había llevado hasta allí. Hubo lágrimas, mucha emoción y palabras de gratitud de todos hacia Heinrich, que las recibía con los ojos vidriosos y orgulloso de haber conseguido que unos pocos tuvieran la posibilidad de ser libres de nuevo. Satisfecho, vio cómo aquellas personas emprendían caminos diversos y desaparecían en la oscuridad de la noche a medida que iban penetrando en el bosque.

El trabajo estaba hecho. Tan solo quedaba regresar al campo, pero antes, Heinrich decidió esperar a poner el camión en marcha. Necesitaba que pasara el tiempo para hacer creer al sargento que había dejado los cuerpos en la clínica. Media hora después, arrancó el motor y salió del bosque en dirección a Sachsenhausen. Recorridos aproximadamente quince kilómetros, el sargento despertó.

—¿Qué ha pasado? —preguntó un tanto aturdido.

—Parece que no le sienta muy bien el alcohol, sargento. Empezó a marearse en el local y tuve que subirle al camión.

Después perdió el conocimiento y hasta ahora —respondió Heinrich.

—Qué extraño. No me había pasado esto nunca —comentó el sargento llevándose la mano derecha a la frente.

—Ya le advertí que la cerveza estaba fuerte… No se preocupe, conduje el camión hasta la clínica y allí me ayudaron a bajar los cuerpos. Ya estamos de vuelta —indicó.

—Lo siento, señor. No sabe cuánto lamento lo que ha sucedido. No tengo excusa —dijo.

Heinrich solo asintió con la cabeza y siguió conduciendo. Tenía claro que la culpabilidad del sargento le serviría para conseguir en el futuro medios de transporte para sacar a más prisioneros.

Al llegar al campo, paró el camión y bajó del mismo nada más acceder a la zona de administración.

—Lleve el camión al hangar, sargento. Y no se avergüence, le sentó mal la cerveza que tomó, nada más. No le dé más vueltas —comentó intentando quitarle importancia a lo sucedido.

El sargento hizo un gesto de afirmación con la cabeza y dirigió el vehículo al lugar donde le indicó el oficial.

Heinrich estaba ansioso por decirle a Gabriel que todo había salido bien, pero pensó que ese no era el momento idóneo. Antes de hacerlo, debía estar seguro de que no hubiera sospechas después del recuento de prisioneros que se produciría la mañana siguiente, por esa razón, decidió esperar.

Por la mañana, Heinrich acudió al patio donde se efectuaba el recuento y lo presenció. Al acabar, no hubo errores en las cuentas y no sonaron las sirenas. Ya se podía decir que el plan resultó satisfactorio, sin embargo, quiso esperar aún más para ver la reacción de los soldados al descubrir los cuerpos de los prisioneros muertos en distintos puntos del patio.

—¡Soldados!, recojan los números de los uniformes de esos prisioneros que hay en el suelo. Quiero saber de qué barracón son cada uno. Cuando acaben, llévenlos al depósito. No me gusta ver mi patio sucio —dijo el mismo oficial que inspeccionó el camión la noche anterior.

Heinrich supo desde un principio que anotarían los números, por esa razón esperó a que los cotejaran con las listas que manejaban de todos los barracones. Fueron minutos de calma tensa, no en vano, era el último escollo para estar seguro de que el plan había salido bien en su totalidad.

Finalmente, la espera acabó después de que uno de los soldados saliera de la torre A e informara a sus compañeros de que podían retirar los cadáveres. En ese instante, Heinrich respiró aliviado y corrió hacia la sala de interrogatorios de las celdas de castigo, donde aguardaba Gabriel.

—¡Lo hemos conseguido! Todo ha salido bien. Ahora, necesito que pienses en la próxima lista. Esta vez quiero los nombres de treinta prisioneros para mañana —dijo Heinrich mientras posaba la mano derecha en el hombro izquierdo de Gabriel.

—¡Treinta nombres! ¿No son muchos? —preguntó Gabriel con cierta preocupación.

—Sí, son muchos, pero de este modo saldrían tres veces más en cada camión. ¡Salvaríamos a más personas! —dijo con vehemencia.

—Lo sé, señor, sin embargo, sería el triple de peligroso para usted. Son muchos cadáveres que esconder y podrían sospechar por sacar tantos cuerpos del campo —señaló Gabriel.

—No tenemos tiempo, Gabriel. Hay que sacar a los que podamos porque los aliados están cada vez más cerca y las ideas que he oído que se están manejando en comandancia con respecto a los prisioneros, son aterradoras. Por eso quiero que tú seas el prisionero número treinta y uno de la lista —confesó Heinrich.

Gabriel, al oír aquello, se quedó sin palabras.

CAPÍTULO XXXI

13 de abril de 1945

Rolf acudió a la torre A al día siguiente de ver a Heinrich en el asiento del acompañante de aquel camión. El sentimiento de venganza y la desconfianza, le hacían tener la necesidad imperiosa de conocer qué se traía entre manos. En la primera planta del edificio, el lugar donde se llevaba a cabo la administración de todo el campo, consultó el informe de lo sucedido la noche anterior y supo sobre los diez cadáveres que fueron gaseados y después transportados a la clínica por orden de Heinrich. Después comprobó que este último se apoyó en una autorización firmada por el comandante Kaindl. La información recibida sembró dudas en Rolf, que, en aquel instante, comenzó a plantearse preguntas acerca de todo aquello. Preguntas que le llevaron a pensar que había algo oculto que debía ser investigado exhaustivamente.

De los diez prisioneros que escaparon de Sachsenhausen gracias a Heinrich, cuatro decidieron ocultarse en varios lugares de la zona. Los otros seis fueron parados por distintas patrullas, aunque todos pudieron continuar su camino gracias a la documentación proporcionada por los falsificadores de los barracones 18 y 19. De esos seis, uno de ellos decidió probar suerte yendo hacia el noreste. Ladislao, como así se llamaba, era de origen polaco y se aproximaba a los cuarenta y cinco años.

15 de abril de 1945

Rolf quiso ver al comandante Kaindl para confirmar que la autorización utilizada por Heinrich en el traslado de los cadáveres fue firmada por él, sin embargo, no pudo hacerlo puesto que el comandante llevaba tiempo sin aparecer por el campo. Sin la prueba de la firma no tenía argumentos necesarios para acusarle, aunque estaba seguro de que había algo oculto, y poder demostrarlo era su mayor obsesión. Ya en sus dominios —la estación Z—, supo de la visita de Heinrich y de cómo solicitó esos cuerpos aportando otra autorización firmada por la misma persona —el comandante Kaindl—. Tras haber conocido los detalles, entendió que no había ninguna fisura en su proceder tanto en la estación Z, como en la torre A, y eso le llenaba de rabia por dentro. Una rabia desmedida por no encontrar la manera de desquitarse de la humillación infligida por Heinrich en ese mismo lugar con varios miembros de la tropa como testigos. Aquel agravio caló hondo en él hasta el punto de olvidar por completo la estrecha amistad que los unió a ambos en el pasado. Estaba seguro de que Heinrich era un traidor y, desesperado, fue a encontrarse con él para intentar sonsacarle, pero a medio camino de la entrada al campo de prisioneros, pasó por su mente la idea de que podía ser detenido por acusar a un oficial y llevado a un consejo de guerra. Eso le hizo dudar y decidir dar media vuelta. En ese instante, el sonido del claxon de un camión llamó su atención.

—¡Claro! ¡El conductor! —dijo en voz alta.

Rolf corrió hacia el hangar para hablar con el conductor que acompañó a Heinrich en el traslado de los cadáveres. Pensó que tal vez ese hombre podía aportar algún dato que le ayudara a desenmascarar a Heinrich. Al llegar, preguntó a varios soldados que había en la zona y todos le señalaron al sargento que en esos instantes estaba revisando uno de los camiones.

—Soy el sargento Rolf Schumann y estoy destinado en la zona industrial. He oído que acompañaste al teniente Heinrich en el traslado de unos cadáveres. Necesito que me cuentes todos los detalles —preguntó.

—Sé quién eres. Todos dicen que estás haciendo una gran labor allí. Claro. ¿Qué quieres saber? —dijo el sargento.

—Cuéntamelo todo. Desde el principio —contestó.

—El teniente vino aquí porque necesitaba un camión y yo le dije que tenía uno disponible, pero le puse la condición de que yo sería el conductor. La responsabilidad del vehículo recaía en mí, por esa razón me empeñé en acompañarlo —explicó.

—Pero ¿él puso algún impedimento al respecto? —preguntó de nuevo Rolf.

—No, bueno… Al principio parecía un poco contrariado, pero enseguida aceptó. El día del traslado de los cadáveres, llevé el camión a la zona industrial y allí los cargaron. Después, dejamos el camión aparcado en el patio y el teniente me pidió que fuese a por un saco que se había olvidado en el hangar, sin embargo, después de un tiempo allí buscando no lo encontré. Resulta que ya estaba cargado en el camión, según me dijo el propio teniente —continuó diciendo el sargento.

—Interesante. Continúa, continúa —dijo Rolf sin perder un detalle del testimonio.

—Arranqué el camión para salir del campo y nos pararon en la torre A. Allí, el teniente le entregó al oficial de guardia un papel firmado por el comandante y este último ordenó a unos soldados bajar del camión a cuatro cadáveres para confirmar que estaban realmente muertos. Ya sabe, procedimientos habituales. Cuando acabaron, los subieron de nuevo al camión e iniciamos la marcha… —indicó.

—Perdona que te interrumpa. ¿Viste lo que hicieron los soldados para saber que esos cuatro cuerpos estaban sin vida? —preguntó.

—Sí, uno de ellos comprobó que no tenían pulso, pero el oficial de guardia no parecía estar satisfecho. Entonces, el teniente cogió el fusil del soldado y le dio un tremendo culatazo en el rostro a uno de los cuerpos que yacía en el suelo. Aquello convenció al oficial y nos dejaron marchar. Lo que ocurrió después me resulta difícil de explicar —dijo el sargento.

—¿Por qué? —preguntó Rolf.

—Es un poco embarazoso. No me había pasado nunca —respondió.

—No te preocupes. No se lo diré a nadie —dijo.

—Bien. El teniente me invitó a unas cervezas antes de llegar al destino y… Debieron sentarme mal, porque me comencé a marear. El teniente me agarró para que no cayera al suelo y me llevó al camión. Eso es todo lo que recuerdo antes de que me desmayara. Cuando desperté, el teniente ya había dejado los cadáveres y conducía el camión hacia aquí —confesó el sargento.

—Entonces, ¿no viste dónde dejó los cuerpos? —preguntó Rolf con rostro de asombro.

—No —contestó el sargento.

—Una pregunta más. ¿Recuerdas que ocurriera algo inusual antes de que empezaras a encontrarte mal? No sé, algún detalle que consideres que carece de importancia.

—Pues… no sé… Lo único, antes de que el teniente pidiera las últimas cervezas, se le cayó la cartera al lado de donde yo estaba sentado. Me agaché y la recogí. No recuerdo nada más. ¿Por qué lo preguntas? —respondió.

—No, por nada. Muchas gracias. Me has sido de gran ayuda —dijo al tiempo que estrechaba la mano del sargento.

Rolf salió del hangar con la sensación de que todo había sido un plan urdido por Heinrich, aunque no sabía con qué fin. Lo que tenía claro era que mandar al sargento a buscar el saco al hangar y que este último se desmayara minutos después de recoger la cartera, fueron artimañas de distracción para ocultar algo que tenía que ver con los cadáveres trasladados, y eso era lo que estaba dispuesto a demostrar.

Heinrich puso de nuevo en marcha la operación Shakespeare, esta vez para sacar a treinta y un prisioneros. Sabía que era muy arriesgado, pero tenía que intentarlo dadas las últimas informaciones que manejaba de comandancia acerca de un traslado masivo de prisioneros. Tenía claro que, si se producía ese movimiento, era porque el Reich no quería que los prisioneros fueran liberados por el ejército aliado.

Sin perder un segundo, llevó la lista que le facilitó Gabriel a los prisioneros que manejaban la imprenta y les comunicó que necesitaba que tuvieran hechos los documentos cuanto antes.

20 de abril de 1945

Cinco días después de haber comenzado la senda en solitario hacia la libertad, y pasar dos días más oculto bajo un puente para evitar ser visto por los numerosos pelotones de soldados que pasaban incesantemente por allí, optó por seguir adelante sin saber lo que sucedería cinco horas más tarde. En un momento del camino, una bandada de pájaros que volaba hacia el oeste robó su atención. Unos segundos de distracción que le impidieron ver a un grupo nutrido de hombres que aparecieron tras una arboleda.

—¡Eh! —exclamó uno de ellos dirigiéndose a Ladislao.

Se detuvo aterrorizado, cerró los ojos y dirigió su rostro hacia aquella voz. Al abrirlos, el sol le molestaba y no pudo ver de quién se trataba. Solo distinguía una sombra que se iba acercando. El sol dejó de cegarle durante unos segundos y logró ver a un hombre armado con un fusil. Una imagen aún borrosa que alteró sus nervios, hasta que sus ojos descubrieron a la persona que tenía delante con total nitidez. Fue entonces cuando Ladislao hincó las rodillas y, llevándose ambas manos al rostro, comenzó a llorar. Las lágrimas brotaban en sus ojos al tiempo que mascullaba algo entre sollozos. Entonces, paró el llanto y, segundos después, sonó un *gracias* en polaco que hizo que el portador del fusil lo bajara al instante. A Ladislao le embargó la emoción al descubrir que tenía delante de él a un soldado con el uniforme del ejército polaco.

—¿Está bien, señor? —le preguntó el soldado en su idioma.

—Sí, ahora sí —contestó sonriendo.

Ladislao cogió la mano del soldado que no sujetaba el fusil y la estrechó con fuerza mientras la besaba en un gesto de agradecimiento al verse salvado. El soldado se vio abrumado ante tales muestras de agradecimiento y quiso tranquilizar al hombre que permanecía aferrado a su mano, e intentó que se serenara y le explicara quién era y qué estaba haciendo allí. Una vez calmado, Ladislao le contó todo lo que quería saber, además de un breve resumen de lo que vivió encerrado en Sachsenhausen. Al oír la historia narrada por aquel hombre, el soldado se apresuró a informar al oficial del destacamento, y este decidió poner en conocimiento de ello al general Koblow del 47.º Ejército del primer frente bielorruso, a través de un mensaje que le hizo llegar a través del mismo Ladislao y del soldado que le encontró. En el instante en el que el general conoció lo que ocurría en Sachsenhausen, decidió mandar tropas hacia allí.

21 de abril de 1945

Fueron varios días de espera en los que Heinrich tuvo tiempo para hacer las fotografías a los prisioneros, incluido a Gabriel. También para dejar preparada la sustancia que los dormiría y las jeringas que los reanimarían. Todo lo que pudo hacer por avanzar con el plan, lo hizo, sin embargo, ese esfuerzo realizado no sirvió de nada ya que, ocurrió algo que echó abajo el plan por completo. Heinrich acudió de noche a los barracones 18 y 19 para recoger los documentos de los prisioneros sin saber el panorama que se iba a encontrar allí. Al entrar en la sala de la imprenta se quedó atónito al ver que no había ninguna máquina.

—Pero… ¿qué ha ocurrido aquí? —preguntó con ansiedad a los presentes en la sala.

—Vino el comandante Krüger con unos soldados y nos ordenaron desmantelar todo y cargarlo en camiones. No ha quedado nada, señor —dijo uno de los prisioneros encargado de la imprenta.

La cara de preocupación de Heinrich al oír a aquel prisionero, lo decía todo. En cuestión de segundos el plan se había hecho trizas y no pudo hacer nada por remediarlo. Abatido por el fracaso, agachó la cabeza y cerró los ojos intentando pensar en alguna solución. Entonces…

—¡No! ¡Gabriel! —exclamó y, raudo, salió de la sala.

Heinrich supuso que el comandante Krüger se llevó las máquinas de allí debido a la llegada inminente del ejército aliado y enseguida entendió que ello conllevaría el traslado inmediato de los prisioneros. Por esa razón, salió del barracón a toda prisa en dirección al patio, para intentar evitar que se llevaran a Gabriel.

21 de abril de 1945

Heinrich llegó al patio en el mismo instante en el que los soldados hacían sonar sus silbatos y gritaban a los prisioneros para que salieran de los barracones.

«Ya ha empezado», se dijo a sí mismo en voz baja, y corrió hacia el barracón de Gabriel. Heinrich vio que gran parte de los prisioneros del barracón estaban ya en el patio, pero la persona que buscaba, no. Raudo, entró por la puerta y se encontró al kapo gritando y empujando a los prisioneros para que fueran saliendo y, al igual que él, varios soldados hacían lo propio en la zona de las literas. La situación era crítica y era necesario tomar el control.

—¡Soldados! ¡Kapo! Hay demasiada gente fuera. Necesito que salgan del barracón ahora mismo para ayudar en el patio. Yo me encargo de los que están aquí —ordenó Heinrich mientras sacaba su pistola de la funda y la sujetaba en alto con la mano derecha.

Aquella muestra de autoridad surtió efecto en los soldados, que salieron al instante del barracón, sin embargo, el kapo permanecía junto a la puerta sin reaccionar, con una mirada de desconfianza absoluta hacia el oficial que tenía delante.

—¿No me has oído? No pongas a prueba mi paciencia…— dijo Heinrich, al tiempo que amartillaba su pistola.

El kapo salió del barracón con reticencia, sin quitar la mirada de la persona que le amenazaba de forma indirecta con su arma. Nada más salir el kapo, Heinrich cerró la puerta para que no entrara nadie.

—¡Gabriel! ¡Gabriel! —exclamó.

—¡Aquí estoy, señor! —contestó levantando el brazo derecho.

—Reúne en la estancia de literas a todos los que queden dentro. Rápido —dijo mostrando cierto nerviosismo.

Gabriel congregó a todos en cuestión de segundos en el lugar indicado por Heinrich.

—¿Estos son todos? —preguntó.

—Sí, señor —contestó Gabriel.

—Está bien. ¡Escuchadme! Es de suma importancia que permanezcáis aquí dentro en las próximas horas. Salir significaría tener un porcentaje muy alto de perder la vida. Yo me encargaré, en la medida de lo posible, de que nadie entre aquí. Ahora, echaos en las literas y manteneos en silencio. Yo vengo en unos minutos —explicó.

—Señor, se está arriesgando mucho —dijo Gabriel.

—No te preocupes. Todo irá bien —dijo.

Heinrich salió del barracón en busca de personas de confianza que pudieran ayudarle a proteger la entrada al barracón, al menos unas horas, pero ¿a quién acudiría? En un primer momento pensó en los sargentos destinados en los barracones 18 y 19, sin embargo, tuvo dudas sobre la implicación que pudieran tener. El sargento que le acompañó en el traslado de los prisioneros también pasó por su mente y parecía ser la persona de confianza que necesitaba, sin embargo, fue otro el hombre escogido. Heinrich fue a las cocinas del campo en busca del sargento con el rostro desfigurado que participó en la cruenta batalla de Normandía. Lo eligió porque, en la entrevista que mantuvo con él para averiguar el paradero de su hermano Friedrich, notó sinceridad en sus palabras y confianza en su mirada.

—Venga conmigo —dijo Heinrich nada más ver al sargento.

—Sí, señor —respondió, y ambos salieron apresuradamente de las cocinas en dirección al Barracón de Gabriel.

—Necesito que cubra esta posición. Es muy importante que no entre nadie a este barracón. Si lo considera oportuno, escoja a varios soldados para que monten guardia. Si alguien pregunta quién lo ha ordenado, conteste que he sido yo. Sé que es un buen soldado y no me defraudará —ordenó Heinrich nada más llegar a la puerta del barracón.

—No se preocupe, señor. Yo mismo me encargaré de que nadie entre aquí —dijo el sargento.

Heinrich y el sargento permanecían apostados en la entrada al barracón a la vez que observaban como miles de prisioneros salían por la torre A creando una interminable columna humana. Los soldados que caminaban alrededor de los prisioneros, les gritaban y empujaban de manera incesante para conseguir que se alejaran de allí cuanto antes y así evitar que los aliados los liberaran. Entonces, Heinrich se percató de algo importante. La gran mayoría de prisioneros tenían el distintivo de la estrella de David amarilla que los identificaba como presos judíos.

—Voy a entrar. Vengo enseguida —dijo dirigiéndose al sargento.

Heinrich sabía que aquel barracón era uno de los que estaban repletos de judíos; uno de ellos, el propio Gabriel.

—¡Rápido, quítense todos la parte de arriba del uniforme! —ordenó a todos los prisioneros al entrar en la sala de literas.

—Gabriel, ¿cuántos sois? —preguntó.

—Somos treinta y siete, señor —respondió al tiempo que dejaba la prenda que se acababa de quitar en el suelo.

—Bien… Esconded esas prendas y volved de nuevo a las literas. Tengo que hacer algo —concluyó mientras observaba los cuerpos escuálidos y rostros cadavéricos que tenía delante.

Gabriel notó al teniente nervioso por la situación y decidió hablar con sus compañeros de barracón instantes después de que saliera el oficial.

—Escuchadme, por favor. Llevo tiempo tratando con el teniente y puedo deciros que es de las mejores personas que he conocido. Me ha salvado la vida en dos ocasiones y gracias a él diez de nosotros han conseguido escapar. De hecho, es muy posible que, al mantenernos aquí, nos esté librando de una muerte segura. Si descubrieran lo que está haciendo, le acusarían de alta traición, y todo por ayudarnos sin tener por qué hacerlo. Os digo esto porque creo que es hora de que le ayudemos nosotros a él —explicó Gabriel.

Heinrich fue a otros barracones en busca de prendas de prisioneros que no tuvieran la estrella de David amarilla, a la vez que el sargento permanecía custodiando la entrada del barracón. Varias horas después, ya había recorrido el campo de punta a punta para ver la cantidad de prisioneros y soldados que habían quedado en el campo, y descubrió que los barracones estaban ocupados solo con prisioneros enfermos. Entendió que daba igual el distintivo de la ropa. La gran mayoría de prisioneros judíos que vio en la gran columna humana vinieron de otros campos a Sachsenhausen para iniciar la marcha desde allí. Pero en el campo no hubo distinciones. Todos los que podían andar fueron obligados a la fuerza a salir de los barracones, para después iniciar una terrible marcha en dirección noroeste. Incluso las celdas de castigo estaban vacías. Sin embargo, las chimeneas de la estación Z seguían echando humo y eso significaba que seguían dando muerte a prisioneros. Probablemente a los que no podían andar. Heinrich bajó la mirada al suelo en un síntoma claro de tristeza por no poder hacer nada por ellos, pero tenía que intentar proteger a los que sí podía ayudar, por esa razón, fue hacia el barracón de Gabriel a paso ligero. Mientras lo hacía, podía oír los disparos que provenían del exterior del muro norte. Disparos que se escuchaban más lejos, a medida que se alejaban los miles de prisioneros del campo. Heinrich dirigió la mirada en dirección a los disparos. Evidentemente, no veía nada, pero se dio cuenta de un detalle importante. Observó que el número de soldados había bajado sustancialmente. No todos los puestos de vigilancia estaban cubiertos, sin embargo, los principales, como la torre A, sí. Ya en el patio, vio como un oficial y dos sargentos, acompañados por un pelotón de soldados, se aproximaban al sargento que custodiaba la entrada del barracón de Gabriel. Después de una breve charla que duró varios segundos, se produjo un forcejeo entre la persona de confianza de Heinrich y varios soldados del pelotón, hasta que llegaron a reducirle y permitir así que el oficial, los dos sargentos y varios soldados, entraran en el barracón. Heinrich se temió lo peor.

—¡Suéltenlo ahora mismo! —ordenó Heinrich en voz alta a los soldados que sujetaban al sargento.

Cuando lo vio liberado, entró al barracón asumiendo lo que pasaría al hallar a los prisioneros, pero, al llegar a la sala de literas —el lugar en el que se encontraban el oficial y los sargentos—, vio que no había nadie. Heinrich, con asombro en su rostro, intentaba entender lo que estaba ocurriendo.

—¿Es usted el que ha colocado al sargento en la puerta para que nadie entre? —preguntó el oficial a Heinrich con cara de pocos amigos.

—Sí —contestó.

—¿Con qué intención lo hizo? —volvió a preguntar el oficial.

Heinrich titubeó durante un par de segundos, a la vez que escudriñaba el barracón con la mirada.

—Eh… hubo un… brote de tifus en el barracón y quise que no entrara nadie para evitar contagios —contestó en un momento de lucidez.

El rostro del oficial cambió y la preocupación comenzó a mostrarse en él.

—Eh… Está bien. Salgamos. No conviene estar mucho tiempo aquí —ordenó el oficial a los sargentos y estos a los soldados.

Cuando Heinrich vio que ya no quedaba ningún hombre de uniforme en el barracón, salvo él, respiró aliviado y, después, se quitó el gorro y comenzó a rascarse la cabeza con la misma mano que lo sujetaba. No lograba entender cómo era posible que treinta y siete prisioneros se hubieran esfumado de golpe.

Unos segundos después hoyó un murmullo no muy cerca de su posición.

—Señor, estamos aquí —se oyó como un susurro. Aquella voz venía de un rincón de la sala de literas.

—¿Gabriel? —preguntó.

—Sí, señor. Vaya al rincón de la derecha —dijo dirigiéndose al teniente.

De repente, se oyó un crujir en el suelo y, al instante, apareció la cabeza de Gabriel por el rincón, junto a la última litera de la fila.

—Pero ¿cómo es posible? —preguntó.

—Señor. Hemos visto que lo está dando todo por intentar que salgamos de aquí. Era el momento de que nosotros hiciéramos algo también —contestó Gabriel al tiempo que iban saliendo uno por uno todos los prisioneros de aquel improvisado escondite.

—Sí, pero… ¿Todos habéis entrado ahí? —volvió a preguntar.

—Sí, señor. Mire. Fuimos golpeando el suelo para ver si había algún hueco debajo y descubrimos un falso suelo, no muy grande, sin embargo, haciendo un pequeño esfuerzo, cabíamos todos. Mire, mire… —dijo Gabriel animando al teniente a que se asomara al agujero.

Heinrich echó un vistazo y no daba crédito. Al incorporarse y ver a los prisioneros, entendió que la extrema delgadez de aquellos hombres facilitó que se pudieran apelotonar todos en aquel hueco.

—Bien hecho… Bien hecho —dijo posando la mano derecha en el hombro de uno de los prisioneros. Heinrich, cerró los ojos, se secó el sudor y se puso el gorro.

—Tengo la sensación de que vamos a estar unas horas tranquilos. No creo que tengan pensado volver. Aun así, manténganse todos lo más juntos posible en el rincón por si tuvieran que utilizar el agujero de nuevo —concluyó.

22 de abril de 1945

Rolf recibió órdenes de sus superiores aquella misma noche de ir ejecutando a todos los prisioneros enfermos que quedaban en el campo. Las horas siguientes fueron de un ajetreo continuo en el foso y en las duchas de la estación Z. Los soldados colocaban en el foso a tres o cuatro prisioneros de pie, situándolos en fila india de espaldas a los troncos y disparaban al primero aprovechando así la misma bala para ejecutar a los prisioneros que tenía detrás de él. En el interior del edificio, los soldados y los kapos destinados allí, llevaban a los prisioneros a la sala de duchas y, una vez dentro, dejaban salir por los conductos del aire el gas Zyklon B que empleaban para ejecutarlos sin tener que utilizar munición. Los cadáveres se iban apilando en la sala contigua a los hornos. Había demasiados cuerpos que incinerar y en los hornos había un espacio limitado. Rolf tuvo que ir escalonando las ejecuciones y eso le supuso el doble de tiempo para llevar a cabo la orden, hasta que el capitán decidió excavar una fosa para ir echando en ella los cadáveres.

Pasaron muchas horas desde que partieron los miles de prisioneros que formaban la gran columna humana hacia el noroeste del país. Horas de incertidumbre en el interior del barracón de Gabriel, en el cual aguardaban en silencio a que Heinrich volviera con noticias. Un silencio que, en ocasiones, se rompía por los gritos y los disparos provenientes de la estación Z. Oírlos generaba temor en Gabriel y en sus treinta y seis compañeros de reclusión. Entretanto, Rolf continuaba con su labor de exterminio a unos doscientos metros de allí. El cansancio de llevar horas sin dormir no parecía hacer mella en él, puesto que seguía supervisando lo que se hacía en aquel siniestro lugar. Los soldados y los kapos llevaban los cuerpos de los prisioneros recientemente gaseados hacia la sala junto a los hornos. Rolf permanecía impertérrito observando cómo lo hacían hasta que oyó a uno de ellos nombrar al teniente Schültz mientras hablaba con otro.

—¡Eh, Tú! ¡Ven aquí! —ordenó nada más oírlo.

Aquel hombre era el kapo del barracón de Gabriel, quien después de haber sido desalojado por Heinrich, fue destinado a la estación Z.

—¿Qué decías del teniente Schültz? —preguntó Rolf cogiéndolo por la pechera.

—No, nada, señor —contestó.

—Cuéntame ahora mismo lo que estabas diciendo del teniente Schültz o serás el próximo al que meta en los hornos —dijo en tono amenazante.

El miedo se apoderó del kapo.

—Solo decía que el teniente Schültz no permitió que sacaran a todos los prisioneros de mi barracón. Les dijo a los soldados que se fueran y a mí me echó de allí —le explicó.

Rolf le soltó en el mismo instante en el que se produjeron varios estruendos en las inmediaciones del campo. Esos mismos estruendos los oyeron en el barracón de Gabriel y provocaron el pánico en varios de los prisioneros.

—¡Son los aliados! ¡No van a dejar que nos liberen! ¡Vendrán a matarnos! —exclamó uno de ellos.

—¡Es el fin! ¡Estamos condenados! —exclamó otro.

—Tenemos que mantener la calma. Esperemos a que venga el teniente —dijo Gabriel en un tono calmado.

Rolf parecía ajeno a las explosiones que se producían no a mucha distancia de allí. El fuego de mortero aliado no le afectaba lo más mínimo. Solo tenía una cosa en la mente.

—Heinrich. Eres un traidor —dijo con rabia y cerrando el puño izquierdo con fuerza.

El odio crecía cada vez más en su interior y no tenía la intención de querer controlarlo. Miró a su alrededor con la ira reflejada en el rostro y encontró un lugar en el que fijar sus ojos, la puerta que daba acceso a la estación Z. Entonces, echó mano a su subfusil MP40 que llevaba a la espalda y se dirigió con paso firme hacia el interior del campo.

Heinrich fue a una de las torres de vigilancia para observar el avance aliado.

—Están muy cerca —dijo. Y entendió que, dado el número de efectivos que quedaron para hacer frente a los aliados, estos penetrarían en el campo en cuestión de minutos.

Aquella reflexión hizo que Heinrich decidiera ir al barracón para informar a los prisioneros de que el fin de su reclusión estaba cerca. No se dio prisa en hacerlo ya que creía que el sargento continuaba custodiando la entrada del barracón, pero no era así. Un oficial, al verlo allí, lo reclutó para ocupar una posición de defensa fuera del campo. Una orden a la cual no pudo negarse.

En el interior del barracón se había formado una gran discusión entre los prisioneros.

—¡Tenemos que salir de aquí! ¡Si nos quedamos, nos van a ejecutar! —decía uno.

—Es mejor esperar a que todo se calme —decía Gabriel.

Las explosiones se oían cada vez más cerca y la tensión crecía por momentos.

—Ya están aquí. Tenemos que ir a su encuentro. ¡Vamos! —dijo uno de ellos corriendo hacia la puerta del barracón.

Varios prisioneros, presos del pánico, siguieron a aquel hombre hacia la salida.

—¡No! ¡No salgáis! —dijo Gabriel a la par que corría hacia ellos.

La puerta del barracón se abrió y salieron los cuatro prisioneros y Gabriel intentando pararles. En ese instante, se oyó una ráfaga de disparos en el patio que dio paso a unos pocos segundos de silencio. Tres de los cuatro prisioneros que intentaron buscar la libertad yendo al encuentro de los aliados, yacían en el suelo con múltiples impactos de bala que les provocaron la muerte al instante. El que quedaba estaba malherido con un disparo en el cuello y otro en el costado derecho. Gabriel recibió un disparo en el muslo derecho e iba arrastrándose para intentar apoyar su cuerpo en el lateral del barracón, sin tener en cuenta si aún estaba en el punto de mira del tirador. Miraba su pierna y veía sangre en el pantalón del uniforme de rayas, fue entonces cuando levantó la mirada y vio a Rolf sujetando su subfusil.

—Las ratas salen de su agujero —dijo Rolf acercándose lentamente al prisionero malherido.

Gabriel le observaba con temor e intentaba presionar la herida hasta que pudiera encontrar algo que usar como torniquete.

—Tu cara me es familiar, ¿dónde te he visto yo antes? Ah, sí. Cerca del foso de la estación Z —dijo en tono irónico refiriéndose a Gabriel.

En ese instante, siempre con sus ojos puestos en Gabriel, bajó el arma y disparó otra ráfaga al cuerpo del prisionero que agonizaba, matándolo en el acto. Las explosiones se sucedían con mayor intensidad y los disparos detrás del muro evidenciaban que los aliados estaban a punto de entrar en el campo. Rolf, entretanto, permanecía absorto observando a Gabriel, aun teniendo al enemigo casi encima.

—¿Acompañabas al teniente Schültz, ¿no es cierto? Y yo me pregunto… ¿Por qué no estás caminando como el resto de las ratas que están siendo conducidas al norte? —preguntó Rolf sin abandonar el tono irónico y metiendo un cargador nuevo en el subfusil. Gabriel no sabía qué decir. Solo podía mantenerse allí, indefenso y expuesto a lo que Rolf quisiera hacer con él—. ¿No contestas? —le preguntó al tiempo que amartillaba el arma y le apuntaba con ella al cuerpo.

El miedo crecía en el interior de Gabriel, que veía que aquellos podían ser sus últimos momentos de vida. Entonces, viéndose sentenciado a muerte, no quiso dejar pasar la oportunidad de decirle lo que pensaba sobre él.

—¡Tú lo mataste! ¡Asesino! —exclamó Gabriel.

—¿De qué estás hablando? —preguntó Rolf extrañado.

—¡Sí! Él era un buen chico y lo ejecutaste a sangre fría. Tú mataste a su hermano —volvió a decir visiblemente emocionado. Rolf no entendía lo que aquel hombre le estaba diciendo, lo que provocó que bajara un ápice el arma.

—¿Al hermano de quién? —preguntó en voz alta amenazando de nuevo con el arma a Gabriel.

Un segundo después, sonaron dos disparos muy cerca de allí que impactaron en el hombro y en la cadera derechos de Rolf y provocaron que cayera al suelo.

—A mi hermano —se oyó decir a Heinrich a la vez que caminaba lentamente hacia Rolf y le apuntaba con su pistola.

—¿Estás bien, Gabriel? —preguntó Heinrich sin perder un segundo de vista a Rolf.

—Sí, señor. Estoy bien —contestó.

—Toma, utiliza esto para hacerte un torniquete —dijo al tiempo que se quitaba el cinturón del pantalón con la mano izquierda y apuntaba a Rolf con la mano derecha.

—¿No te acuerdas? Aquel día llovía, y varios soldados y tú estabais golpeando y humillando a un chico alto y espigado cerca de la entrada a la estación Z. Era Jürgen, Rolf, Jürgen. Mi hermano pequeño, del que te hablé en numerosas ocasiones. Era él, y tú... Tú lo mataste —dijo Heinrich, visiblemente emocionado, mientras le despojaba a Rolf la Luger de su funda y alejaba de él de una patada el subfusil.

Rolf le observaba con gestos de dolor.

—Ah, sí. Ya me acuerdo del desviado. Tuvo lo que se merecía —dijo Rolf sin mostrar un atisbo de arrepentimiento.

Aquel comentario llenó de ira a Heinrich que, por un momento, quiso apretar el gatillo hasta gastar todas las balas del cargador, no obstante, supo contenerse.

—Lo más fácil para mí sería vengar la muerte de mi hermano metiéndote una bala en el cráneo, como tú hiciste con él. Pero no, eso sería lo más cómodo para ti. Acabaría todo muy rápido. No, voy a hacer que pagues por todo el daño que has hecho —explicó.

En ese momento se produjeron varios disparos en la zona que alertaron a Heinrich.

—Ya están aquí —dijo mirando a Gabriel.

En cuestión de segundos se presentaron en el patio una decena de soldados gritando y gesticulando, con uniformes que no eran del ejército alemán. Eran soldados pertenecientes al primer ejército polaco. Cuando se percataron de la presencia de Heinrich, con el uniforme de oficial de las SS y un arma en la mano, todos dirigieron sus fusiles hacia él y le ordenaban, en polaco, que soltara el arma y se diera la vuelta. Heinrich, aunque no entendía las palabras de aquellos soldados, sabía su significado, aunque no podía dejar de apuntar a Rolf.

Fueron instantes de una tensión extrema. Los soldados seguían apuntando con sus fusiles al oficial que tenían delante y repitiendo en voz alta que tirase el arma, sin embargo, este hacía caso omiso a sus exigencias.

Era una situación límite para Heinrich ya que, cualquiera de los soldados podía apretar el gatillo y desembocar en una reacción en cadena de disparos que, con total seguridad, acabarían con su vida.

Heinrich, sin dejar de apuntar a Rolf, cerró los ojos asumiendo su destino y esperó a que el estruendo de los fusiles pusiera fin a todo. Entonces, notó que las voces cesaron de repente. En ese instante, abrió los ojos y, al darse la vuelta para saber qué había sucedido, vio con sorpresa a Gabriel a dos metros de él, de espaldas y manteniéndose de pie como podía para intentar interponerse en la trayectoria de los posibles disparos y Heinrich. Allí estaba él, poniendo su vida en peligro para salvar la de Heinrich, renqueante, con los brazos extendidos y enseñando las palmas de las manos para indicar a los soldados que no abrieran fuego. Unos soldados que quedaron completamente descolocados por el acto de valentía de un hombre vestido con un pantalón de prisionero cubierto de sangre, que quería evitar a toda costa que dispararan a un oficial de las SS.

Segundos después, varios soldados comenzaron a hacer gestos para que Gabriel se apartara, pero él permanecía delante del teniente, aunque la herida en la pierna se lo pusiera muy difícil para aguantar en esa posición.

—Déjalo. Ya sois libres —dijo Heinrich posando la mano derecha en el hombro izquierdo de Gabriel.

Entonces, dio varios pasos hacia adelante con la pistola en la mano, dejando a Gabriel a varios metros a su espalda.

—No, señor. ¡No lo haga! —exclamó sin poder moverse por el dolor.

Los soldados volvían a tener el objetivo a tiro y estaban muy dispuestos a desarmar a la fuerza al oficial. Sin embargo, no llegaron a tener la oportunidad de hacerlo. Uno de los prisioneros salió del barracón y se situó delante del teniente al igual que hizo Gabriel, bajo la atenta mirada de asombro de los soldados. Entonces, uno por uno, fueron saliendo todos los prisioneros del barracón para colocarse delante de los soldados polacos, cuya primera reacción fue bajar las armas. Heinrich, observó a todas aquellas personas con emoción y decidió tirar el arma al suelo. En ese instante, notó una mano que se posaba en su hombro derecho.

—Muchas gracias, señor. Nos ha salvado a todos —le dijo Gabriel.

—No. No. Vosotros me habéis salvado a mí —expresó Heinrich intentando sujetar a Gabriel, que apenas podía sostenerse en pie.

Todos y cada uno de los prisioneros se acercaron a Heinrich para estrecharle la mano en señal de agradecimiento, mientras los soldados esperaban para llevárselo detenido.

EPÍLOGO

Treinta y tres mil prisioneros fueron evacuados de Sachsenhausen en una marcha de la muerte que partió hacia el noroeste la noche del 20/21 de abril de 1945. Quince mil de ellos llegaron desde el campo de concentración de Ravensbrük en pésimas condiciones. Hubo miles de bajas durante la marcha. Muchos fueron ejecutados en las cunetas por no ser capaces de seguir caminando. Otros murieron de inanición o por alguna enfermedad que arrastraban.

Desde 1936 hasta 1945 pasaron más de doscientos mil prisioneros por Sachsenhausen. Presos políticos, prisioneros de guerra, judíos, gitanos, homosexuales, testigos de Jehová, entre otros, eran los que abarrotaban los barracones del campo. Al menos, 35 000 de ellos —aunque se dice que la cifra es más próxima a los 70 000— perdieron la vida de diferente manera. Ejecuciones, enfermedades, torturas, experimentos médicos, fueron las causas.

Desde 1945 a 1950, fue un campo de internamiento bajo el mando soviético. Fueron recluidos sesenta mil presos políticos, así como militares y funcionarios del III Reich. Doce mil quinientos de ellos murieron, en su mayoría de inanición o enfermedad.

El comandante Anton Kaindl fue capturado por el ejército rojo y juzgado por el tribunal militar soviético por crímenes de guerra. Murió en 1948

Más de 600.000 billetes fueron impresos en los barracones 18 y 19 en lo que fue la denominada *operación Krüger*, que tenía como objetivo desestabilizar la economía británica y americana, y que llegó a producir cerca de 300 millones de Libras. Gracias a la valentía de los prisioneros de esos barracones, la producción fue más lenta y ello permitió que el papel moneda americano no se pusiera en circulación.

El comandante Bernhard Krüger fue capturado en 1945 y encarcelado. Dos años después fue absuelto gracias al testimonio a su favor por parte de algunos prisioneros del barracón 18 y 19.

Hans, el padre de Martina, murió en su casa en uno de los bombardeos de la RAF. Aquel día Martina decidió buscar a los padres de Heinrich para estar con ellos en el refugio.

Friedrich cayó preso en la batalla de las Ardenas y pasó varios años recluido en uno de los campos de concentración controlados por el ejército soviético. Varios años después, fue liberado.

Rolf fue detenido y llevado a la enfermería ese día, y allí permaneció varias semanas. Después fue juzgado por el tribunal militar soviético por crímenes de guerra y condenado a morir en la horca. Durante el confinamiento, tuvo tiempo para escribir una carta a Heinrich en la que mostraba un total arrepentimiento por sus actos.

Gabriel permaneció unos días en Sachsenhausen para curar la herida de su pierna. Después, se reunió con Otto, al que devolvió el libro con el que aprendió ruso y ambos se dirigieron a Suiza, donde le esperaban sus padres, Anna, Karl y Gabriella.

Heinrich fue detenido aquel día. Después, juzgado y absuelto, gracias al testimonio de muchos prisioneros a los que ayudó en Sachsenhausen. Se casó con Martina y tuvieron tres hijos. Los llamaron Jürgen, Martina y Gabriel.

"La historia nos ha enseñado que la ambición de unos pocos puede significar la desgracia de muchos.

No debemos subestimar nunca a aquel que, en pago por conseguir poder, está dispuesto a sacrificar las almas de inocentes."

FIN

NOTA DEL AUTOR

Qué lejos quedó aquel viaje que hicimos mi mujer y yo a Berlín. Un viaje que nos llevó a visitar el campo de concentración de Sachsenhausen. Un viaje que cambiaría mi vida.

Aun siendo uno de los inviernos más cálidos en los últimos años, recuerdo la mañana del 31 de diciembre de 2012 como uno de los días más gélidos de toda nuestra estancia en Berlín. Bien abrigados, afrontábamos una jornada que nos llevaría a visitar uno de los lugares más duros y estremecedores que he visto. Un lugar que no deja indiferente a nadie. Un lugar que es la prueba de que el ser humano es capaz de traspasar los límites de la razón, y ser extremadamente cruel con otros seres humanos por el hecho de ser diferentes en cuanto a raza, credo, orientación sexual o ideología política.

Por ser el día que era —El día de nochevieja—, no estaba abierto el museo y tampoco había visitas guiadas. Tal vez fue por eso por lo que todo resultó aún más frío. Apenas había 20 personas visitando el campo y ello hizo que en algunos momentos escucháramos el eco de nuestras voces al hablar.

Dimos un largo paseo por el recinto. Vimos las torres de vigilancia; la torre A; la zona de grava, con esa valla electrificada; vimos uno de los barracones de prisioneros a través de las ventanas; la enfermería, con la mesa de autopsias; el monumento en memoria de los prisioneros; las imágenes de objetos, documentos y personas expuestas en el muro Oeste y por último, el lugar en el que se llevaban a cabo las ejecuciones y el crematorio.

La historia que cuento en estas páginas nació al despertar un buen día, unas semanas después de regresar de Berlín. He de reconocer que no es la primera vez que escribo sobre mis sueños. Poco a poco la historia fue tomando forma a medida que los personajes se iban situando en ella. Después, gracias a la labor de documentación de Günter Morsch en sus libros, puede llevar a los personajes a Sachsenhausen y acercarlos a una vida similar a la que tantas y tantas personas experimentaron dentro y fuera de esos muros.

Unos años más tarde, por circunstancias que no voy a citar, dejé de escribir durante un año aproximadamente. No me sentía con fuerzas de continuar escribiendo. Entonces, llegó a mí vida "Susurros en Sachsenhausen", una historia preciosa de Rebeca Bañuelos que reactivó en mí las ganas de escribir.

El camino ha sido duro. Soy un informático que ha tenido que buscar tiempo donde no lo había para poder llevar a cabo este sueño. Y precisamente eso, tiempo de sueño, ha sido lo que he tenido que sacrificar para conseguir ver mi novela acabada.

Desde este pequeño rincón literario llamado "El precio de sus almas", os animo a que persigáis vuestro sueño.

AGRADECIMIENTOS

No hubiera podido escribir este libro sin el gran trabajo realizado por Günter Morsch sobre lo ocurrido en el campo de concentración de Sachsenhausen. Gracias a dos de sus libros, "Asesinato y matanzas en el campo de concentración de Sachsenhausen 1936 – 1945" y "El campo de concentración de Sachsenhausen", me he podido acercar un poco más a la historia.

Gracias a Rebeca Bañuelos por su obra "Susurros en Sachsenhausen", una historia verdaderamente hermosa que me ayudó a continuar lo que había dejado estancado.

Gracias a Víctor J. Sanz por su fantástico trabajo en el texto.

Diseño de portada: Manuel S. Pérez
Imagen de portada: Manuel S. Pérez
Maquetación: Manuel S. Pérez
Corrector: Víctor J. Sanz

"Asesinato y matanzas en el campo de concentración de Sachsenhausen 1936 –
1945" - Günter Morsch
"El campo de concentración de Sachsenhausen" - Günter Morsch
"Susurros en Sachsenhausen" - Rebeca Bañuelos

Made in the USA
Las Vegas, NV
05 December 2022